Silke Klodemann

Ist die Emanzipation der Frauen eine große Täuschung? Hat sich in den letzten hundert Jahren wirklich Entscheidendes geändert? Warum erschoß sich die Großmutter? Warum vergiftete sich die Mutter? Weshalb diese gewaltsamen Lebensabbrüche, noch bevor beide Frauen das fünfzigste Lebensjahr erreichten? Irene, Frau eines Politikers und Mutter von vier Kindern, stellt sich diese Fragen immer drängender, je näher sie selbst diesem Alter kommt. Sie stößt auf einen alten Koffer voller Papiere, Fotos und Tagebuchaufzeichnungen und beginnt, die Lebenssplitter zusammenzusetzen. Dabei flicht sie Bruchstücke ihrer eigenen Biographie ein und sucht nach dem Sinn dieser Frauenleben, nach den Ursachen der Selbstmorde.
In der Auseinandersetzung mit der Familiengeschichte entsteht ein schillerndes Panorama unseres Jahrhunderts, ein Bild Deutschlands von der Wilhelminischen Ära über beide Weltkriege, die Jahre des Wiederaufbaus im geteilten Deutschland, die Zeit der 68er Revolte bis in die Gegenwart. Parallel zu den politischen Ereignissen wird die Entwicklung der Frauenemanzipation im Schicksal der drei Protagonistinnen lebendig. Eindringlich wird beschrieben, wie sich durch die Begegnung mit der Vergangenheit auch das Leben der Enkelin und Tochter verändert.
Ein fesselnder, faszinierender Roman über drei Frauengenerationen in unserem Land und unserem Jahrhundert.

MARTINA KRESSNER, geboren 1946, studierte Theologie, Geschichte und Pädagogik. Sie lebt mit ihrer Familie in der Nähe von Köln.

Martina Kreßner

# Lebenssplitter

▲ ▼ ▲

Roman

Fischer Taschenbuch Verlag

Die Frau in der Gesellschaft
Herausgegeben von Ingeborg Mues

Originalausgabe
Veröffentlicht im Fischer Taschenbuch Verlag GmbH,
Frankfurt am Main, Februar 1995



Gesamtherstellung: Clausen & Bosse, Leck
Printed in Germany
ISBN 3-596-11881-6

*Gedruckt auf chlor- und säurefreiem Papier*

GROSSMUTTER ERSCHOSS SICH.
MUTSCH VERGIFTETE SICH.
BEIDE WURDEN KEINE FÜNFZIG.
ICH WERDE VIERZIG.

Sie hatte blaue Fingernägel, als man sie fand. Wie lange dauert es, bis sich die Fingernägel einer Toten blau verfärben? Wie lange lag ihr abgestorbener Körper, dies Bündelchen dünner Haut, in dem die Knochen schlackerten, schon auf der fleckigen Matratze des Hotelbettes? Ich fand sie nicht. Irgend jemand erinnerte sich zufällig, daß da oben in der Kammer Leben gewesen war. Vielleicht auch hatte sie die Miete nicht gezahlt oder ihre Pflicht, samstags die Treppe zu putzen, vernachlässigt. Die Polizei hatte dann das Zimmer durchsucht, hatte zwischen den Bergen schmutziger Wäsche, den schimmelig gewordenen Essensresten und den alten Zeitungen nach Spuren irgendwelcher Verwandter gesucht, die benachrichtigt werden, die die Identität der Toten bestätigen, die vor allem die Kosten der Beisetzung übernehmen mußten. Sie fand meinen letzten Brief und wandte sich an das Studentenwohnheim. Ich war nicht da. Ich saß in Berlin bei Tante Grit und schrieb meine erste Proseminararbeit. Rainer rief mich an: Die Polizei war hier und hat nach dir gefragt. Deine Mutter ist tot. Und ich lachte, lachte laut und fremd, saß in mir drin und hörte, wie mir das Lachen aus dem Mund fiel. Und während ich lachte, fürchtete ich, ich könne irrsinnig geworden sein. Mein Verstand sagte mir: Das geht nicht. Man lacht nicht in so einem Augenblick. Aber das Lachen war schneller gewesen, war mir schon in die Kehle gehüpft, als sich mein Verstand erst auf den Weg machte. Ich kann bis heute nicht sagen, welcher Quelle dies Lachen entsprang. Damals war ich zwanzig.

Letzte Nacht habe ich von Mutsch geträumt:
Der Schnee fiel lautlos. Er deckte alles mit einer dicken weißen Steppdecke zu, die den Dingen ihre Umrisse nahm, sie abgerundet und hügelig erscheinen ließ und ihre wahre Form verbarg. Ich ging durch dies weiche Weiß und sah, mich umwendend, meine Fußspuren im Schnee. Vor meinen Augen wirbelten Flocken, setzten sich auf die Brillengläser und tropften herab. Die Welt verschwamm, verformte, verflüssigte sich. Ich zog die Kapuze über den Kopf, bohrte meine Hände in die Manteltaschen, stakste weiter durch den höher werdenden Schnee und hatte Angst, im Flockenwirbeln die Richtung zu verlieren. Höher und höher stiegen die Schneewälle zu beiden Seiten des Weges, es türmte sich, drängte heran, jetzt nicht mehr weiß, sondern fahlgrau. Die Luft wurde mir knapp, ich keuchte, spürte schmerzhafte Stiche in der Seite und wäre am liebsten stehengeblieben, um mich einschneien zu lassen. Aber meine Beine bewegten sich weiter.
Plötzlich fand ich mich vor einem Wohnblock, einem Neubau, dem schon von außen die Einteilung der Zimmer anzusehen war. Ich griff nach dem kalten Eisengeländer und hielt mich daran fest, als ich die vereisten Stufen der Vortreppe hinaufstieg. Die Haustür stand offen. So ging ich, ohne zu zögern, hinein, schritt über den Flur, wieder eine kleine Treppe hinauf bis zu der ebenfalls offenstehenden Wohnungstür. Zu meiner Überraschung fand ich mich in einer Diele fürstlichen Ausmaßes wieder, die nicht zur Fassade des Hauses paßte. Ein eigenartiger Geruch, ein Gemisch aus Parfum, Mottenpulver und den Ausdünstungen feuchter Kleidung, schwängerte die Luft des halbdunklen Raumes. Ich zog meinen Mantel aus und suchte einen Haken, um ihn aufzuhängen. Einer war noch frei, ein letzter Garderobenhaken in der langen Reihe, die sich im Halbdunkel schier endlos hinzog. Dann ging ich in den nächsten Raum, der ebenso wie die Diele im Dämmer lag. Auch hier entsprach nichts meinen Erwartungen, ich wunderte mich jedoch nicht, nahm jede Einzelheit wahr, aber nur mit den Augen, als habe sich eine hauchdünne Glasscheibe zwischen sinnliche Wahrnehmung und gedankliches Erfassen geschoben. Ich war auch nicht neugierig, sah, alles war anders als gewöhnlich, zog aber keinerlei Schlüsse daraus. In mir war keine Angst, kein Herzklopfen, kein Druck in der Magen-

grube, ich hatte keine feuchten Handflächen. Mein Auge erfaßte jetzt Stühle und zahlreiche Tischchen, scheinbar wahllos hingerückt, bedeckt mit abgegessenen Kuchentellern, leeren Kaffeetassen und überfüllten Aschenbechern. Zur Linken war eine Kuchentafel gerichtet, deren weißes Damasttischtuch am Boden schleifte. Erst jetzt sah ich die Frau. Alles an ihr war rund und weich: die sorgfältig gelegten Locken, die rosigen Wangen, die üppigen Brüste und Hüften. Sie sammelte schmutziges Geschirr auf ein Tablett und legte einzelne, übriggebliebene Kuchenstücke auf andere, noch halbvolle Tortenplatten. Plötzlich hob sie den Kopf, strich sich mit der Linken über die bretthart gestärkte weiße Schürze und deutete mit der anderen Hand, die noch den Tortenheber hielt, auf die angelehnte Tür des nächsten Zimmers.

»Geh da hinein! Sie ist da.«

Ich gehorchte, ohne zu fragen.

Jetzt war ich in dem dritten, fast gänzlich dunklen Raum. Modergeruch schlug mir entgegen. Ich zögerte, versuchte mich zurechtzufinden und lauschte. Nichts regte sich, nichts atmete. Als ich einen Schritt vorwärts ging, stieß ich mit dem Schienbein gegen etwas Hartes. Ich stockte, wartete, bis sich meine Augen an die Dunkelheit gewöhnt hatten. Dicke Vorhänge am Fenster ließen nur einen schmalen Lichtstreifen eindringen. Allmählich erkannte ich die Umrisse zahlreicher Möbel. Das Zimmer war vollgestopft damit. Aber hier war kein Mensch. Nur totes Mobiliar, zugestaubte Überreste einer anderen Zeit dösten vor sich hin. Ich stolperte zur Tür, tastete hinter meinem Rücken nach der Klinke. Da war wieder die Stimme der rundlichen Frau hinter mir:

»Geh nur! Sie ist da.«

Wieder vorwärts. Jetzt hatte ich mich so weit an die Dunkelheit gewöhnt, daß ich Einzelheiten erkennen konnte. Am Fenster sah ich einen hellen Flecken, der meine Aufmerksamkeit auf sich zog. Ich trat näher, zwängte mich an Tischkanten und hochgestellten Stühlen vorbei und erkannte in dem sparsamen Licht ein unförmiges weißes Gebilde. Ein spinnwebüberzogener Sessel vielleicht?

Da belebte sich der Kokon. Ein schmaler Schlitz riß auf. Eine Frauenhand, geschmückt mit einem auffällig großen Amethystring, griff hindurch, erweiterte die Öffnung mehr und mehr, ließ etwas

Licht ins Innere fallen und schlug plötzlich das Seidengespinst zurück wie einen Spitzenschleier. Im Sessel saß eine junge Frau. Aschblondes Haar umspielte die Schläfen in großzügigen Wellen und fiel in breiten Locken auf die Schultern. Grüne, wache Augen blickten mich freundlich, fast übermütig an, und der schmallippige Mund verzog sich zu einem belustigten Lächeln.

Ich stand vor ihr. So hatte Mutsch als junge Frau ausgesehen. Der Schreck, das Erkennen lähmten mich zunächst. Dann aber schoß mir ein Gedanke durch den Kopf: Jetzt kann ich fragen. Diese unverhoffte Möglichkeit erregte mich, ließ meine Gedanken losjagen, so schnell und flüchtig, daß ich keinen davon festhalten konnte. Angst trat hinzu, Angst, durch mein Zögern kostbare Zeit zu vergeuden, die Erscheinung zu verscheuchen. So öffnete ich die Lippen, brachte aber nur ein dürres Krächzen heraus. Da hob das Lachen an, perlte über Mutschs Lippen, verlor mit anwachsender Lautstärke seine Fröhlichkeit, wurde heller, höher, entwickelte ein Echo, dann mehrere, schien sich immer schneller zu entfernen, in kahle, unwirtliche Gebirgsklüfte zu ziehen, bis es gefror, zu einem hysterisch schrillen Dauerton gefror, der aus dem schwarzen Loch des zusammengezogenen Mundes pfiff. Ich starrte auf dies schwarze Loch, staunte und bemerkte zu spät, daß sich der Spitzenschleier wieder in Fäden auflöste, sich erneut um die Gestalt schlang.

»Nein!« schrie ich, stürzte hin, krallte mich in das Gespinst, zerrte und riß und wachte auf.

Ich kroch aus meiner warmen Betthöhle, sah, als ich einen Blick aus dem Fenster warf, daß es nicht schneite, sondern Nebel wie nasse Bettwäsche zwischen den Gartenbäumen hing, und schlurfte ins Badezimmer. Der Spiegel zeigte mir im grellen Neonlicht der Leuchtröhre mein blasses Gesicht, die verquollenen Augenlider, Fältchen, die ahnen ließen, wie ich mit siebzig aussehen würde. Ich drückte grün-weiß gestreifte Zahnpasta aus der Tube und dachte darüber nach, ob es mir angst machte, vierzig zu sein. Nein, ich hatte keine Angst, beschloß ich, schrubbte energisch meine Zähne, spuckte aus und sah dem hellgrünen Rinnsal nach, das sich seinen Weg zum Abfluß suchte. Dann zog ich meinen Bademantel über, weckte die Kinder und ging nach unten, um das Frühstück vorzubereiten. Der Traum blieb bei mir.

Die Frau mit der weißen Schürze, das muß doch Lina gewesen sein. Und Mutsch selbst? So jung. Nicht mehr Mutter mit dem normalen Generationenabstand, sondern fast gleichaltrig. Was wollte ich sie fragen? Das mit Möbeln vollgestopfte Zimmer, der schmallippige Mund, schrilles Lachen als cantus firmus in meinem Ohr. Gleich kommt das endgültige Aufwachen in meinem Zimmer, dem Zimmer mit den durchgewetzten Sesseln und dem Schrank, dessen ehemals weißer Lack längst vergilbt und stellenweise abgeplatzt ist. Das Frühstücksgeschirr, der dampfende Kaffee, die frischen Brötchen, sie lösen sich in Luft auf, verpuffen als Fata Morgana, Wunschbild einer Siebzehnjährigen. Dann bleiben der Muff altgewordenen Zigarettenrauches und Mutschs schmallippiger Mund zurück, der, wenn er sich öffnet, stumpfgelbe Zähne freigibt. Gleich. Gleich ist es soweit. Gleich wachst du endgültig auf. Und wenn es soweit ist, wirst du nicht heulen, dich nicht in deinem Bett herumwerfen, um die Wirklichkeit auszuschließen! Nein, wie jeden Morgen stehst du dann auf, weckst Klaus und gehst in die Küche, um für euch beide Frühstück zu machen und Schulbrote zu schmieren. Das schmutzige Geschirr, die eingetrockneten Essensreste auf Tellern und in Töpfen, den klebrig fleckigen Fußboden wirst zu übersehen. Das hat Zeit bis zum Mittag. Jetzt ist erst die Schule wichtig. Da bist du ein ganz normales Mädchen, gehst hin und erzählst keinem, wie dein Leben zu Hause aussieht. Vormittags bist du Schülerin, nachmittags kommt dann das andere an die Reihe.

Allmählich fand ich den Weg zurück in meinen gegenwärtigen Alltag, war wieder vierzig, Hausfrau und Mutter.

Die Zwillinge, Doro und Bärbel, wollten wieder nicht aufstehen und zankten laut im Badezimmer. Annette, die Älteste, machte sich pfeifend auf den Schulweg. Froh zu sein bedarf es wenig! Nur kein Pfeifen! Heute nicht! Das stieß schmerzhaft ans Ohr, zog die Schulterblätter zusammen. Annettes Mund, ein pfeifender Kußmund. Die Mitte, ein schwarzes Loch. Jochens Hand, zutraulich in meine gebettet. Da blieb sie bis zur Kindergartentür. Die Welt, von der Hand aus gesehen, bewundert, befragt. Nabelschnur.

Wolf frühstückte wieder nicht in Ruhe. »Wird ein langer Tag heute. Wichtige Besprechung. Konferenz. Kann spät werden.« Pflichtkuß. Schon wieder zu spät.

Zurück blieben der krümelige, kakaoversudelte Frühstückstisch, ungemachte Betten, Schmutzwäsche-Inseln auf dem Teppichboden, offengelassene Zahnpastatuben.
DIE ARCHÄOLOGIE BESCHÄFTIGT SICH ORDNEND UND INTERPRETIEREND MIT DEM NACHLASS VERGANGENER KULTUREN.
Ich war meinem Beruf auf wunderliche Weise treu geblieben.
Mutsch, gleichaltrig, lächelnd.
Pfeifen. Das Leben auspfeifen.

Manchmal, wenn morgens alle aus dem Haus waren, dann stellte ich mir vor, es klingle an der Haustür und Mutsch stände da, um mich zu besuchen. Ich würde sie hereinbitten, ihren Mantel in den Garderobenschrank hängen und mit ihr einen Rundgang durchs Haus machen.
»Das ist meine Küche, weiß und blau und blitzeblank. Siehst du? Kein Wrasen, keine Schlieren und alles an seinem Platz: Kühlschrank, Gefrierschrank, Spülmaschine, Mikrowelle, Herd. Wenn du willst, kannst du alle Türen und Schubladen aufmachen. Es ist sauber und ordentlich – überall. Komm weiter! Hier, die Eßecke. Helles Kiefernholz, freundlich und nicht so teuer. Bei vier Kindern! Wovon auch? Wie gefällt dir das Wohnzimmer? Der Teppich? Ja, stimmt, der ist noch aus Oedekoven. Da hinten geht's in Wolfgangs Arbeitszimmer. Er braucht das, bringt sich meistens noch Akten mit nach Hause. Willst du auch noch nach oben? Ja, ja, komm doch! Hinten am Ende des Flurs haben die Zwillinge ihr Zimmer. Daneben ist Annettes Reich. Sie wünscht sich zu Weihnachten einen Spiegel fürs Zimmer. Zehn Jahre und schon ein Dämchen. Na ja, die Ältesten sind wohl immer ein bißchen voraus. Jochens Zimmer und unser Schlafzimmer liegen auf dieser Seite des Flurs.« Ich erkläre, erzähle, zeige. Sie soll sehen, wie gemütlich und ordentlich bei uns alles ist, wie die Sonne die Möbel streichelt, wie plustrig die Kopfkissen aufgeschüttelt sind, wie frisch und sauber alles riecht. »Ja, ja, Mutsch, bei mir sieht es anders aus als bei dir damals. Du wirst hier vergeblich nach Spinnweben und Staubflocken suchen. Meine Gardinen sind weiß, blütenweiß und müffeln nicht nach abgestandenem Zigarettenrauch. Meine Kinder gehen auch mit heiler Wäsche und

blankgeputzten Schuhen in die Schule und haben ein Butterbrot und einen Apfel in der Tasche. Mein Mann kann selbstverständlich jederzeit Besucher mitbringen. Niemals wird er im Wohnzimmer über volle Aschenbecher und klebrige Gläser stolpern. Ich, Mutsch, ich halte meinen Haushalt in Schuß.«
Nur zu gern wollte ich ihr unser Nest zeigen, ihr vorführen, wie ein Haushalt auch aussehen konnte, wie ich meine Aufgaben und Pflichten erfüllte. Aber Mutsch war tot und entzog sich damit meiner Vorführung, meinen versteckten Vorwürfen, meiner eitlen Selbstgefälligkeit. Sie hatte mich zurückgelassen mit dem albernen Ehrgeiz, meine hausfraulichen Qualitäten beweisen zu wollen. Ich führte Gespräche mit ihr, fühlte sie neben mir und versuchte, indem ich die Bessere von uns beiden zu sein vorgab, hinter das Geheimnis ihres Scheiterns zu kommen. Bilder, Sätze, Worte kamen mir zurück, Erinnerungen wagten sich vor, die sich nicht in die schattigen Ecken meines Gedächtnisses zurückscheuchen ließen. Aber je mehr ich mich bemühte, Zusammenhänge, Ursachen und dazugehörige Wirkungen herauszufinden, desto deutlicher erkannte ich, daß Mutsch, solange sie lebte, Verstecken gespielt hatte. Sie hatte viel erzählt, lebendig und amüsant, immer neue, immer andere Geschichten, blanke Taler. Falschmünzen. Hinter ihren Anekdoten hatte sie sich versteckt gehalten, hatte die Geschichte ihres Lebens nicht preisgegeben. Ich war mit meinen Fragen allein, war betrogen um die Möglichkeit, sie auszufragen, zur Rede zu stellen.

▲ ▼ ▲

Wenn ich tot bin, dann werft mich einfach auf den Kompost da hinten, hatte Mutsch manchmal gesagt und mit schlenkriger Hand zum Gemüsegarten gedeutet, an dessen schattigem Ende, in der Ecke hinter Johannisbeerbüschen und Himbeerhecke, aus abgestorbenem Laub, welken Blumen und Kaffeesatz neue Erde wuchs. Ich war nie sicher, wenn sie das sagte, ob sie auf Widerspruch wartete, mich provozieren wollte, auszumalen, wie ich ihr späteres Grab bepflanzen, schmücken und pflegen wollte, oder ob es ihr irgendwie ernst war mit dem, was sie sagte. Koketterie war gewöhnlich nicht ihre Art. Ich war zu jung damals. Ich sah ihre grünen Augen, die nichts verrieten, und schwieg. Der Komposthaufen, die Himbeerhecke, unser Garten, unser Haus, alles war längst verloren, als sie starb. Sie starb in Köln, und es dauerte fast eine Woche, bis die Leiche freikam. Viethen empfahl uns einen preisgünstigen Beerdigungsunternehmer. Wir nahmen den billigsten Sarg, allerdings die dunkel gebeizte Ausführung mit broncierten Beschlägen, die nicht ganz so nach Pappmaché aussah wie die helle Variante. Ein schlichtes Leichenhemd ohne Rüschen, eine einfache Nackenstütze, kein Blumengesteck auf dem Sargdeckel, keine Sträußchen am Grab, keine Zeitungsannonce, keine Anzeigen. Klaus und ich pumpten uns Geld zusammen, um einen Kranz zu kaufen. Tannengrün, rosa Nelken, weiße Chrysanthemen. Keine Schleife. »Wir machen Ihnen das schön zurecht«, hatte der Beerdigungsunternehmer verheißungsvoll und sachlich versprochen. »Hinter den Sarg kommen die beiden Leuchter, und daneben tun wir dann jeweils zwei Lorbeer. Das sieht nach was aus. Das sieht dann gut aus.« Vielleicht schwang in seinem letzten Satz Ironie mit, Ironie, die ich damals überhörte. Erst später, als ich andere Särge in anderen Friedhofshallen gesehen hatte, mir die ganze Bandbreite der Möglichkeiten erkennbar wurde, Kandelaber, Öllampen, Lorbeer, Buchs, Kränze, Gestecke, Sträuße und schwarze und violette Taftschleifen zu arrangieren und zu drapieren, da wußte ich, Mutsch hatte ein schlichtes, andere sagten vielleicht, ein ärmliches Begräbnis gehabt.

Und dann saßen Klaus und ich in der ersten Reihe, saßen still und steif wie ängstliche Komparsen. Hinter uns hörten wir Füßescharren, Naseputzen und Flüstern. Wir schwiegen, wagten keine alltägliche Regung, die vielleicht unziemlich oder respektlos wirken konnte. Wir waren untrainierte Hinterbliebene.

Während ich da saß und wartete, mein Blick den Kreis über die Steinfliesen des Bodens, unseren Kranz, den Sarg und die beiden Kerzen wieder und wieder abwanderte, verfing ich mich unversehens in einem Gespräch mit Mutsch. Die bleifarbene Friedhofshalle, der braune Holzkasten da vorne, aufgebockt wie ein abgemeldetes Auto, Flimmerkerzen, das paßt nicht zu dir, Mutsch. Gleich stehst du hinter mir, japst noch nach Luft und rutschst schnell neben mich in die Bank. Mit halb gesenktem Kopf sitzt du und raunst mir zu: »Der Sarg ist ja man poplig. Und hinter uns, Trinchen, hörst du das leise Schniefen? Wetten, daß das Trudi ist? Trudi weint immer bei

Beerdigungen. Trudi weint auch immer bei Hochzeiten. Nachher gehn wir konditern. Was hältst du davon? Ich brauche dringend eine Zigarette, einen anständigen Kaffee und einen doppelten Cognac. Lausig kalt heute, klassisches Beerdigungswetter. Warum trägst du keinen Hut? Zu Beerdigungen setzt man einen Hut auf, das mußt du doch wissen. Ich hatte für diese Gelegenheiten immer einen, meinen Beerdigungshut, den mit dem schwarzen Ripsband. Erinnerst du dich nicht? Immer mußte ich mitgehen, wenn im Dorf einer starb. Dieses Dorf!«

Im Dorf, da stellten sie den Sarg morgens vor die Tür, das Kopfende manchmal erhöht. Sie umschmückten ihn mit Heiligenbildern, herzentblößten Jesussen, Kränzen und Weihwassertöpfchen. Dann kam Peters Willi mit seinem schwarzen Gaul und dem Leichenwagen, Federbusch, Fransen und Troddeln, seitlich Haken für die Kränze. Und dann trotteten sie hinter dem Leichenwagen her und tauschten zwischen Paternoster und Ave Maria ihr Wissen über die Sonderangebote im Konsum und ein zu groß geratenes Siebenmonatskind aus. Nachmittags um fünf schossen dann die letzten Trauergäste aus Hubertines Kneipe, fischten ihren Zylinder aus dem Graben und schaukelten sich nach Hause. Dein Begräbnis, Mutsch, konnte so nicht sein. Du wärst aus Willis Leichenkarre vor Lachen herausgekullert, hättest der betenden Gesellschaft steifer Hüte und vollgeschneuzter Taschentücher einen letzten kühlen Blick nachgeworfen und wärst zwischen Fachwerkhäusern und Lindenbäumen entschwunden, über die Hügel hinweg ins Weite bis zum Meer, bis du dich grünäugig in die Schaumkronen der Nordsee gebettet hättest, zwischen Muscheln und Seetang für immer verschwunden wärst.

Alles kam ganz anders. Du hattest keine Wahl.

Wir hatten auch keine Wahl. Klaus und ich trafen uns mit dem Pastor im Wartesaal des Hauptbahnhofes. Das war am praktischsten. Mahlke ließ sich breitschlagen, dir, der Selbstmörderin, einen christlichen Abgang zu verschaffen, und wir mußten froh darüber sein. An einem kleinen Tisch mit Kaffeekännchen, vollem Aschenbecher und einem übermüdeten Kellner, bei Lautsprecherdurchsagen und zwischen bettelnden Pennern saßen wir zusammen und besprachen das Zeremoniell. Mahlke zog den Reißverschluß seiner schwarzen Kollegmappe auf, fingerte ein schwarzes Ringbuch und einen schwarzen Kugelschreiber heraus und sah uns erwartungsvoll an. Du hättest deine Freude an der Szene gehabt, Mutsch. Unsere Wünsche? Bibelstellen mit Bedeutung? Konfirmationssprüche vielleicht? Ich starrte in meine Kaffeetasse, Klaus hustete und putzte sich dann gründlich die Nase. »Der Herr ist mein Hirte«, schlug er schließlich vor. Ich war einverstanden. Mahlke notierte. Der Lebenslauf? »Sie wissen, Ihre Frau Mutter gehörte zwar viele Jahre zu meiner Gemeinde, aber ich kannte sie doch nur flüchtig. Sie war verschlossen und, Sie werden mir recht geben, keine eifrige Kirchgängerin. Sind da Daten, Ereignisse, Erlebnisse, auf die ich näher eingehen soll, die vielleicht erklärbar, verstehbar machen?« Wir beschränkten uns auf das nackte Gerüst deiner Lebensdaten. Nicht Scham oder Schuldbewußtsein hielt uns zurück, sondern die Einsicht, daß dir die Ausbreitung deiner Lebensdaten unter Mahlkes Regie nicht gefallen hätte. Zu vieles auch war uns selbst unklar oder gänzlich unbekannt. Die Todesumstände wollte Mahlke selbst nicht näher angehen. Nein, besser nicht, entschieden wir. Eine Organistin stand auch nicht zur Verfügung. Wir müßten, wenn wir Wert darauf legten, a cappella singen oder es ganz lassen. Wir beschlossen, es ganz zu lassen.

Wir saßen in der Leichenhalle, hörten Mahlkes notdürftiger Rede zu, gingen frierend hinter dem Sarg her bis zur Grabstelle und beobachteten schweigend, wie sie den Sarg mit dicken Tauen unterlegten und hinunterließen. Erst jetzt, als ich den Sarg sah, der tief unten lag, um den die Erde steil aufragte, da begriff ich, was du angerichtet hattest, und ich schrie, schrie hinter dir her. Da nahmen sie mich unter die Arme, wollten mich stützen. Ich hing zwischen Klaus und Lina und schrie. Tränen liefen mir übers Gesicht, ich hatte keine Hand frei, sie abzuwischen. Alle sahen sie meine Tränen. Tante Trudi flüsterte: »Es ist eben die Mutter.« Aber sie mißdeutete mein Schreien wie die andern auch. Du, Mutsch, du hast mich verstanden, hast gehört, was ich dir ins Grab nachbrüllte:

Das kannst du nicht machen! Das ist feige! Du bist nicht fair! So viele Fragen hab ich noch. Wie kannst du da unten verschwinden, ohne mir Rede und Antwort gestanden zu haben? Ich habe doch ein Recht! Deine Pflicht! Deine Mutterpflicht! Deine verdammte Pflicht und Schuldigkeit!

Im November brachte mir Heidi den Koffer. Sie hatte das Haus von Oma Ritzenhöfer geerbt, jener Oma Ritzenhöfer, bei der ich als Kind immer Milch holen ging. Damals, vor zwanzig Jahren, hatten Klaus und ich unsere Möbel, die Bücher und einige Kisten mit Geschirr bei Heidis Oma auf den Dachboden gestellt. Alles war inzwischen längst wieder abgeholt worden, aber wir hatten den Koffer, einen alten, abgeschabten Lederkoffer mit rostigen Schlössern, übersehen und auch nie vermißt. Heidi und Gisbert, ihr Mann, fanden ihn, prüften oberflächlich seinen Inhalt und stellten fest, daß er uns gehören mußte.
Als ich ihn öffnete, schlug mir der Gestank entgegen, den meine Nase sofort erinnerte: kalter Zigarettenrauch, abgestandener Bierdunst, Urin, die Ausdünstungen ungewaschener Genitalien und viel zu lange getragener Unterwäsche. Ich krümmte mich, sackte zusammen und ging auf die Knie. Vor dem Gästebett, auf dem mir der Koffer entgegenklaffte, kniete ich, starrte auf alte Briefe, Pässe, Schnellhefter, vergilbte Photos und ein Männerportemonnaie, vom langen Tragen halbrund geformtes, im Alter hart gewordenes Leder. Alles war wieder da, die Gegenwart erblaßte vor diesem Koffer. Ich war nicht entwischt. Ich hatte Mutschs Selbstmord, auch Großmutters Selbstmord, über den ich nur Ungenaues wußte, fast vergessen, hatte mit Absicht vergessen, hatte frei sein wollen von dieser Familie, der es nie gelang, ganz normal wie andere Familien zu leben. Ich hatte mich entschlossen, nur noch mich selbst ernst zu nehmen, den Ballast all der anderen, verkorksten Leben zurückzulassen. Weit war ich damit gekommen, hatte die Vergangenheit fast besiegt, war glücklich geworden. Und doch, ohne es zu merken, hing ich immer noch an der Nabelschnur, die zwar dünner, durchsichtiger, elastischer geworden, die aber immer noch nicht durchschnitten war. Und dann, als ich mich sicher fühlte, mir selbst gratulieren wollte: Du hast es geschafft, trotz aller Widerstände, hast dein Ziel erreicht – ruck! –, da plötzlich spannte sich die Schnur. Ich hing fest, und die vielen unbeantworteten Fragen kamen zurück. Sie hatten geduldig auf den rechten Augenblick gewartet. Und sie hatten sich, wie mir gleichzeitig bewußt wurde, verwandelt, die Richtung gewechselt. Ich fragte nicht mehr, konnte nicht mehr fragen, warum Mutsch und Großmutter sich umgebracht hatten, nein, plötzlich

mußte ich fragen, wie es denn mit meinem Leben weitergehen könne. Die Wissensfrage hatte sich zur Existenzfrage gewandelt und ließ mich nicht mehr los.

Ich starrte auf meinen Handrücken, auf den Lauf der Adern unter der Haut und grübelte, welches Blut da herumkreiste. Welche Zusammenhänge gab es? Wo lagen die Ursachen dieser Selbstmorde? Bestand bei den Frauen unserer Familie eine angeborene, erbliche Lebensschwäche, eine Kraftlosigkeit, die uns dann, wenn wir unsere Kinder halbwegs großgezogen hatten, überwältigte? Wie war das denn mit mir? War ich stark? Stark genug, es besser zu machen, es durchzustehen? War auch ich gefährdet, vielleicht erblich belastet? Hatte ich nicht auch schon aus dem Fenster gestiert und für Augenblicke gedacht, mein Leben sei ein alberner Witz? Sie griffen nach mir, diese toten Frauen, zupften mich, zogen und zerrten. Ich sah Mutsch. Ihr Gesicht war grau und verfallen, das linke Augenlid zuckte unkontrolliert, in den Hautfalten saß weißer Staub, und ein Gestank von Fauligem, von Verwesung, Urin und Galle umzog mich. Ich kämpfte gegen meinen Brechreiz. Mutsch führte mit zittriger Hand ein überschwappendes Cognacglas zum Mund und trank sabbernd. Sie kam mir so nahe, daß ich ihre verfaulten Zahnstümpfe sah und der Pestilenzhauch ihrer Mundhöhle mein Gesicht streifte. Dann lachte sie leise und boshaft:

»Mach dir nichts vor, Irene! Mach dir nichts mehr vor! Es ist alles umsonst. Du bist genauso wichtig oder unwichtig wie ein Karnickel. Du wirst auch nur ausgeworfen, um im Kreis zu laufen: Ringelreihen, Vater-Mutter-Kind spielen, verliebt, verlobt, verheiratet, die Beine breit machen, bluten, neues Leben ausstoßen, neues Leben, Leben wie das alte Leben. Variationslos. Wenn du bei diesen Anstrengungen auch noch das Kunststück, den Selbstbetrug fertigbringst, dich für glücklich, dein Leben für lebenswert, für sinnvoll zu halten, bist du völlig verrückt, viel verrückter, als ich es in meinem tiefsten Rausch je war. Hör zu! Es ist doch alles ein großer Selbstbetrug. Mach dir bloß nichts vor! Sei nicht feige! Zuletzt stehst du am Abgrund. Sieh hin, er ist wirklich da. Da unten ist alles zu Ende, nicht im Paradies. Da unten, wo die Knochen verschlissener Huren, frommer Nonnen und kleinherziger Bürgersfrauen beieinander liegen, da fragt keiner nach Verantwortung, da gibt es weder Lohn

noch Strafe. Da gibt es nur das leise Rieseln zerbröckelnder Gebeine und vielleicht ein schadenfrohes Kichern.«
Ich schlug den Koffer zu und schob ihn unters Gästebett. Ich wollte nicht. Es war nur die Luft gewesen, der saure Muff abgestandener Geschichte, der mich schwindlig gemacht hatte. Reiß dich zusammen! Laß dich nicht wegziehen aus deinem lebendigen Leben! Aber meine Neugierde war natürlich stärker. Noch in derselben Nacht stand ich auf und zog ihn wieder vor. Es ekelte mich zwar, irgend etwas in diesem Koffer anzufassen, aber schließlich zog ich ein in grünes Leder gebundenes Buch heraus, das ich zunächst für ein Photoalbum hielt und das mir den saubersten Eindruck machte. Beim Durchblättern fand ich Zeitungsausschnitte, einzelne, anderswo herausgetrennte Tagebuchaufzeichnungen, vergilbte Photos, Listen, Zettel und Briefe. All das hatte jemand gesammelt und sorgfältig in das Album eingeklebt.
ANNA-KATHRINA CLAUSEN war in großen, steilen Buchstaben auf die erste Seite geschrieben. Das mußte Großmutters Tagebuch sein. Mutsch war eine geborene Clausen gewesen. Neugierig blätterte ich um und fand als nächstes einen Brief. Mühselig entzifferte ich den in deutscher Schrift geschriebenen Text, aber bald gewöhnte ich mich daran.

*Flensburg, 1. Januar 1928*

*Liebe Töchter!*

Wieder ein neues Jahr. Wieder meine bange Frage: Was nun? Was denn außer Zähne putzen, waschen, anziehen, essen, verdauen und schlafen, schlafen, um mit immer derselben Frage wieder aufzuwachen: Was nun ? Nicht nur am Neujahrsmorgen frage ich so. Meine Tage ziehen sich hin wie ausgeleiertes Gummiband. Welchen Zweck erfüllen sie außer dem einen, mich zu quälen? Soll ich meinen allmählich dahinschlaffenden Matronenleib durch Kuren und Bäder zu erhalten suchen? Welchem Zweck dient mein überschüssiges Leben? Ich weiß es nicht. All mein Fleiß, mein Eifer, mein Ehrgeiz, hierauf eine Antwort zu finden, schossen ins Leere. Die Frage nach dem Zweck – das mußte ich lernen – ist gefährlich, sie verkürzt das eigene Leben auf die Brauchbarkeit für andere. Was aber bin ich ohne andere? Was soll ich mit mir selbst? Es muß doch einen Sinn geben, auch in meinem Leben! Das kann doch nicht alles nur ein zufälliger Pups sein, all diese Jahre, dies Mühen, das Richtige zu tun, alle Demütigung und Angst aufzunehmen, sich, an die Last gewöhnt, weiterzuschleppen und – kein Ziel zu sehen? Wie soll mein Leben weiterhinken? Jedes Tier, ja jede Pflanze lebt in der ihr vorgegebenen Bahn und erfüllt ihre Lebensaufgabe. Wo ist denn meine? Das, was ich einmal dafür hielt, wurde mir weggerissen. Ich kann nichts zurückholen, auch nichts an Lebenssinn aus mir selbst gebären. Was bin ich denn? Eine alte Küchenschürze, an den Haken gehängt und vergessen? Vielleicht muß ich mein Leben noch einmal durchsehen, sortieren und auswiegen, um hinter den Sinn zu kommen.

Das will ich tun. Das ist mein Entschluß. Und wenn dabei auch nicht die erhoffte Einsicht heranreift, so sind doch wenigstens wieder etliche Tage gelebt. Schon das allein macht mir die Sache appetitlich. Eine seltsame Veränderung habe ich nämlich an mir festgestellt: Die Zeit wandelt sich. Meine Tage werden länger und länger, die Jahre aber, zurückgewandt, schnurren zusammen wie plötzlich losgelassener Gummifaden.

Wenn ich an meinem kleinen Schreibtisch am Fenster sitze, sehe ich manchmal ein altes Ehepaar vorbeigehen. Sie sprechen nicht viel miteinander, besehen sich die Vorgärten, nicken freundlich, wenn ihnen jemand entgegenkommt, und setzen sich auf die Bank, die nicht weit von hier neben dem Eingang zum Friedhof steht. Da sitzen sie dann eine Zeitlang, sehen den Amseln zu, lassen den Blick mit den Wolken wandern oder genießen die Schönheit blühender Rhododendronbüsche. Ihr merkt schon, ich habe die beiden oft und lange beobachtet. Anfangs hat es mich gewundert, daß sie so wenig miteinander sprachen. Aber ich glaube, ich weiß inzwischen, woran das liegt: Sie leben schon so lange zusammen, daß Worte überflüssig geworden sind. Die gemeinsamen Erinnerungen stellen sich von allein ein. Oft verspürte ich ein Würgen im Hals, wenn ich sie so sah, stand dann auf und werkelte in der Küche, um mich abzulenken. Aber darüber bin ich inzwischen hinweg. Ich bin, wenn Ihr so wollt, ein stiller Teilhaber dieses Glücks geworden und wage nicht, daran zu denken, daß es eines Tages zerbrechen wird.

Ich habe niemanden, mit dem ich auf der Bank sitzen kann, der meine Gedanken und Regungen kennt, ohne daß ich sie aussprechen muß. Das einzige, was ich habe, sind meine Aufzeichnungen und Erinnerungsstücke. Mit diesen Überbleibseln meines Lebens will ich mich auf die Parkbank setzen und Zwiesprache halten. Ich will sie sichten und ordnen zu meinem Lebensbuch. Vielleicht offenbart sich mir dann der Sinn all dieser Jahre. Vielleicht hilft es, wenn nicht mir, so doch Euch. Welchen Zeiten geht Ihr entgegen? Mir ist manchmal sehr bang. Mein Leben sollte Euch Ansporn und Warnung sein. Wenn das als Frucht herausfällt, will ich mich auch damit zufriedengeben.
Es ist viel, was ich durchlesen und ordnen kann. Ihr wißt ja nicht, keiner hat es gewußt, daß ich seit meinem vierzehnten Geburtstag Tagebuch geführt habe. Nicht nur das, ich nahm einen Brief von Vaters Schreibtisch und schrieb ihn heimlich ab, bevor ich ihn zurücklegte. Damit fing es an. Alles, was mir wichtig erschien, sammelte ich oder fertigte Duplikate an: Zeitungsausschnitte, Menükarten, Rechnungen, Photos, ja sogar eigene Briefe schrieb ich ab, bevor ich sie verschickte. Andere sammelten Briefmarken oder kostbares Porzellan, ich füllte meine Tagebücher. Warum? Ich fragte erst nach Jahren leidenschaftlicher Sammelei so.
Heute erscheinen mir meine Aufzeichnungen wie der kindliche Versuch, mich wichtig zu machen. Wie ein Hündchen komme ich mir da vor, ein gehätscheltes Schoßhündchen, das an jedem Baum und jedem Laternenpfahl seine Duftmarke setzt.
Lest, was ich geschrieben habe!
Schreitet den Weg meiner Duftmarken ab und urteilt selbst!

▲ ▼ ▲

Meine Fingerspitzen streichelten den ledernen Buchdeckel. Mein Blick ruhte auf dem Geschriebenen, als lasse sich darin Großmutters Gesicht finden. Waren seine Mundwinkel grämlich herabgerutscht? Hingen Tränensäcke unter den Augen? Oder waren die Züge von kalter Strenge konserviert, wie lange Selbstbeherrschung sie hervorruft?

# »DU HEIRATEST JA DOCH«

DAS NÄCHSTE BLATT PAPIER WAR offensichtlich älter. Es hatte einen spitzenähnlich ausgebogenen Rand und rosa überhauchte Ecken. Mir war, als sähe ich Großmutter. Sie saß an einem zierlichen Tischchen, einem Damenschreibtischchen mit kleinen Schublädchen, mit Bildchen, Federschälchen und Tintenfäßchen. Leicht vornübergebeugt saß sie, die Schillerlocken rutschten ihr über die Schulter, die Wangen röteten sich, und ihr Mund formte lautlos jedes Wort, das sie in Schönschrift aufs Papier malte. Sorgfältig tauchte sie die Feder in die Tinte. Hier durfte es keinen Klecks geben, hier wurde Geschichte geschrieben.

▲ ▼ ▲

*Hamburg, 15. Mai 1889*

Heute ist mein vierzehnter Geburtstag!
Endlich bin ich kein kleines Kind mehr!
Jetzt gehöre ich zu den ›jungen Mädchen‹. Das hat Omi gesagt, als sie mir gratulierte. Und sie schenkte mir auch dies Tagebuch. »Schreib all deine Freuden und Kümmernisse in dies Büchlein, Thrina«, sagte sie. »Das sind dann später die schönsten Erinnerungen an deine Backfischzeit.«
So will ich es auch halten. Alles, was ich erlebe, soll hier verewigt werden. Und später, wenn ich erwachsen bin und einen Kaufmann geheiratet habe, der genauso klug und geschickt wie Papa ist, wenn ich Kinder und Enkel habe, dann lese ich aus meinen Memoiren vor. Das wird lustig! Ich sehe mich schon, wie ich in meiner Villa an der Elbchaussee am Kamin sitze, umringt von Kindern und Enkeln, die gar nicht genug kriegen können von dem, was ich zu berichten habe. Und mein Mann wird mir dankbar die Hand küssen.
Wenn ich erst erwachsen bin, werde ich das Kinn sehr hoch tragen, viel höher als Astrid Sörensen, die immer meint, noch eine Spur

vornehmer als alle andern zu sein. Natürlich will ich auch Kinder haben. Zuerst einen Sohn, einen Stammhalter, der später die Firma übernehmen kann. Vielleicht wäre es am besten, noch einen zweiten zu haben – man kann ja nie wissen. Aber auch Töchter wünsche ich mir. Mädchen lassen sich viel hübscher anziehen, nicht immer nur die langweiligen Matrosenanzüge. Ich selbst will die schönste Frau Hamburgs sein. Die andern, Astrid auch, sollen vor Neid platzen, wenn sie meine elegante Garderobe sehen. »Anna-Kathrina Petersen ist eine vollendete Dame«, wird man dann sagen. Dann heißt es endlich nicht mehr:
Nimm dir ein Beispiel an Friedgard!
Von deiner älteren Schwester kannst du viel lernen!
Sitz gerade!
Mach kein Hohlkreuz!
Haltung!
Laß dich nicht so gehen!
Verschränk nicht die Arme wie eine Waschfrau!
Das hört dann endlich auf. Statt dessen wird Papa stolz den Arm um mich legen und zu Mama sagen: »Sie ist ganz deine Tochter, unsere Kathrina.« Zur Zeit macht er sich ja noch dauernd über mich lustig. Ich bin in seinen Augen das kleine, dumme Mädchen. Als ich heute an den Frühstückstisch kam, ich hatte mein neues hellblaues Tupfenkleid angezogen, da hob Papa den Kopf – wie Asso, wenn er Witterung aufnimmt – und belehrte mich: »Min Deern, Parfum soll eine Dame wie eine Ahnung umschweben. Du, so will mir scheinen, bist von einer stattlichen Anzahl Moschusochsen umringt.« Oh, wie mich das wieder geärgert hat!
Ich bin noch keine Dame, ich weiß es ja. Erst gestern ist mir wieder Peinliches passiert. Beim Essen bin ich mit dem Ärmel in der Sauciere hängengeblieben. Als ich den Arm zurückzog, kleckerte die Sauce aufs Tischtuch und auf mein Kleid. Da hat Papa gesagt: »Es wird das Beste sein, Thrina, wenn du in dein Zimmer gehst. Essen will gelernt sein. Du mußt wohl noch'n büschen üben.« So geht es mir immer. Wenn Lenchen das passiert, schimpft kein Mensch. Das finden sie dann süß und niedlich. Lenchen ist ›noch klein‹. Sie darf alles, was an mir bemeckert wird. Aber eines Tages werde ich es denen schon zeigen. Dann bin ich eine Dame wie Mama. Dann

können die Ärmel so lang und weit sein, wie sie wollen, ich werde sie immer mit vollendeter Grazie zwischen Gemüseschüssel und Sauciere hindurchlotsen.

*6. Juni 1889*

Ich habe leider nicht viel Zeit zum Schreiben, denn ich muß mich umziehen. Aber schnell, schnell will ich festhalten, was sich eben ereignet hat. Ich stand in der Diele und ordnete frische Rosen in eine Vase, als Papa mit Onkel Henry kam. Sie steuerten auf die Terrasse zu, da stürmten Friedgard und Carla Buddensieck herein. Sie kamen von einer Radtour nach Hause. Ihre Gesichter waren krebsrot und verschwitzt, und einzelne Haarsträhnen hingen ihnen in die Stirn. Die Beine, bis zum Knie in Wollstrümpfen, waren voller Dreckspritzer. Diese unmöglichen Pumphosen! Friedgard lachte, umarmte Papa und sagte, während sie immerzu nach Luft schnappte: »Es war herrlich, Papa! Du solltest es auch mal versuchen!« Papa hielt sie auf Armeslänge von sich ab, musterte ihre Pumphose und die wirren Haare und meinte dann, zu Onkel Henry gewandt: »Was meinst du, Henry? Die Herren an der Börse würden staunen.« Dann warf er den Kopf nach hinten und lachte, daß Diele und Treppenhaus zitterten. So laut wie Papa lacht ja sonst kein Mensch.
»Na, min Deern«, sagte er und schob Friedgard zur Tür, »nun zieh dir wieder einen Rock an! Du bist doch meine Tochter, oder irre ich mich?« Er lachte wieder los, zog Onkel Henry am Arm und ging in den Garten. Ich grinste natürlich, als Friedgard und Carla an mir vorbeigingen. Oh, da hat Friedgard ein Gesicht gemacht! »Stubenhocker!« hat sie gezischt. Aber Carla nahm sie an die Hand und sagte nur: »Komm schon!«
Die beiden sind zu komisch!

*2. September 1890*

Heute, am Sedanstag, waren Gäste zum Essen da. Nicht nur Tante Amanda, die an allen Sonn- und Feiertagen bei uns ißt, nein, Papa hatte noch einen Geschäftsfreund mit seiner Frau eingeladen. Johann Jakob Clausen. Sie kommen aus Flensburg, wohnen noch nicht lange in Hamburg. Laute Menschen, meine Güte!

»Sehen Sie nur, Frau Petersen«, sagte sie zu Mama, »das trägt man jetzt in Paris.« Sie drehte sich um sich selbst wie ein Pfau, damit wir sie von allen Seiten bewundern konnten. Aber das, was wir zu sehen bekamen, forderte unsere ganze Selbstbeherrschung, um nicht laut loszulachen. Sie hatte nämlich einen riesigen Popo. Das Kleid war nach hinten gerafft, so daß die lila-blau changierende Seide in immer neuem Farbenspiel schillerte. Mitten auf ihrem Riesenhintern prangte eine große Schleife. Wir versuchten, die unnatürliche Wölbung möglichst zu übersehen. Aber das wollte sie gar nicht! Im Gegenteil! Sie griff mit den Händen nach hinten und posaunte: »Das ist der Cul de Paris! Wirklich das Allerneueste! Chic, nich?« Wir standen um sie herum und schwiegen. Tante Amanda hatte ihr Monokel aufs Auge geklemmt und sich interessiert zu der Schleife hinabgebückt. Sie ließ den Stoff durch die Finger gleiten und nahm ihr Monokel wieder ab. Mama rettete die Situation, indem sie uns alle ins Eßzimmer bat.

»Komm, Grethe«, raunte Herr Clausen und packte seine Frau am Ellenbogen.

Bei Tisch sagte sie fast nichts mehr, nur als Mama sie nach den beiden Söhnen fragte, wurde sie noch einmal lebhaft. Das Reden übernahm dann ihr Mann. Der lehnte sich zufrieden zurück, wischte mit der Serviette über seinen breiten Mund und sagte zu Papa: »Es ist ein Segen, daß der olle Bismarck endlich entlassen wurde. Nicht wahr, lieber Petersen? Sie stimmen mir doch zu? Es ist ein Segen. Jetzt hat unser Kaiser freie Hand.«

»Man hört, er habe eine besondere Affektion für die Hamburger«, sagte Papa.

»Hat er, hat er. Sie werden sehen: Nun geht's bergauf. Jetzt kriegen wir endlich unseren Platz an der Sonne. Das wird auch Zeit. Die Welt wird sich noch wundern über uns. Auf allen Weltmeeren müssen unsere Schiffe fahren, wie sich das für eine Großmacht gehört. Ich baue jedenfalls Schiffe auf Deibel komm raus.«

Papa zog kaum merklich die Augenbraue hoch.

»Ich weiß, ja, ja.«

»Meine Auftragsbücher sind randvoll, Petersen, randvoll. Majestät will die Kriegsflotte vergrößern, und die Handelsmarine braucht allemal jede Menge Schiffe für die neuen Kolonien.«

»Sie haben völlig recht, Clausen, nur, ich habe so meine Bedenken...«
»Ach was, Bedenken. Jetzt sind wir dran, Petersen.«
»Aber die Engländer werden nicht einfach zusehen.«
»Sie werden wohl müssen. Und wenn sie ein Bündnis mit uns wollen, dann diktieren wir die Bedingungen.«
»Na, jetzt überschätzen Sie unsere Lage wohl doch. Das britische Empire ist nicht irgendein kleiner Balkanstaat.«
So ging es immer hin und her. Ich habe nicht alles verstanden, und es langweilte mich dann auch zu sehr, ihnen zuzuhören.
Tante Amanda, der Uhu, saß hinter ihrem Teller und verschlang wieder riesige Mengen, wie immer, wenn sie bei uns zu Tisch ist. Lenchen meinte neulich, sie sei bestimmt zu geizig, sich selbst anständiges Essen kochen zu lassen, deshalb esse sie sonntags bei uns für die ganze Woche. Ich weiß nicht, wo Tante Amanda das alles hinsteckt, denn sie ist klapperdürr. Das einzig Üppige an ihr sind ihre buschigen Augenbrauen. Sie unterhielt sich mit Frau Clausen über ihr Dienstmädchen, flüsterte zwar, aber ich hab doch mitgekriegt, worum es ging. Sie hat einen Mann bei ihrem Dienstmädchen erwischt. »Und das geht zu weit, Frau Clausen, stimmt's? Ich bin eine alleinstehende Frau und muß auf meinen Ruf achten. So was kann ich nicht dulden! Ich will's auch nicht!« Sie patschte den Löffel so heftig ins Kompott, daß der Saft aufspritzte. Mama sah es natürlich, schwieg aber. Mama wählt immer sorgfältig aus, ob sie etwas sehen will oder nicht.
»Wenn du ein Mädchen suchst, Amanda, kann ich dir vielleicht helfen.« Mama lächelte. »Unsere Ottilie sucht dringend eine Stelle für ihre Tochter. Die kocht fast so gut wie unsere Otti.«
Beinah hätte ich in diesem Augenblick laut aufgeschrien, denn Lenchen trat mich unterm Tisch gegen das Schienbein. Sie sah mich mit glänzenden Augen und hochgezogenen Brauen an. Wir beide verstanden uns.
»Was wird aus Ottis Sohn, Mama?« fragte Friedgard dazwischen. Mama erzählte nun erst mal Frau Clausen, daß Ottis Mann kürzlich an TB gestorben sei, und sagte dann, zu Friedgard gewandt: »Papa zahlt das Schulgeld weiter. Der Junge ist ja so begabt! Da muß man sich drum kümmern.« Friedgard warf Papa einen dankbaren Blick

zu, aber er sah das nicht, weil er mit Herrn Clausen so heftig disputierte.
Ich hab mich dann furchtbar gelangweilt und war froh, als ich endlich aufstehen durfte.

▲ ▼ ▲

Zwei schwarzlackierte Empiresessel hielten die eine Hälfte meines Zimmers besetzt. Hoch und steif reckten sie sich vor der Röschentapete, glänzten matt mit ihren Messingsönnchen und ließen die Seidenpolster traurig zerschlissen hängen, zwei gebeutelte alte Gouvernanten. Dazwischen stand ein Chippendaletischchen, genausowenig echt wie die Sessel und wie der Mahagonisekretär gegenüber, der durch protziges Ausbauchen seiner Schubladen so tat, als sei er ein barockes Möbel. Neben dem Fenster stand mein Bett. Das Bett war echt, hatte vermutlich früher in einem Lazarett gestanden. Ich verkleidete das braune Eisengestell mit einer Decke – weiße Häkelspitze aus Muscheln und Mausezähnchen –, die Tante Danutas Werk war und die keiner hatte haben wollen, als ihre Erbstücke verteilt wurden. Auf diesem Bett lag ich oft, stopfte mir ein Sofakissen unter den Kopf und las Mädchenbücher, später Frauenromane.
Ich stieg in die Welt des Adels, der Intrigen und der schicksalsmächtigen Verwicklungen, spürte, wie sich Twinset und Wollrock in weiche, flüsternde Seide wandelten, wie meinem Bubikopf Lockenfülle wuchs und wie mich Liebe, Lust und Leidenschaften aufwühlten. Mein Zimmer weitete sich zum Salon, zum Saal, zur Halle. Ich schritt, ich tänzelte, ich machte große Gesten und große Worte. Ich war Denise, Julischka, Sissi, die ihrem Franzl beim Regieren half und die Untertanen mit Charme und Schönheit überwältigte. Stolz und verwegen ritt ich durch Frankreichs Wälder, über die Pußta und durch Rußlands unendliche Weiten. Ich war die Wunderfrau, mal Brüsseler Spitze, mal Zobelpelzchen am Dekolleté, mal die Frau des Zaren, mal die Königin von Saba, immer schön, immer begehrt von allen Männern dieser Welt. Mochte da das väterliche Schloß abbrennen, das Vermögen geraubt, die Familienehre böse besudelt werden, mochten Piraten und Spitzbuben nach meiner Unschuld trachten, ich bot dem Schicksal und seinen bösen Verbündeten die alabasterne Stirn, ich, eine gelungene Mischung aus Jeanne d'Arc

und Gina Lollobrigida. Bei allem Mut, aller Widerstandskraft verlor ich dennoch nie meine anziehende Weiblichkeit, meinen Charme, meine Charakterstärke. Mit fast männlicher Härte kämpfte ich für Recht, Erbe und Ehre und sehnte mich doch in den tiefsten Tiefen meines Herzens nach Liebe und Geborgenheit, nach einer starken Schulter, an die ich mich anlehnen durfte. Wenn ich auch schwach war, wenn sich auch alles gegen mich verschworen hatte, dennoch machte ich meinen Weg, ließ mich nicht unterkriegen, wurde selten mutlos und stieg aus jedem dunklen Schicksalsstrom siegreich und strahlend heraus, um am Ende müde und erleichtert meinem Helden in die Arme zu sinken. Da ließ ich mich von ihm streicheln und sanft auf die Schläfen küssen. Daß ein wirklicher Mann, von echter Leidenschaft gepackt, vielleicht mehr als ein paar schmetterlingszarte Küßchen haben wollte, kam mir nicht in den Sinn. Meine Helden waren Mischlinge aus Traumvater und großem Bruder, sie sahen aus wie der Franzl oder der Förster aus dem Silberwald. Ich konnte sie immer um mich haben. Ich träumte von ihnen beim Abwaschen, auf dem Schulweg, vor dem Einschlafen. Mein jeweiliger Held schlenderte mit mir bei untergehender Sonne über eine Kurpromenade, lud mich zum Essen in ein Nobelrestaurant ein und sah mir bei Kerzenschimmer und Geigenschluchzen tief in die Augen. Er liebte mich. Er war besessen von dem Bedürfnis, mich verwöhnen zu dürfen, er wartete, daß ich endlich ja sagte. Aber da zögerte ich immer. Mutsch hatte mir wieder und wieder eingeschärft, es sei ein großer Fehler, Männern zu schnell nachzugeben. »Sie müssen sich für dich anstrengen, sonst bist du ihnen nichts wert.« Also ließ ich meinen Traummann schmachten, lechzen, zappeln, um dann – natürlich! – doch ja zu sagen. Endlich durfte er mich in seine Arme schließen, mich sein eigen nennen, mich küssen, diesmal auf den Mund, und mich heiraten. Mit der Heirat endeten meine Träume regelmäßig, genauso wie die Liebesfilme, die Heidi und ich uns im Dorfkino ansahen. Was nach der Hochzeit kam, war nicht mehr interessant. Hauptsache verheiratet.
Seltsam, ich träumte nie von beruflicher Karriere, von Aufstieg, Durchsetzen, Erfolg und Leistung. In meinen Träumen war ich passiv: ließ mich ausführen, ließ mich küssen, ließ mich heiraten. Dabei war ich doch, wenn ich nicht träumte, entschlossen, mir mein Leben

klug einzurichten, nicht alles dem Zufall oder einem Märchenprinzen zu überlassen, auf dessen Erscheinen ich nicht allzusehr hoffte. Ich war ehrgeizig, arbeitete verbissen, um die Schule zu schaffen. Ich mühte mich zu Hause, wenigstens den Anschein eines normalen Familienlebens vorzutäuschen. Ich floh in meine Träume, in denen es kein Schreien, kein Türenknallen, keine stumpfe Resignation gab. Und seltsamerweise machten mich diese Träume stark für die Wirklichkeit, ließen sie weniger bedrohlich erscheinen. Meine Träume hielten die Wirklichkeit in Schach. Sie hielten mir das Ziel vor Augen, so, wie man einem Jagdhund die Attrappe vor der Nase herzieht.
Und du, Mutsch, du nährtest meinen Hang zum Träumen, träumtest manchmal mit. Das Klappsofa im Wohnzimmer hatte einen kratzigen tannengrünen Bezug, erinnerst du dich? Vor dem Blumenfenster stand es. Ich sehe alles wieder: dich auf dem Sofa, über dir auf der Fensterbank zwei Sansevierien und eine Grünlilie. Da hieltest du deinen Mittagsschlaf bis drei Uhr. Papa war längst wieder in seinem Büro oder auf einer Baustelle, Klaus und ich brüteten über unseren Schulaufgaben, du ruhtest. Herzmuskelschwäche hieß es. Du müßtest dich schonen. Du schontest dich. Um drei mußte ich dich wecken, dir Kaffee kochen und Schnittchen schmieren, dazu ein dickes Stück Gouda mit genauso dick Butter obendrauf. Oft haben wir so zusammengesessen. Ich war fünfzehn, sechzehn, wollte heraus, wollte in den Schulferien verreisen, Spaß haben. Aber wenn ich dich fragte, ob ich in den Sommerferien mit anderen Jugendlichen wegfahren dürfe, anbot, mir das Geld selbst zu verdienen, dann hieß es: »Die Tochter von Hofmeisters geht nicht arbeiten!« Statt dessen brachtest du es fertig, mir vorzugaukeln, dieses Jahr werde es bestimmt möglich sein zu verreisen. Du schwärmtest von einem Segelkurs am Chiemsee. So lebendig erzähltest du, schobst mit leichter Hand alle Bedenken beiseite, daß ich mich von deiner Erzählung einfangen ließ. Abends im Bett träumte ich dann, sah mich in weißen Segelhosen am Bootssteg stehen und lachen, sah mich unter Lampions tanzen, sah mich im Kreis mit Gleichaltrigen sitzen, diskutieren und singen. Fiebrig erwartete ich den nächsten Nachmittag, weil sich eine Menge Fragen für mich aufgetan hatten. Und du kanntest dich aus, wußtest genau, welche Ausrüstung not-

wendig war, wie lange der Kurs dauerte und wo man sich anmelden mußte.
An diesen Nachmittagen waren wir beide weit fort von zu Hause. Gegen Abend tauchte ich dann aus meiner Traumwelt auf, nahm den häßlichen Alltag stumpfsinnig wieder auf mich, um danach, im Bett, meine Träumereien neu zu beleben. Wochenlang ging das so. Wenn der Zeitpunkt der Verwirklichung aber heranrückte, gab es jedesmal zwingende Gründe, Notwendigkeiten zu verzichten. Oder du erwähntest unsere Pläne nicht mehr, lenktest ab, oder die Nachmittagsgespräche fielen eine Zeitlang aus, um dann mit einem anderen Traumbild neu aufzuleben: eine Ferienreise mit Jugendlichen, Reitstunden, Ballettunterricht.
Mein Leben damals war eine Kette zunächst geweckter, dann nie eingelöster Wünsche und Versprechungen. Wie stark hoffte ich immer, wartete, malte mir aus – jedesmal wurde ich enttäuscht. Und dann malte ich mir keine Zukunft mehr aus. Meine Fähigkeit zum Träumen verkümmerte, dörrte aus. Ich fürchtete, eine herbeigesehnte, mit Vorfreude befrachtete Zukunft könne niemals Wirklichkeit werden. Ein Wunder, daß der Traum vom heilen Familienleben überlebte, zäh und nicht unterzukriegen. Und dieser Wunsch ging in Erfüllung. Heute habe ich ein Zuhause, eine Zuflucht, wo ich meine Schuhe ausziehen, in der Nase popeln oder auch mal schlecht gelaunt sein kann, wo ich nicht gezwungen bin, mich pausenlos zu beherrschen, höflich und dankbar zu sein, weil mich andere dulden. In meinem Haus zu sein, darauf habe ich ein Recht. Ich bin zufrieden jetzt, sehr zufrieden. Und ich bin glücklich, sehr glücklich, Wolfgang, die Kinder und das Zuhause zu haben.
Es wäre anders gekommen, hätte ich deine Ratschläge befolgt, Mutsch: »Frauen sind die besseren Diplomaten. Man muß die Männer richtig zu nehmen wissen. Davon verstehen Männer nichts. Männer sind kleine Jungs und bleiben kleine Jungs. Du darfst dich nicht unter Preis verkaufen. Wenn du einem Mann vor der Hochzeit alles gibst, wird er dich hinterher verachten. Dann ist der Lack ab, und wer müht sich schon um ein gebrauchtes Auto. Du mußt Männern das Gefühl geben, sie könnten sich glücklich preisen, deine Schnürsenkel binden zu dürfen. Dann machst du's richtig.« Mit fünfzehn, sechzehn war ich aufgeklärt. Sie konnten kommen, die

Männer. Du wußtest Bescheid, Mutsch, kanntest alle Tricks. Du warst schon bei deiner Mutter in die Lehre gegangen. Wie gern erzähltest du, daß dein Vater sein Leben lang Schweinefleisch als Kalbfleisch aß, weil er Schwein angeblich nicht vertrug. Wir lachten gemeinsam über den dummen Mann. Und ich bewunderte dich, deine Lebenserfahrung, dein Geschick, Papa zu gängeln, ohne es ihn merken zu lassen. Wir sprachen das vorher ab, wir beide. Die Strategie lag fest, und grinsend sahen wir zu, wie Papa in die Falle ging. Weißt du noch? Du wolltest einen neuen Wohnzimmerteppich haben. Davon erfuhr Papa aber nichts. Statt dessen brachtest du das Gespräch auf seinen bevorstehenden Geburtstag, fragtest ihn, welche Wünsche er habe, welche Leute eingeladen werden müßten, wie er sich die Feier vorstelle. Er war ganz bei der Sache. Papa feierte gern Feste. Er plante, erwog, verwarf, legte eine Gästeliste an. Du sagtest fast nichts. Nach einer knappen Viertelstunde aber beschloß Papa, einen neuen Teppich fürs Wohnzimmer zu kaufen, weil der alte unmöglich liegenbleiben könne. Die Gäste!

Papa lief an deiner Schnur, als sei ihm ein Ring durch die Nase gezogen. Wie sehr ich dich verehrte, Mutsch! Allmächtig warst du, genial, mein großes Vorbild. Aber eine Schwierigkeit gab es, ich kam damit nicht zurecht, wußte nicht, wie ich dich, die Überlegene, die Diplomatische, mit der anderen Mutsch zusammenbringen konnte, mit der Mutsch, die auf der Nachtseite unseres Familienlebens wohnte.

Ich war zehn, als ich dich so kennenlernte. Nachts hatte mich ein Geräusch geweckt, das mir fremd war und mir angst machte. Ich schoß im Bett hoch, stützte mich mit den Händen nach hinten ab und lauschte. Da wurde geklatscht, viel zu langsam, so langsam, als schwinge die Hand wie ein Riesenpendel, bis sie klatschend das Fleisch traf. Ein teuflisch langsamer Applaus wurde da geklatscht, ein Applaus, der mich starr und gleichzeitig beben machte. Ich wurde zur Stimmgabel. Jeder Schlag schlug mich an, raste durch mein Blut, hämmerte in meinem Hals. Höher, schneller, fiebriger. Mit zusammengepreßten Zähnen starrte ich auf die Schultasche, rührte mich nicht und war doch stärker bewegt als je zuvor.

Meine Füße stoßen die Bettdecke zurück, berühren den Bettvorleger, tappen über den Dielenboden, die knarrige Treppe hinunter, über die kalten Steinfliesen des Flurs. Mit hochgezogenen Zehen stehe ich vor der Wohnzimmertür, lausche, bebe, hingebannt an den Boden, dessen Kälte in mir hochzieht. Hinter der Tür klatscht es. Dazwischen Wimmern. Ein neues Geräusch kommt hinzu. Meine Zähne schlagen aufeinander. Ein weiterer Schlag. Mutsch, du jaulst auf. Ich drücke die Klinke, falle ins Zimmer ein, schreie, schreie laut, will siegen, mit meinem Schreien Ruhe herbeischreien. Ich sehe euch beide nicht, kann mich später nicht erinnern, wie ihr aussaht, was ihr anhattet, ob ihr überhaupt etwas anhattet. Aber ich fühle den Griff an meinen Oberarm, fühle mich herumgerissen und höre dann hinter mir deine veränderte Stimme. Du wimmerst nicht, bettelst nicht, du befiehlst: »Laß das Kind los! Laß sofort das Kind los!« Plötzlich bin ich frei, stehe als zitternder Zwerg mitten im Wohnzimmer und bitte dich und Papa, euch zu vertragen und Ruhe zu geben.

Danach schlief ich nachts nicht mehr durch, schreckte hoch, lauschte angestrengt und konnte nicht wieder einschlafen aus Angst, nicht aufgepaßt, nichts verhindert zu haben. In jenem Sommer fand ich mich manchmal mitten in der Nacht auf der Wiese hinter dem Haus und wußte nicht, wie ich dorthin geraten war. Alle lachten über mich. Mondsüchtig, Irene ist mondsüchtig, hieß es. Ich lachte mit. Aber ich lachte anders als die anderen. Mein Lachen hatte seine Unschuld verloren.

▲ ▼ ▲

»Tante Grit, wann lerntest du Mutsch kennen?«
»1935. Das war in Nikolassee. Ja, '35 in Berlin-Nikolassee.«
»Aber – Mutsch wohnte doch in Hamburg.«
»Ich kam auch aus Hamburg. Aber wir lernten uns damals hier in Berlin kennen. Eng befreundet, wie du dir das vielleicht vorstellst, war ich aber nicht mit ihr. Ich kann dir deshalb auch bestimmt nicht alle deine Fragen beantworten. Was ich noch an Erinnerungen habe, im Kopf oder in meinen Regalen und Schubladen, was man eben so sein Leben lang mit sich herumschleppt, das will ich dir gern geben. Sibylle, deine Mutter, hatte, soviel ich weiß, keine Busenfreundin. Sie war nicht so. Selbst wenn sie, selten genug, von sich erzählte, blieb da immer ein Rest, eine Reserve. Wir waren damals

doch in einem Alter, in dem sich Mädchen normalerweise dauernd gegenseitig das Herz ausschütten. Sie war anders. Ich glaube, sie war erwachsener als wir übrigen Mädchen. Damals begriff ich das natürlich nicht. Ich stieß mich an ihrer Art und ärgerte mich über meine eigene redselige Offenheit.
Wir waren beide in der Heimfrauenschule. In meiner Familie hatte es vorher ein langes Zerren gegeben, was das Kind lernen, was aus dem Kind werden sollte. Das Kind war ich, damals fast sechzehn Jahre alt. Mutter, Tanten und Großmütter redeten sich in Hitze, wann immer sie zusammen kamen. In unserer zahlreichen, weitverzweigten Verwandtschaft war ich das einzige Mädchen. Wie Jungen erzogen wurden, welche Vorbereitung sie brauchten, um etwas zu werden in der Welt, das war kein Thema, da gab es Traditionen, und außerdem entschieden das die Väter. Aber nun ich. Meine Mutter wollte mich in einer Frauenoberschule anmelden, meine Omi, Mutters Mutter, bestand auf einem ›anständigen‹ Abitur, meine andere Großmutter fand jede weitere schulische Ausbildung ›unpassend‹, plädierte für Klavier- und Malstunden, und die Tanten neigten jeweils einer dieser Richtungen zu, abhängig von ihrer Sympathie für Mutter oder eine der Großmütter.«
»Und du selbst?«
»Ich wollte vor allem keine Schule mehr, keine Lehrer, keine Gängelei. Am liebsten hätte ich gleich geheiratet.«
»Mit sechzehn?«
»Oh, ich fühlte mich ganz erwachsen damals und stellte mir ein Leben, wie meine Mutter es führte, angenehm vor. Ja und dann brachte Mutter eines Tages ein Buch über die Heimfrauenschule mit. Frau Klose hatte es ihr geliehen. Kloses hatten fünf Töchter, und alle fünf waren in diese Schule gegangen. Für meine Mutter war das ein überzeugendes Argument, für mich nicht. Als ich verstand, die Schule sei in Berlin, ich müsse von zu Hause weg in ein Internat, für ein ganzes Jahr weg, um mit wildfremden Mädchen in wildfremden Zimmern zu wohnen, da heulte ich, bockte, legte mir einen empfindlichen Magen zu und beteuerte immer wieder, besonders, wenn Vater dabei war, von Hamburg könne ich niemals weg. Es half nicht. Vater war zwar von meiner Liebe zu Hamburg, vielleicht sogar von meiner Starrköpfigkeit beeindruckt, aber er überließ meiner

Mutter die Entscheidung. ›Es ist ein Brückenjahr‹, sagte sie immer wieder. Brückenjahr wurde ihr Zauberwort. Sie malte mir aus, wie abwechslungsreich das Leben in Berlin und in der neuen Schule sein werde und wie wesentlich für jede Frau eine solide hausfrauliche Ausbildung sei. Sie machte das so geschickt, daß ich mich schon wie eine Frau fühlen konnte. Und noch ein Argument brachte sie vor: ›Wenn du ein Jahr in Berlin warst und zurückkommst, bist du für die jungen Herrn hier viel interessanter. Sie kennen dich alle doch noch mit Butterbrot und Zöpfen. Wenn du wiederkommst, bist du eine Partie.‹ Ich wollte gern interessant sein für die Männerwelt, ich wollte gern eine Frau sein – aber von zu Hause weg wollte ich nicht. Und so, zwischen Stolz und Angst hin- und herbaumelnd, kam ich in Berlin an.

Bei der Eröffnungsfeier in der Aula saß ich zwischen meiner Mutter und Tante Gerti, meiner Patentante. Der Mädchenchor sang, das Mädchenorchester geigte, und Tante Gerti drehte ihren Brillantring immer um und um, machte ihr Täschchen auf, kramte, machte ihr Täschchen zu, drehte wieder ihren Ring. Mutter dagegen war zur Statue erstarrt. Ich selbst versuchte aus den Augenwinkeln meine neue Umgebung und die anderen Mädchen zu betrachten. Sibylle saß schräg vor mir. Sie fiel mir auf, weil sie nicht wie alle andern nach vorn blickte, sondern sich unbefangen umsah. Lange sah sie nach dem Spruch, der in einem hellen Holzrahmen neben dem Aufgang zur Bühne hing: ›Fromm, aber frei, mit engem Gewissen, aber mit weitem Herzen.‹ Ein Jahr lang habe ich ihn immer wieder gelesen, immer wieder gehört. Er wurde auch wenige Minuten später zitiert. Armgard Fromme, die Schulleiterin, stand auf, bestieg das Podium und trat ans Rednerpult. Sie war Mitte Fünfzig, hatte kurzes, leicht graues Haar und den typischen Gang der Unverheirateten, die mitten im Leben steht. Kennst du das, Irene? Hast du das schon mal beobachtet? Es ist, als müßten sie vor einen Thron treten, einen Thron, auf dem der Vater, der Lehrer oder der liebe Gott selbst sitzt, ein Thron, dem sie sich nicht nähern können wie einem Herd oder einem Küchentisch. Nein, sie haben, wenn sie mit ihren flachen Schuhen auftreten, immer ein bißchen was von einem trotzigen Mädchen, das sagen will: Siehst du, ich kann's doch! So trat sie ans Pult, legte ihr Manuskript zurecht und hielt ihre gründlich vorbereitete Rede. Ich hörte kaum hin. Erst als das Orchester noch einmal gespielt hatte und wir einzeln nach vorn gerufen wurden, wachte ich auf. Andere Schülerinnen, die schon ein halbes Jahr im Internat lebten, übernahmen uns und führten uns durch die langen Flure zu unseren Zimmern. Ich war im Pensionat, und mir war schlecht.

Wir mußten uns fügen, einpassen und aufeinander Rücksicht nehmen. Geschadet hat uns das nicht. Wir Mädchen kamen doch fast alle aus wohlhabenden Elternhäusern, hatten zu Hause eigene Zimmer und natürlich Personal. Im Heim gab es überhaupt kein Personal. Wir mußten alles selbst machen, mußten lernen, wie Wäsche gewaschen und geplättet wird, wie man Fußböden scheuert, wie man eine anständige Mehlschwitze rührt. Aber ich erinnere mich nicht, daß sich je eine von uns beschwert hätte. Wir waren anständig erzogen worden, damals gab's das ja noch. Wir wußten noch, daß Lehrjahre keine Herrenjahre sind. Ach, wie ich diese Kannen haßte, große weiße Anstaltskannen, aus denen schier endlos Hagebutten- oder Pfefferminztee floß. Sie waren so schwer, daß ich immer beide Hände brauchte, um sie hochzustemmen. Und abwaschen ließen sich die Monster auch schlecht, weil sie kaum ins Becken paßten und der Stiel der Spülbürste zu kurz war, um den Kannenboden zu erreichen. Und so wie ich mich über die Kannen ärgerte, so hatte Sibylle immer Schwierigkeiten mit der Ordnung. Immer suchte sie irgend etwas.

Wir teilten das Zimmer, Sibylle, Trudi und ich. Meine Mutter hatte vermutlich ein bißchen nachgeholfen, damit ich mit Sibylle in ein Zimmer kam. Sie sorgte sich wohl, ich könne Heimweh haben. Als ich meinen Koffer aufmachte, fand ich obenauf ein Briefchen und einen selbstgebastelten Kalender, schulheftgroße weiße Blätter, mit rosa Bändchen zusammengefaßt und durchnumeriert, rückwärts von 280 bis 1. Und dazu schrieb sie: Jeden Abend schreibst du auf dein Blatt, was dir das Wichtigste war an diesem Tag, und dann klappst du es um und bist wieder einen Tag näher an zu Hause. Ich genierte mich ein bißchen wegen des Kalenders, aber Sibylle fand ihn knorke und hängte ihn neben die Tür. Auf diesen Kalenderblättern fochten Sibylle und Trudi dann ihre ideologischen Kämpfe aus. Trudi war nämlich überzeugte Nationalsozialistin. Das kam nicht vom Elternhaus her. Nein, sie selbst glaubte an den Nationalsozialismus. Das Elternhaus war ganz in Ordnung. Sie stammte aus Aachen. Der Vater hatte eine Großbäckerei, Printen, Lebkuchen oder so was Ähnliches. Mit der Welt ihrer Eltern, ›dieser morschen Moral‹ und den ›verkommenen Weltanschauungen‹, wollte Trudi nichts mehr zu tun haben. Mit Leib und Seele ergab sie sich der Revolution, dem echten Sozialismus. Sie sah das so, und sie sang ihre Lieder dazu. Sie sangen viel damals, alle. Das glaubt kein Mensch, wieviel damals gesungen wurde: vom Glauben an Deutschland, von Mondenschein und Ewigkeit und vom Opfertod für Deutschland.

Deine Mutsch und ich, wir sangen da nicht mit. Wir sangen abends unsern ›Hamburger Veermaster‹ und ›Das kleine Segelschiffchen‹. Dann erzählte Sibylle für Trudi vom Störtebeker und vom Geisterschiff, und ich untermalte mit gruseligen Geräuschen. Den Abschluß bildete dann immer ›Rolling Home‹, das wir in den Betten stehend, die Hand am nicht vorhandenen Mützenrand, absangen. Trudi verfolgte unsere Darbietungen mit mißtrauischem Staunen, verstand unsere Seemannssprache nicht und verkroch sich mit einem ›Ihr seid ja jeck!‹ unter der Bettdecke.

Renchen, Renchen, wer hätte damals gedacht, daß es mit Sibylle so kommen würde! Sie schien so stark, legte sich mit Trudi an, mokierte sich über Trudis Redensarten. Oft lagen sich die beiden in den Haaren. Einmal, das muß Ende März, Anfang April gewesen sein, wir arbeiteten im Schulgarten, da wäre Trudi beinah mit der Hacke auf sie los. Die Beete waren umgestochen, und wir mühten uns, die schweren Schollen mit dem Harkenrücken kleinzuklopfen und in feinkrümelige Erde zu verwandeln. Sibylle kam nicht voran, was Trudi mit der Bemerkung: ›Das lernst du spätestens im Landjahr‹ kommentierte. ›Lieber geh ich ins Kloster als ins Landjahr‹, konterte deine Mutsch. Und das war für Trudi dann wieder einer der begehrten Anlässe, mit missionarischem Eifer über uns herzufallen. ›Verwöhnte Bürgertöchter seid ihr, haltet euch für zu fein. Aber gerade ihr braucht das Landjahr. Unser Führer sagt, neben dem Verstand müssen auch der Körper und der Charakter geschult werden.‹ – ›Aber nicht unbedingt im Kuhstall‹, rief Sibylle und schlug wie wild auf ihr Beet ein. Trudi ließ sich nicht abschrecken. Im Gegenteil, sie liebte diese Augenblicke, wenn sie uns die historischen Herausforderungen beim Aufbau des großdeutschen Reiches ausmalen konnte. ›Uns braucht der Führer‹, schwärmte sie dann, ›uns, die junge Generation. Auf uns setzt er seine Hoffnung, weil wir in unserem Denken noch nicht so festgefahren sind, weil wir Mut haben, Verantwortung übernehmen wollen und die Zukunft wagen. Nur durch uns, die deutsche Jugend, kann das Volk zu einer großen Gemeinschaft ohne Vorurteile und Standesdünkel zusammenwachsen. Das ist der echte Sozialismus.‹ – ›Dein Achselschweißsozialismus‹, sagte Sibylle, ›dein Achselschweißsozialismus wird die Welt nicht retten, Trudi.‹ Das war zuviel. Ich mußte dazwischen, sonst wäre Trudi tatsächlich auf sie los.

Dauernd belferten sie sich an und waren doch voneinander abhängig. Als Göring und Emmi Sonnemann heirateten, sammelte Trudi alle Zeitungsausschnitte. Sie schwärmte und schwelgte, klärte uns über den Sinn einer Ehe auf und merkte meist nicht einmal, daß wir sie verulkten. ›Göring kannst du ja nun nicht mehr heiraten, Trudi‹, stellte Sibylle trocken fest. ›Aber der Führer ist ja noch zu haben.‹ – ›Der?‹ japste Trudi. ›Der gehört doch uns allen.‹ – ›Ja, wenn das so ist, Trudi, wen nimmst du denn dann?‹ – ›Ich heirate einen Erbhofbauern‹, bekannte Trudi und wurde krebsrot bis in die Haare.

An jenem Abend weihte sie uns in ihre geheimsten Geheimnisse ein. Nachdem sie uns den feierlichen Eid zu schweigen abgenommen hatte, kletterte sie noch einmal aus dem Bett und holte einen Schuhkarton aus dem Schrank. Zu dritt hockten wir in unseren Batistnachthemden auf der Bettkante, Trudi in der Mitte. Du glaubst es nicht, Renchen! Sie hatte schon Heiratsanzeigen gesammelt. Da suchten Männer, Witwer oft, nordische Gattinnen, um mit ihnen nordische Kinder zu zeugen. Auch Photos hatte sie, barbrüstige nordische Recken. ›Ich heirate so einen Mann, einen, der erbgesund ist.‹ Sie hatte Felix Dahns ›Kampf um Rom‹ gelesen und sah sich selbst wohl als eine Gotenfürstin. ›Ich will zu meinem Mann und zu meinem Volk stehen. Wir müssen einen neuen Anfang wagen, unser Volk erneuern. Ihr, ihr denkt doch nur an euch selbst. Euren dekadenten Egoismus, eure Bürgerlichkeit will ich nicht. Ich will an alle denken, und ich will mein Leben für diese Aufgabe geben. Mir reicht es nicht, in den ausgestapften Pfaden der verrotteten Moral vergangener Generationen zu gehen. Wohin hat das denn geführt? Weltkrieg, Inflation, Dekadenz. Wenn jeder nur an sich denkt, das kann ja nicht gutgehen. Nein, ich fühle eine Verantwortung für alle und werde mich nicht drücken. Du bist nichts, dein Volk ist alles! Hier, dieses Hauswirtschaftsjahr, das ist nur der Anfang für mich. Ich muß noch viel lernen, wenn ich später ein Gut verwalten will.‹ Hier seufzte sie auf. ›Aber wahrscheinlich werde ich in den ersten Jahren doch hauptsächlich für die Kinder sorgen müssen. Ich will viele Kinder. Wir Frauen müssen auch unser Teil zum Aufbau des Reiches beitragen.‹

Ich vergesse nie Sibylles Seitenblick, als sie den Arm um Trudis Schulter legte und sagte: ›Trudi, das ist genau das Richtige für dich, und du schaffst das auch, du hast so ein gebärfreudiges Becken. Ich wünsche dir, daß du den richtigen Mann für dich findest.‹

Sibylle lästerte nur. Ich aber bewunderte Trudi auch. Die Ernsthaftigkeit, mit der sie sich über Säuglingspflege, Gesundheits- und Ernährungslehre hermachte, ihr Eifer, sogar hauswirtschaftliche Buchführung zu lernen, erschreckten mich fast. Trudi war zur Zukunft entschlossen. Sie gönnte sich selbst keine Nachlässigkeit. Wenn sie vom Aufbau des Reiches sprach, von unserer Verantwortung für die Zukunft, von der Revolution, dann beeindruckte mich das, und es machte mich böse zu sehen, wie wenig Trudis Eifer von den Lehrerinnen belohnt wurde. Trudi aber schien es anzuspornen. Sie schien wild entschlossen, es denen zu zeigen. Sie kämpfte an allen Fronten gleichzeitig und gab nicht auf. Bei ihren Eltern konnte sie auf kein Verständnis hoffen. Die Schule lebte stark aus der christlichen, kirchlichen Tradition. Und wir, Bille und ich, wir machten uns über sie lustig. Die einzige Unterstützung, die sie hatte, war eine BDM-Führerin – den Namen hab ich vergessen, ist ja auch nicht so wichtig. Da holte sie sich Rat und Trost. Sie schrieb manchmal Aussprüche von Hitler, Goebbels oder der Scholz-Klink auf meine Kalenderblätter. Und Sibylle suchte dann fieberhaft einen Gegenspruch. Laß mich sehen, Renchen, es muß hier irgendwo stehen. Sieh mal hier: Zum ersten Mal Mehlschwitze gerührt. Summa cum laude! Ach, Renchen. Wie stolz ich war. Kein Klümpchen! Nicht das kleinste Klümpchen! Hier, Trudi:

Tausende deutscher Frauen, denen Ehe und Mutterschaft versagt

blieben, üben ihren Beruf mit der Kraft ihrer seelischen Mütterlichkeit aus und haben ihn als Dienst am Ganzen zum Inhalt ihres Lebens gemacht. (Scholz-Klink)
Und deine Mutter schrieb darunter:
Prüft das Geschick dich, weiß es wohl, warum:
Es wünschte dich enthaltsam: folge stumm. (Goethe)
Deine Mutsch, die holte sich, glaube ich, heimlich Schützenhilfe bei Frau Lange, unserer Deutschlehrerin. So gut kannte sie sich nämlich beim alten Goethe nicht aus. Sieh mal hier:
Der Mann ist Organisator des Lebens, die Frau seine Hilfe und sein Ausführungsorgan. (Goebbels)
Was rechte Weiber sind, sollten keine Männer lieben, wir sind's nicht wert. (Goethe)
Die Wehrkraft der deutschen Nation kommt aus gesundem Muttertum. (Goebbels)
Wir müssen nichts sein, sondern alles werden wollen,
und besonders nicht öfter stille stehen und ruhen,
als die Notdurft eines müden Geistes und Körpers erfordert. (Goethe)«
»Tante Grit, hier steht NASENTAG. Was soll das heißen?«
»Ach ja! Das hatte ich völlig vergessen. Dazu muß ich dir eine Geschichte erzählen. Damals lief in den Kinos der Film über den Nürnberger Reichsparteitag, ›Triumph des Willens‹. War von Leni Riefenstahl. Toll gemachter Film: Du saßest im Kinosessel und badetest in Nationalsozialismus: Aufmärsche, Fahnen, arische Schädel und nackte nordische Männerbrüste, alles in Großaufnahme, und das Ganze mit Wagner-Musik unterlegt. Ein Rausch. Es machte betrunken. Trudi konnte sich gar nicht satt sehen. Natürlich gab's wieder Krach mit Sibylle. Für Trudi stand fest: Die arische Rasse ist die schönste, edelste und deshalb auch die wertvollste. Sibylle hörte sich das lange schweigend an. Dann schloß sie mit Trudi eine Wette ab. Sie wetteten um ein großes Brot aus Niederegger Marzipan. Trudi sollte aus sechs berühmten Dichternasen die eine semitische herausfinden.«
»Und?«
»Sie machte Goethe zum Juden und hob damit Heinrich Heine in den arischen Dichterhimmel. Sibylle amüsierte sich königlich.

Es war ein ungleicher Kampf, weißt du. Sibylle war Trudi überlegen. Harry, Sibylles Bruder, war daran nicht ganz unschuldig. Er war älter und ein kluger Kopf. Ich sah ihn damals in Nikolassee zum ersten Mal. Sibylles Vater starb, und Harry kam sie abholen. Ich hatte ihn mir ganz anders vorgestellt. Sie hatte oft von ihm gesprochen, von den Büchern, die er las und ihr weitergab, von seinem Wissen und Können. Einen blassen, zarthäutigen Bücherwurm hatte ich mir vorgestellt. Nun fuhr er in einem weinroten Mercedes-Cabriolet vor, ein hochgewachsener, sportlicher Mann mit gelbblondem Haar und den blauesten Augen, die ich je gesehen habe. Klaus, dein Bruder, der hat, glaube ich, diese Augen geerbt. Er bewegte sich sicher und elegant, wirkte, wie auch Sibylle, älter, als er war. Aber allzuviel kann ich über dies erste Treffen nicht mehr sagen. Ich sah ihn später ja noch oft. Wieviel ich beim ersten Eindruck aufnahm, weiß ich nicht mehr genau, das vermischte sich in meiner Erinnerung.«
»Woran starb Mutschs Vater?«
»Das weiß ich nicht. Sie hatte einmal erwähnt, daß er bettlägerig sei, lange schon. Mehr weiß ich nicht. Sie sprach nicht über ihr Zuhause. Die familiären Verhältnisse waren ja auch – wie soll ich sagen – nicht so, wie das in Hamburger Familien üblich war. Deshalb sprach sie wohl auch nie über ihr Elternhaus. Von der Mutter hörte ich sie so gut wie nie reden. Dieser gesamte Bereich wurde von Sibylle ausgespart. Sie war verschwiegen und hatte eine Art, die es mir verbot, irgendwelche Fragen zu stellen. Meine Mutter hütete sich auch, mir Einzelheiten anzuvertrauen. Ich kam erst später, als ich wieder in Hamburg war, dahinter. Mein Verhältnis zu Bille hat das aber nie beeinflußt. Von meiner Seite gab es da keinerlei Vorurteile. Sie selbst hatte damit wohl ihre Schwierigkeiten. An ihrem Vater hat sie sehr gehangen, glaube ich. Als sie nach der Beerdigung wiederkam, war sie stiller. Sie hörte auf, Trudi zu ärgern, schrieb keine Goethe-Zitate mehr in den Kalender und sang nicht mehr. Dann hatten wir Weihnachtsferien, und danach waren wir mit unseren Gedanken und Plänen schon über die Schule hinaus.«
»Welche Pläne hatte Mutsch denn?«
»Das kann ich dir nicht sagen, mit Sicherheit jedenfalls nicht. Wenn das Gespräch auf dieses Thema kam, beschränkte sie sich meist dar-

auf, Trudi zu ärgern. Damals durchschaute ich Sibylles Technik noch nicht. Erst während des Krieges erkannte ich allmählich, wie sie sich verhielt. Sie fragte viel und hörte zu. Äußerte sie sich, so bezog sich das fast ausschließlich auf das, was die andern gesagt hatten. Verstehst du? Wer mit ihr sprach, fühlte sich wohl, fühlte sich ernst genommen und konnte – wie Trudi – ausführlich über sich selbst reden. Sibylle, die blieb außen vor, ohne daß wir es merkten. ›Ich heirate einen englischen Lord, ziehe mich auf mein Landschloß zurück und züchte Rosen‹, sagte sie einmal. Wieweit das ihr Ernst war, ob sie solche Träume träumte? Ich kann's nicht sagen.«

»Berufspläne?«

»Nein, ernsthafte berufliche Pläne hatten wir nicht. Ein bißchen studieren vielleicht, Kunstgeschichte oder Literatur, bis sich der richtige Mann gefunden hatte. Wir dachten uns das Leben doch sehr ähnlich der Situation unserer Mütter. Bildung? Natürlich Bildung, Bildung als gesellschaftliche Waffe, als Glanzpuder, aber nicht, um beruflich mit den Männern zu rivalisieren. Von Emanzipation hielten wir gar nichts. Koffer schleppen, Geschäfte führen, früh aufstehen? Das wollten wir nicht.«

»Aber wer Kinder hat, muß auch früh aufstehen.«

»Dafür hatte man Personal.«

▲▼▲

Du, Mutsch, im Internat?

Tante Grit hatte ein Buch über die Heimfrauenschulen. Ich hab es mir angesehen, die Bilder betrachtet und versucht, dich in dieser Welt zu entdecken. Aus dem stillen, weitläufigen Elternhaus kamst du in ein Dreibettzimmer, in ein Leben nach Stundenplan, zu Gemeinschaftssinn und Disziplin, Bohnerwachs und plumpen weißen Teekannen. Und in den Schränken liegen die Unterhosen genau Kante auf Kante, die Bettdecken erdreisten sich nicht des geringsten individuellen Faltenwurfs, und allwöchentlich schreibst du den Brief nach Hause. War das so? Das Buch preist die Schule als ein »wirkliches Heim, eine zweite Heimat« an. Für dich? Wie lebte es sich unter »mütterlicher Fürsorge und persönlicher Anteilnahme« der Oberin? Bezog sich die Anteilnahme auch auf den Inhalt der Post, des Tagebuches, der Träume? Mutsch, du als Objekt pädago-

gischer Bemühungen in einem »Heimchenkleid mit seinem schlichten, aber so kleidsamen blauen Stoff«. Bestimmt hatte es ein weißes Krägelchen, dein Kleid. Weiße Krägelchen sind so frisch und nett, so passend für junge Mädchen. Haben sie dich zugeritten in Nikolassee? Wurde dein Blick vom Meer, von weiten Horizonten mit der Theatralik aufgetürmter Wolken herabgezogen auf den Küchenherd und auf blitzblank gescheuerte Töpfe? Für andere Mädchen aus anderen Familien war das Jahr in Nikolassee vielleicht der erste Schritt in die Selbständigkeit. Für dich? Ein Rückschritt. Oder? Oder veränderte die Pubertät dich so? Kam da ein »angeborener Wille zum Kind und zur Familie« zum Durchbruch? Und Männer? Liebe? Sex? Träumtest du nur vom Begleiten, Pflegen, Schmücken und Dienen? Fehlte dir der Mut, Eigenes zu wagen, dich selbst in den Mittelpunkt deines Lebens zu stellen?
Und ich?
Wieweit hatte ich denn ernsthafte Pläne für mich? Wollte ich nicht Ärztin, Journalistin, Archäologin werden – um mich interessant zu machen? Meine Träume. Lag nicht, bei aller vorgezeigten Entschlossenheit zum Beruf, der Gedanke an Familie, Mann, Kinder und ein Heim dahinter? Aber darüber konnte ich nicht sprechen. Wenn ich nun keinen Mann abkriegte? Wenn mich keiner wollte? Die Blamage! Geschickter war es also, meine Gedanken zu verschweigen. Und die Gespräche zu diesem Thema gestalteten sich zu Ping-Pong-Spielen:
»Du Irene, du heiratest ja doch.«
»Ich? Daran denke ich noch lange nicht. Erst...«
»Du bist viel zu hübsch.«
»Puh!«
»Wart's ab!«
Mit Beruhigung und Genugtuung steckte ich mir dies Du-heiratest-ja-doch ein. Ich hatte vielleicht wirklich Chancen. Nur schön still sein! Nichts verraten! Erst mal abwarten.
Still sein! Nichts verraten! Nicht nachdenken!
Ich lebte viele Leben damals. Nach jener Nacht, die mich mondsüchtig gemacht hatte, lernte ich, je nach Tages- oder Nachtzeit verschiedene Leben zu leben, gleichzeitig. Vormittags in der Schule spielte ich das Schulmädchen, schrieb ergreifende Deutschaufsätze

– Der Freiheitsgedanke in Schillers Wilhem Tell –, diskutierte über den Sinn des Lebens und die Existenz Gottes, nähte im Nadelarbeitsunterricht fachgerecht einen Kopfkissenbezug mit Kappnähten und handgearbeiteten Knopflöchern für die Aussteuer und marschierte im Lateinunterricht gemeinsam mit Cäsars Legionen cum magnis itineribus durch Germanien. Die Französischlehrerin führte uns während ihrer Unterrichtsstunden auf den Flur und ließ uns üben, im Gehen zu knicksen. Wir schuldeten unseren Lehrerinnen und Lehrern Respekt und Höflichkeit. Guten Morgen, Schwester Anna – Knicks – und weiter. Aber in der Nacht hielt ich Wache. Jede Nacht kalte Füße. Jede Nacht Angst. Jede Nacht der Versuch, Tag- und Nachtleben unserer Familie in einen logischen Zusammenhang zu bringen, eine Verbindung zwischen Mutsch und Papa und den beiden Nachtgestalten herzustellen, die sich anschrien, Prügel austeilten und bezogen, die mich erst schlafen ließen, wenn sie endlich ins Bett gefunden hatten. Tagsüber lebten wir wie eine normale Familie, aßen Salzkartoffeln und Eier in Senfsauce, fegten samstags den Rinnstein und saßen abends vor dem Fernsehapparat, um mit Familie Schölermann zu lachen und zu leiden. Aber das war schon die Zeit des Übergangs, der unheimlichen Verwandlung.
Gegen sieben schickte mich Papa nämlich los, um »eine halbe Buddel« zu kaufen. Ich steckte die Flasche in die Einkaufstasche, damit keiner sah, was ich trug, und machte mich auf den Weg zur Wirtschaft. Ich mußte an Mias Hühnerhof vorbei, dessen hoher Drahtzaun beim Fußballspielen unser Tor bildete, dann den Berg hinunter und an einer Scheune vorbei, deren Schatten schwer und schwarz in der Dunkelheit lastete. Dicht daneben gab es einen knorrigen Pflaumenbaum, ein Holundergebüsch. Dann ein Knacken, Ächzen, Wispern, eine zuspringende Angst, die meine Hände feucht machte und mich zagen, dann rennen ließ, rennen, bis ich den hellen Lichtkreis der Laterne erreicht hatte. Vor diese Scheune pflanzte Hubertine jedes Jahr auf einer schmalen Blumenrabatte Tagetes, sogenannte Stinkepitterchen. Wenn ich an hellen Sommerabenden vorbeikam, schien es mir, als erdrücke die hohe, dunkle Scheunenwand die kleinen gelb-braunen, wie Kohlköpfchen aufgereihten Pflänzchen. Sie muß Sonnenblumen setzen, dachte ich, hohe, starke Sonnenblumen, die mit pausbackigem Gesicht die finstere Holz-

wand auslachen können. Diese Mickerlinge schaffen das nicht. Bei Hubertine in der Gaststube stellte ich die Flasche auf den Tresen und sah zu, wie sie goldbraunen Cognacverschnitt einfüllte. Welche Gedanken bewegten sich dann hinter ihrer Stirn? Rechnete sie nach, wie viele Liter Cognac ich im Laufe von Wochen, Monaten, Jahren den Berg hinauftrug, welche Wirkung er haben mußte? Manchmal schickte mich Papa gegen zehn Uhr ein zweites Mal los. Auch dann sagte Hubertine nichts, strich das Geld vom Tresen und schwieg. Je älter ich wurde, desto mehr wunderte, ärgerte mich ihr Schweigen. ›Sie muß doch wissen, was los ist‹, dachte ich und vermißte ein Zeichen des Verständnisses, des Mitleids vielleicht. ›Sie ist doch eine erwachsene Frau, älter noch als Mutsch und Papa, und ich bin ein Kind.‹ Aber wir wickelten unser Geschäft immer schweigend ab. Sieben Jahre lang schwieg Hubertine. Am Ende schickte sie mit der Post eine Rechnung über nicht bezahlten Cognac.

Als ich älter wurde, juckte es mich oft auf dem Heimweg, die Flasche aus dem Beutel zu ziehen, beim Hals zu packen und mit Wucht auf die Steine im Straßengraben zu knallen. Zu Hause wollte ich dann den abgebrochenen Flaschenhals abliefern und verkünden, ich ginge nie mehr Cognac holen, es sei aus damit, mit Schnaps und Schreien und Schlagen und mit meiner Angst. »Ich will leben wie andere, Papa! Ich will nicht mehr in Tag- und Nachtleben aufgesplittert sein! Ich habe ein Recht auf meine unbeschwerte Jugend, auf meine Mädchenjahre, auf rosa Tüllgardinen und rosa Träume. Und du, Mutsch? Hast du gar nichts dazu zu sagen? Bist du blind und taub, ohne Gedanken, Gefühle, Sorgen? Was ist? Gängelst du ihn, oder regiert er dich? Wie denkst du über mich, deine Tochter, in diesem Spiel? Und Klaus ist auch noch da.« Aber ich schwieg, ich ging, ich holte eine halbe Buddel, eine ganze, Bier, Zigaretten. Ich ging wieder und wieder, lieferte ab und schwieg und machte ihnen und mir vor, alles sei ganz normal, ich sei ein folgsames, fröhliches Mädchen und wir seien eine fröhliche, normale Familie. Im Laufe der Jahre lernte ich, mit meiner Schizophrenie zu leben.

Ich spielte das junge Mädchen, dessen Sorgen sich um Pickel, Liebeskummer und eine verhauene Lateinarbeit rankten, überspielte die Wirklichkeit, manchmal so perfekt, daß ich fast selbst auf mich hereinfiel. Ja, ich versuchte, durch besonders intensives Spiel die

Wirklichkeit meiner, unserer vorgetäuschten Realität anzupassen. Auch andere spielten, meine Freundinnen, die, mit denen ich groß geworden war. Wir hatten zusammen Seilchenspringen und Hüpfekästchen gespielt, im Halbdunkel des Heubodens unsere Geheimnisse ausgetauscht, gemeinsam die Wirklichkeit erobert. Aber je mehr die Wirklichkeit uns eroberte, desto verschwiegener wurden wir. Mit zunehmendem Alter entwickelten wir die Fähigkeit, Außenpolitik zu betreiben. Allmählich erlernten wir die Spielregeln der Erwachsenenwelt, mühten uns – altgewordene, ängstliche Kinder –, die Rollen zu füllen, die uns zudiktiert waren, und schämten uns, wenn unser Talent nicht hinreichte, wenn wir die in uns gesetzten Erwartungen nicht erfüllen konnten. Wir hätten ihnen mißtrauen sollen, unseren Eltern, Lehrern, Vorgesetzten, Tanten und Onkeln, die uns ungewarnt auf die Bühne der doppelten Böden, der Vorhänge und vielschichtigen Attrappen schubsten. Aber welches Kind mißtraut seinen Eltern?

»Ich will nicht mehr in die Schule. Ich geh lieber in die Fabrik und verdien mir Geld.«

»Ich geh der Oma das Haus putzen. Das gehört sich ja auch so. Spielen, dafür bin ich zu alt.«

»Zum Schlußball geh ich nicht. Ein teures Kleid anschaffen, so einen Fummel mit Rüschen und Schleifen? Furchtbar! Nichts für mich!«

»Ich muß Geld verdienen gehen.«

»Ich muß putzen.«

So hieß das. Es hieß nicht: Für ein Schlußballkleid ist kein Geld übrig.

Ingeborg, Linas Nichte, ging nach dem achten Schuljahr in die Papierfabrik: Geld verdienen, Kostgeld abliefern, für die Aussteuer sparen. Eine Lehre kam nicht in Frage. Es dauerte kein Jahr, da erkannte ich sie kaum noch, wenn sie mit Dauerwellen und rotgeschminkten Lippen aus dem Bus stieg. Manchmal, in der ersten Zeit, besuchte sie mich, erzählte mir, wie es war in der Fabrik: »Die Resi ist sechzehn und hat einen Freund, und montags wird sie von den älteren Frauen immer ausgefragt, was der Freund am Wochenende mit ihr gemacht hat. Dann zeigt sie die Knutschflecken, dicke blaue Flatschen am Hals und auf der Brust. Ich glaube, sie läßt sich

die Flecken nur machen, um damit anzugeben. Und die anderen können sich gar nicht satt sehen und fragen immer weiter. Sie haben der Resi auch erzählt, der Koller sei in sie verliebt. Der Koller, das ist einer, der's mit jeder treibt, wenn sie ihn läßt. Da war die Resi ganz stolz und hat sich mit dem Koller im Lager einschließen lassen. Und die anderen sind aufs Flachdach geschlichen und haben durchs Oberlicht zugesehen, wie der Koller die Resi gefickt hat und wie sie geschrien und gewimmert hat. Hinterher haben sie die Resi nur so von der Seite angesehen, aber gefragt haben sie nichts. Und die Resi, der macht das gar nichts mehr, glaub ich. Vielleicht hat sie sogar Spaß dabei. Der Koller nimmt sie manchmal im Auto mit und macht dann einen Umweg durch den Wald.«
Brigitte, Biggi, die Dicke, die Blasse, saß im Schulbus neben mir und sagte leise: »Ich geh nach dem Einjährigen ab und geh zur Post.« Noch leiser sagte sie: »Ich würd so gern Abitur machen. Ich lerne gern. Wirklich! Aber mein Vater sagt, ich heirate ja doch, und da lohnt sich die viele Lernerei nicht. Ich hab ja auch noch vier Brüder und eine Schwester. Alle können eben nicht. Ich trau mich nicht, bei meinem Vater zu betteln. Dabei wär ich so gern Lehrerin geworden.« Sie war die einzige, die ihre Enttäuschung zugab.
Fast die Hälfte meiner Mitschülerinnen ging mit dem Einjährigen von der Schule ab.
»Ich gehe zur Bank.«
»Ich werde Arzthelferin.«
»Ich besuche die Handelsschule.«
Feststellungen. Keine Diskussionen, Erwägungen, ob die Begabung, das Interesse vorhanden waren, kein: Willst du das, würde dir jenes Spaß machen, wie stellst du dir dein Leben vor?
Alles war sowieso – unausgesprochen – klar: Du heiratest ja doch.
Und ich?
Ich ging doch weiter zur Schule, wollte damals schon Archäologin werden. Wirklich? Nahm irgendein Mensch diese Zukunftsplanung ernst? Ich selbst? Wenigstens ich selbst? »Du brauchst eine abgeschlossene Ausbildung«, sagte Mutsch mir wieder und wieder. Aber – drängte sie mich, konkrete Ziele ins Auge zu fassen? Wurde jemals im Zusammenhang mit mir und meiner Zukunft das Wort ERFOLG in den Mund genommen?

▲▼▲

*18. Oktober 1890*

So eine Todesangst hatte ich noch nie in meinem Leben. Ich wachte nachts auf. Ein unbekannter Schmerz wühlte in meinen Eingeweiden. Es waren keine normalen Bauchschmerzen, auch kein Stechen oder Pieken. Vielmehr schien mir, da fahre ein Raddampfer in meinem Bauch herum. Es tat so weh, daß ich lange mit mir kämpfte, ob ich das Licht anzünden solle, denn selbst diese kleine Anstrengung schien mir schon zuviel zu sein. Aber dann raffte ich mich doch auf, denn ich dachte, im Hellen sei alles halb so schlimm. Darin irrte ich diesmal. Als ich die Decke zurückgeschlagen und mich auf die Bettkante gesetzt hatte, sah ich im Schein der Nachttischlampe, daß da überall Blut war. Mein Nachthemd, mein Laken, das Deckbett, alles war voll, und ein widerlich süßer Geruch lag in der Luft. Ich starrte auf die Flecken und begriff nicht, wo das herkam. Am liebsten wäre ich zu Caroline gelaufen. Aber mit fünfzehn Jahren kann man sich nicht mehr zum Kindermädchen flüchten. Ich bin doch nicht Lenchen! Ich dachte: Je mehr ich mich bewege, desto mehr blute ich. Vielleicht muß ich verbluten, noch diese Nacht, hab ich gedacht. Und dann bin ich ins Bett zurückgekrochen, in dies eklige, blutverschmierte, stinkende Bett. Den Rest der Nacht habe ich wachgelegen, hab die Lampe brennen lassen, weil mir sonst noch unheimlicher zumute gewesen wäre. Eine Ewigkeit hab ich so gelegen, steif wie ein Stockfisch, schweißnaß. Der Raddampfer in meinem Bauch kam nicht zur Ruhe.

Woher kam der Schmerz? Woher kam das viele Blut? Ich fand keine Antwort. Es war bestimmt nicht die Tuberkulose, soviel wußte ich, denn dabei spucken die Kranken das Blut ja aus dem Mund. Ob in meinem Innern etwas zerrissen war? Ob der Schmerz daher rührte, daß der Riß größer wurde, länger, breiter? Aber warum? Woher? Ich war doch abends wie immer ins Bett gegangen, hatte mich nirgendwo gestoßen, war nicht gefallen.

Dann dachte ich: Gott will mich strafen. Er ärgert sich über mich, darüber, daß ich manchmal eifersüchtig auf Friedgard bin. Aber so eine schlechte Meinung konnte er doch nicht von mir haben. Er durfte mich doch deshalb nicht verbluten lassen.

Zuletzt konnte ich gar nichts mehr denken. Ich fühlte mich so verlassen wie noch nie in meinem Leben und heulte, bis auch mein Kopfkissen ganz naß war.
Als es im Haus lebendig wurde, freute ich mich. Endlich würde jemand kommen, dem ich alles sagen konnte. Aber als Emmi dann kam, schämte ich mich so sehr, daß ich kein Wort herauskriegte. Sie guckte zu mir hin und merkte gleich, daß etwas nicht stimmte. »Is Ihn' nich gut, Fräulein Kathrina?« fragte sie. Ich konnte nur nicken und heulte gleich wieder los. Sie aber lief und holte Mama.
Es dauerte lange, bis Mama kam, jedenfalls schien mir das so. Sie trug ihren hellblauen seidenen Morgenrock, das Haar fiel ihr lockig auf die Schultern, und sie duftete frisch und sauber. Ich fühlte mich noch schmutziger, ekliger. Am liebsten hätte ich sie gar nicht an mein Bett herangelassen. Was sollte ich ihr sagen? Ich konnte doch unmöglich die Bettdecke aufschlagen und ihr zeigen, was los war. Aber ich brauchte ihr nichts zu erklären.
Sie wußte es schon!
Ich war erleichtert und gleichzeitig doch auch verwundert über Mama. Sie klingelte nach Emmi. Die mußte warmes Wasser und frisches Bettzeug holen. Dann setzte sich Mama an mein Bett, nahm meine Hand und betrachtete immerzu den Handrücken, während sie zu mir sprach:
»Was du jetzt hast, Kathrina, haben alle Frauen. Es ist keine schlimme Krankheit, wie du vielleicht denkst. Alle vier Wochen wirst du das haben, ungefähr vier Tage lang. Man nennt es die Regelblutung. Aber, damit du das auch gleich weißt: Darüber spricht eine Dame nicht. Nie! Hörst du, Thrina? Das ist absolut kein Gesprächsthema. Wenn du die Blutung hast, bleibst du am besten den ersten Tag im Bett. Wir Frauen (sie sagte: WIR!) müssen uns dann besonders schonen, nur leichte Kost und keine Aufregungen. Du solltest auch nicht allzuviel trinken, das verstärkt die Blutung nur unnötig. Weißt du, die Arbeiterfrauen, die schonen sich dann nicht, deshalb altern sie auch so früh.«
Mich interessierten die Arbeiterfrauen überhaupt nicht, und ich fragte: »Mama, woher kommt die Blutung denn?«
Sie sah mich an und sagte: »Wenn man die Regel hat, Kathrina, ist

man zur Frau herangereift und muß sich auch so betragen. Du kannst jetzt nicht mehr so herumtoben wie Lenchen.«
Ich fragte noch einmal: »Mama, woher kommt denn das Blut? Woher kommen die Schmerzen?«
Sie betrachtete wieder meinen Handrücken und meinte: »Ganz genau weiß ich das nicht. Meine Mutter konnte es mir auch nicht sagen, und mit anderen Frauen habe ich darüber natürlich nie gesprochen. Das sind auch müßige Fragen. Zerbrich dir nicht weiter deinen kleinen Kopf!«
Ich ließ immer noch nicht locker. Die Frage hatte mich die ganze Nacht gepeinigt. Ich konnte sie jetzt nicht so einfach herunterschlucken und vergessen. Mama wurde ungeduldig und sagte: »Meine Mutter hat mir erklärt, Gott habe den Frauen die Strafe auferlegt, weil Eva den verbotenen Apfel gegessen hatte.«
»Aber dafür kann ich doch nichts!« rief ich aus. »Wie ist dieser Gott rachsüchtig und nachtragend, wenn er so was tut!«
Da stand Mama auf: »Kathrina, versündige dich nicht!« mahnte sie.
Und ich in meiner Wut rief: »Warum nicht? Bestraft bin ich doch sowieso schon!«
»Das sind ernste Themen, davon verstehst du nichts«, sagte sie und ließ mich allein.
Ich aber lag da und dachte über diesen Gott nach, der jahrtausendelang alle Frauen dieser Erde einmal monatlich bestraft, bloß weil Eva in den Apfel gebissen hat. Nicht mal aufgegessen hat sie ihn. Adam hat auch was abgekriegt. Aber den hat er anscheinend nicht bestraft. Das ist ungerecht, einfach ungerecht!

*19. Oktober 1890*

Ich lag den ganzen Tag faul im Bett und dachte über das Erwachsenwerden nach. Warum hatte Mama mir nicht vorher alles gesagt? Sie mußte doch wissen, daß dies kommen würde. Hatte sie sich gar keine Gedanken darüber gemacht? Hatte sie ganz vergessen, wie es war, als sie selbst zum ersten Mal die Blutung hatte? Vielleicht bin ich ihr auch gleichgültig. Hätte sie sonst nicht alles getan, mir die Todesangst jener Nacht zu ersparen? Auch Friedgard hatte mir

nichts gesagt. Bei ihr war es doch bestimmt genauso. Warum sind nur alle so verschwiegen?
Heute, als ich mein Zimmer wieder verließ, hatte ich Sorge, Papa oder die anderen könnten fragen, wo ich gesteckt hätte. Aber keiner fragte. Es war, als hätten sie mein Fehlen gar nicht bemerkt. Unheimlich! Es ist die reinste Verschwörung! Nachträglich ist mir eingefallen, daß Mama und Friedgard manchmal ihre ›Migräne‹ haben. Das ist dann bestimmt keine Migräne, sie sagen das nur so. Wenn ich's recht bedenke, hat das alles auch eine komische Seite: Alle reden von Migräne, und jeder weiß, daß es ganz was andres ist.
Mich beschäftigt das Thema so sehr, daß ich fast ausschließlich daran denke. Bei jeder Frau, die mir begegnet, überlege ich, ob sie vielleicht auch gerade... Es ist etwas in meinem Leben ganz anders geworden. Liegt es daran, daß ich jetzt dazugehöre, daß ich eine von ihnen bin, eine, die das Geheimnis kennt?

▲ ▼ ▲

Trieb mich das nicht auch so um? Ich überlegte – nachdem ich erst mal Bescheid wußte – auch, ob etwa gerade die oder die...
Erfahren hab ich alles durch Heidi. Morgens, vor der Schule, zog sie mich auf die Seite und raunte:
»Sie bluten. Du, Reni, alle Frauen bluten. Zwischen den Beinen kommt es raus.«
»Quatsch! Du hast 'nen Knall!«
»Aber meine Cousine aus Köln hat's mir erzählt.«
»Und du merkst nicht, daß die dich veräppelt? So 'n Quatsch! Das müßten wir doch sehen, wenn das Blut an den Beinen runterläuft. Du spinnst!«
»Meine Cousine sagt, das haben die Frauen alle vier Wochen, und dann knöpfen sie sich so gestrickte Lappen in die Unterhosen.«
Da wurde ich hellhörig. Diese gestrickten Lappen, zu schmal, um als Topflappen durchzugehen, kannte ich von den Wäscheleinen. Dafür also! Wir beide diskutierten dann in der großen Pause, ob unser Frollein etwa gerade auch... Alle Frauen taxierte ich nun, konnte an nichts anderes denken, genauso wie Großmutter. Und auch ich staunte, daß mir eine Sache, die so viele Menschen meiner Umge-

bung betraf, verborgen geblieben war. Auch ich fühlte mich plötzlich dazugehörig. Auch ich merkte, daß sich alles um mich herum veränderte. Es war, als sei ich durch einen Vorhang auf eine andere, weiträumigere Bühne getreten, die vielleicht noch mehr Geheimnisse barg.

Schreckliche Ängste hast du ausgestanden, arme Anne-Kathrin! Ich selbst, ich wußte wenigstens, was los war, obwohl Mutsch nie mit mir darüber gesprochen hatte. Als ich meine Tage kriegte, kaufte sie mir Camelia und stellte fest, das sei alles ganz normal und ich solle mich nicht anstellen. Sie fragte nicht, woher ich Bescheid wußte, machte keinen Versuch, mich aufzuklären. Das mit den Arbeiterfrauen, die sich dann nicht genug schonten, das erzählte sie mir auch. Als ob sich Arbeiterfrauen an anderen Tagen hätten schonen können! Und abergläubisch war sie auch: Ich werde nie diesen Eimer Johannisbeeren vergessen!

Im Juli, in der Gluthitze, jagte sie mich in den Garten, um Johannisbeeren zu pflücken. Einen großen Eimer voll pflückte ich. Und dann blieb er stehen. Keiner wusch das Obst, keiner kochte Saft und Gelee. Nichts. Auch Lina kümmerte sich nicht darum, dabei war die immer sehr darauf aus, nichts umkommen zu lassen. Aber die Beeren blieben stehen, standen in der Küche und kitzelten meine Wut, wann immer ich daran vorbei mußte. Dann, am nächsten Tag, kam die alte Fischer und holte sich den Eimer mit den Johannisbeeren, bedankte sich auch noch, daß wir sie schon gepflückt hatten. Lina sah mein Gesicht, als die Fischer ihr Sprüchlein aufsagte. Als sie weg war, erklärte sie: »Es jeht nich anders, Renchen. Deine Mutter hat die Tare und ich auch. Ein unjlicklicher Zufall! Das Einmachen nutzt ja dann jarnuscht, weißt du! Alles wird schlecht. Wenn man seine Tare hat, darf man nuscht einkochen.«

Ich habe damals nichts gesagt, es auch nicht gewagt, von dir, Mutsch, weitere Auskünfte zu erbitten. Eine Scheu, die sich auf keinen bestimmten Anlaß zurückführen ließ, hinderte mich daran. Du hattest eine raffinierte Technik, solche Fragen zu verhindern. Nur einmal wagte ich, dir in dieser Richtung eine Frage zu stellen. Das muß einige Zeit vorher gewesen sein. Du warst beim Bügeln. Der Duft frischer Wäsche lag in der Luft, und das schwere Plätteisen ratschte über die umgedrehte Untertasse, wenn du es abstelltest, um

ein neues Wäschestück aus dem Korb zu holen. Damals rätselte ich, wo die Babys bei der Geburt herauskämen. Der Bauchnabel spielte bei meinen Spekulationen eine entscheidende Rolle, und so wagte ich, weil der Augenblick günstig schien, zu fragen, wofür der Bauchnabel da sei. Du hast, den Blick auf deine Bügelwäsche gerichtet, geantwortet: »Der Bauchnabel ist nur da, um uns zu ärgern, weil er sich so schlecht waschen läßt.« Dann hast du das nächste Handtuch ausgebreitet, die Fingerspitze mit Spucke naß gemacht und geprüft, ob das Eisen noch heiß genug sei.
Du hast dich feige gedrückt, Mutsch. Du mußt doch gespürt haben, wie mich das umtrieb. Aber du gingst nicht auf meine Frage ein, ließest mich weiterrätseln. Ich mach das bei meinen Kindern besser.

Wir saßen in der Dachluke der Scheune und leckten Brausewürfel. AHOI-BRAUSE stand auf dem Papierchen, und ein Junge im Matrosenanzug war abgebildet. Wir waren im vierten Schuljahr, Heidi und ich. Zuerst hatte ich ihr beim Pöttespülen geholfen und zugesehen, wie sie die Herdplatte mit weißer Paste einschmierte, den Lappen mit beiden Händen packte und auf der Herdplatte Strich für Strich scheuerte. Zum Schluß knüllte sie einen Bogen Zeitungspapier zusammen und polierte damit nach. Erst dann durfte sie spielen gehen. Aber an jenem Tag waren wir nicht spielen gegangen. Wir wußten, daß Heidis Mutter mit der Oma zum Doktor mußte und daß der Nachmittag hingehen würde, ehe sie zurückkämen. Wir waren ohne Aufsicht und entschlossen, die Gelegenheit zu nutzen.
Heidi ging voran, über den Flur in das gute Zimmer, ein Raum, der nur zu Weihnachten und bei Kinderkommunionen benutzt wurde. Draußen kochte der Sommer, hier aber war es kühl und muffig. Eine einsame Fliege zog ihre Schleifen um die braungelben Glasschirmchen der Lampe. Heidi marschierte entschlossen zum Schrank, hockte sich davor und öffnete die Mitteltür unten. Ich kniete mich neben sie, immer noch ein bißchen ängstlich, durch irgendeinen dummen Zufall entdeckt zu werden. Heidi steckte ihren Arm ins Schrankinnere, tastete zwischen Blumenvasen und Weihnachtspapier herum, zog die Augenbrauen hoch und jubelte: »Hier, ich hab's!« Dann angelte sie das Buch aus dem Bauch des Schrankes.

Ich rutschte zu ihr hin, um mit hineinsehen zu können. »Ärztlicher Ratgeber« stand auf dem grauen Leinendeckel.
»Da wollen wir doch mal sehen! Da wollen wir doch gleich mal sehen!« Heidi leckte die Fingerkuppe ihres Zeigefingers an und begann in dem Buch zu blättern. Lange fanden wir nichts, was unsere Neugier befriedigen konnte. Das einzig Aufregende war die Abbildung eines scharlachkranken Kindes, das uns mit aufgerissenem Mund seinen ritzeroten Rachen vorzeigte. Wir betrachteten das Kind, versicherten uns gegenseitig, wie schön es doch sei, keinen Scharlach zu haben, und schon blätterte Heidi weiter. Immer wieder leckte sie ihren Finger, bevor sie umblätterte. Es sah aus, als nasche sie an dem Buch. Und dann, endlich, waren wir am Ziel. Da war eine nackte Frau abgebildet. Wir schwiegen, ließen unsere Augen über den nackten Körper wandern und wußten zunächst mit der Gegenwart der anderen nichts anzufangen, ja, sie machte uns verlegen. Heidi sprach als erste:
»Die hat ja Haare unter den Armen. Guck mal! Und hier«, ihr Zeigefinger rutschte auf dem Papier nach unten, an die Stelle, an der der Körper sich gabelte, »hier hat sie auch Haare. Komisch sieht das aus.«
»Ob das kitzelt, wenn man da Haare hat?« fragte ich.
»Weiß ich nicht. Auf jeden Fall werden die naß beim Pipimachen.«
Wir lachten beide. Die nackten Brüste zogen unsere Neugier nicht auf sich. Vielleicht war uns ihr Anblick zu vertraut. Wir durften ja manchmal zusehen, wenn ein Säugling angelegt wurde.
»Wo ist denn das Baby?« fragte ich ungeduldig. Heidi hatte mir nämlich angekündigt, man könne das Baby in der Frau sehen. Jetzt faßte sie die Papierfrau am linken Arm und klappte sie auf. Da war das Baby, eingeknäuelt lag es im Bauch.
»Wo kommt es denn raus, wenn es rauskommt?« fragte ich. »Kann man das nicht sehen?«
»Nä! Ich seh nix. Aber vielleicht steht hier was.« Heidi klappte die Frau wieder zu und las halblaut vor, was auf der gegenüberliegenden Buchseite geschrieben stand. Wir verstanden nichts. Genausogut hätten wir die Aufbauanleitung einer Maschine lesen können. Das, was wir so dringend zu wissen wünschten, fanden wir nicht.

Wir waren enttäuscht. Unsere Beine waren eingeschlafen und kribbelten.
»Willst du den Mann auch noch sehen?« fragte Heidi.
Ich sagte ja, weil ich fand, wir dürften das Buch nicht zurücklegen, ohne wenigstens eine neue Erkenntnis gewonnen zu haben. So blätterte Heidi weiter, bis sie den Mann gefunden hatte. Er war langweilig. Da war nichts zu sehen, was wir nicht sowieso schon kannten. Viele Männer liefen um diese Jahreszeit mit nacktem Oberkörper herum. Und was Männer weiter unten noch zu bieten hatten, kannten wir auch, denn die Jungs machten einen Sport daraus, auf dem Schulweg um die Wette zu pinkeln.
»Zum Pipimachen ist der Pimmel doch ganz praktisch«, sagte ich.
»Den brauchen die aber auch noch für was andres.«
»Wofür?«
»Das sag ich nicht.«
»Du bist feige.«
»Ich sag's nicht.«
»Ich geb dir was, wenn du's mir verrätst. 'nen Brausewürfel. Ich hol dir gleich 'nen Brausewürfel, wenn du's sagst.«
»Also gut. Aber du mußt weggucken, wenn ich's sag.«
Sie hob vorsichtshalber das Buch vor ihr Gesicht und sagte dann: »Das stecken die bei 'ner Frau unten rein, und dann kriegt die ein Kind. So, und jetzt mußt du mir den Brausewürfel holen.«
Sie klappte das Buch zu und verstaute es wieder im Schrank.

▲ ▼ ▲

Annette und Jochen saßen am Küchentisch und bastelten Weihnachtssterne. Ich lehnte im Türrahmen und beobachtete beide. Annette war ganz geschickt. Wie sie das Papier mit Bleistift und Lineal falzte, bevor sie es kniffte, das machte sie gut. Und die Zungenspitze streckte sie auch immer ein bißchen vor, genau wie Wolfgang. Ich liebte diese Jahreszeit. Adventszeit, das war Familienzeit, da saß ich jedes Jahr mit den Kindern zusammen und las ihnen vor. Wir sangen die schönen, alten Lieder und falteten, klebten, nähten, häkelten und stickten, bis alle Weihnachtsgeschenkchen, hübsch verpackt und mit einem Schildchen versehen, im Regal lagen. Ich wollte unser Familienleben bewußt gestalten und pflegen. Meine Kinder würden es mir danken und später, als Erwachsene, gern an diese Stunden zurückdenken. Waren nicht die schönsten Kindheitserinnerungen mit der Weihnachtszeit verbunden?

»Mama«, Jochen drehte sich nach mir um, »Mama, du mußt mir helfen!« Er hielt seine Hände hoch, Hände, die mit Kleber und Goldpapierschnipseln überzogen waren.

»Du wolltest doch allein basteln, Jochen.«

»Aber ich kann's nicht. Du mußt mir helfen. Nur ein bißchen. Bitte, bitte!«

»Nettchen, bitte, hilf ihm mal!«

»Gleich. Ich will erst meinen Stern fertig machen.«

»Ich will aber, daß du mir hilfst, Mama. Du kannst das viel besser.«

»Nette kann das auch.«

»Du sollst mir aber helfen!«

»Annette, bitte! Ich kann jetzt nicht. Ich muß erst die Tannenzweige in die Bodenvase stecken und die Diele auskehren, sonst schleppen wir den ganzen Dreck durchs Haus.«

Während ich in der Diele hantierte, schwoll Jochens Gequengele hinter mir an. Dann hörte ich Annette lustlos fragen:

»Und was soll ich dir helfen, du Nervi?«

»Du bist blöd! Du kannst das nicht. Nur Mama kann das. Maamaaa!«

»Gleich, Jochen, ich bin gleich fertig hier.«

»Nette, du bist blöde!«

»Selber blöde!«

»Annette!«

»Ist doch wahr! Immer... Oh! Hörst du auf! Hör sofort auf! Mama! Jetzt hat er meinen schönsten Stern kaputtgemacht. Den wollte ich doch Papa schenken. Jochen! Du Arschloch!«

»Arschloch! Arschloch!«

»Schluß jetzt! Ruhe! Verdammt noch mal! Könnt ihr euch nicht einmal vertragen? Müßt ihr euch ewig zanken? Schluß! Ich bin's leid!« Mit großen Schritten stürmte ich in die Küche. Meine Schilddrüse tuckerte, meine Stimme quäkte hoch und schrill, überschlug sich. Ich raffte mit hastigen Bewegungen Goldpapier, Scheren und Kleber vom Tisch, holte den Besen und fegte die Küche aus. Beide

Kinder sahen mir wortlos zu. Da plumpste ich auf den Küchenstuhl und sah von einem zum andern. Ich hatte es so gut gemeint, wollte doch mit den Kindern einen ganz schönen, ganz gemütlichen Bastelnachmittag veranstalten. Warum gelang mir das denn nicht? Warum keifte ich, schrie? Warum verdarb ich alles? Und jetzt stiegen mir die Tränen in die Kehle. Warum?
»Mamilein!« Jochen streichelte ganz sacht meinen Rücken. »Sei nicht traurig, Mamilein.«
Annette sah mich aus grünen Augen an: »Soll ich Kaffee aufsetzen?«
Ich schluckte, hob den Kopf: »Ja, bitte, Nettchen. Und dann reparieren wir deinen Stern und schmücken gemeinsam das Kränzchen für die Haustür. Einverstanden? Du, Jochen, holst die Tüte mit den Tannenzapfen aus der Besenkammer. Ich seh mal nach, ob ich noch rotes Schleifenband finde.«
Beim Kramen in der Schreibtischschublade fiel mir der Zettel in die Hand, die Anmeldung fürs Gymnasium. Annette. Ich mußte das mit Wolfgang besprechen, durfte das nicht vergessen. Da war das Schleifenband.
Als ich Jochen und Nettchen dann wie Bilderbuchkinder auf der Eckbank in der Küche sitzen sah, krampfte sich mir das Herz zusammen. Ich hatte sie mit meiner Wut erschreckt. Ich war zu unbeherrscht gewesen. Ich durfte mich nicht so gehen lassen. Andere Mütter schafften das doch auch.
Gemeinsam reparierten wir Nettes Stern, gemeinsam schmückten wir das Kränzchen und hängten es an die Haustür. Ich war zufrieden. Freundlich und einladend sah das Haus aus. Nun war Advent. Wir zogen unsere Anoraks an und gingen zum Bäcker, kauften frischen Spekulatius und holten Doro und Bärbel von der Probe ab. Jochen wich keinen Schritt von meiner Seite, plapperte ohne Unterbrechung, zeigte auf die Lichterketten über der Straße und zählte unbekümmert die lange, lange Reihe seiner Weihnachtswünsche auf. Gleichzeitig berichteten die Zwillinge von der Probe des Krippenspiels. ›Was wird aus Kindern‹, dachte ich, ›die keinen haben, der ihnen zuhört? Ich muß zuhören, ich will mich auf ihre Welt einlassen. Ich will eine gute Mutter sein.‹
Ich ging zwischen den Kindern, atmete den herben Duft abgestorbe-

ner Blätter und fühlte, wie sich die Müdigkeit auf meine Schultern legte.
Einmal allein durch diesen Park gehen. Langsam. Atmen.
»Ja, Jochen, du kannst dir alles vom Weihnachtsmann wünschen.«
Nur so gehen. Ohne Hast, ohne Blick nach der Uhr. Schritt für Schritt durch das Laub gehen.
»Ob der Weihnachtsmann alles bringt? Das glaube ich nicht.«
Den Kopf heben, fühlen, wie die feuchtkalte Luft die Stirn kühlt.
»Aber Doro! Nicht alle Mädchen können die Maria spielen.«
Den Duft modriger Blätter und feuchter Erde einsaugen.
»Natürlich komme ich zur Weihnachtsfeier in die Musikschule. Ich will doch sehen, ob du schön flöten kannst, Bärbel. Das Krippenspiel? Aber sicher sehe ich mir das Krippenspiel an. Was denkst du denn?«
Hören, wie die kahlen Äste im Wind knarren.
»Ja, Papa kommt spät nach Hause. Papa hat viel zu tun.«
Einmal ganz allein durch den Park gehen, so lange, bis die Beine müde werden. Nach Hause gehen, sich an einen Tisch setzen, den andere gedeckt haben, Tee trinken, lesen und dann schlafen, richtig ausschlafen.

Endlich kam Wolfgang. Jochen hatte nach dem Baden so lange gebettelt, bis ich ihm erlaubte, noch ein halbes Stündchen auf seinen Papa zu warten. Als sich dann endlich der Schlüssel im Schloß drehte, stürmte er zur Tür, hängte sich an Wolfgangs Arm:
»Papi! Papi!«
Wolfgang drückte ihn an sich und sah mich über den Kinderkopf hinweg an, lachte und bat:
»Nun laß mich erst mal meinen Mantel aufhängen, Rabauke!« Zuerst aber nahm er mich in die Arme, umschloß mich fest, so fest, daß ich den Druck seines Mantelknopfes schmerzhaft auf meiner Brust fühlte, und seufzte: »Ah! Tut das gut, endlich zu Hause zu sein!«
»Liest du mir noch was vor, Papi?« bettelte Jochen und drängte sich zwischen uns.
»Morgen. Jetzt ist es zu spät. Ab ins Bett! In fünf Minuten komme ich und deck dich zu.«

Jochen zog enttäuscht los. Wolfgang nahm die Post vom Garderobentischchen und sah sie durch. Ich ging in die Küche und stellte die Pfanne auf den Herd, um das Schnitzel für Wolfgang zu braten. ›Er bringt Leben ins Haus‹, dachte ich. ›Wenn er da ist, geht alles leichter und macht mehr Spaß.‹ Ich holte Bier aus dem Kühlschrank, schnitt Weißbrot ab, füllte den Rest Bohnensalat vom Mittagessen auf ein Glastellerchen und trug alles zum Eßtisch. ›Das Schnitzel sieht gut aus. Wird ihm schmecken. Soll es auch. Er soll froh sein, ein Zuhause, Kinder und eine Frau zu haben, die für alles sorgt. So ist das richtig. Eine Familie, die kann doch nur miteinander leben, wenn einer da ist, der Zeit hat, der sich kümmert. Mutsch hat das nie getan. Nein, so wie Mutsch will ich nicht leben. Was dabei herauskommt, weiß ich ja.‹

Als er aufgegessen hatte, brachte ich den leeren Teller in die Küche und holte noch eine Flasche Bier aus dem Kühlschrank. Jetzt hatte er gegessen, jetzt hatte er Zeit. Ich mußte mit ihm über Annettes Anmeldung zum Gymnasium sprechen. Zunächst wollte ich von den Kindern erzählen. Das mochte er, dabei konnte er sich entspannen. Aber ich merkte schnell, daß er nicht zuhörte. Immer wieder rutschte sein Blick zur Zeitung hin. Warum redete ich noch?

»Was hast du gesagt, Liebes?«

»Daß es dich langweilt, daß du keine Lust hast, mir zuzuhören, mit mir zu reden. Was hast du denn heute gemacht? Erzähl mir doch auch mal was. Ich sitze hier immer nur und hüte die Kinder und habe keine Ahnung, was du in der Zwischenzeit machst.«

»Entschuldige! Bitte, versteh mich doch! Ich bin wie eine ausgelutschte Zitrone. Ich kann nicht mehr. Ich bin zu müde. Den ganzen Tag muß ich zuhören, mich konzentrieren, auf jede und jeden eingehen. Ich kann einfach nicht mehr. Verstehst du das nicht? Du darfst jetzt nicht auch noch was von mir wollen. Einmal muß ich doch auch freihaben, oder?«

»Natürlich versteh ich dich, Wolfi. Nur...« Ich muß doch auch mal dran sein, wollte ich sagen, aber ich schwieg.

Am nächsten Morgen hatte Wolfgang keinen Termin und schlief, bis die Kinder aus dem Haus waren. Ich hörte ihn im Badezimmer flöten, strich ein Honigbrot für ihn und legte die Tageszeitung neben

seine Kaffeetasse. Dann kam er herunter, wünschte guten Morgen, nahm mich in die Arme und sagte über meinen Kopf hinweg:
»Liebes.«
Dann setzte er sich, legte die Zeitung demonstrativ auf den leeren Nebenstuhl und sagte, während er sein Ei aufklopfte:
»Also, Schatz, ich stehe zur Verfügung. Worüber willst du reden?«
Ich mußte lachen, setzte mich ihm gegenüber und goß Kaffee ein. Dann erzählte ich vom Elternabend in der Schule.
»Klar«, meinte er, »daß unsere Annette mit Englisch anfängt.«
»Wieso klar?«
»Weil es das einzig Vernünftige ist. Latein – das ist doch kalter Kaffee. Erst mal Englisch und Französisch, damit sie in der Welt zurechtkommt.« Er streckte mir seine leere Tasse hin. Ich goß nach.
»Meiner Meinung nach sollte Annette mit Latein anfangen, wenigstens sie.«
»Natürlich. Daß du das meinst, ist mir schon völlig klar. Das mußt du ja auch, du, mit deinem Beruf.«
»Dr. Kammacher plädiert auch dafür.«
»Der Kammacher? Auch einer von den Studienräten, die seit ihrem zehnten Lebensjahr nie mehr aus dem Schulmief rausgekommen sind. Keine blasse Ahnung von der Welt – aber die griechische Mythologie kennen sie bis in die allerfeinsten Verästelungen.«
»Ich bin für Latein.«
»Natürlich, Schatz. Das ist schon in Ordnung.«
»Und was wird nun?«
»Ohne Englisch geht es heute gar nicht mehr. Die ganze Computersprache...«
»Aber in Pharmazie und Medizin...«
»Sie kann ein Austauschjahr in England oder in den USA machen.«
»Wenn sie erst mal Latein kann, ist Englisch doch ein Klacks.«
»Latein ist tot.«
»Und deshalb überflüssig? Denkst du so? Ja?«
»Genau.«
»Du bist ein Ignorant! Glaub doch bloß nicht, das, was mal war,

sei tot und vorbei. Das lebt doch noch in uns weiter. Die Vergangenheit ist doch der Mutterboden unserer Wirklichkeit.«
»Annette kann auch ohne Latein glücklich werden.«
»Du willst mich nicht verstehen.« Ich holte tief Luft und sagte so fest, daß es mich selbst überraschte: »Ich will, daß Annette mit Latein anfängt.«
»Das entscheidest du nicht allein, Irene.«
»Du auch nicht, Wolfgang. Im übrigen: Ich muß mich doch um die Kinder kümmern, ihre Hausaufgaben nachsehen, mit ihnen üben, bei Elternsprechtagen herumsitzen.«
»Wie bitte? Du wirfst mir vor, ich kümmerte mich nicht um die Kinder, und jetzt, jetzt, wo ich mich kümmere, jetzt ist es dir auch nicht recht. Du spinnst doch!« Er stand auf, trank den Rest Kaffee aus und ging.
Mein verzogenes Gesicht stierte mich aus dem dunklen Spiegel der Kaffeetasse an. Ein Kloß saß mir unter der Zunge. Luft! Ich verschwamm, zerrann. Tränen tropften in den Kaffee.

»DU MUSST DICH BEWAHREN
FÜR DEN RICHTIGEN«

▲ ▼ ▲

MEINE SCHÖNE BLAU-WEISSE KÜCHE war bis zur Unkenntlichkeit entstellt. In der Spüle türmte sich Geschirr, Kuchenteigreste klebten an Stellen, wo die kühnste Phantasie sie nicht erwartet hätte, fertige Plätzchen, verbrannte Plätzchen, bunte Zuckerstreusel, vermatschte Margarinetöpfe, ein Spielzeugauto im Zuckerguß und der Fußboden wie eine Schullandkarte mit dem Titel: Deutschland zur Zeit der Reformation. Annette legte inbrünstig Herzchen neben Herzchen aufs Backblech, Jochen spielte unter der Eckbank mit einer Apfelsine, Bärbel und Doro leckten die Schüssel aus.
Es klingelte an der Haustür. Ich wischte die mehligen Hände an der bekleckerten Schürze ab, streifte die Haare aus der Stirn und setzte ein prima Lächeln auf. Gelernt ist gelernt.
Im dunklen Türrahmen stand, blaß und langarmig, Herr van Haaren, Wolfgangs Mitarbeiter. Er war einen Kopf größer als ich, sah auf mich herab, so glattrasiert und sauber. Und ich? Jede Putzfrau hätte gegen mich gewonnen in diesem Augenblick. Ich genierte mich, und ich ärgerte mich.
»Darf ich hereinkommen?« fragte er. »Es ist kalt heute, stimmt's? Aber es geht ja auch auf Weihnachten, da gehört sich das so. Danke, bemühen Sie sich nicht! Sie sind beim Plätzchenbacken, wie ich sehe. Bitte, lassen Sie sich durch mich nicht stören! Ich will Sie nicht aufhalten!« Da stand ich, die Klinke noch in der Hand, und sah zu, wie er sein Aktenköfferchen abstellte, seinen marineblauen Tuchmantel aufknöpfte, sorgfältig den Schal in den Ärmel zog, bevor er alles an den Garderobenhaken hängte, und weiterredete, als gelte es, mir kleine Geschenkchen zuzuwerfen.
»Meine Mutter, die bäckt auch immer noch. Bitte, schon gut. Ich weiß ja, wo der Mantel hingehängt werden muß. Bin ja fast hier zu Hause.« Er lächelte, ohne mich anzusehen. »Ihr Mann wird auch gleich hier sein. Er mußte Frau Braun noch Anweisungen geben. Morgen fahren wir ja nach Berlin. Aber was erzähl ich Ihnen ? Sie

wissen ja.« Seine linke Hand griff unbewußt kontrollierend an die Hose. Er ging an mir vorbei, bückte sich, nahm sein Köfferchen auf und sagte, schon halb im Gehen: »Bemühen Sie sich nicht! Ich finde mich schon zurecht.« Dann verschwand er im Wohnzimmer.

Ich stand immer noch an derselben Stelle, starrte auf die Wohnzimmertür, die sich hinter Herrn van Haaren geschlossen hatte, und fragte mich: Ist er hier zu Hause oder ich? Ist das eine Art, hier einfach so durchzumarschieren? Bin ich hier nur noch die Portiersfrau?

Schrilles Gezanke aus der Küche schreckte mich aus meinen Betrachtungen auf. Ich stürzte hin, konnte eben noch verhindern, daß Doro mit der Teigrolle auf Jochen losging, trennte die Streithähne und sorgte dafür, daß die letzten Plätzchen aufs Blech und in den Backofen kamen. Hastig schmierte ich Butterbrote, goß frische Milch ein und atmete tief durch, als alle Kinder einträchtig auf der Eckbank saßen und aßen.

Wolfgang kam, steckte den Kopf durch die Tür und fragte:

»Ist er schon da?«

»Sitzt im Wohnzimmer.«

Er kam herein, küßte mich flüchtig, geistesabwesend, strich den Kindern über die Haare und bat:

»Machst du uns nachher ein paar Schnittchen zurecht, Liebes?«

»Ja. Aber zuerst müssen die Kinder ins Bett.«

»Ich etwa auch schon?« entrüstete sich Annette.

»Nein, natürlich nicht, aber du gehst auch schon nach oben«, beruhigte ich, stöhnte leise und fragte Wolfgang: »Mußt du morgen wirklich nach Berlin? Van Haaren erwähnte so was.«

»Das weißt du doch. Das hab ich dir doch längst erzählt.« Er war schon wieder in der Tür, warf noch ein Küßchen in die Luft. »Vergiß die Schnittchen nicht!«

Couchtisch, Sofa und Teppich waren mit Papieren übersät, als ich das Tablett mit dem Abendbrot hereinbrachte.

»Ah, da kommt etwas zu essen. Sie sind eine gute Fee, Frau Ortweg! Das hilft uns weiter. Da können wir arbeiten.«

»Danke, Liebes«, sagte Wolfgang. Ich wartete, bis er ein Eckchen des Tisches frei gemacht hatte, und stellte dann meine Last ab. Die

Männer unterbrachen ihr Gespräch nicht, während ich Gläser hinstellte und die Bierflaschen öffnete.
Ich ging zurück in die Küche und räumte auf. Feierabend! Mutterrolle, Pförtnerin, Putzfrau, Schnittchenfee, alles durchgespielt. Endlich konnte ich an mich denken. Ich wollte in Großmutters Buch weiterlesen. Aber das Buch lag im Wohnzimmer. Ich mußte also noch einmal hin. Hoffentlich hatten die Schnittchen gereicht und die beiden wollten keinen Nachschub. Leise öffnete ich die Tür, schlich zum Schrank und nahm das Buch aus der Schublade. Und dann stand ich da und sah mich um. Wo sollte ich lesen? Van Haaren saß in meinem Sessel. In die Eßecke konnte ich mich auch nicht setzen, das hätte gestört. ›Offene Bauweise, großzügige Weite, Räumlichkeit, Repräsentation‹, dachte ich bitter. An mich hatte beim Hausbau keiner gedacht, der Architekt nicht, Wolfgang nicht, noch nicht einmal ich selbst. Wo war denn ein Plätzchen für mich? Warum gingen die beiden nicht in Wolfgangs Arbeitszimmer? Ich hatte doch kein eigenes Zimmer. Wo sollte ich jetzt hin? Im Gästezimmer war nicht geheizt, da konnte ich nicht sitzen. Ich preßte das Buch vor die Brust, ging, ohne von den Männern beachtet zu werden, wieder hinaus und setzte mich auf die Holzbank in der Küche.

»Ach, hier sitzt du!« Ich schreckte hoch, hatte ihn nicht kommen hören.
»Ist er weg?«
»Nein, noch nicht. Warum sitzt du in der Küche?«
»Wo sonst?«
»Hast du meine Sachen schon gepackt?«
»Die Schnittchenfee macht Pause.«
»Was ist los?«
»Nichts. Ich hab den Koffer noch nicht gepackt. Hättest mir auch früher sagen können, daß du nach Berlin mußt!«
»Hab ich doch.«
»Hast du eben nicht.«
»Doch. Aber du hast nicht hingehört, oder du hast es wieder vergessen. Was weiß ich. Komm, laß mich jetzt mit diesem Kleinkram in Ruhe! Ich hab noch zu tun und muß morgen um halb sieben raus.«

»Du hattest mir nichts gesagt.«
»Jetzt werd nicht komisch!« Sein Mund verzog sich zu einem harten, strengen Strich. Ich sah es und schwieg. Sollte ich etwa beweisen, daß er mir nichts gesagt hatte?
»Ich kann meinen Koffer nachher auch selbst packen«, sagte er, beugte sich zum Kühlschrank und zog eine Flasche Sprudel heraus.
»Natürlich mach ich das, Wolfi«, sagte ich schnell. Zu schnell, wie ich dann bedauernd dachte. Schon wieder klein beigegeben! Aber jetzt war nicht Gelegenheit, sich mit Wolfgang anzulegen, jetzt, wo van Haaren im Wohnzimmer saß und mithören konnte. Wolfgang war müde und mußte noch arbeiten. Es war unfair, ihn wegen einer Kleinigkeit zu reizen.
Aber immer zieh ich den kürzeren. Kleinkram. Ja, Kleinkram. Für mich gibt's immer nur den Kleinkram, klein, klein. Mein Leben, aufgeteilt in Halbpfund- und Kilopakete, Viertelliter und Viertelstunden, Sonderangebote und Schlußverkäufe. Er arbeitet, ich verwalte die Nichtigkeiten unseres Lebens. Was willst du, Wolfgang? Was soll dies Weinerliche: Ich muß um halb sieben raus? Ich muß dann spätestens um Viertel nach sechs raus, dir Kaffee kochen und wieder Schnittchen schmieren. Dann die Kinder versorgen, deinen Anzug aus der Reinigung holen, kochen, die Hausaufgaben kontrollieren, Wäsche bügeln, zur Turnhalle hetzen, Abendbrot machen und dann als Feierabendunterhaltung zum Elternabend in die Schule gehen. Da ißt du längst in einem gepflegten Restaurant zu Abend und führst geistreiche Gespräche. Ich sollte dich wirklich deinen Koffer selbst packen lassen! Geschähe dir recht! Was bin ich denn? Eine Emmi bin ich. Emmi bringen Sie! Bitte, Emmi, denken Sie daran! Ach Emmi, würden Sie bitte! Aber Emmi, was haben Sie sich denn dabei gedacht? Emmi, Sie haben schon wieder vergessen!
Ich war froh, daß er nicht in meinen Kopf hineinsehen konnte, schlich nach oben und packte seinen Koffer, legte Unterhosen, Unterhemden und Socken hinein, vergaß auch die frisch gebügelten Taschentücher nicht, die er den Papiertaschentüchern vorzog, und faltete sorgfältig seine weißen Hemden, die er nur jeweils einen halben Tag tragen würde, die ich aber mit viel Zeitaufwand gebügelt hatte.
Am nächsten Morgen wachte ich auf, bevor der Wecker klingelte. Ich

stellte ihn ab und feilschte mit mir selbst um ein paar warme Bettminuten, drehte mich auf den Rücken, streckte mich ganz lang aus und schob die Arme unter den Kopf. Wolfgang neben mir schlief noch. Heute mußte er also nach Berlin. Sein Koffer stand im Flur, wartete nur noch auf Rasierapparat und Waschzeug. Und heute abend war die Elternversammlung. »Da gehe ich auf jeden Fall hin«, hatte er gesagt, »das ist wichtig.« Er ist wieder nicht da. Ich muß hingehen. Das wird knapp. Jochen hat bis sechs Turnen. Ich muß ihn abholen, dann schnell essen, die Küche aufräumen und zur Schule hetzen. Wieviel Zeit draufgeht beim Holen und Bringen der Kinder. Wieviel Zeit verplempere ich mit Warten. Ich warte auf die Kinder, auf Wolfgang, ich warte mit dem Mittagessen, warte wegen Jochens Zahnklammer beim Zahnarzt, beim Turnen, bei Elternabenden und Kennenlernnachmittagen in Kindergarten und Schule, sitze bei Kindergeburtstagen herum und schmiere Schnittchen für Wolfgangs Kollegen. Ich verwarte mein Leben.
Wann ist Zeit für mich? Ich will einmal Zeit für mich haben. Luxus, Wärme, gedeckte Tische und Kleider, die ich weder waschen noch bügeln muß. Oder eine leichte, harmlose, aber langwierige Krankheit. Einzelzimmer im Krankenhaus, keine Besucher. Liebe, freundliche Schwestern, die mich versorgen, nachfragen, ob ich ein Ei zum Frühstück will, ob sie mir das Kopfkissen aufschütteln oder mir ein Glas Saft bringen dürfen. Ruhe! Endlich Ruhe! Endlich nachdenken! Zeit haben! Mein Leben ins Auge fassen, überlegen, wie es weitergehen soll. Ich will doch eine gute Mutter, eine gute Ehefrau sein. Ich will nicht immer in der Hetze des Augenblicks entscheiden müssen. Wenn ich falsch entscheide? Wenn ich mein Leben verpfusche? Wenn ich mich eines Tages meinen Fehlentscheidungen stellen und mir gleichzeitig sagen muß: Du hast zuwenig überlegt, du hast die Folgen deiner Entschlüsse nicht bedacht – aus Zeitmangel! Rast das Leben nicht immer schneller vorbei? Dreht es sich nicht wie ein toll gewordener Brummkreisel? Und die Welt, die Menschen, sie verschwimmen, geraten zu farbigen Strichen. Woran liegt es, daß weder Mutsch noch Großmutter durchgehalten haben? Was trieb sie in den Selbstmord? Zeit! Zeit! Wer schenkt mir Zeit, Zeit, Luft zu holen, nachzudenken, mich in den Griff zu bekommen?

Die Kinder, sie brauchen mich immer und immer. Wenn sie erst nachts durchschlafen!
Wenn sie erst trocken sind!
Wenn sie erst selbst essen können!
Wenn sie sich erst selbst anziehen können!
Wenn sie erst allein zum Kindergarten oder zur Schule gehen können!
Wenn! Wenn! Wenn! Wenn! Wenn!
Immer weiter, immer wenn!
Hinterher – dann ist klar, was ich verkehrt gemacht habe, wo meine pädagogischen Mängel und Fehler lagen. Hinterher. Aber hinterher nützt es nichts mehr.
Hinterher – dann kann Wolfgang mir leicht sagen, wo meine Fehler als Ehefrau lagen, wo ich zu wenig einfühlsam, zu wenig kooperativ, zu wenig sexy war. Sexy? Muß ich das auch noch bringen? Ich habe keine Lust. Ich bin müde. Ich bin kaputt. Ich bin nicht sexy.
Bin ich überhaupt noch?
Mein Leben ist aus dem Leim gegangen. Ich agiere nicht mehr, ich reagiere nur: auf Ansprüche, Forderungen, Meinungen, Vorbilder. Ich bin gar nicht mehr da. Mich gibt's vielleicht gar nicht mehr. Ich hab's nur noch nicht gemerkt.

▲ ▼ ▲

Ein warmer Frühlingstag. Ich gehe durchs Dorf. Es ist ganz leicht. Leicht hole ich mir alles zurück, erinnere, erwecke zu neuem Leben. Damals im Dorf, da spielten wir meist auf der Straße, standen dabei, wenn die Baugrube für ein Haus ausgeschachtet wurde, ein Schwein geschlachtet oder Girlanden für eine Hochzeit gewunden wurden. Vieles sah ich, hörte ich, verstand ich nicht. Erst jetzt setzen sich die Splitterchen von damals zu Bildern zusammen, deren Sinn ich erkenne. Es war still im Dorf. Wo waren sie hin? Verreist? In Urlaub gefahren? Urlaub? Das gab es damals noch nicht. Oma Ritzenhöfer, die war mal nach Kevelaer gewallfahrtet. Vor langer Zeit. Und die Männer, die waren natürlich im Krieg gewesen. Aber davon erzählten sie nicht, jedenfalls nicht so, wie Oma Ritzenhöfer von der Kevelaerer Madonna. Nein, die Männer waren jetzt auf dem Feld oder, wie Margas Vater, im Steinbruch. Ich hatte ihn gesehen, wie er auf dem Boden saß und die Grauwacke zu Pflastersteinen beklopfte. Auch die Frauen waren nicht da, viele waren schon morgens weg in die Waldbeeren. Der gelbgraue Staub der Dorfstraße schluckte meine Schritte. Es gab nur eine asphaltierte Straße, die ›Teerstraße‹, die unsere Dorfhälfte von der ›anderen Seite‹ trennte. Bei Ritzenhöfers lag die Katze vor der Tür und döste. Von weitem hörte ich das Kikeriki eines Hahns. Das mußte der von Willichs sein, derselbe, der mir ins Bein gehackt hatte, daß das Blut durch die neuen weißen Strümpfe sickerte.

Ich ging weiter, aß Sauerampferblätter, die ich mir am Grabenrand abriß, und hörte Musik. Die kam aus Müllers Haus. Müllers Mia hörte die Funkwerbung. Sie drehte den Knopf bis zum Anschlag, so daß Rudi Schuricke über die stillen Lindenbäume, den Brandweiher und die Hühner, die sich in ihre Staubkuhlen kuschelten, brüllte: Wenn bei Capri die rote Sonne im Meer versinkt. Er rollte das R. Er durfte das, er war Rudi Schuricke. Im Dorf durfte das keiner. Wer hier das R rollte, verriet sich, der war einer von drüben, von den Vertriebenen. Auch bei Mia hatten Flüchtlinge gewohnt, Else Studt mit der Oma, mit Ingeborg und Armin. Ich erinnere mich nicht an das Gesicht von Ingeborgs Mutter, sehe nur ihren schweren, pechschwarzen Dutt, ihren breiten Hintern, die nackten Waden und Füße, die in ausgelatschten Halbschuhen steckten. In meiner Erinnerung sehe ich sie immer in dieser gebückten Haltung in der Haustür, wie sie den nassen Putzlappen über den Steinfußboden zog. Jetzt wohnten sie bei Lina, denn Lina und Else Studt waren Schwägerinnen. Sie hatten an Linas Baracke angebaut und waren da eingezogen. Seitdem stand Müllers Mia oft, eine Hand in die Hüfte gestemmt, die andere auf den Besen gestützt, in der Tür und machte ihrer Erleichterung Luft, »dat dat Polackenjesocks endlich aus dem Haus ist«.

Oma und Ingeborg waren zu Hause. Sie saßen vor einem Eimer, hatten eine Schüssel auf dem Schoß und schnibbelten Bohnen. Ab und zu hob Oma den Kopf, deutete mit der Rechten, die das Küchenmesser hielt, auf die Tür und sagte:

»Das ist nicht jerächt. Gottchen, Gottchen, das ist nicht jerächt.«

Am Türhaken hing ein schwarzes Jackett. »Der schöne Anzug! Wie neu ist er, '37 gekauft und noch wie neu. Was hat sie den Anzug

jepflecht, jelüftet, jebürstet, jebiejelt. ›Wenn Alfred kommt‹, hat sie jesacht, ›wenn Alfred aus dem Krieg kommt, dann braucht er den Anzug, dann muß er was Anständijes zum Anziehen haben.‹ Nur was wir tragen konnten, durften wir mitnehmen, und sie packt den Anzug ein. ›Nimm warme Decken mit‹, hab ich jesacht. Aber nein, der Anzug. Sogar das weiße Hemd, der Schlips und das Kavalierstaschentuch mußten mit. Es ist nicht jerächt. – Ingeborg, zieh die Fäden ab! Die Bohnen nicht so schneiden! – Da sperren sie uns in Jüterwagen und schockeln uns durch die Gegend, wußte wohl keiner, wo sie uns lassen sollten. ›Bleibt hier!‹ sagte die Polin. ›Bleibt hier! Das ist nicht gut! Das ist nicht gut, daß ihr geht! Das gibt bloß wieder Krieg.‹ Wie sie weinte und sich bekreuzigte! Aber wir mußten weg. Sie hatte auch weggemußt mit ihrer Familie. Aus Lemberg waren sie. Nach Lemberg war der Russe gekommen und hatte sie vertrieben. Und uns vertrieb der Pole. Und wir? Wo sollten wir hin? Wen sollten wir vertreiben? Wir waren übriggeblieben.
Wir vertrieben keinen mehr, für uns wurde auch keiner mehr vertrieben. Zusammenjepfercht wie Stückgut verluden sie uns in die Bahn. Kein Licht, kein Klo, kein Eimer nicht. Und die Angst. Bringen sie uns nach Rußland? Nach Sibirien? Oder in den Westen? Finster war's im Waggon, finster wie im Bärenarsch, wie Alfred immer sagte. Ja, Alfred, wo der jeblieben war, das wußte keiner von uns. Aber Else hatte seinen Anzug einjepackt. Sie saß auf dem Koffer wie festgewachsen, hatte Arminchen auf dem Schoß und rührte sich nicht. – Wo ist er eijentlich, Ingeborg? Wo ist Armin hin? Hat er schon Futter für die Kaninchen jesammelt? – Wir hatten Hunger und Durst und wußten nicht, wann jibt es einen Brotkanten oder Tee oder wenigstens Wasser. Manchmal kriegten wir was. Gott erbarm, es war schlimm! Wir hatten nuscht zu fressen, nuscht zu trinken, konnten uns nicht hinlegen und schlafen. Treten und Stoßen und der Jeruch, all die volljeflammten Hosen, der Schweiß und was nicht noch. Einer schrie immer, hatte Träume. Und wenn er wach wurde, wollte er raus. Wir hörten, wie er mit den Fäusten hämmerte, trat und mit dem Kopf gegen die Wand schlug. Aber es ging ja nicht. ›KZ‹, sagten sie, ›der war im KZ, der ist fertig.‹
Dann Helmstedt. Aussteigen! Wir sollten duschen, hieß es. Aber was? Warmes Wasser? Seife? Handtücher? Den Dreck runterwa-

schen, wieder Menschen sein? Nuscht war. Wie die Schafe jagten sie uns durch die Brühe. Desinfektion. Das ätzte die Haut und brannte in den Augen. Aber wen kümmerte das? – Mach Feuer, Ingeborg! Setz die Kartoffeln auf! Mama muß bald kommen. – Die Müllersche hat uns jepiesakt. ›Alfred wird ihr's schon jeben‹, hat Else immer jezischt. ›Mein Alfred wird ihr's schon jeben, wenn er kommt. Dann scheuer ich der Müllerschen ihre Steine nicht mehr, dann ziehen wir hier weg, wenn mein Alfred da ist und wieder bei der Bahn arbeiten tut.‹ Und immer wieder holte sie den Anzug vor und klopfte und bürstete.
Ist das nun jerächt? Was hat sie ihm jetan? Nur Gutes von ihm jesprochen. In Stücke hauen lassen hätte sie sich für ihn, Lachodder der! Jeht zurück nach Sutenow. Kommt nicht zu seiner ihm christlich angetrauten Frau, zu seinen Kindern. Jeht nach Sutenow und läßt sich einpolen. Und da hängt sein Anzug, den sie '37 jekauft haben, '37 zur Hochzeit. Und Else muß heute hin und kriegt es schriftlich und amtlich, daß sie keinen Mann mehr hat und keinen Vater für die Kinder. Und den Anzug, den kann sie jetzt verschenken oder in den Ofen stecken. Hätte es die Willich jetroffen! Die hätte sich längst jetröstet. Die! Als ihr Paul aus Jefangenschaft kam, da hätte manch einer im Dorf was erzählen können. Aber der kam zurick aus dem Krieg. Ich sehe viel. Weiß noch, wie es war, als sie Kirschen pflückten, Glaskirschen, die hellen, die eingemacht nicht so gut schmecken wie die schwarzen, die aber besser tragen. Als Paul fertig war, reckte er sich, band den Pflückeimer vom Hosenbund los, und dann standen sie und schätzten wohl ab, wieviel Pfund es sein mochten, die da in den Zinkwannen aufjeschüttet waren. Ja, und sie trat von hinten an ihren Paul und schlang ihm die nackten Arme um den Hals. Else hängte jerade Wäsche auf. Sie stand, ließ die Hände fallen, daß das Laken in die Wiese schleifte, und starrte. Durchs Fenster hab ich alles beobachtet. Ach Gottchen, die Welt ist nicht jerächt!«
Mit Gerechtigkeit hatte das nichts zu tun. Aber wer außer Oma Studt hatte, nach dem Ende des Krieges, nach dem Bekanntwerden der Wahrheit, den Mut, Gerechtigkeit einzufordern? Und es gab ja auch Frauen, die mehr Glück hatten, deren Männer zurückkamen. Lina, die war eine dieser Frauen. Ich stand neben dem Bäckerauto,

das zweimal in der Woche durchs Dorf fuhr, hatte ein Graubrot unter den Arm geklemmt und hörte, wie Lina sagte: »Das werd ich dem Adenauer nie vergessen. Das schwör ich, daß ich dem das nie vergessen tu.« – »Nä, ich auch nicht, Frau Studt«, versprach Oma Ritzenhöfer. »Der Adenauer, der is en juter Mensch. Der weiß, wie man mit den Russen umjehen muß. Der läßt sich nix erzählen von denen, der weiß Bescheid.« – »Das ist wahr«, schniefte Lina, »das ist bei Gott wahr. Der weiß, was er will, und der weiß auch, daß noch viele Männer in Sibirien sind.« Sie fingerte Geld aus der Kitteltasche, bezahlte ihr Brot und ging. Wir sahen ihr nach, und da sagte Müllers Mia: »Dann kriegen wir noch mehr von den Polacken.« – »Sei du aber still, Mia! Dein Willi, dein Willi, der tönte doch auch immer vom Lebensraum im Osten. Dat haste jetzt davon!« Mia warf Oma Ritzenhöfer einen giftigen Blick zu und ging.
Ich knibbelte auf dem Nachhauseweg die Brotkruste ab und überlegte, ob Adenauer, dessen Bild ich aus dem Stadtanzeiger kannte, ein Heiliger oder ein Verräter war. Wenn Mutsch von ihm sprach, hatte ihre Stimme immer einen Unterton der Verachtung, wenn nicht Haß durchklingen ließ. Das paßte mit dem, was die andern sagten, nicht zusammen. Für Mutsch war er »dieser Rheinländer, dieser Separatist, der von der Wiedervereinigung redete«, die Möglichkeit aber vertan hatte, weil er kein »Deutscher« war. Daß es ihm aber gelang, ehemalige deutsche Soldaten nach zehn Jahren Kriegsgefangenschaft »herauszuholen«, das erkannte sogar Mutsch an. Auch sie hatte die Erinnerung an diese Kriegsgefangenen wachgehalten, auch sie hatte Kerzen gekauft, blaugrüne Kerzen, die wir abends ins Fenster stellten. Ich durfte sie anzünden, und Mutsch sprach vom verlorenen Krieg, von verlorenem Land und von Männern, die in Rußland in Lagern festgehalten wurden, »die wir niemals vergessen dürfen«. Ich zweifelte, ob unsere Kerzen da viel helfen konnten, aber das behielt ich für mich.
Krieg, was war das für mich? Was bedeutete mir, was bedeutete Klaus, was den andern Kindern im Dorf der Krieg? Wenn wir nicht aufessen wollten, wenn uns alt gewordenes Brot nicht schmeckte, dann hieß es jedesmal: Im Krieg wären wir froh gewesen! Mit Essen spielt man nicht! Im Krieg! Im Krieg! Im Krieg! Ich haßte den Krieg, weil er mich zwang, hartes Brot und seifigen Schmierkäse zu

essen, weil ich kratzige Wollkleider tragen mußte, die angeblich aus Care-Paketen stammten und für die ich gefälligst dankbar sein sollte. Wütend und bockig machte mich der Krieg. War es meine Schuld, daß ich ihn nicht erlebt, daß ich nicht die angemessene innere Einstellung hatte? Vieles hing mit diesem Krieg zusammen, was nur angedeutet, durch ein, zwei Worte angetupft, nie erklärt wurde: Lina redete nicht mehr mit Sonntags Erwin, übersah ihn. Er hatte beim Dengeln seiner Sense ›Die Fahne hoch‹ geflötet. Seither sah Lina ihn nicht mehr an. »Der Pichotta, der hat sich das Geld für sein Sägewerk mit sonstwas verdient.« – »Müllers wußten früher auch nicht, wo die Kirche steht.« – »Der Josef heißt mit erstem Namen Adolf.«

Wenn ich im Frühling und im Herbst mit meiner Angina fieberte, Mutsch mich auf die Couch im Wohnzimmer legte, damit sie mich im Auge hatte, dann hörte ich, wie die Männer vom Krieg sprachen. Neben mir auf der Gardine sah ich Ritter mit bunten Wimpeln, Damen, die einen Falken hielten und lächelten, die auf schön geschmückten Pferden durch das Geschlinge bunter Wunderblumen ritten. Papa, Kalli Pütz und Scheng spielten Skat. »Immer halbrohen Fisch, bah! In Norwegen – ich spiele Kreuz.« – »Mein Handtuch war schwarz – contra –, ganz schwarz von Fliegen. Da unten am Schwarzen Meer. – Haste die Asse gedrückt?« – »Unsere Wehrmacht, die war dem Russen doch haushoch überlegen, haushoch.« Ein Luftzug bewegte die Gardine, belebte die Ritter, ließ die Wimpel fröhlich flattern. Constanza – Omaspiel – El Alamain – der Rommel – Held – fairer Kampf – Grand mit Zweien. »Der Iwan? Erzähl mir nix! Wir waren die bessere Truppe. Natürlich! – Ich passe. – Und rassisch überlegen. Das darf man ja heutzutage gar nicht mehr laut sagen. Aber wahr ist es doch. Die Muschiks saßen nur hinterm Ofen, kauten Sonnenblumenkerne und spuckten die Schalen in die Gegend. Wir hätten den Osten kolonialisiert.« Die Wimpel der Ritter wandelten sich in Lanzen, in Schwerter, in Messer. Mit leisem Zischen fuhren sie durch die Luft, stießen vor, schwangen im Halbkreis über die Köpfe der Pferde. Mit beiden Händen hielten die Ritter sie gepackt, stemmten sich in die Steigbügel und reckten sich so weit wie möglich aus ihren Sätteln. Die Pferdchen aber standen still. Die Damen lächelten. Es floß kein Blut. »Kultur

hätten wir denen gebracht. – Null ins Gewehr, Kalli! – Hätten wir, Berti, hätten wir. Heute? Heute wissen die andern das auch. – Hosen runter, Kalli! – Weißt du, Berti, was der Churchill gesagt hat, '45, als alles vorbei war? ›Wir haben das falsche Schwein geschlachtet‹, hat er gesagt. – Der ist nicht zu kriegen. – Heute wissen alle, was die Bolschewisten für welche sind.« – »Scheng, du mußt geben.« – »Ich sag euch was: Wenn die Amis sich rausgehalten hätten...« Die Tommis, die Amis, der Iwan, sie stürzten auf mich zu, wichen plötzlich zurück, um gleich darauf wieder auf mich zuzufallen, größer werdend, immer größer, größer. Ich lag im Zentrum der Welt, des Krieges, meines Fieberwahns. Wie Jojos schnellten sie auf mich zu und zogen sich zurück, der Iwan, der Tommi, der Ami, der arme Alwin, den es '45 beim Rückzug noch erwischte, Heinz-Peter, der in Wien eine Villa bewohnt hatte, alles Mahagoni, von einem Juden. Das war der Krieg: Du hast Glück bei der Flak, Erna Sack. Wir fliegen gegen Engelland. Lilli Marleen. Vormarsch, Rückmarsch, Kreuzflöte, Null und noch ein Bier.
Der Krieg, das war ein Kinderspiel: Deutschland erklärt den Krieg. Da maßen wir uns Länder ab, zehn mal zehn Fuß, und die Jungen waren immer im Vorteil, weil sie die größeren Füße und die breiteren Schuhe hatten. Der Gewinner schnitt den Nachbarn einen Fußbreit Boden ab. Wer zuletzt auf seinem Land nicht mehr stehen konnte, hatte verloren. Dieter, Linas Ältester, hatte das Sagen. Er bestimmte, was gespielt wurde. Der große Dieter, der, der zu Hause die Männerrolle übernommen hatte, das Holz hackte, die Karnickel schlachtete und das Dach abdichtete. Und plötzlich hieß es: Sein Vater kommt zurück. Im Radio hatten sie die Namen durchgegeben. Dann umstanden wir das Auto, mit dem Dieters Onkel eines Morgens ins Dorf gefahren kam, um sie mitzunehmen nach Friedland. Lina, frisch onduliert, war ein einziges Beben: Die Naht an den Strümpfen mußte zurechtgestrichen, die Kragenecken umgeklappt, der Gürtel neu gebunden werden. Beinahe hätte sie ihren Bruder mit dem selbstgebastelten Schild erschlagen, das sie in der Linken hielt. Ein Bild von ihrem Fritz hatte sie aufgeklebt, seinen Namen und seine Feldpostnummer daneben geschrieben und die Pappe an einem Besenstiel befestigt. Jetzt zeigte sich, daß ihre Konstruktion zu sperrig für das Auto war. Sie fummelte so lange herum, bis Schild

und Stiel geschieden waren und im Kofferraum verladen werden konnten. Dieter, der große Dieter, lehnte stumm am Kotflügel, ein Klämmerchen in den Haaren, Lodenjacke und Manchesterhose, zu lange Arme, zu lange Beine, blank gewichste Schuhe und akkurate Schleifen in den Schnürsenkeln. Alle drei stiegen sie ein und fuhren los. Dann brachte Heidis Vater die Leiter und umkränzte die Tür zu Linas Baracke mit einer Tannengirlande. Obenan hängte er ein Pappschild: Herzlich willkommen. Die Wochenschau im Kino zeigte Friedland: weinende Männer und Frauen, umschlungene, sich umklammernde Paare und Kinder mit Klämmerchen in den Haaren, stumm und ratlos wie Dieter.

Der Krieg war längst zu Ende. Der Krieg war noch längst nicht zu Ende.

Zum 1. Mai wurde den jungen Mädchen ein Maibaum unters Fenster gestellt, ein Birkenbäumchen mit bunten Kreppapierbändern behängt. Aber Karin Sonntag fand vor ihrer Tür einen Kirschzweig. Dabei war Karin kein junges Mädchen mehr, und Bernd, ihr Sohn, ging mit uns zur Schule. Kirsche – da kann jeder rauf, hieß es. Es hatte mit dem Krieg zu tun, mit den Tommis und mit Bernds Vater, den wir nie gesehen hatten. Auch die Photos, die ich im Lesezirkel beim Zahnarzt entdeckte, hatten mit dem Krieg zu tun. Da sah ich Frauen mit kahlgeschorenen Köpfen, die Babys in den Armen hielten, als wollten sie ihre Kinder vor der geifernden Meute schützen, von der sie durch die Straßen getrieben wurden. Irgend etwas hatten diese Frauen verkehrt gemacht, einen schweren Fehler begangen, einen Fehler, den wohl nur Frauen machen konnten, denn ich sah nie Bilder von kahlgeschorenen Männern, die Babys in den Armen bargen.

Der Krieg hatte das Dorf zweigeteilt, hatte Ritzenhöfers, Willichs, Studts und Kubickes zusammen- und gleichzeitig auseinandergebracht. Es gab plötzlich Evangelische und Katholische im Dorf. Die Katholischen bekreuzigten sich, wenn sie an den Wegekreuzen vorbei gingen, die evangelischen Mädchen blieben stehen, wenn die katholischen vor dem Priester in tiefem Knicks versanken. Es gab ein katholisches und ein evangelisches Klo in der Volksschule, und es bildeten sich neue Traditionen: Die Katholischen fuhren an Karfreitag Mist und Jauche, die Evangelischen hängten an Fronleichnam Wäsche auf.

Höhepunkt des Dorflebens war das Schützenfest im Frühjahr. Es kündigte sich Wochen vorher durch einen von zwei Männern gezogenen, dampfenden Teerwagen an. Überall da, wo der Frost die Decke der einzigen Asphaltstraße aufgewölbt und gebrochen hatte, besserten sie nach und strichen die Wunden des Winters glatt. Einige Tage später kam das Lastauto mit Kies und Split, und andere Männer füllten die Pfützen und Schlaglöcher der anderen Dorfstraßen. Damit war der Mechanismus in Gang gesetzt. Fensterrahmen wurden frisch lackiert, Gartenzäune mit Karbolineum gestrichen, Vorgärten in kleine Parkanlagen mit Gartenzwergskulpturen verwandelt und die ersten Geranien ins Freie gesetzt. All das geschah, bevor die eigentlichen Festvorbereitungen einsetzten. Mutsch beteiligte sich nicht daran. Als Heidis Mutter mit der Oma die Schlagläden abseifte, da holte Mutsch ihren Liegestuhl aus dem Keller, suchte sich das sonnigste Plätzchen auf unserer Wiese, holte sich auch noch ein Kissen und lag und las ein Taschenbuch. Oma Ritzenhöfer und Heidis Mutter sahen zu ihr hin, warfen sich einen Blick zu und schrubbten weiter an ihren Fensterläden.
Klaus und ich, wir waren mit den anderen Kindern unterwegs, sahen zu, wie das Festzelt, die Schießbude und das Karussell aufgebaut wurden, beobachteten am Brandweiher Feuersalamander und trugen Kaulquappen in Einmachgläsern nach Hause. Die Wiesen leuchteten löwenzahngelb, auf der Leine knatterten Oma Ritzenhöfers leinene Unterhosen, zweiteilige Beinkleider mit langen Bindebändern. Wenn alle Gardinen im Dorf gewaschen und wieder aufgesteckt waren, Edelgard, die Maikönigin, das Beet am Wegekreuz neben der Feilenhauerei gejätet, alle Frauen frische Dauerwellen hatten, eine Einheitsfrisur, weil dem Friseur der Mut und die Phantasie für jedwede Variation fehlte, und wenn schließlich Peters Berthold, der Tenor, seine blonden Locken mit einem gehäkelten Gitter einzäunte, dann war das Schützenfest schon so gut wie da. Am Sonntag morgen sammelten sich die Schützen und marschierten, die Kapelle vorneweg, zur Kirche nach Lindenbach. Unser Dorf war zu klein, wir hatten nicht einmal eine Kapelle. Kirche, Apotheke und Lottoannahmestelle waren in Lindenbach.
Während sich Papa als Teilchen des grün-weißen Schützenlindwurms zwischen Wiesen und Äckern auf Lindenbach zubewegte,

zog Mutsch ihr Schneiderkostüm an – das paßt immer – und schminkte sich die Lippen in einem Rot, das für Oedekoven untragbar war. Wenn wir dann ins Festzelt gingen, sah sie kaum nach rechts und links. Manchmal grüßte sie, lächelte auch, aber die Freundlichkeit schien zwischen ihren Lachfalten zu einer zähen Masse zu gelieren. Während des Frühkonzertes – Berthold sang den Postillon von Longeumeau –, während der Ansprachen sah sie sich die Leute an, als sitze sie vor einem Guckkasten. Nur einmal sah ich sie beteiligt, fast entspannt. Das war abends, als Klaus und ich längst in den Betten liegen sollten, heimlich aber aus dem Fenster geklettert und zum Zelt gelaufen waren. Mit anderen Kindern gemeinsam schoben wir die Zeltplane hoch und sahen, die Arme auf die halbhohe Bretterwand gestützt, den Erwachsenen beim Tanz zu. Ich konnte Mutsch und Papa im Gewühl nicht entdecken. Als aber die Kapelle ›Der dritte Mann‹ spielte, da öffnete sich das Knäuel der Tanzenden, da bildeten die Frauen und Männer von Oedekoven einen Kreis, in dessen Mitte ich Papa und Mutsch sah. Er hatte seinen Arm weit um ihre Taille gelegt, hielt sie eng, wobei die Oberkörper sich nach hinten bogen und die Arme sich steil vorstreckten. Die Unterleiber schienen verschmolzen. Sie durchmaßen, nur noch zweibeinig, mit großen Schritten die Weite des Tanzbodens, drehten sich ritsch, ratsch nach rechts und links, daß Mutschs Rock sich eng an ihre Schenkel legte, während der Saum erschreckend hoch wippte. Beim Schlußakkord beugte sich Papa weit vor, so daß Mutsch hintenübergebeugt fast den Boden berührte. So verharrten sie einen Augenblick, bis der Applaus der Umstehenden sie aus ihrer Erstarrung löste. Mutsch richtete sich auf, strich sich die Haare glatt und ging, ohne jemanden anzusehen, auf ihren Platz zurück. Ich zog Klaus am Ärmel und rannte mit ihm nach Hause. Ich schämte mich.

Die Möglichkeiten, Mutschs Leben zu rekonstruieren, sind begrenzt. Fast nichts hat sie zurückgelassen. Das ist kein Zufall. Sie wollte unerkannt bleiben, eine sibyllinische Sibylle. Warum? Ich höre wieder ihr schrilles Traumlachen. Welche Überbleibsel, Bruchstücke oder Abdrücke dieses Lebens kann ich befragen?
Ich muß damals sechzehn oder siebzehn gewesen sein, als jener Herr Langwasser aus Hamburg zu Besuch kam. Mutsch nannte ihn Mi-

cha. Wir saßen im Wohnzimmer, er auf dem tannengrünen Klappsofa, Mutsch im Ohrensessel, ihrem ›Sorgenstuhl‹, und ich daneben in einem der Sessel, deren Sonnengeflecht an den Rückenlehnen schon ganz zerschlissen war. »Das Elternhaus deiner Mutter und deines Onkels Harry«, sagte Micha Langwasser, »war für mich damals das Millionärshaus.« Ich glaubte es nicht. Ich glaubte auch nicht an Micha Langwasser in seinem schurwollenen Anzug, nicht daran, daß er in unsere vom Regen aufgeweichte, schlammige Auffahrt einen nachtblauen Mercedes mit Ledersitzen gelenkt hatte. Mutsch, meine Mutsch sollte in einer Villa in Harvestehude gelebt haben, in weiten, lichthellen Räumen, mit Marmor, Parkett, schmiedeeisernen geschwungenen Treppengeländern und rosenumrankten Veranden? Sie sollte reich, sehr reich gewesen sein? Ich glaubte es nicht. Ich fragte auch nicht. Ich sah Micha Langwasser, der sich mit Mutsch unterhielt, der mir erzählte, Onkel Harry sei sein Schulfreund gewesen, und der, wenig überzeugend, die Erdbeertorte lobte. Unser Besucher war ein Außerirdischer, eingeschlossen in eine Glocke zurückhaltend duftenden Rasierwassers. Er sah nicht unser Wohnzimmer, nicht Mutschs Fingernägel, gelb und krallig, nicht ihre durchgeschlagene Dauerwelle, auch nicht die Laufmasche am Bein oder den Kaffeeflecken auf der Bluse. Nach einer Stunde Plauderei bestieg er wieder seine Limousine und fuhr vorsichtig um Schlaglöcher und Steine herum, bis er die Teerstraße erreicht hatte. Wir sahen ihn nie wieder.
Was weiß ich von Mutschs Kindheit? Ihre Anekdoten, die sie nie müde wurde, uns zu erzählen, hinter denen sie sich versteckte, was lehren sie mich verstehen, diese bunten Glanzbildchen? Anekdoten wie diese zum Beispiel:

Freitags fegte Krischan die Treppen und harkte mit Inbrunst die Gartenwege. Seine ganze Liebe galt diesen mit weißem Kies bestreuten Pfaden. Immer wieder unterbrach er seine Arbeit, hielt den Kopf leicht schief und ließ seine Augen wohlgefällig über die Wege wandern, auf denen die Steinchen sich artig im Fischgrätenmuster ausgerichtet hatten. Wenn aber irgend jemand nicht nur mit den Augen, sondern mit Füßen, mit dem groben Leder seiner Schuhsohlen, die Ordnung der Steinchen störte, dann spannten sich seine Ge-

sichtsmuskeln, dann schwoll die Narbe an seiner Stirn zu einem roten Wulst an und gab ihm ein gewalttätiges Aussehen. Für uns war es eine Mutprobe, denn wir konnten nie sicher sein, welche Folgen unser Frevel nach sich zog. Das kitzelte uns. Harry und ich sausten in den Garten. Ja, wir sausten, denn wir waren Rennfahrer. Unsere Hände umklammerten das unsichtbare Lenkrad, unsere Münder entließen ein höllisches Knattern und Fauchen. Der Gartenweg wurde zum Nürburgring, auf dem Harry seine Runden zog. Er war nun nicht mehr Harald Clausen, sondern Rudolf Caracciola, der Sieger beim Großen Preis von Deutschland. Mir fiel natürlich immer die Rolle des Verlierers zu, was ich durch noch lauteres Getöse wettzumachen suchte. In lebensverachtendem Tempo schoß ich an Rosenrabatten, Buchsbaumhecken und Rhododendronbüschen vorbei, immer hinter Harry her. Dann schrie Krischan, wir sollten »sofort!« von den Wegen runter. Aber Harry hatte keine Angst vor ihm. Ruhig fragte er zurück, ob wir denn auf dem Rasen spielen sollten. Das war dann jedesmal das Aus für Krischan, denn auf den Rasen, seinen echt englischen, wollte er uns erst recht nicht lassen. Mit einer Handbewegung, als versuche er einen lästigen Mückenschwarm zu vertreiben, verschwand er im Schuppen.
Mit Harry sammelte ich Zeitungsausschnitte über die Olympiade in Amsterdam. 1928 war das, und Deutschland durfte zum ersten Mal nach dem Krieg wieder teilnehmen. Wir lagen auf dem Teppich, betrachteten die Photos und studierten die Texte. Manchmal sprang Harry plötzlich hoch und jubelte: »Gewonnen! Gewonnen! Die Ehre Deutschlands ist gerettet!« Wenn wir so auf dem Teppich lagen und die Bilder aus den Zeitungen schnippelten, war immer Jens um uns, der Harrys Freudenausbrüche mit lautem Blaffen und Schwanzwedeln quittierte. Harry, Jens und ich, wir gehörten zusammen. Nur beim Essen mußte der Hund raus, da kannte mein Vater keinen Spaß. Aber manchmal kroch Jens unter den Eßtisch und blieb da mucksmäuschenstill liegen. Wenn's das Schicksal wollte und dann jemand an der Haustür klingelte, verriet er sich jedesmal, weil er, wie jeder anständige Hund, laut losbellte und mit einem gewaltigen »Wuff!« unter dem lang herunterhängenden Tischtuch heraustauchte und zur Haustür stürzte.
Unsere Kindertanzstunde hatten wir bei Pieseweck, dem Rumpel-

stilzchen, der sich klein und knöchern vor uns aufbaute und mit hoher Stimme »Haltung!« kommandierte. Ans Ende des Saales stellte er einen Stuhl, und dann ging's los. Piesewecks Frau am Flügel spielte ›english waltz‹, und wir Kinder, fünf oder sechs Paare, mußten im Walzertakt diesen Stuhl umrunden. Wir machten uns auf den Weg, tanzten nicht immer so schön gleichmäßig in der Reihe, wie Pieseweck es erträumte, aber wir mühten uns. Harry quälte sich. Bei jeder Drehung faßte er das Ziel neu ins Auge, krallte sich an mir fest, je näher wir dem Stuhl kamen, schwitzte wie der Heizer auf der Lok und streckte die Zungenspitze vor, als ob es dann leichter ginge. Ich schwitzte und zitterte mit ihm, starrte auf seine Zungenspitze, fürchtete, er werde sie sich abbeißen, und überlegte, ob der Walzer dies Opfer wert sei. Es half nicht. Er nahm die Kurve immer zu früh, war schon auf dem Rückweg, wenn die anderen Paare sich noch um den Stuhl herumarbeiteten. »C'est incroyable!« zeterte Pieseweck und sah uns böse entgegen. Er nahm Harrys Versagen als persönliche Beleidigung, wiederholte ein ums andere Mal, daß ihm so etwas noch nie im Leben untergekommen sei, und ahnte nicht, daß er mich dadurch um den Genuß des Abschlußballs brachte. Denn für Harry stand fest, daß er diese alberne Walzertour nicht vor den Augen aller Eltern wiederholen würde. Er bestach mich mit zwei Hefeschnecken und dem ›Schatz im Silbersee‹. Mein Crêpe-de-Chine Kleid mit handgemalten Rosen blieb im Schrank. Harry und ich waren uns einig, daß Tanzstunden albern und deshalb abzulehnen seien.

Du lebtest als kleines Mädchen in einer Welt, die dir drei Nummern zu groß war, Mutsch. Welch ein Eßtisch, unter dem sich ein Bernhardiner unbemerkt verstecken konnte! Und wie oft hast du mit Onkel Harry allein dagesessen, weil die Eltern wieder verreist waren? Chamonix, Monte Carlo, Madeira, Kairo. Sie reisten ja viel. Ein großes Haus, ein großer Bruder, ein großer Hund, ein großer Tisch. Ich versuche, dich vor einer Puppenstube zu sehen, kleine Stühlchen für noch kleinere Püppchen zurechtrückend. Es gelingt mir nicht. Was wärmte, was tröstete dich, wenn du traurig warst? Hatte dein Millionärshaus Kuschelecken, Höhlen, in denen du ungestört durch die Zauberwelten deiner Phantasie spazieren konntest? Wer nahm dich auf den Schoß und spielte mit dir Hoppereiter? Ich sehe dich

durch Säle und Flure tappen, nach hoch angebrachten Türklinken greifen und durch hohe Fenster träumen. Mich friert dabei.
Ich kenne Hamburger Bürgerhäuser nur aus Photobildbänden. Billardzimmer, Empfangshalle, Empfangsraum, Saal, kleiner Salon, großer Salon, Bibliothek, Gartenzimmer, Morgenzimmer, Ankleidezimmer, Schrankzimmer, Rauchzimmer, Herrensalon, Wirtschaftsräume, Kinderzimmer, Fräuleinzimmer und unterm Dach Kammern für die Dienstboten. Die Haustüren waren Tempeltoren nicht unähnlich, und die Stufen, die zu diesen Toren führten, schienen die Akropolis beschämen zu wollen. Wer getraute sich da hinauf? Hat meine Mutsch in so einem Haus gelebt, dieselbe Mutsch, die ihre Rabattmarkenheftchen wie einen Schatz hütete, weil es die einzige Barschaft war, über die sie frei verfügen konnte?

▲ ▼ ▲

*28. Dezember 1890*

Nun habe ich tatsächlich erlebt, daß Papa und Friedgard aneinandergerieten. Endlich einmal war nicht ich es, die kritisiert wurde! Kienbaum und Co. hatten die Rechnung für Friedgards Bücher geschickt. Das machen sie ja immer zum Jahresende. Papa meinte dazu heute beim Mittagessen, wenn Friedgard weiterhin soviel Geld für Bücher ausgäbe, könne sie wohl bald Professor werden.
»Das möchte ich auch am liebsten«, sagte Friedgard. Da legte Papa Messer und Gabel hin und lächelte Friedgard spöttisch an.
»Mein Fräulein Professor«, sagte er, »nu will ich dir mal was verklaren: Ein kluger Mann, ein wirklicher Professor, Friedrich Nietzsche, hat gesagt, Frauen, die zuviel studieren, sind außerstande, gesunde Kinder zu kriegen.«
Dann nahm er sein Besteck wieder auf und schob sich zufrieden ein Stück Braten in den Mund. Aber Friedgard gab nicht klein bei. Sie sagte, das sei ein typisch männliches Vorurteil.
Darauf Papa: »Dienen lerne beizeiten das Weib, nach seiner Bestimmung! Das steht schon in der Bibel. Diese unnatürlichen Ideen und Interessen, Friedgard, die sich in deinem Kopf breitmachen, die hast du doch von Carla Buddensieck. Sie kommt wohl häufiger in letzter Zeit, will mir scheinen.«

Friedgard wurde rot bis in die Haarspitzen und stocherte im Salat. Papa hat völlig recht. Friedgard ist wirklich seltsam! Warum drängt es sie nur, wie ein Mann zu leben? Ich bin froh, daß ich mich um Geschäfte, Politik und so'n Kram nicht kümmern muß. Zeitunglesen macht mich müde. Aber Friedgard ist ganz verrückt drauf und will immer, daß ich's auch tue. Außerdem hat sie so ein unnatürliches Bedürfnis nach frischer Luft und kaltem Wasser. Brrr!
Soll sie mich damit in Ruhe lassen!

*6. April 1891*

Ich habe gelauscht, sogar vorsätzlich. Schlimm?
Als ich mit Friedgard nach Hause kam, erschien Papa in der Diele und sagte, Friedgard solle zu ihm ins Herrenzimmer kommen. Sein Blick war so, daß ich ahnte, es mußte was Wichtiges sein, was er ihr zu sagen hatte. Da schlich ich mich ins Eßzimmer nebenan, denn ich weiß, daß die Verbindungstür verzogen ist und sich nicht richtig schließen läßt. Ich wollte wissen, was los war, ich wollte aber auch einmal erleben, wie Friedgard was abkriegte. Sonst bin ich es ja immer, die ins Herrenzimmer zitiert wird.
»Hast du mir nichts zu sagen?« fragte Papa.
Friedgard schwieg.
»Vor einer Stunde war Sven Halstenbeck hier bei mir. Nun? Hast du immer noch nichts zu sagen?«
Friedgard schwieg weiter.
»Er hat um deine Hand angehalten. Hast du das nicht gewußt?«
Friedgard leise: »Doch.«
»Und warum hält mein Fräulein Tochter es für überflüssig, mich davon zu unterrichten? Warum erfahre ich von ihm, daß ihr heiraten wollt? Peinlich! Ich konnte ihn doch nicht meine Unwissenheit ahnen lassen. Dein Glück, Friedgard, daß Sven mir als Schwiegersohn hoch willkommen ist. So waren wir uns auch schnell einig. Wir haben die Hochzeit auf Februar 92 festgesetzt. Auch die Mitgiftfrage haben wir zur beiderseitigen Zufriedenheit gelöst. So ist alles unter Dach und Fach, und wir können uns freuen. Nur, Mädchen, daß du mir vorher nichts gesagt hast, das war nicht gut. Ihr wart euch doch längst einig – oder?«

»Wir sind uns gar nicht einig«, sagte Friedgard.
»Wieso? Er war doch hier.«
»Aber ohne mein Wissen und ohne mein Einverständnis. Ich habe, als er seinen Antrag machte, um Bedenkzeit gebeten. Seither haben wir nicht mehr darüber gesprochen.«
»Willst du ihn etwa nicht heiraten?« fragte Papa.
»Nein.«
Einen Augenblick war es ganz still nebenan. Dann brüllte Papa los:
»Ich hab mich wohl verhört, min Deern!«
Aber er hatte richtig gehört. Friedgard erklärte, Sven sei langweilig und arrogant und sie könne sich nicht vorstellen, so einen Laffen zu heiraten. Sie wolle nicht das aufgeputzte Aushängeschild von Herrn Halstenbeck sein. Eine bürgerliche Ehe komme für sie nicht in Frage, sie wolle leben, selber leben.
»Sooo!« schrie Papa. »Laffe? Einen Laffen nennst du ihn? Eine bürgerliche Ehe kommt für dich nicht in Frage? Du bist wohl völlig verrückt geworden? Was denkst du denn«, schnaufte er. »Was denkst du denn, wer du bist? Damit hier klare Verhältnisse herrschen, Tochter: Ich habe Sven mein Wort verpfändet. Ich habe ihn als Schwiegersohn in die Arme geschlossen. Ich habe alle finanziellen Fragen mit ihm durchgesprochen. Nun wirst du ihn gefälligst auch heiraten!«
»Das werde ich nicht!« Friedgards Stimme war ganz hoch und schrill. Dann gab es ein helles, klatschendes Geräusch. Mama rief:
»Georg, du vergißt dich!«
Friedgard rannte aus dem Zimmer, lief nach oben und schloß sich ein.
Nun hat sie unser ganzes, schönes Familienleben kaputtgemacht. Was meint sie nur, wenn sie sagt, sie wolle selbst leben? Was ist denn in ihren Augen ›leben‹? Sie tut ja gerade so, als sei Sven ein Monstrum. Das ist er aber nicht, wenn er auch eine etwas zu lang geratene Nase hat. Friedgard ist schrecklich! Immer hat sie ihren eigenen Kopf. Immer will sie anders sein als die anderen. So ein Antrag, das ist doch toll! Papa war einverstanden. Und jetzt legt sie sich quer. Sie muß wirklich völlig verrückt geworden sein!

*20. Mai 1891*

Ich komme eben aus Friedgards Zimmer. Es zog mich da hin, ich weiß selbst nicht, warum. Die Nachmittagssonne beschien die Bücher. Wie sehr liebt Friedgard diese Bücher! Jetzt stehen sie nutzlos im Regal, niemand ist neugierig auf ihren Inhalt. Welch eine Verschwendung, wenn ich denke, wieviel Geld das alles gekostet hat!

Friedgard ist nach Berlin abgereist. Heute morgen haben wir sie zur Bahn gebracht. Sie soll einige Wochen bei Onkel Edu und Tante Brigitte bleiben, um ›zu Verstand zu kommen‹, wie Papa sagt. Für die Familie ist das im Augenblick sicherlich die beste Lösung. Friedgard und Papa haben sich nur noch verbissen angeschwiegen. Nachts hörte ich Friedgard nebenan weinen. Aber tagsüber war sie eisern beherrscht. Das war es, glaube ich, was Papa noch wütender machte. Hätte sie ihn gebeten, ihr Zeit zu lassen! Aber nein! Friedgard? – Nie! Sie hatte eine Entscheidung getroffen, von der sie nicht abrückte. Darin ist sie genau wie Papa, und deshalb kann er damit auch nicht gut umgehen.

Ob sie in Berlin wirklich zu Verstand kommt?

Ich bin mir da gar nicht so sicher.

Brief von Eduard te Kock an Georg H. Petersen

*Berlin, am 23. Juli 1891*

*Lieber Orje!*

Hier hast Du den gewünschten Bericht. Was so'n alter Offizier ist, der hält sein Versprechen.

Um es gleich vorweg zu sagen: Einen komischen Vogel hast Du uns da ins Haus geschickt! Dies Frauenzimmer ist mir ein Rätsel! Sie ist sehr höflich und wohlerzogen, daß Du Dir keine falschen Sorgen machst. Aber wir sind ziemlich ratlos und wissen nicht, was wir mit ihr anfangen sollen. Wollen wir eine Spazierfahrt machen, lehnt sie ab. Will Brigitte mit ihr Einkäufe machen oder zur Schneiderin gehen, will sie nicht mit. Einladungen schlägt sie fast ausnahmslos aus. Sie hat es sogar abgelehnt, mit zum Gartenfest von Baron Hardegen zu gehen. Angeblich weiß sie nicht, was sie bei so einem Fest soll.

Wenn sie so weitermacht, lieber Orje, wird sie ›ne alte Juffer‹, verlaß Dir druff!
So wie sie ist, kann sie auch keinen abkriegen. Sie legt ja überhaupt keinen Wert auf ihre äußere Erscheinung. Brigittchen ist schier verzweifelt. Neuerdings trägt Friedgard ›Reformkleidung‹, lehnt das Korsett aus ›medizinischen Gründen‹ ab. Du müßtest sie mal sehen! Die reinsten Säcke sind das, in denen sie hier rumläuft, häßlich wie die Nacht. Da ist nichts, reineweg gar nichts Weibliches dran, keine Figur – Du verstehst schon.
Die meiste Zeit verbringt sie mit ihren Büchern. Die vermehren sich schneller als die Karnickel. Was sie liest? Mir scheint, alles, was ihr vor die Flinte kommt: Platon, Rousseau, Goethe, Hölderlin, Heine, Geschichtsbücher, Reiseberichte etc., etc. Im Augenblick liegt ein Bändchen von Annette von Droste-Hülshoff im Salon. Das war auch so eine Spinnerte! Wenn Friedgard nicht liest, dann trifft sie sich mit anderen Frauen und diskutiert über ›Frauenrechte‹. Was die bloß wollen?
Lieber Orje, sie ist eben ein bißchen verrückt, Deine Tochter. Entschuldige, wenn ich so offen bin. Brigittchen und ich waren ja immer traurig, daß es bei uns nichts wurde mit dem Kindersegen. Aber jetzt, da wir sehen, was Ihr mitmacht, haben wir schon manchmal festgestellt, daß uns auch viel erspart geblieben ist.
Wie sich das mit Friedgard weiterentwickeln wird, weiß ich natürlich auch nicht. Aber ich fürchte, es ist nicht in Deinem Sinne. Vorläufig solltest Du sie hierlassen, denn in Hamburg würde sie noch mehr auffallen und sich selbst und Eure ganze Familie der Lächerlichkeit preisgeben. Brigitte und ich empfehlen Dir, sie bis zum Herbst hierzulassen. Wir wollen sie zu nichts zwingen und erst mal abwarten. Ich hoffe, Du bist mit dieser Lösung einverstanden.
Ich wünsche Dir und der übrigen Familie Gesundheit. Vielleicht können wir uns bald sehen und wieder mal gemeinsam eine Butellje Bordeaux ihrer wahren Bestimmung zuführen.
Sei herzlich gegrüßt von

*Deinem Schwager Eduard*

Brief Friedgards an Papa

*Berlin, den 8. September 1891*

*Lieber Vater!*

Seit einem Vierteljahr lebe ich jetzt in Berlin. Wie gern möchte ich Euch alle wiedersehen, Dich, Mama, Thrina und Lenchen. Über die Elbchaussee möchte ich radeln und Hamburger Luft atmen. Aber ich habe mich entschlossen, erst dann zurückzukommen, wenn Du einverstanden bist. Zunächst will ich Dir schreiben, wie ich über mein weiteres Leben denke, denn um hierüber Klarheit zu gewinnen, habe ich die vergangenen drei Monate genutzt.

Ich bin sicher, Vater, nicht so weiterleben zu können, wie ich es in den letzten Jahren getan habe. Ich will es auch nicht. Du hofftest, Sven Halstenbeck werde mich heiraten. Aber ich wußte, er kann nicht der Mann sein, mit dem ich den Rest meines Lebens verbringe. Ich kenne ihn zwar nicht sehr gut – unsere Anstandsregeln verhindern ja erfolgreich, daß sich Mann und Frau vor der Eheschließung kennenlernen –, aber soll ich einen Mann heiraten, der sich nur für mein Klavierspiel, den Federschmuck meiner Hüte oder bestenfalls meine hausfraulichen Fähigkeiten interessiert? Würde Dir, Vater, so ein Leben genügen? Sag nicht, das sei anders, weil ich eine Frau sei. Ich kenne Dein Argument, wie Du siehst. Bitte, laß einmal den Gedanken zu, daß ich Dein Kind bin, daß ich Deine Anlagen geerbt habe. Du denkst an eine klassische, bürgerliche Ehe. Mir scheint sie mehr und mehr fragwürdig. Ist es meine Aufgabe, meine Pflicht als Frau, mein eigenes Leben dem meines Mannes völlig unterzuordnen? Ist sein Leben mein Leben? Darf sich meine Intelligenz keinesfalls als der seinen überlegen erweisen? Wo steht denn geschrieben, daß Ehefrauen von Natur aus dümmer sind als die dazugehörenden Ehemänner? Sind kluge Frauen eine Fehlentwicklung der Natur? Welche Verrenkungen müßte ich machen, um meine Intelligenz zu verbergen, um wenigstens den Schein zu wahren? Dabei gab man sich ja bei mir, wie bei allen andern Mädchen auch, die größte Mühe, mich dumm und unwissend zu halten.

Mein gesamtes bisheriges Leben, und nicht nur meins, nein, das aller Mädchen, dreht sich um den Mann. Wir lernen uns so zu kleiden, wie es ihm gefällt, wir können ein bißchen parlieren, ein bißchen singen, ein bißchen Klavier spielen, ein bißchen, ein bißchen – von allem immer nur ein bißchen. Wir lernen nicht, dürfen nicht lernen, eine Sache zu Ende zu bringen, Widerstände zu überwinden, uns durchzusetzen. Und ironischerweise wird uns gerade das als naturgegebene weibliche Unzulänglichkeit angelastet. Aber, Vater, Schwimmen lernt man im Wasser!

In Deinen Augen ist das Lebensziel aller Frauen die glückliche Familie, liebevoll oder respektvoll miteinander umgehende Ehegatten und fröhliche Kinder. Aber wo sind sie denn, diese glücklichen Familien? Ich sehe sie nicht. Und weiter frage ich Dich: Was machen die Frauen, die keine Kinder bekommen? Welchen Wert haben sie in unserem Volk, da sie ja als Produzentinnen strammer Jungs ausfallen? Und weiter: Was ist mit jenen Frauen – es sind immerhin 40 Prozent –, die keinen Mann ›abgekriegt‹ haben? Bleibt ihnen nur die Rolle der kostenlosen Arbeitskraft für die Familie, der ›alten Jungfer‹, über die jeder ungestraft lächeln und sich mokieren darf? Denk nur an Tante Amanda, Deine Schwester!

Ob ich je heiraten werde, weiß ich noch nicht. Zunächst möchte ich meine Bildung vervollkommnen. Es genügt mir nicht mehr, ein bißchen von allem zu wissen, gerade genug, um einen imaginären Ehemann am häuslichen Kamin nicht zu langweilen oder ihn in Gesellschaft durch meine Dummheit nicht zu blamieren. Unter Bildung verstehe ich auch nicht die Anhäufung von Wissen. Bildung, so wie ich sie verstehe, bedeutet, meine Fähigkeit zum selbständigen, urteilsfähigen Denken zu entwickeln, bedeutet mir die Überwindung angeblich natürlicher weiblicher Unzulänglichkeiten. Da, Vater, sehe ich meine Aufgabe für die kommende Zeit. Ich muß meinen eigenen Weg finden. Vielleicht heirate ich eines Tages, aber dann wird diese Ehe anders aussehen, als sie mit Sven je möglich wäre.

Um endlich erwachsen zu werden, muß ich auf eigenen Füßen stehen, für mich selbst sorgen und frei entscheiden können. Ich muß aus der Abhängigkeit heraus. Das wird nicht leicht. Berufstätige Frauen sind noch zu selten, um als etwas Alltägliches hingenommen zu werden. Aber das kommt eines Tages. Und dafür will ich kämpfen. Zunächst möchte ich mich zur Lehrerin ausbilden lassen, hier in Berlin. Ich bitte Dich herzlich, mich für diesen begrenzten Zeitraum finanziell zu unterstützen. Das wird in jedem Fall billiger als die von Dir mit Sven ausgehandelte Mitgift. Ich weiß, Vater, daß Du nicht gutheißt, was ich will. Ich habe lange gezögert, diesen Wunsch zu äußern. Aber jetzt kann ich nicht länger warten und bitte Dich, meinen Versuch, auf eigene Füße zu kommen, zu respektieren.

*Deine Dich liebende Tochter*
*Friedgard*

▲ ▼ ▲

Warum nur wollte Friedgard ausgerechnet Lehrerin werden? Warum wollte sie wiederum an einer höheren Töchterschule anderen Mädchen von allem ein bißchen beibringen? Fehlte ihr denn der Mut zum Studium? Die Voraussetzung vielleicht? Oder durften Frauen damals noch nicht studieren? Von wann ist der Brief? 1891? Seit wann dürfen denn Frauen bei uns studieren? Ist das noch keine hundert Jahre her? Das muß ich nachprüfen. Welche Schulbildung hatte denn Omi Hofmeister? Ich weiß nichts. Darüber wurde nie gesprochen. Opa Hofmeister? Der konnte seine Odyssee herunterschnurren, stand am Fenster, die Hände erhoben wie Abraham, während die Sonne seine abstehenden Ohren rosa aufleuchten ließ. Andra moi ennepe mousa... deklamierte er mit schicksalsschwangerem Unterton. Seinen Homer, den kannte er, den liebte er. Aber Omi Hofmeister? Hatte die je von ihrer Schulzeit erzählt, mit ihrem Wissen geprahlt? Sie hatte doch immer nur still dabeigesessen und war, wenn Opa seinen Vortrag beendet hatte, aufgestanden, um die Kartoffeln zu schälen. Von ihr habe ich nur ein kleines rotes Büchlein geerbt, eine Prachtausgabe mit Goldschnitt: Die Zimmer- und Hausgärtnerei. Das Kochbuch des letzten kaiserlichen Konditors ist auch noch auf mich überkommen. Großmutters Reliquie, völlig unbenutzt.

▲ ▼ ▲

*15. September 1891*

Wir waren bei Clausens eingeladen. Bei Tisch saß Björn neben mir. Er erzählte so lustig von seinem Studentenleben in Heidelberg, äffte die Professoren nach, daß ich sie mir mühelos vorstellen konnte und aus dem Lachen gar nicht mehr herauskam. Mama kritisierte mich deshalb auf der Nachhausefahrt. ›Degoutant‹ sei es, wenn junge Mädchen so laut und anhaltend lachten. Nicht mal lachen darf ich! Dabei amüsierte Björn mich sehr. Sein älterer Bruder, Jan, ist viel ernster und gesetzter, seinem Vater schon ähnlich. Bestimmt ist er der Vernünftigere, aber mit Björn zusammenzusein macht viel mehr Spaß.

Nach dem Essen, als die Herren nebenan ihre Zigarre rauchten und wir im Salon saßen, da kam Frau Clausen richtig in Fahrt. Sie ist unerschöpflich, wenn es um Neuigkeiten geht. Offensichtlich hatte sie diesem Augenblick entgegengefiebert, denn sie saß noch nicht ganz, als sie Mama auch schon fragte:

»Wissen Sie schon, liebe Frau Petersen?«

Mama sagte vorsichtshalber nichts und wartete ab. Aber Frau Clausen redete sowieso weiter:

»Carla Buddensieck, die einzige Tochter von Senator Buddensieck, weigert sich zu heiraten. Stellen Sie sich vor! Sie weigert sich! Sie hat zu ihrem Vater gesagt, sie lasse sich nicht verhökern. Verhökern hat sie gesagt, wirklich! Der alte Buddensieck hat es meinem Mann selbst erzählt. Was sagen Sie dazu?«

Mama wäre bestimmt am liebsten zwischen den Polstern des Sofas verschwunden, als sie das hörte. Aber sie kann sich wunderbar beherrschen. Lächelnd sagte sie so obenhin:

»Nichts wird so heiß gegessen, wie's gekocht wird.«

»Warten Sie's ab, meine Liebe! Warten Sie's nur ab!« eiferte die Dicke weiter. »Diese Carla tanzt ihrem Vater doch schon lange auf der Nase herum. Seit der alte Buddensieck Witwer ist, läßt er der Tochter jeden Willen. Er hat ja nur das eine Kind. Verstehen kann man's ja, wo er jetzt so vereinsamt ist. Aber gut tut das dieser Carla nicht. Die Deern ist ja so kiebig, so respektlos! Man könnte meinen, sie hätte keinerlei Erziehung genossen. Neulich, bei Jensens, unterhielten sich die Herren bei Tisch über Politik – ich weiß nicht mehr genau, worum's ging –, da hat diese Carla einfach dazwischengeredet. Sie hat zu meinem Mann gesagt, er sehe alles zu einseitig, es sei schließlich ein Unterschied, ob man als Reeder oder als Schauermann in Hamburg lebe und arbeite. Mein Mann blieb ganz Kavalier – oh Gott, wie hab ich ihn in diesem Augenblick bewundert! –, er sagte nur: ›Darüber können wir uns gern mal bei Gelegenheit unterhalten, Fräulein Buddensieck, aber jetzt will ich mein Gespräch mit Herrn Jensen und Ihrem Herrn Vater fortsetzen.‹ Sie hat dann gar nichts mehr gesagt, sich nach dem Essen an den Flügel gesetzt und gespielt, bis der alte Buddensieck sich verabschiedete. Ach, liebe Frau Petersen, dieser Wildwuchs ist nicht gut, stimmt's? Töchter großzuziehen ist eine schwere Aufgabe!« Sie stöhnte so, als sie das sagte, daß der gewaltige Busen sich hob und das Korsett knarrte. »Ich kann von Glück sagen, nur Söhne in der Familie zu haben.« Sie warf Mama einen erwartungsvollen Blick zu, aber Mama meinte nur, das sei eine Frage der Gewöhnung.

Frau Clausen gab aber noch nicht auf. Sie hatte noch einen Pfeil im Köcher, den sie jetzt abschoß.

»Sagen Sie, Frau Petersen, Ihre Friedgard, war die nicht mit Carla befreundet? Wie geht es ihr eigentlich?«

Ich schluckte. Mama aber erzählte überraschend lebhaft, daß es Friedgard in Berlin sehr gut gefalle. Onkel Edu und Tante Brigitte hätten darum gebeten, sie noch ein Weilchen behalten zu dürfen, da sie ja selbst kinderlos seien.

»So sind mein Mann und ich übereingekommen, Friedgard diese Ballsaison in Berlin verleben zu lassen. Das erweitert ja auch den Horizont, nicht wahr?«

»Kolossal! Liebe Frau Petersen, kolossal!« Sie schlug mit ihrer beringten Hand immerzu auf die Sofalehne. »Wie alt ist ihre Friedgard eigentlich? Einundzwanzig, wenn ich nicht irre. Aber verlobt ist sie wohl noch nicht? Oder heimlich versprochen?«

Mama überhörte das einfach. Ich, um ihr zu helfen, erbot mich, etwas auf dem Klavier vorzuspielen. Während ich noch in den Noten blätterte, sagte Frau Clausen zu Mama:

»Ein reizendes Mädchen, Ihre Anna-Kathrina! Ganz reizend!«

Jetzt bin ich froh, wieder zu Hause zu sein. Was tut Friedgard uns nur an? Wie lange können wir den Schein wahren? Bald wird sich Frau Clausen über Friedgard genauso auslassen wie heute über Carla. Ach, Friedgard, Friedgard, du bringst uns alle ins Unglück! Immer denkst du nur an dich selbst. Warum sind dir Familie, guter Name und Tradition so unwert? Warum wirfst du alles mutwillig in

die Gosse, so daß andere darauf herumtrampeln und ihren Unrat darüber schütten können?
Ich hasse dich!

*24. Oktober 1891*

Mein erstes Ballkleid!
Morgen werde ich es tragen!
Es ist so hinreißend, daß ich mich immer wieder zum Bett umdrehen muß, wo es ausgebreitet liegt. Die hellviolette Seide ist über und über mit zierlichen Fliedersträußchen bestickt. Nur der Atlasgürtel ist glatt und glänzend. Frau Wenig wollte den Ausschnitt ursprünglich tiefer machen. Sie sagte, ich hätte ein besonders schönes Dekolleté. Aber Mama entschied, das sei in meinem Alter nicht ganz passend. Schade! Nun hat Frau Wenig statt dessen den Ausschnitt spitz zulaufend mit tropfenförmigen Perlen bestickt. Ein bißchen größer wirkt er dadurch doch.
Gestern habe ich mich über Lenchen furchtbar geärgert. Kleine Schwestern können einen schon plagen! Ich stand vor dem großen Spiegel, um mich in meinem Ballkleid betrachten zu können. Ich übte auf und ab zu gehen, mich zu drehen, den Fächer auf- und zuzuklappen und wie eine Dame zu blicken. Auf einmal prustete Lenchen los. Sie hatte sich hinter dem Paravent versteckt. Das Biest! Ich warf die Haarbürste nach ihr, verfehlte sie aber. Und dann lief sie so schnell hinaus, daß ich in meinen neuen Schuhen nicht hinterher kam. Zur Sicherheit hab ich mich dann eingeschlossen.
Lenchen ist ja noch ein rechtes Kind. Sie hat keine Ahnung, wie wichtig der Ball morgen ist. Was mach ich bloß, wenn keiner mit mir tanzen will, wenn sie nur die Pflichttänze absolvieren und ich dann das Mauerblümchen spielen muß? Wenn Astrid nun doch das schönere Kleid, den tieferen Ausschnitt hat? Alle werden sich dann auf sie stürzen. Jan Clausen bestimmt auch. Dann wird sich vielleicht herausstellen, daß ich mir ganz falsche Hoffnungen gemacht habe. Vielleicht ist es ja Zufall, daß er in letzter Zeit häufiger zu Besuch kam. Wenn ich beim ersten Ball sitzenbleibe, dann wird es bei den kommenden nicht anders sein, zumindest in dieser Saison. Ob Jan überhaupt da sein wird? Ob er mich wohl auffordert? Wenn, dann

werde ich vor Aufregung bestimmt kein Wort herausbringen. Dabei hat Mama mir noch heute gesagt, es sei wichtig, daß ich Konversation mache.

»Sei freundlich und nett zu deinen Tanzpartnern, Kathrina!« hat sie gesagt. »Aber natürlich nicht zu vertraulich! Du mußt den richtigen Abstand wahren, weil du sonst deinem Ruf schadest. Dein guter Ruf ist dein Kapital. Vergiß das nie!«

Ob ich das kann: freundlich sein, Konversation machen und immer haargenau den richtigen Abstand halten, damit mein guter Ruf keinen Kratzer bekommt? Ach herrje! Wenn nur schon alles gut überstanden wäre! Nur gut, daß Mama in der Nähe sein wird, ein Blick, und ich weiß genau, ob ich alles richtig mache.

▲ ▼ ▲

Ich wollte in Großmutters Buch weiterblättern, da schwebte etwas zu Boden. Ich tastete den Teppich ab, bis ich fühlte, wonach ich gesucht hatte. Es war eine Photographie, deren Rückseite mit Stoff beklebt war: hellviolette Seide, bestickt, brüchig vom Alter. Das Photo zeigte Großmutter im Ballkleid. Auf der Treppe stand sie, die linke Hand auf das Geländer gelegt, in der rechten den aufgeklappten Spitzenfächer. Hoch aufgerichtet strahlte sie Stolz und Siegerlaune aus.

Du spielst Frau, genau wie ich damals in der Tanzstunde. Auch Anstandsunterricht gehörte dazu: Gegen Schweißhände hilft Zitronensaft, der Herr geht vor der Dame die Treppe hinauf, damit er ihr nicht unter den Rock sehen kann. Nachmittags im Bergischen Hof. In der Luft hingen die überalterten Düfte des Restaurantessens. Wir saßen westfälisch gemischt, links die Damen, rechts die Herren, dazwischen die gähnende Breite des Saals. Wer fordert mich auf? Horst bestimmt nicht, für den bin ich nicht chic genug, für den kommt nur Angelika in Frage. Bernd? Hoffentlich nicht! Der hat wieder so viele Eiterpickel im Gesicht. Erwachsensein, das war Coca-Cola in der Eisdiele, Kino um sechs statt um drei, kneifende Hüfthalter und scheue Blicke aus den Augenwinkeln, die ausprobierten, aber nicht wußten, was. Vieles hätte ich schon wissen können, aus Büchern, aus Witzen, aus dörflichen Realitäten. Im Verstand war es schon da. Aber es drang nicht durch. Es kam nicht an.

Ich ließ mich in ähnlicher Pose wie du, Großmutter, photographieren. Nur Fassade. Dahinter stand ich selbst und fragte mich, ob ich nun im Zustand der erwachsenen Dame sei. Woran sich das erkennen ließe. Ich war eine Haselnuß, die ihren Kern nicht kannte.

▲ ▼ ▲

Ich glaube, ich bin jetzt verlobt.
Mein erster Ball und schon verlobt! Das soll erst mal eine nachmachen!
Draußen wird es schon hell, aber ich bin kein bißchen müde. Das waren bestimmt die glücklichsten Stunden meines Lebens! Getanzt habe ich! Bin mit meinem schönen Seidenkleid nur so über das Parkett geflogen. Mit Jan Clausen habe ich am meisten getanzt, und dann – ich weiß nicht mehr genau, wie es dazu kam – war ich mit ihm allein in einem kleinen Nebenraum, der vollgestopft war mit Mänteln und Hüten. Plötzlich lag ich in Jans Armen, und er küßte mich.
Er küßte mich mitten auf den Mund!
Bin ich jetzt eine Frau?
Wie oft hatte ich mir diesen Augenblick ausgemalt und überlegt, wie ich mich dann verhalten müsse. Es war aber alles ganz anders. Jan roch nach Rasierwasser und Zigarre. Er atmete ganz heftig, als müsse er nach Luft japsen wie ein Fisch. Was mich aber am meisten irritierte, war seine Nase, vielmehr seine und meine Nase. In meinen Vorstellungen vom Küssen spielten die Nasen überhaupt keine Rolle. Aber sie waren da, sie waren auch irgendwie im Wege.
In Wirklichkeit ist eben doch alles ganz anders als in unseren Vorstellungen.
Als ich kurz nach diesem denkwürdigen Augenblick an Astrid Sörensen vorbeiwalzte, in seinem Arm, da hätte ich am liebsten laut jubiliert. Astrid ist nämlich heimlich in Jan verliebt, das weiß ich von Malvine. Aber Jan liebt mich, nur mich! Hätte er mich sonst geküßt?
Ein erwachsener Mann liebt mich!
Morgen muß ich mit Mama sprechen. Hätte ich es vielleicht nicht zulassen dürfen, daß er mich küßte? Ob er mich jetzt für ein leichtes

Mädchen hält und mich verachtet? Es ist wohl besser, wenn ich Mama gegenüber von dem Kuß nichts erzähle. Sie muß ja auch nicht alles wissen. Das geht nur Jan und mich etwas an.

*28. Oktober 1891*

Die beiden letzten Tage haben mein Leben ganz verändert.
Gestern morgen, als ich nach dem Frühstück mit Mama zusammensaß und ihr alles (fast alles) erzählte, kam ein Bote mit einem Fliederstrauß. Flieder im Oktober! Der muß ein Vermögen gekostet haben! Es steckte ein Kärtchen dran. Jan fragte, ob die Farbe der Blumen der meines Ballkleides entspreche. Er bedankte sich für den »unvergeßlichen« Abend und fragte an, ob sein Besuch am kommenden Sonntag erlaubt sei.
Nachmittags rief mich Papa ins Herrenzimmer. Er stand am Tisch und blätterte in unserer Familienbibel. Da wußte ich, was kommen würde. Mama war auch da. Sie saß beim Kamin und schickte mir ein aufmunterndes Lächeln entgegen. Papa war ernst. Ich ging einen Schritt auf ihn zu. So standen wir, die polierte Tischplatte zwischen uns. Und dann hat Papa zu mir zum ersten Mal wie zu einem erwachsenen Menschen gesprochen. Er sei hocherfreut über das, was Mama ihm berichtet habe, und hoffe, daß ich nicht so dummerhaft dächte wie meine ältere Schwester, die unnatürliche und gottlose Gedanken entwickelt habe.
»Von dir, Kathrina, erwarte ich, daß du deine Pflichten als meine Tochter kennst. Deine Mutter und ich«, er warf einen Blick in Mamas Richtung, »wir haben immer viel Freude an dir gehabt. So hoffen wir, daß du uns auch dieses Mal nicht enttäuschen wirst. Zu heiraten und für Mann und Kinder zu sorgen ist schon immer die vornehmste Aufgabe der Frau gewesen. Nur ein verdrehtes Frauenzimmer wie deine Schwester kann da plötzlich meinen, selbst entscheiden zu müssen. Wo kommen wir da hin, wenn hier jeder macht, was er will? Das ist ja der reinste Sozialismus! Ach, was sag ich, Sozialismus, das ist die Anarchie, Sittenverfall, Dekadenz!«
Er hatte sich so in Wut geredet, daß er ganz außer Puste kam. Mit der flachen Hand schlug er immer wieder auf die Bibel, daß die Messingbeschläge schepperten.

Ich war ein wenig verängstigt und wußte nicht, wie ich mich verhalten sollte. Alles war wieder mal ganz anders, als ich es mir ausgemalt hatte. In dem Buch, das Malvine mir ausgeliehen hat, kniet Graf Eckehardt vor Gabriele und bittet sie, seine Frau zu werden. Sie streicht ihm leise übers Haar und reicht ihm die Hand zum Kuß. Ich fand die Stelle so schön, daß ich sie immer wieder las und inzwischen fast auswendig kann. Aber bei mir war eben alles ganz anders. Es war kein Bräutigam da, und Papa schimpfte nur über Friedgard.
Schließlich besann er sich doch auf mich. Er kam um den Tisch herum, streckte mir beide Hände entgegen und sagte:
»Komm mal her, Thrina, ich will dir was zeigen!« Er zog mich ans Fenster.
»Da draußen, Thrina, liegt Hamburg, unser Hamburg. In dieser Stadt leben die Petersens schon seit sechs Generationen. Sie haben es zu Ansehen und Wohlstand gebracht. Du bist auch eine Petersen. Vergiß das nie! Sei dir deiner Würde – und deiner Pflichten bewußt!«
Ich fühlte mich in diesem Augenblick ganz, ganz wichtig, fast wie eine Königin. Papa spricht ja oft so über die Familie, aber diesmal sagte er das alles zu mir, nur zu mir, als ob von mir alles abhinge. Setzt er vielleicht wirklich so große Hoffnungen in mich? Ist es, weil er keinen Sohn hat? Die Weigerung Friedgards muß ihn doppelt hart getroffen haben. Ich hatte so noch nie über die Sache nachgedacht. Ich bin erwachsen und habe eine Verantwortung für die Familie zu tragen, der ich mich nicht entziehen darf.
Als wir da am Fenster standen, legte er den Arm um meine Schultern (ich erinnere mich nicht, daß er so was je zuvor getan hat!) und sagte:
»Es paßt alles gut zusammen bei Jan und dir, Kathrina. Es könnte gar nicht besser sein. Clausen ist Reeder, und ich bin Kaufmann. Sag selbst: Gibt es eine bessere Verbindung als zwischen Jan und dir? Du machst mich glücklich, Kind.« Er küßte mich auf die Stirn, und wir gingen gemeinsam zu Mama. Sie lächelte, schloß mich in die Arme und sagte:
»Wenn Jan dich fragt, dann weißt du ja, wie wir darüber denken.«
Mir war so warm und wohl. Nur eins machte mir Kopfzerbrechen. Da faßte ich mir ein Herz und fragte:

»Ist Jan denn nicht zu alt für mich?«
Papa erklärte: »Es gibt eine Regel, Thrina, die lautet: nicht unter fünf Jahre, nicht über zehn. Das hat sich bewährt, Kind. Durch viele Generationen hat sich das bewährt. Und da wird's für dich wohl auch recht sein. Jan ist knapp neun Jahre älter als du, dagegen ist nichts einzuwenden.«
»Wir wollen doch dein Bestes, Kathrina«, sagte Mama und drückte mir die Hand.
Heute abend durfte ich mit Mama und Papa nach dem Essen am Kamin sitzen und Portwein trinken. Ich bin wirklich erwachsen! Papa sah mich über den Rand seines Glases an und sagte:
»Unsere Kathrina und Jan Clausen, wer hätte das gedacht? Deibel ook!«
Er freut sich wie ein König. Mama ist auch erleichtert, daß sich bei mir alles so glatt fügt. Sie macht schon Pläne, überlegt, was für die Aussteuer noch gekauft werden muß. Daß ich so eine gute Partie mache, hatten sie wohl beide nicht erwartet. Ich will sie auch nicht enttäuschen. Ich blamiere unsere Familie nicht. Im Gegenteil, ich mache wieder gut, was Friedgard angerichtet hat. Frau Clausen wird sich das gut überlegen, ob sie bei irgend jemand über unsere Friedgard klatscht, schließlich gehört sie ja jetzt schon fast zur Familie.
Und Astrid? Ich gäb was drum, ihr Gesicht zu sehen, wenn sie die Neuigkeit erfährt.

*29. Oktober 1891*

Er hat sich erklärt.
Ich habe ja gesagt.
Er hat mich schon wieder geküßt.

*1. November 1891*

Jan war da. Mir schlug das Herz so hart in der Kehle, daß es schmerzte. Papa und Jan verhandelten im Herrenzimmer, Mama und ich saßen im Salon. Lenchen hatten wir zu Tante Amanda abgeschoben. Sie sollte nicht vorzeitig etwas merken und sich womöglich verplappern. Mama blätterte in den neuen Modejournalen, aber ich

glaube, mit ihren Gedanken war sie nebenan, genau wie ich. Ich konnte mich jedenfalls nicht auf meine Stickerei konzentrieren. Überflüssigerweise stach ich mich in den Finger und machte einen Blutfleck auf die neue Spitzenbluse. Aber es war ja keine Zeit, mich umzuziehen.
Endlich hörte ich Papa laut lachen. Gleich darauf öffnete sich die Tür, und Papa, eine Hand freundschaftlich auf Jans Schulter, kam heraus. Ich stand auf, wurde feuerrot und starrte auf den Teppich. Vor meinen Füßen zeigte das Teppichmuster eine sich neigende Kornähre. Wie gebannt starrte ich auf die alberne Ähre , die sieben Körner trug. Ich mußte sie zählen, diese Körner, rechts herum, links herum, immer wieder. In meinen Ohren brauste das Blut. Ich verstand nicht, was Papa sagte. Erst als er meine Hand in Jans Hand legte, da hörte ich ihn sagen:
»Jan, ich vertraue dir meine Tochter Anna-Kathrina an. Gib auf sie acht und mach sie glücklich!«
»Ja«, sagte Jan. Dann küßte er meine Hand, und wir sahen uns an. Ein seltsames Gefühl war das, so mit Jan in unserem Salon zu stehen, vor den Augen von Papa und Mama.
Später ließ Papa den ganz alten Porter bringen, und wir stießen gemeinsam auf die Zukunft an. An der Unterhaltung konnte ich mich nicht beteiligen. Mein Kopf war völlig leergefegt. Als ich mich ans Klavier setzte, spürte ich Jans Blick im Nacken und spielte mit steifen Fingern.
Nun ist er gegangen, und ich bin regelrecht erleichtert. Braut zu sein, muß ich erst noch lernen. Aber dazu bleibt mir ja Zeit. Die offizielle Verlobung soll Weihnachten sein und im Spätsommer '92 die Hochzeit. Daran darf ich noch gar nicht denken. Ich kenne Jan doch kaum. Wie kann ich seine Frau werden?
Ob er auch der Richtige für mich ist?
Aber wenn Papa mit ihm einverstanden ist, kann es so falsch ja nicht sein.

▲ ▼ ▲

Ich selbst? Überlegte ich damals? Gründlich?
Irgendwann war klar, daß wir heiraten würden. Wolfgang fragte mich nicht, »erklärte« sich nicht. Ich weiß nicht einmal mehr, seit

wann das klar war. Es ergab sich so. Tiefgreifende Überlegungen von meiner Seite? Nein. Aber, war ich nicht vorgewarnt? Wer, wenn nicht ich, mußte gewarnt sein. Bei den Eltern! Ich war fraglos einverstanden mit der Heirat. Warum? Erwog ich nie ernsthaft eine Alternative? Zögerte ich eine Minute? Mein Beruf wog nichts. Ich wollte heiraten, eine Familie gründen, Wolfgang helfen. Das war kein Opfer für mich. Ich kann heute keinem, auch Wolfgang nicht, etwas vorwerfen. Ich selbst wollte es so. Ich bin in die Ehe gerutscht wie in einen vertrauten, ausgelatschten Schuh. Andere Möglichkeiten, mein Leben zu gestalten, kamen mir gar nicht in den Sinn. Und Wolfgang? Überlegte er? Stellte er kühle Berechnungen an, wägte ab, entschied bewußt? So lange sind wir schon verheiratet. Ich weiß es nicht.

▲ ▼ ▲

*2. November 1891*

Es ist ganz früher Morgen. Die Öfen sind noch kalt, und im Haus rührt sich nichts. Ich hatte einen quälenden Traum. Vielleicht ist mir besser, wenn ich alles aufgeschrieben habe.

Ich lief über die Landstraße, hinter einer Kutsche her. Die Tür der Kutsche stand offen und schwankte, weil die Kutsche über Steine und Schlaglöcher fuhr. Immer, wenn ich den Türgriff fassen und einsteigen wollte, hinderte mich etwas. Zuerst hielt ich statt der Türklinke meinen alten Kinderlöffel in der Hand. Ich schleuderte ihn weg und lief wieder hinter der Kutsche her. Plötzlich lag ein Riesenbuch vor mir auf dem Weg. Es war mein Poesiealbum. Malvines Spruch war aufgeschlagen:

Sei wie das Veilchen im Moose,
sittsam, bescheiden und rein,
nicht wie die stolze Rose,
die immer bewundert will sein.

Ich mußte über das Poesiealbum drüberklettern, um die Kutsche zu erreichen. An meinen Schuhen klebten dicke Dreckklüten, und ich verschmierte die Schrift. Ich rief den Kutscher an, er solle auf mich warten. Aber er schien mich nicht zu hören. Schließlich, als ich endlich den Türgriff festhielt, wickelten sich meine Unterröcke so um die Beine, daß ich keinen Schritt machen konnte. Ich wachte auf und

merkte, daß es mein Nachthemd war, in das ich mich verwickelt hatte.
Was soll dieser Traum?
Wenn ich Malvine von ihrer Riesenschrift erzähle, schüttet sie sich bestimmt aus vor Lachen.
Mir ist kalt.

*19. November 1891*

Ich werde Jan zu Weihnachten Manschettenknöpfe schenken. Heute war ich mit Mama bei Krähwinkel und habe sie ausgesucht. Sie sehen aus wie ineinanderverschlungene Schiffstaue. Mama meinte, das passe gut, weil Jan doch Reeder sei. Ich werde sie in ein Döschen mit besticktem Deckel legen. Die Stickerei mache ich natürlich selbst. Sein Wappen, drei Fische im Lorbeerkranz, will ich einsticken. Viel Arbeit noch bis Weihnachten. Petit Point ist so mühselig! Aber das muß schon sein.
Ein bißchen habe ich mich inzwischen daran gewöhnt, daß er zu Besuch kommt, mit Papa diskutiert und zuhört, wenn ich Klavier spiele. Heute sagte er beiläufig, daß er Gelb nicht leiden könne. Wie gut, das zu wissen, womöglich hätte ich mein Verlobungskleid ausgerechnet in der Farbe gewählt, die er nicht mag. Nicht auszudenken!

*8. Dezember 1891*

Jetzt ist er böse auf mich. Er verabschiedete sich auch früher als sonst. Aber er muß mich doch verstehen. Wie kann ich zulassen, daß er mich küßt, wenn Mama oder Papa jeden Augenblick hereinkommen können? Wir sind doch noch nicht mal offiziell verlobt. Aber als ich den Kopf wegdrehte und versuchte, mich loszumachen, drängte er nur:
»Komm schon, zier dich nicht so!«
Ich zierte mich aber gar nicht. Ich konnte nicht. Aber das versteht er nicht. Es geht doch nicht, daß er mich am hellichten Tag im Salon küßt, noch dazu vor der Verlobung. Er muß das einsehen.

*25. Dezember 1891*

Seit heute nachmittag bin ich offiziell die Braut von Jan Clausen. Welch ein Gefühl!

Ich bin jetzt müde vom Händeschütteln, Lächeln, Aufmerksamsein. Keine einzige Minute war ich mit Jan allein. Ich weiß nicht einmal, ob er sich über mein Geschenk gefreut hat. Es fand sich einfach keine Gelegenheit, darüber zu sprechen. Sein Geschenk, der Verlobungsring, das gab er mir vor aller Augen. Ein furchtbarer Augenblick. Alle starrten sie so.

Ich hatte mich sehr auf diesen Tag gefreut, ihn in meiner Phantasie durchlebt, mir zurechtgelegt, was ich sagen, wie ich handeln würde. Aber es war dann doch alles ganz anders. Ich hatte so viel mit den Gästen zu tun, daß mir keine Minute zur Besinnung blieb. Wirklich genossen hat, glaube ich, nur Papa das Fest. Er klönte mit Onkel Henry, Max Piepenbrinck und mit Jans Vater, klopfte Jan immer wieder auf die Schulter und strahlte, als habe er gerade eben ein besonders günstiges Geschäft abgeschlossen. Jan schien sich auch gut zu unterhalten in der Herrenrunde, die in der Bibliothek rauchte. Die Köpfe im Zigarrettendunst waren kaum noch zu unterscheiden. Nur schade, daß er so gar keine Zeit für mich hatte.

Ich mußte mich im Saal mit Mama um die Damen kümmern, sie mit Likören und Petits Fours versorgen und peinlich darauf achten, daß keine übersehen wurde. Als dann endlich alles vorbei war, auch der letzte Gast – natürlich Onkel Henry, wie immer – gegangen war, lobte mich Mama und sagte, heute hätte ich meine Feuerprobe bestanden. Sie scheint mir ja bis jetzt nicht viel zugetraut zu haben. Da wird sie sich aber noch wundern. Ich werde meinen Haushalt schon hinkriegen und alle meine Pflichten bestens meistern.

Lenchen schlich mir nach, als ich nach oben ging, befühlte mein Kleid und gestand, sie wolle sich auch so gerne verloben. Sie sah so unglücklich aus in diesem Augenblick, daß ich sie umarmte, ihre Hand nahm und so tat, als könne ich die Zukunft daraus lesen. Ich versprach ihr einen schwarzgelockten, schnauzbärtigen Zigeuner, der ihr Abend für Abend auf der Geige vorspielen werde. Da lachte Lenchen und zog selig ab in ihr Zimmer.

Und Friedgard?

Sie war natürlich nicht da, hatte nur eine schlichte Glückwunschkarte geschickt. Ich habe heute oft an sie denken müssen, Mama und Papa bestimmt auch. Aber gesprochen haben wir nicht darüber. Ich hatte immer gedacht, am Verlobungstag müsse ich mich irgendwie besonders fühlen, glücklicher als sonst, gehoben, fast historisch. Aber ich bin jetzt nur müde und freue mich, endlich die drückenden Schuhe und das Korsett ausziehen zu können. Morgen muß ich mit Mama die Geschenke durchgehen und Dankschreiben aufsetzen.

*15. Januar 1892*

Ich finde kaum noch Zeit zum Schreiben. Dieser unscheinbare Verlobungsring an meinem Finger hat Zauberkraft. Es ist, als habe eine Fee den Vorhang weggezogen und ich sei plötzlich für alle sichtbar geworden. Jan und ich können uns der Einladungen kaum noch erwehren. Ich bin auch dauernd bei der Schneiderin, weil ich viel mehr Garderobe brauche als früher. Papa ist sehr großzügig. »Die Braut von Jan Clausen ist wohlhabend«, sagt er immer, wenn ich etwas brauche, und dabei lächelt er, als habe es ihm noch nie soviel Freude gemacht, Geld auszugeben. Sogar den neuen Hut hat er bezahlt, obwohl das gute Stück sündhaft teuer war. Mit Mama gehe ich immer wieder die Aussteuerlisten durch. Was muß ich nicht alles bedenken! Gestern haben wir bei Krähwinkel Silberbesteck ausgesucht und die Gravur bestellt. Das Monogramm ist von einem Lorbeerkranz eingerahmt, genauso wie der Kranz in Jans Wappen. Sehr gediegen!

▲ ▼ ▲

Das kenne ich. Tafelbesteck, Menübesteck, Fischbesteck, Obstmesserchen, Buttermesserchen, Käsemesserchen, Messerbänkchen. Zum zehnten Geburtstag gab mir Mutsch die ersten Messer und Gabeln. Und dann ging's mit schicksalhafter Regelmäßigkeit weiter. Zu Weihnachten, zu allen Geburtstagen, immer Besteck. Omi, Tante Danuta und Mutsch. Es war eine Verschwörung, die es sich zum Ziel gesetzt hatte, mich unter einem Berg silberner Gabeln und Messer zu begraben. »Irene, eines Tages wirst du froh sein, daß du das alles hast«, sagte Mutsch immer wieder und erzählte dann, wie sie in der Nachkriegszeit ihr Besteck in Butter eingetauscht hatte. Ich wünschte mir ein Schminktäschchen, einen Petticoat, eine Kette. Nichts. Meine Wünsche waren nicht wichtig. Wichtig war meine Zukunft, meine Zukunft als Hausfrau.

▲ ▼ ▲

*3. Februar 1892*

Mama und ich waren in Neustift, um meine Wäscheaussteuer zu bestellen. Die Fräuleins in Neustift nähen und besticken die schönste Wäsche – und die teuerste. Vermutlich tragen sie selbst nur wollenes Unterzeug, lang und warm. So sehen sie jedenfalls aus.
Es empfing uns ein Fräulein Armbrüster, auffallend durch eine dunkle, behaarte Warze auf der linken Backe. Daß die keinen Mann abgekriegt hat, wundert mich überhaupt nicht. Dauernd mußte ich auf die Warze gucken, die auf und ab hüpfte, wenn das Fräulein sprach. Ich schämte mich so, aber es war wie ein Zwang. Sie legte uns Unterwäsche, Nachtwäsche, Frisierumhänge und Strümpfe vor, bis der lange Tisch ein Rüschen- und Spitzenmeer war. Ich suchte mit Mama aus und sah, daß das Warzenfräulein alles sofort notierte. Geschäftstüchtig ist sie, die alte Jungfer. Mama wußte genau, was ich brauchte und welche Menge. Sie hatte alle Zahlen im Kopf, zählte mühelos auf, wieviel sie selbst jeweils in ihrer Aussteuer gehabt hatte. Sie weiß das alles noch. Als da so die seidenen Nachthemden, die Unterröcke und Beinkleider lagen, ich sie durch die Hände gleiten ließ, befühlte, prüfte, auswählte, da wurden meine Ohren ganz heiß. Mama und das Fräulein wußten doch genau, daß ich das alles trage, wenn ich erst mal Jan Clausens Frau bin. Was mögen sie wohl gedacht haben? Anmerken konnte ich ihnen nichts. Mama verhielt sich nicht anders als neulich bei Krähwinkel. Zum Schluß besprachen wir noch das Monogramm. Es soll auch – genau wie auf dem Silberbesteck – von einem Lorbeerkranz eingerahmt werden. Nun hoffe ich nur, daß alles noch rechtzeitig bis zum 15. August fertig wird.

60 Tragehemden (Bielefelder Leinen, Batist)
40 Nachthemden (Madapolam, India, Batist, Zephir, Seide)
6 Bettjacken
6 Morgenjacken
3 Morgenkleider mit Jacke
4 Frisiermäntel
4 Frisierkragen
24 Untertaillen (Stickerei)
24 Untertaillen (Spitze)
60 Beinkleider (kurz)
20 Beinkleider (knielang)
40 Anstandsröcke (Pelzpikee, pikee faconnee, Wollkrepp)
40 Anstandsröcke (Mohair, Tuch, Seide)
6 Korsetts
12 Korsettschoner (Flor, Seide)
150 Taschentücher (Bielefelder Leinen: mit Hohlsaum, Madeirastickerei, Klöppelspitze)
30 Hausschürzen
80 Paar Strümpfe (wollene, seidene)
8 Paar Strumpfhalter
1 Brautgarnitur
1 Brautunterkleid
1 Brauttaschentuch

▲ ▼ ▲

Ovid hatte verloren. Unsere schnellebige Zeit, die Welt, die immer mehr zusammenwächst, die internationale Sprache der Naturwissenschaften, die Computersprache – Englisch hatte ihn besiegt. Außer mir stimmte nur noch ein Vater für den Lateinunterricht in der fünften Klasse, der Pfarrer ausgerechnet. All die Argumente, die ich schon von Wolfgang her kannte, mußte ich mir ein zweites, drittes Mal anhören. Wie Fossilien saßen der Pfarrer und ich in dieser Gesellschaft zukunftsorientierter Eltern, die stur in eine Richtung blickten, wenn es um die Ausbildung ihrer Kinder ging. Was bringt das? Wie läßt sich das beruflich nutzen? Ist es unbedingt notwen-

dig? Cäsar, Cicero, Ovid, sie brachten nichts und wurden deshalb abgewählt. Ich zog mir den Hocker zum Sessel hin, wollte mich gerade setzen, da klingelte das Telefon. Es war Wolf. Er klang müde und abgehetzt und klagte über Magenbeschwerden und Blähungen.
»Ich hab schon mehrmals versucht, dich zu erreichen. Wo steckst du denn?«
»Der Elternabend in der Schule...«
»Ach ja.«
»Latein ist von fast allen abgelehnt worden. Ich bin so enttäuscht.«
»Ich hab hier auch meinen Ärger.«
»Nur der Pfarrer hat mit mir gestimmt.«
»Ist noch gar nicht klar, ob ich bei der Landesliste obenan stehen werde.«
»Verwertbarkeit. Nur die Verwertbarkeit zählt, der direkte Nutzen. Wieso die Kinder in der Schule noch singen dürfen, ist mir ein Rätsel. Bei den Eltern!«
»Frau muß man hier sein. Hauptsache Titten. Was im Kopf ist, welche Qualifikationen ich mitbringe, interessiert keinen.«
»Wolfi!«
»Ist so. Glaub mir! Und wenn ich verliere, schmeiß ich den ganzen Kram hin und geh zurück in die Anwaltskanzlei. Diese Weiber!«
»Ärgere dich nicht, Schatz! Sorg dich nicht! Es wird schon werden, glaub mir! Einen Besseren als dich finden die doch nie. Das wissen die auch.«
»Hoffentlich! Ich werd jedenfalls nicht hinter einer Emanze die zweite Geige spielen. Ein Glück, daß du nicht so eine bist, daß du noch eine richtige Frau bist. Bei dir muß ich mir den Quatsch nicht anhören, den die hier pausenlos vorplappern.«
»Keine Angst, Wolfi.«
»Wenn ich die Wahl im Frühjahr gewinnen will, müssen wir aber noch ranklotzen.«
»Wir könnten eine Silvesterparty feiern und ein paar wichtige Leute einladen. Was hältst du davon?«
»Vielleicht nicht schlecht. Mach mal!«
»Ach, ich bin so schlapp und so enttäuscht, Wolfi.«

»Wem sagst du das!«
»Wann kommst du morgen?«
»Spät. Ganz sicher spät.«
»Da werden die Kinder aber enttäuscht sein, die freuen sich so auf dich.«
»Du nicht?«
»Doch – auch.«
»Du bist so komisch. Ist was?«
»Denkst du manchmal auch an mich, Wolfi?«
»Natürlich. Immer. Also, bis morgen, Schatzi. Tschüs!«
»Tschüs.«
Ich legte auf, schaltete den Fernseher an und goß mir ein großes Glas Rotwein ein. Dann setzte ich mich und legte die Beine hoch. Den ersten Schluck Rotwein trank ich auf Cäsar und Ovid, auf alles, was nichts brachte und mir lieb und teuer war. Du kannst zufrieden sein, Wolfgang, dachte ich, der Fortschritt hat gewonnen. Du bist auf der Seite der Sieger, lebst in der Welt der Konferenzen, der Entscheidungen, der Zukunftsfragen unserer Erde. Welchen Stellenwert haben wir, dein Wohnzimmer, deine Frau, deine Kinder? An wievielter Stelle hinter dem Komma hast du uns eingetragen? Sind wir die Tankstelle an deinem Weg, das Feldbett, um kurz auszuruhen, bevor es weiter vorangeht? Du magst es, daß ich mich für Traditionen, für Althergebrachtes interessiere. Ich bin die Bewahrerin, die Hüterin, diejenige, die die Erinnerung wachhält. Aber du kannst es nicht gebrauchen, was ich bewahre, du willst es gar nicht haben. Wozu also? Warum kränkt es mich, daß Annette kein Latein lernen darf? Ich habe damals auch mein großes Latinum gemacht. Was brachte mir das?
»Du brauchst eine abgeschlossene Ausbildung«, sagte Mutsch. Dann beugte sie sich über ihren Schnittchenteller, der auf dem Beistelltisch neben dem grünen Sofa stand, wählte aus den von mir gefällig angeordneten Häppchen das Herz des Arrangements aus, ein dickes Stück Gouda mit einer ebenso dicken Schicht Butter, biß die Hälfte ab, so daß Butter und Käse den getreuen Abdruck ihrer Zähne zeigten, und ließ sich in ihr Kissengebirge zurücksinken. Sie wurde nie müde, diesen Satz zu sagen, ja, einem weiblichen Cato gleich, betete sie ihn fast täglich her. Mutsch hatte keine abgeschlos-

sene Ausbildung, keinen Beruf. Manchmal sprachen wir darüber, ob es Möglichkeiten gab, sich aus der Abhängigkeit von Papa zu befreien, sich selbständig zu machen. Wir malten uns aus, das Haus in eine Pension oder in einen Ponyhof zu verwandeln und damit Geld zu verdienen, Geld, das Mutsch von Papa losgekauft hätte. Aber Mutsch setzte sich schon seit Jahren nicht mehr hinter das Steuer eines Wagens, und nur so vom Sofa aus ließ sich das neue Leben nicht machen, das sah ich deutlich. Andererseits, sie hatte sich auch nicht um die Familie gekümmert, um Papa und um uns. Vielleicht wäre alles ganz anders gekommen, wenn sie Papa unterstützt hätte. Ich werde Wolfgang jedenfalls unterstützen. Und für meine Kinder sorge ich auch. Eine abgeschlossene Ausbildung, ich hab sie auch nicht, Mutsch. Da, im Regal, stehen die Aktenordner mit meinen Seminararbeiten, meinen Scheinen, meinen Prüfungsergebnissen. Einen Abschluß habe ich nicht. Mein Studium ließ sich nur mit der Promotion abschließen. Ich promovierte nicht, ich heiratete und wurde Mutter und wurde glücklich und habe überhaupt keinen Grund, zu hadern oder unglücklich zu sein, im Gegenteil.

▲▼▲

»Nach dem gemeinsamen Jahr in Nikolassee blieben Sibylle und ich in engem Kontakt. Wir waren ja auch beide wieder in Hamburg. Hier traf ich Harry, Billes Bruder, dann öfter, obwohl er damals in Freiburg studierte. Er fühlte sich für Sibylle verantwortlich. Nach dem Tod des Vaters war sie ja auch sehr allein.«
»Aber, Tante Grit, sie hatte doch noch ihre Mutter.«
»Die Mutter? Ach die, die reiste viel, lebte im Winter an der Côte d'Azur oder in Lugano. Bille sprach selten von ihr, und ich fragte nicht, um sie nicht in Verlegenheit zu bringen. Mir schien diese Mutter sehr egoistisch und pflichtvergessen.«
»Das war sie auch.«
»Weiß nicht, Renchen, weiß nicht! Heute seh ich manches anders. Sie war noch jung, als der Mann krank wurde, sie pflegte ihn, sie kümmerte sich. Aber danach, da hatte sie vielleicht den Drang, das Leben noch einmal zu leben, nicht die Hamburger Villa als Gruft anzunehmen und sich lebendig zu begraben. Wer will das verurteilen?«

»Ich, Tante Grit. Es wäre ihre Pflicht gewesen, für ihre Kinder da zu sein.«
»Denkst du immer nur an deine Kinder, deinen Mann, Renchen? Denkst du nicht manchmal auch an dich? Mußt du nicht auch an dich denken?«
»Und Mutsch? Was machte Mutsch?«
»Bille sagte immer, sie wolle Journalistin werden. Aber natürlich rechnete sie wie wir alle damit, bald zu heiraten. Und sie verlobte sich ja dann tatsächlich ziemlich schnell.«
»Mit Alex Kruse.«
»Alex? Nein. Nicht Alex. Da gab es noch einen anderen vorher.«
»Davon weiß ich ja gar nichts. Wen denn?«
»Dirk. Er hieß Dirk Westerstedt.«
»Den hat Mutsch nie erwähnt. Dann war sie also mit ihm...«
»Nein, sie war nicht mit ihm verheiratet. Er war bei der Marine, genauso wie Alex später. Im Kieler Hafen stand er am Bug eines Schiffes, als ihn ein englischer Tiefflieger erschoß. Da war der Krieg gerade erst zwei Tage alt.«
»Tante Grit, jetzt verstehe ich. Der Text. Ich habe in den Papieren einzelne Texte gefunden, Tagebuchtexte, vielleicht auch literarische Versuche von Mutsch. Jetzt verstehe ich. Mich hat das immer irritiert, was Mutsch da schreibt, weil ich doch wußte, daß Alex auf See gefallen ist. Es geht um diesen Dirk. So ist das.«

*Tod*

Ich hatte es gewußt und doch geglaubt, es abwenden zu können, wenn ich nicht daran dächte. Es half nicht. Sie kamen und sagten es mir. Das war die Minute, in der ich zum ersten Mal starb. Ich wurde zum Automaten. Ich war von seinem Sterben ausgeschlossen und funktionierte, wie eben ein Automat funktioniert. Der Automat ging zum Bahnhof, fuhr mit der Eisenbahn, bestieg ein Auto, sprach durch meinen Mund.
Dann stand ich sehr allein unter vielen fremden Gesichtern, frierend in stärkster Hitze. Menschen sprachen, beteten. Ein Arm führte mich an eine Grube. Unten stand ein Sarg, nackt, so jämmerlich nackt, allein und frierend wie ich. Und der Automat sagte in mir: Das ist ein offenes Grab. Das ist sein Grab. Und der Automat sah

den Sarg, und ich sah durch den Sarg hindurch und sah dich. Da erwachte ich. Die Blumen preßte ich an mich. Dir hatte ich sie schenken wollen, nicht dem kalten Sarg. Du warst das Leben selbst. Du mußt wiederkommen, froh wie immer und sorglos! Sie wollen mir nur angst machen, dachte ich, sie wollen mir zeigen: So wäre es, wenn – aber das wird nicht sein. Nie. Es kann nicht sein. Dies alles ist etwas, das dich und mich gar nichts angeht. Ich ließ die Blumen auf den Sarg fallen.

Nachts, in der weiten, ruhigen Nacht, da schlug mich das Begreifen. Es würgte mich. Raus wollte ich, raus an die Luft, ins Leben, zu dir. Ich wollte dich holen, dich anbetteln, doch wiederzukommen. Ich atmete die kühle Nachtluft und sagte: Ich glaube es nicht. Welch ein Segen, dies Nicht-glauben-Können des Unerträglichen. Ich glaube es nicht, sprach ich mir vor, ich glaube es nicht. Wenn es so sein wird, dann wird er mich nicht hier allein zurücklassen. Ich wußte noch nicht, daß dein Tod mich zum Leben verpflichtete. War es sonst nicht Verrat? Unser Weg, der Weg, den wir vor Augen hatten, er war noch da. Einer mußte ihn gehen, sonst war dein Leben vergebens gewesen.

»Was meinte sie damit, Tante Grit? Welchen Weg meinte sie hier?«

»Weiß ich nicht, Renchen. Es wird ihr damals geholfen haben, darüber wegzukommen. Das zählt doch, oder? Und dann lernte sie Alex kennen. Durch ihn kam sie zum ersten Mal in eine richtige Familie. Die Kruses, das waren Menschen, die sich dauernd besuchen mußten, die Briefe und Kärtchen und Päckchen schickten, wenn sie sich nicht sehen konnten, und die, das war mein Eindruck, im Hauptberuf Familienangehörige waren. Alex' Vater war Jurist, Alex war Kapitänleutnant, ein Onkel war Chirurg, eine Tante dichtete, aber all das kam erst in der zweiten Reihe.«

»Oh, wie schön für Mutsch! Das hat ihr aber gutgetan!«

»Nicht nur, Renchen.«

»Aber sicher. Was konnte ihr denn Besseres passieren?«

»Sibylle war immer allein gewesen, sehr selbständig, gewohnt, ihre Probleme zu lösen, alles mit sich selbst auszumachen, ihre Entscheidungen allein zu treffen, ohne sich mit anderen zu beraten.«

»Und Harry?«

»Ja, Harry. Der lebte inzwischen in Berlin. Harry heiratete.«
»Mochten sie sich nicht, Mutsch und Harrys Frau?«
»Bille kannte sie vermutlich kaum. Aber... Na ja, warum soll ich dir's nicht erzählen? Sie war Harrys Geliebte gewesen, bevor er sie heiratete, und deshalb lehnte Bille sie kategorisch ab. Man heiratet nicht seine Geliebte! Das war ihre Meinung. Stereotyp wiederholte sie immer: Man heiratet nicht seine Geliebte.«
»Das glaube ich nicht, Tante Grit. Mutsch hatte sicherlich viele, viele Fehler, aber einen hatte sie bestimmt nicht, sie war nicht spießig.«
»Du weißt noch zuwenig, Renchen.«
»Ich habe noch eine Frage.«
»Frag nur!«
»Liebte sie Alex?«
»Lieben? Wer sieht einem Menschen ins Herz? Sie mochte ihn. Wer weiß, ob sie den Mut hatte, ihn zu lieben, ob die Angst nicht stärker war. Der Krieg ging ja noch weiter. Eins weiß ich jedenfalls – meine Güte, was ich hier alles erzähle! – sie war noch unberührt, als sie Alex heiratete. Sie sagte mir selbst nicht ohne Stolz, Alex sei in der Hochzeitsnacht sehr erstaunt gewesen. Sie hatte ihre Unschuld noch, obwohl sie doch schon mit Dirk verlobt gewesen war.«

▲ ▼ ▲

Wie das klingt: die Unschuld haben. Die Unschuld verlieren.
Heißt das nicht: schuldig werden?
Es klingt so an, scheint mir.
Aus dem unschuldigen, engelgleichen Mädchen wird eine schuldige Frau. Wodurch?
Und der Mann?
War er schon immer schuldig?
Bleibt er auf immer unschuldig?
Was bin ich denn, ich, die die Unschuld verlor?
Eine aufgerissene Konservenbüchse?
Ein abzunutzender Gebrauchsgegenstand?
Daß ich mich hingebe – ist das Schuld?
Daß ich mich lustvoll hingebe?
Wer richtet hier?

Wirf dich nicht weg!
Paß auf dich auf!
Wenn du deinen guten Ruf verloren hast, kannst du ihn nie wieder zurückholen. Ein anständiger Mann heiratet keine Frau mit Vergangenheit. Weißt du, was die Männer sagen? Es gibt solche Frauen und solche Frauen. Mit den einen amüsiert man sich, die anderen heiratet man. Du willst doch heiraten, Irene, oder? Und, auch das mußt du bedenken: Selbst wenn du dich mit dem Mann einläßt, der dich dann heiratet, er wird es dir später vorwerfen. Glaub mir! Deine Unschuld, deine über jeden Zweifel erhabene Unversehrtheit ist dein Kapital. Wenn er merkt, daß es da schon Männer vor ihm gab, wird ihn das beschäftigen. Er wird fragen, wer waren diese anderen? Liebt sie vielleicht nicht mich? Besser, du läßt es gar nicht so weit kommen.
Ich hörte jahrelang von Mutsch diese Sätze. Auch in der Schule, wenn das Thema – selten genug – zur Sprache kam, klang es ähnlich. Als wir Emilia Galotti lasen, schien für unsere Deutschlehrerin, eine Nonne, der rechte Augenblick gekommen: Der Mann ist von Natur aus wilder, ungebändigter als die Frau. Dem Wesen der Frau entspricht die häusliche Atmosphäre. Sie ist körperlich schwächer, sie schützt das junge Leben, sie ist auf Ausgleich und Frieden bedacht, und sie muß dem Manne helfen, sich in diese Richtung zu entwikkeln. Sie muß Ruhe und Stetigkeit in das Leben des Mannes bringen. Der Mann ist von Natur aus der Jäger, die Frau aber ist die Erde.
Wäre Klaus ein großer Bruder gewesen, ich hätte vielleicht ein Gegenbild zu jenem Männerbild gehabt, das mir vorgemalt wurde. Aber Klaus war mein jüngerer Bruder, und so nahm ich alle Mahnungen willig an. Ich wollte keinen Fehler machen, der mein Lebensglück auf immer gefährdete. Allen Fallen – Mondscheinspaziergänge, Es-ist-so-heiß-hier-laß-uns-an-die-Luft-gehen, Ausflüge zu zweit – wich ich aus. Ich wußte ja, was sie wollten, die Männer. Aber da hatten sie sich getäuscht. Mit mir nicht! Ich gehörte nicht zu den Mädchen, mit denen man sich amüsierte, ich gehörte zu den Mädchen, die geheiratet wurden. Aber ich amüsierte mich auch nicht. Ich saß alle Wochenenden allein zu Haus, hütete meinen guten Ruf und tröstete mich damit, daß die anderen Mädchen, die,

die mit einem Jungen ins Kino gingen – Sperrsitz womöglich –, spätestens mit zwanzig ausgespielt hätten. Meine Zeit bräche dann erst an.
Aber alles Gerede von Jungfräulichkeit, Anständigkeit und weiblicher Sanftmut machte aus mir kein steriles Wesen, das auf Knopfdruck bei der Heirat zur Frau erwachen würde. Wenn es so einfach gewesen wäre! Wie lange stand ich hinter verschlossener Tür vor dem Spiegel und betrachtete mich? Ich hatte meinen neuen weißen BH angezogen – nur weiß, Schwarz war eine Hurenfarbe –, stand da, drehte mich nach rechts, drehte mich nach links, strich sacht mit den Fingerspitzen über meine Büste und stellte mir vor, nicht meine, sondern die Hände eines Mannes berührten mich. Nachts lag ich wach, hörte, wie sich Mutsch und Papa stritten, mit den Türen knallten und neue Bierflaschen aus dem Kühlschrank in der Küche holten. Dann träumte ich, ein starker Mann läge neben mir, Dschingis-Khan oder Ben Hur, er umschlösse mich mit seinem Arm, streichelte mich mit großen, warmen Händen, küßte meinen heißen Leib und ließe mich alles vergessen. Ich onanierte unter der Bettdecke, hatte ein schlechtes Gewissen, Ängste – Das tut man nicht! Davon wird man krank – und träumte und hörte, wie Mutsch und Papa sich immer noch zankten.

▲ ▼ ▲

*Marbella, 10. Januar 1989*

*Sehr geehrte Frau Ortweg,*

Sie haben mich mit Ihrem Brief sehr überrascht. Ein Brief von Sibylles Tochter, das war wie eine Nachricht aus anderen Welten. Und Sie sind nicht mehr das kleine, blasse Mädchen, das ich vor Jahren in Oedekoven kennenlernte. Sie sind längst verheiratet und haben vier Kinder. Ich kann mir das kaum vorstellen. In unserer Erinnerung werden die Menschen ja nicht älter. Erst wenn wir sie wiedersehen oder von ihnen hören, merken wir, daß sie sich auch veränderten, genauso wie wir selbst. Dann macht es Schwierigkeiten, das Bild, das unsere Erinnerung festgehalten hat, mit der neuen Wirklichkeit zur Deckung zu bringen. Sie schreiben, daß Sie angefangen haben, sich mit Ihrer Vergangenheit, mit der Vergangenheit Ihrer

Mutter und Ihrer Großmutter zu beschäftigen, und daß sich in diesem Zusammenhang Fragen ergaben, die Jugend Ihrer Mutter betreffend, auf die Sie keine Antwort finden können. Soweit ich Ihnen dabei hilfreich sein kann, will ich es gern versuchen.
Zunächst muß ich feststellen, daß ich nicht mit Ihrer Mutter, sondern mit Ihrem Onkel, Harry Clausen, befreundet war. Wir waren Schulkameraden, Harry und ich. Sibylle kannte ich zwar auch, aber eben so, wie man als Pennäler die jüngere Schwester seines Freundes kennt. Ich war oft im Elternhaus Ihrer Mutter zu Gast, denn ich war Fahrschüler, und Harry nahm mich mit nach Hause, wenn wir nachmittags noch Turnen hatten oder rudern gehen wollten. Mich hat dies Haus damals immer wieder überwältigt, obwohl ich auch aus einem wohlhabenden Elternhaus stammte. Auffällig war mir immer wieder die Ruhe, die in diesem Haus herrschte. Sie müssen wissen, ich habe vier Schwestern, eine immer temperamentvoller als die andere. Wenn ich bei Harry zu Besuch war, dachte ich manchmal, wir wären ganz allein im Haus, so still war es. Harrys Vater war in jenen Jahren ja schon krank. Die Eltern reisten viel in den Süden. Waren sie in Hamburg, dann führten sie ein sehr zurückgezogenes Leben. Ob Ihre Großmutter, Sibylles Mutter, die ja so viel jünger war als der Vater, darüber glücklich war, kann ich nicht sagen. Vielleicht muß man diese Dinge berücksichtigen, wenn man dem, was später geschah, gerecht werden will. Harry, auch Sibylle hatten kein Verständnis. Wir waren damals alle viel zu jung dazu. Es gibt Dinge, die wir auch bei größter intellektueller und emotionaler Anstrengung nicht begreifen können. Erst das Alter, die eigenen Lebenserfahrungen und die Anschauung der Fehlschläge und Enttäuschungen anderer, uns nahestehender Menschen bringen uns der Erkenntnis und der Barmherzigkeit näher. Harry und Sibylle lebten in diesem stillen Haus ebenso leise wie die Eltern. Ich erinnere mich nicht, Harry je das Treppengeländer heruntersausen gesehen zu haben. Er pfiff keine Schlagermelodien, er warf seine Schulmappe nicht auf irgendeinen Stuhl, wie ich es zu Hause immer machte.
Harry und Sibylle waren ihrem Alter beide voraus, und sie hatten einen scharfen, schnellen Verstand. Beide liebten es, andere durch ironische Bemerkungen oder durch scheinbar harmlose Fragen

bloßzustellen und zu verwirren. Damit machten sie sich nicht nur Freunde, wie Sie sich sicher denken können. Aber Harry wurde anerkannt, respektiert und bewundert. Ob das bei Ihrer Mutter auch so war, kann ich nicht sagen. Mädchen reagieren ja anders in diesen Dingen.

Eine Geschichte muß ich Ihnen erzählen, über die wir noch nach Jahren lachen mußten. Im Musikunterricht saß ich mit Harry und zwei anderen Klassenkameraden in der letzten Bank und spielte Skat. Harry, der nach langer Pechsträhne endlich ein gutes Blatt auf der Hand hatte, reizte hoch und knallte seine Stiche mit Freude auf die Schulbank. Bungert, unser Musiklehrer, hatte ihn wohl schon länger beobachtet. Jetzt kam er auf uns zu. Wir hielten die Luft an und schoben schnell die Karten beiseite. Aber Harry, der mit dem Rücken zur Klasse saß, warf sein As. In diesem Augenblick zog Bungert ihn am Kragen. Harry fuhr herum und fluchte gleichzeitig: »Mensch!« – »Ich bin kein Mensch!« brüllte Bungert. Darauf Harry betont ruhig und sachlich: »Ach, ich dachte.« Bungert war geschlagen. So perplex war er, daß er Harry losließ, wieder nach vorne ging und seinen Unterricht fortsetzte. Das war Harry.

Diese Unerschrockenheit, den Sinn für Situationskomik, die Freude daran, das behielt Harry auch, als wir schon Studenten in Freiburg waren. Es machte ihm eine höllische Freude, Spießer und aufgeblasene Nazis zu ärgern oder bloßzustellen. So brachte er es fertig, ich war dabei, einen SA-Mann zur Weißglut zu bringen. Damals mußten alle Hotel- und Gaststättenbesitzer ein Schild ins Fenster hängen: Juden und Hunden ist der Zutritt verboten. Unser Konditor hängte kein Schild hin. Daraufhin postierten sich zwei SA-Männer vor der Tür und schikanierten jeden, der hineinwollte. Das Café blieb leer. Als Harry davon hörte, überredete er Pit Lundbek, Eberhard von Lovien und mich, mit ihm hinzugehen. Der SA-Mann fragte Harry nach seinem Namen. Sie hätten Harry sehen sollen! Er schien noch ein Stück gewachsen, dabei hatte er sowieso Gardemaß. Mit näselnder Stimme diktierte er dem fetten Kerl alle seine Vornamen und fragte dann auch noch: »Darf es noch mehr sein?« Nachdem auch wir unsere Personalien angegeben hatten, Eberhard hatte sein von Lovien sogar buchstabiert, durften wir passieren. Wir saßen bis zum Abendbrot im Café, Fensterplatz natürlich, damit uns

jeder sehen konnte, und lasen die ausliegenden Zeitungen. Der SA-Mann stapfte vor dem Fenster auf und ab. »Einer hat's im Kopf, ein anderer in den Beinen«, stellte Harry fest. »Der da hat's wohl mehr in den Beinen.«
Aber jetzt habe ich mich ganz in meinen Anekdoten von Harry ergangen. Wieviel wissen Sie von ihm, Frau Ortweg? Hat Ihre Mutter manchmal von ihm erzählt? Diese Freiburger Geschichte kannte sie auch, da bin ich sicher, obwohl sie ja damals in Hamburg lebte. Sie hatte in späteren Jahren nur noch wenig Kontakt mit Harry. Er heiratete , wohnte in Berlin und war dienstlich oft verreist, häufig im Ausland. Ihre Mutter lebte dann in Ostwyk. »Meine Schwester bleibt aus allem raus«, sagte er einmal. Er wollte verhindern, daß sie in irgendeiner Weise mit dem, was er tat, in Verbindung gebracht werden konnte. Er wollte sie schützen.
Leider kann ich Ihnen hierzu keine näheren Einzelheiten erzählen, denn auch mein Kontakt mit Harry hörte fast völlig auf. Ihre Mutter sah ich erst nach Kriegsende wieder, als ich sie in Berlin aufsuchte, um sie über Harrys Schicksal aufzuklären. Noch einmal besuchte ich sie dann in Oedekoven, Sie erinnern sich vielleicht. Ich muß gestehen, daß ich über den Verfall ihrer Persönlichkeit tief betroffen war. Durch Ihren Brief erfuhr ich nun den traurigen Rest. Wo die Ursachen hierfür liegen, kann ich nicht sagen. Vielleicht versuchen Sie, noch andere Bekannte und Freunde Ihrer Mutter ausfindig zu machen, die Ihnen weiterhelfen können.
Ich hoffe, meine Ausführungen haben Ihnen ein bißchen weitergeholfen, und bleibe

*mit freundlichen Grüßen*
*Michael Langwasser*

▲ ▼ ▲

Als ich in Berlin Tante Grit besuchte, um sie über Mutsch zu befragen, fuhr ich auch nach Ostberlin, denn Hilde, Alex' Schwester, lebte noch, und ich erhoffte mir, von ihr Einzelheiten über die Zeit zu erfahren, in der Mutsch jung verheiratet war. Auch das Verhältnis zu Harry war mir unklar. Warum hatten sie sich so auseinandergelebt, Mutsch und ihr Bruder? Man heiratet nicht seine Geliebte! Ein blöder Satz. Das entsprach überhaupt nicht Mutschs Art. Was steckte dahinter? Mir schien, Tante Grit schwieg aus einem bestimmten Grund. Dabei war sie doch sonst erstaunlich offen. Manchmal schluckte ich, wenn ich sie, weißhaarig, sehr elegant, sehr Dame, erzählen hörte. Irgendwie wunderte es mich, ja, es war mir fast peinlich, wenn sie über Mutschs Verhältnis zu Männern, über Intimes sprach. Hatte ich denn vergessen, daß auch Tante Grit eine Frau, daß sie nicht immer weißhaarig und alt und abgeklärt war? Michael Langwasser hatte geschrieben, in der Erinnerung bleiben die Menschen so, wie wir sie zuletzt gesehen haben, sie werden nicht älter. Ja, aber umgekehrt galt der Satz auch. Tante Grit war für mich eine alte Dame, sonst nichts. Und wenn ich Mutschs Leben erforschte, so war Mutsch doch immer Mutsch, so, wie ich sie zuletzt erlebt hatte. Wenn ich meine Fragen stellte, alte Papiere studierte, Photos ansah, so war das nicht Mutsch, von der ich da erfuhr, sondern Sibylle. Sibylle, eine Frau mit einer Vergangenheit, eine Schwester von Mutsch vielleicht. Mutsch aber, meine Mutsch konnte ich damit nicht in Deckung bringen. Erst recht traf dies auf Großmutter zu. Ihr Leben war so weit von meinem entfernt, daß ich ihr Tagebuch wie einen historischen Roman las. Aber irgendwann mußte der Augenblick kommen, in dem sich Anne-Kathrins, Sibylle/Mutschs und mein Leben trafen, in dem sich das Gestrick aufribbelte oder sich zu einem neuen Muster zusammenschlang.

Die Bahn war eben abgefahren, als ich auf den Bahnsteig kam. Während ich stand und wartete, fiel mein Blick in eine Straße, die unter mir lag wie eine alte, wieder ausgegrabene Welt. Unmittelbar neben dem Bahnhof ragte eine Hausfront auf, deren straßenabgewandte Seite eine verblaßte, verwaschene Persilreklame zeigte. Wie alt war sie? Ob sie den Krieg schon mitgemacht hatte, ob die Frau im weißen Kleid auch bei Bombenalarm ihren Hut festgehalten und gelächelt hatte? Vielleicht hatte Sibylle hier gestanden und schon die Reklame gesehen. Vielleicht war es damals voll hier auf dem Bahnsteig, vollgestopft mit Arbeitslosen, hungrigen, übelriechenden Menschen. Armut duftet nicht. Die Fenster der stuckverzierten Bürgerhäuser da unten waren mit Hakenkreuzfahnen geschmückt, damals, als sie hier stand. SS-Männer, Hitlerjungen, BDM-Mädel, die fürs Winterhilfswerk sammelten, waren die Treppe hinaufgesprungen. Berlin, Weltstadt, Olympiastadt, Nazistadt. Berlin, ausgebombt, ausgelebt, aufgeteilt. Wie erlebte Mutsch diese Szenenwechsel? Bedrückte sie das Knallen der SS-Stiefel auf den Steinstufen? Hat sie außer der Persilreklame auch anderes an den Häuserwänden gelesen? Deutschland erwache! – Juda verrecke! – Ein Volk, ein Reich, ein Führer! Wie nah rückte ihr das? Oder war sie nur mit sich, mit der Hochzeit, mit Alex, mit Harrys Frau, die seine Geliebte gewesen war, beschäftigt? Stumpft man ab? Gewöhnt man sich an Judensterne? Ich hatte versucht, mit Tante Grit darüber zu sprechen.

»Wir hatten Angst«, hatte sie gesagt. »Wir mußten immer auf der Hut sein, immer kontrolliert. Aber, Renchen, wir waren ja jung damals. Wir hatten auch unseren Liebeskummer, wir wollten auch tanzen gehen und unser Leben leben. Weißt du, wenn ich so zurückblicke, dann denke ich, wir, die Generation deiner Eltern, wir sind in doppelter Weise um unsere schönsten Jahre betrogen worden. Die Nazis nahmen uns unsere Unbeschwertheit, die Unbefangenheit und den Mut, Verrücktheiten zu riskieren, wie das doch jungen Menschen zusteht. Sie nahmen uns im Krieg unsere Männer und Väter, unser Zuhause und zuletzt auch unsere Ehre weg. Es wundert dich vielleicht, wenn ich den Begriff Ehre benutze, aber, glaub mir, es war schon schwer, ist es doch heute noch, sich dem, was damals passiert ist, Auschwitz und Coventry und Stalingrad, zu stellen. Siehst du, das meine ich, wenn ich sage, wir sind in doppelter Weise betrogen worden. Wer von uns wagt denn, von der Vergangenheit zu erzählen, zu schwärmen, zu lachen, so, als sei es irgendeine Jugendzeit gewesen. Aber wir waren jung, und wir hatten auch unsern Spaß. Wenn ich davon erzählen wollte, wie würdest du reagieren? Sie kann das so unbefangen erzählen, würdest du denken. Sie tut so, als ob nichts gewesen wäre. Schämt sie sich nicht? War sie etwa auch ein Nazi? Siehst du, so haben die Nazis über unser Leben bis zum heutigen Tag Macht. Zuerst zwangen sie uns zur Verkleidung, dann zwangen sie uns nachträglich das Büßerhemd auf.«

Friedrichstraße. Alles aussteigen. Alles in eine Richtung gehen. Weitergehen, schnell gehen. Nicht laufen, nicht schlendern. Schnell gehen, so wie alle gehen. Keine Gesprächsfetzen, kein Lachen, nur Absatzklappern auf dem Beton. Kalter Wind, ein Saugloch, ein weißgekacheltes, zugiges Saugloch, leicht gekrümmt, unübersichtlich. Die Handtasche fest unter den Arm geklemmt. Kein Blick zur Seite. Nur schnell durch hier! Dann eine Sperre, graugestrichenes Gitter, ein Uniformierter. Die Halle, Uniformierte, Kameras, Lautsprecher, Schlangen wartender Menschen, Zellen ohne Klinke, in die einzeln eingetreten werden muß. Warten unter den Augen der Uniformierten. Schüchternes Umsehen, In-den-Taschen-Kramen, möglichst unbefangen wirken. Hab ich nichts Verbotenes bei mir? Ist mein Paß in Ordnung? Bin ich irgendwie auffällig, verdächtig? Was wollen die da vorn?

»Ihren Paß bitte!«

Ich schiebe ihn mit dem Geld durch den Schlitz. Hinter der Glasscheibe sitzt eine Frau, etwa mein Alter, braune Locken, blauer Lidschatten, Lippenstift. Immerhin.

»Drehen Sie mal den Kopf zur Seite!«

Mein Kopf dreht sich. Da ist ja noch ein Spiegelstreifen an der Rückwand der Kabine. Sogar der Hinterkopf wird bespiegelt. Was macht sie da so lange mit meinem Paß?

»Sie sollen den Kopf drehen! Machen Sie mal ein Ohr frei!«

Ich entschuldige mich, weil mein Kopf sich, ohne daß ich es merkte, wieder gedreht hatte. Endlich werden mir der Paß und das Tagesvisum zugeschoben. Soll ich mich verabschieden? Nein, das paßt hier nicht hin. Ein leises Summen, die gegenüberliegende Tür, auch ohne Klinke, läßt sich aufdrücken. Wieder eine Sperre, ein noch kleineres Kabäuschen. Wie die Kassiererin beim Zirkus sitzt eine Frau hinter dem Fensterchen, nimmt 25 Westmark, gibt 25 Ostmark. Weiter. Ein niedriger Tresen, dahinter ein schlaksiger, pickeliger Jüngling.

»Zeigen Sie mal Ihre Tasche! Führen Sie Druckerzeugnisse mit sich?«

Endlich stand ich in der Bahnhofshalle, die genauso nach altem Papier, Öl und Urin stank wie alle Bahnhofshallen. Hilde wartete schon auf mich. Sie kam auf mich zu, gab mir die Hand, eine kleine, weiche Hand. Dann ging ich neben ihr zur Straßenbahn. Ich erzählte von Wolfgang, von den Kindern, versuchte ihr verständlich zu machen, warum ich sie besuchte, welche Fragen mich beschäftigten. Aber neben dieser beigefarbenen Frau, die auf ihren Kreppsohlen gleichmäßig ausschritt, die Hände in den Taschen versteckt hielt, neben ihr sprach es sich schlecht. Während ich von mir erzählte, überlegte ich, wie ich sie ins Gespräch ziehen könne, aber außer einem matten – »Und wie geht es Ihnen?« fiel mir nichts ein. Erst als wir nach langer Straßenbahnfahrt in Weißensee angekommen waren und bei Hilde zu Hause saßen, einem Haus, dessen ehemalige Schönheit der Proportion, des Materials und der handwerklichen Meisterschaft noch zu ahnen war, da wurde sie gesprächiger.

»Sie wollen also Licht in das Leben Ihrer Mutter bringen? Es wundert mich ein bißchen, daß Sie jetzt, nach so vielen Jahren, neugierig werden. Sie ist doch seit fast zwanzig Jahren tot, oder? Dieses Ende!« Sie schenkte Kaffee ein, schob das Meißner Schälchen mit den Pralinés näher zu mir und strich das Geschenkpapier glatt, in dem mein Kaffee eingewickelt gewesen war. »Dieses Ende! Sie hatte ein sehr bewegtes Leben, Ihre Mutter. Ja. Sehr bewegt. Aber dafür konnte sie natürlich nichts. Das waren die Zeiten damals. Und später versuchten Mutter und Vater immer wieder, ihr zu helfen, ihr ein Gefühl der Verbundenheit, der Familie zu geben. Nur, wir waren hier, und sie war im Rheinland. Noch weiter weg ging es ja beinah nicht. Und nach dem Mauerbau war ja alles vorbei, da konnten wir ihr nicht mehr helfen.«

»Brauchte sie denn ständig Hilfe, meine Mutter?«

»Nein, so nicht. Da mißverstehen Sie mich. Aber ihr fehlte ein fester Grund, auf dem sie stehen konnte. Sie war ja schon in ihrer Jugend viel allein gewesen. Der Bruder, sicher, der Bruder war noch da, aber der...«

»Was war mit ihm? Erzählen Sie doch!«

»Der war doch ein charakterloser Luftikus. Entschuldigen Sie, wenn ich das so sage. Er ist tot, er hat ein schreckliches Ende gehabt, aber gewundert hat mich das nicht, das muß ich Ihnen ehrlich sagen.«

»War meine Mutter ähnlich?«

»Nein, nein. Ihre Mutter war anders, die wäre mit Alex auch bestimmt glücklich geworden. Wissen Sie, ihr fehlte die Familie. Wenn nicht der Krieg gekommen wäre, sie hätte eine gute Frau und Mutter werden können. Alex liebte sie, und für Alex ging nichts über ein glückliches Familienleben. Meine Mutter machte sich Sorgen, ob die Ehe gutginge. Leider hat sich all das, was sie vorausahnte, später erfüllt. Manchmal seufzte sie dann: Wie gut, daß unser Alex das

nicht mehr erleben mußte! Ich habe mich mit Sibylle nie recht vertragen, das muß ich zugeben. Aber Alex war mein jüngerer Bruder, da spielte auch geschwisterliche Eifersucht eine Rolle. Sibylle hatte keine Wurzeln, weder familiär noch geistig. Verstehen Sie? Wenn sie an Gott geglaubt hätte oder überzeugte Nationalsozialistin gewesen wäre, irgendwas. Aber nichts war ihr heilig, über alles machte sie ihre mokanten Bemerkungen. Nicht mal sich selbst nahm sie richtig ernst. Sie war Plankton, freischwebendes Plankton, ohne Halt, ohne Orientierung. Und jeder Sinn für Ordnung, für Pflicht, fehlte ihr. Mutter konnte sich von Anfang an nicht vorstellen, daß Sibylle eine richtige Offiziersfrau werden würde. Immer, wenn Alex beim Gruß die Hacken zusammenschlug, dann saß in Sibylles Mundwinkeln ein Lachen. Warum ausgerechnet mein Vater zu ihr hielt, wird mir ewig ein Rätsel bleiben. Er war ein Preuße alter Schule, wenn Sie wissen, was ich damit meine. Diese Welt gibt es ja nicht mehr. Alles kaputt, kaputt für immer. Sehen Sie sich unser Berlin an, dann wissen Sie alles. Noch Kaffee?«
»Ja, bitte.«
»Vater war zeitlebens Monarchist. Am liebsten hätte er den Kaiser und den ollen Bismarck zurückgehabt. Es hat in unserer Familie immer Offiziere gegeben. Als Alex '36 zur Marine ging, da bestellte mein Vater den Photographen ins Haus. Die Kommode da, sehen Sie? Auf der Kommode und an der Wand darüber standen und hingen die Photos der Männer unserer Familie, Vater, Großvater, Onkel Arno, alle in Uniform. Alex wurde neben dieser Kommode photographiert und sein Bild dann zu all den andern Bildern gestellt. Mein Vater war kein Militarist, aber deutscher Fleiß, deutsche Pünktlichkeit und Zuverlässigkeit, das war ihm viel.« Sie putzte sich die Nase, legte einen sauberen Zipfel über den vollgeschneuzten Teil des Taschentuchs und fuhr sich dann noch mehrmals damit unter der Nase hin und her.
»Mein Vater nahm Sibylle immer in Schutz, entschuldigte vieles damit, daß sie Hanseatin sei, da sei eben manches anders als bei den echten Preußen. Was das Hanseatische anging, da war Harry, dieser hochaufgeschossene blonde Bruder, noch viel schlimmer. Aber das ist ein anderes Kapitel. Vater war gutmütig. Übersieh nicht den Balken in deinem Auge, mahnte er mich, wenn ich etwa feststellte,

Sibylle kleide sich zu mondän für eine Offiziersfrau. Diese Gutmütigkeit hatte Alex von Vater geerbt. Er konnte ja keiner Fliege was zuleide tun. Und angehimmelt hat er sie, seine Sibylle. Es hat ihm wohl auch imponiert, in welchen Kreisen sie verkehrte. Den alten Grafen Lovien durfte sie duzen, und beim italienischen Botschafter wurde sie eingeladen. Sie bewegte sich in der Berliner Gesellschaft, als gehöre sie dazu. Dabei, was war sie schon? Wir Kruses sind nie so hoch raufgekommen, aber wir haben unsere Pflicht getan. Und so tief gefallen sind wir auch nicht. Ich hoffe, es verletzt Sie nicht, wenn ich so spreche.«

»Nein, nein, bitte, erzählen Sie weiter!«

»Vielleicht wäre alles anders gekommen, wenn normale Zeiten gewesen wären. Die überstürzte Hochzeit war ja schon ein schlechtes Omen. Aber Alex hatte so viel Pflichtgefühl! Wir sahen ja alle den Krieg kommen, und als dann die U-Boot-Unfälle in England und in Frankreich passierten, so schnell hintereinander, beide Male kamen fast hundert Mann ums Leben, da wollte Alex nicht länger warten. Er fürchtete, Sibylle würde, wenn es zum Krieg kam, schutzlos dastehen. So sah er das jedenfalls und drängte zur Heirat. Sie war, glaube ich, gar nicht so erpicht aufs Heiraten. Diese Hochzeit! Kennen Sie das, daß man regelrecht fühlt, daß etwas nicht stimmt, daß ein Unglück in der Luft hängt? Ich hatte bei der Hochzeit nicht einen Augenblick das Gefühl, daß Ihre Mutter eine glückliche Braut sei.«

»Wie war sie denn?«

»Formvollendet und – kalt. Wie erklärt man das? Sie war eine elegante Braut, trug ein weißseidenes, hochgeschlossenes Kleid, Myrtenkranz und Tüllschleier. Sie hatte ja auch Vermögen. Das sah man sofort. Dagegen fielen Mutter und ich mit unseren Kleidern etwas ab. Aber solche Äußerlichkeiten spielten natürlich überhaupt keine Rolle. Sie machte keinen Fehler, begrüßte die Gäste freundlich, schüttelte Hände, führte Gespräche. Es war wie beim Neujahrsempfang des Diplomatischen Corps. Alles war so, wie die Konvention es verlangte, aber das Entscheidende fehlte.«

»Das Entscheidende?«

»Ja doch. Sie war innerlich nicht bewegt. Wie viele Hochzeiten haben Sie, Frau Ortweg, schon erlebt? Ist es nicht so, daß wir Frauen sehr genau spüren, ob die Braut glücklich oder unglücklich ist?«

»War meine Mutter unglücklich?«
»Nein, nicht unglücklich, aber unbeteiligt. Mutter tröstete sich zunächst damit, daß Alex offensichtlich ganz, ganz glücklich war, und sie vertraute darauf, daß sich seine Herzenswärme auf Sibylle übertragen werde. Vielleicht, so dachte sie, kann sie als Hamburgerin ihre Gefühle auch nicht so zeigen. Aber unsere Ahnungen haben sich dann, leider, sehr schnell bestätigt.«
»So?«
»Weihnachten war sie hier. Sie wohnten ja schon in Ostwyk damals. Wir wußten nicht, ob Alex kommen konnte. Ausgemacht war, daß Sibylle hier bei uns sein sollte und er, wenn möglich, hierherkäme. Das war ein trauriges Weihnachtsfest. Und Sibylle verschärfte alles noch. Als Mutter das Photo von Alex mit auf den Eßtisch stellte, machte sie schon so ein Gesicht, ignorierte das. Ich bitte Sie, verhält sich so eine liebende Frau? Mutter hatte Tomatensuppe gekocht, die hatte Alex so gern. Aufs Essen komme es doch nicht an, meinte Sibylle da. Aber das ging ja noch. Als Vater dann aufstand und einen Toast auf Alex und auf unsere siegreiche Reichsmarine ausbrachte, da ließ sie ihr Glas stehen und fauchte: Wir feiern und genießen, während er in seiner Blechkiste durchs Meer geistert, ob siegreich – das wird sich zeigen. Sie konnte so verletzend sein, hatte gar kein Gefühl für den Augenblick, dafür, was das für Vater und Mutter bedeutete, ohne Alex Weihnachten feiern zu müssen. Und sie stand auch nicht hinter dem, was Alex leistete. Diese Ehe hatte gar kein Fundament. Wenn man als Frau nicht hundertprozentig hinter dem steht, was der Mann tut, wie soll das denn gutgehen? Alex hat das alles nie erfahren müssen. Das wenigstens blieb ihm erspart.«
»Sie waren nicht verheiratet, Frau Kruse?«
»Nein. Ich war nur verlobt. Das Brautkleid war schon fertig. Mein Verlobter war Ausbilder in der Nähe von Königsberg. Und da ist es passiert. Er zeigt, wie eine Handgranate abgezogen werden muß, da geht das Ding los und zerreißt ihn. Ich hab ihn nie vergessen können, und auch seine Mutter hielt die Erinnerung an ihn so wach, daß ich mich nie mehr an einen anderen Mann binden wollte. Und es gab ja auch immer weniger Männer. Nach und nach blieben sie alle weg.«

▲ ▼ ▲

Heidi hatte mich zu ihrem Frauentreff eingeladen, und Wolf hatte mir zugeredet: »Fahr hin, siehst mal was andres, hörst mal was andres, eine gute Abwechslung.«
Ich parkte den Wagen im Hof, stellte den Motor ab und ließ die Kinder aussteigen. Sie liefen zur Haustür, klingelten und verschwanden gleich darauf mit Petra und Sabinchen, deren rote Schöpfe kurz im Türrahmen aufleuchteten, im Haus. Die Tür blieb offenstehen. Erleichtert holte ich tief Luft und genoß die Ruhe, die mich jetzt, als ich allein im Wagen saß, umgab. Ich faltete die Hände im Schoß, lehnte meinen Kopf zurück und hatte keine Lust, auszusteigen und ins Haus zu gehen. Hier war es so schön still. Keiner fragte nach mir, keiner brauchte mich. Ein kleines Weilchen sollte es noch so bleiben. Meine Augen wanderten über den gepflasterten Hof auf die gekästelte Fassade des Fachwerkhauses, die jetzt, weil die Linde winterlich nackt dastand, ganz zu sehen war. Ich hatte das Haus größer, stattlicher in Erinnerung. Je älter ich werde, dachte ich, desto mehr schrumpft alles um mich her zusammen, zuerst die Tische, dann die Häuser, dann auch die Menschen. Wie viele bleiben groß, zu denen ich früher aufblickte, die ich bewunderte, verehrte?
Auch der Hof schien mir verkleinert. Früher war ich mit der Milchkanne über den Hof gegangen. Die Hundehütte neben dem Eingang zum Stall stand nicht mehr. Ich hatte immer Angst vor Hasso gehabt. Dabei war ich sicher, daß er an seiner Kette nie bis zu mir gelangen konnte. Aber ich starrte jedesmal fest in sein Schäferhundgesicht, weil Lina mir verraten hatte, Hunde seien ungefährlich, wenn man ihnen Furchtlosigkeit zeige. Der von mir vorgeführte Mut reichte aber jedesmal nur knapp, um durch die Schiebetür in die Milchküche zu schlüpfen. Manchmal war Heidis Oma mit dem Melken noch nicht fertig. Dann tauchte sie schwitzend hinter dem breiten Rücken einer Kuh auf, band den Kuhschwanz los und kam zu mir, einen Eimer mit schaumig warmer Milch in der Hand. Ich sah zu, wie sie den Filter zusammensetzte, sorgfältig das Leinenläppchen einlegte und dann den Trichter aufsetzte. Wenn die Milch durchgeseiht war, nahm Oma Ritzenhöfer den Meßbecher vom Haken und maß mir meine drei Liter in die Kanne. Später hatten sie eine Magd, Meta, Linas älteste Tochter. Die mußte dann die schwe-

ren Blechkannen schleppen. Aber es schien ihr nichts auszumachen, sie tat ihre Arbeit und sang dabei immer dasselbe Lied: »Cindy, o Cindy, dein Herz muß einsam sein, der Mann, den du geliebt, ließ dich allein.« Meine Augen suchten die Tür zur Milchküche, fanden aber an dieser Stelle ein neu eingesetztes Fenster. Was hatten Heidi und Gisbert, die das Haus nach dem Tod der Großeltern erbten, aus den Stallungen gemacht? Vieh gab es hier ja schon lange nicht mehr. Ich mußte aussteigen. Heidi würde mich schon vermissen. Ich zog den Zündschlüssel heraus, nahm den Blumenstrauß vom Beifahrersitz und stieg aus. Jetzt erschien, wie gerufen, Heidi in der Tür, rotlockig und pummelig wie immer. Ich winkte, schloß die Wagentür und ging über den Hof.

»Wolltest du im Auto bleiben?« fragte sie lachend. Sie nahm meinen Blumenstrauß entgegen und schob mich ins Haus, über den dunklen Flur bis ins Wohnzimmer. »Hier sitzt du gemütlicher. Kaffee ist gleich fertig. Ich stell nur schnell die Blumen ins Wasser.« Sie verschwand in der Küche. Als sie zurückkam, hielt sie in einer Hand die Kaffeekanne, in der anderen eine bauchige braune Tonvase mit meinen Chrysanthemen. »Du stehst ja noch. Setz dich aufs Sofa, da hast du den besten Platz. Die andern kommen erst in einer halben Stunde.«

»Dann bin ich ja viel zu früh.«

»Reg dich nicht auf! Das war meine Absicht. Wir haben uns so lange nicht gesehen. Ich hoffe, Moni kann heute auch kommen.« Sie setzte sich ans Kopfende der Kaffeetafel, so daß wir übereck saßen.

»Wie geht's dir, Reni? Du siehst müde aus. Entschuldige, wenn ich das so einfach sage, aber, du siehst wirklich müde aus.«

»Bin ich auch, Heidi. Das diesige Wetter, die vielen Laster auf der Autobahn und die Kinder im Nacken mit ihrem Fragen und Zanken. Ich bin geschafft.«

»Na, dann stärk dich!« Sie legte mir ein Stück Butterkuchen auf den Teller und lehnte sich in ihren Stuhl zurück. »Ich hab den Führerschein erst vor drei Jahren gemacht, das weißt du ja, aber ich muß sagen, ich fahre gern Auto, auch mit den Kindern. Seitdem bin ich viel mobiler. Überhaupt, die letzten drei Jahre, da hab ich mich doch sehr verändert. Auch das Treffen mit den Frauen, das tut mir richtig gut. Endlich bin ich mal selbst wieder dran, nicht nur die

Kinder. Ich war so ausgehungert. Nur die Kinder und der Haushalt, nur Gisbert und seine Schule. Aber mit den Frauen, da rede ich doch über ganz andere Sachen. Da sind ein paar dabei! Du wirst sie ja gleich kennenlernen. Mach dich auf was gefaßt! Seit ich fahren kann, kann ich was Eigenes machen. Aber Gisbert läßt mir das Auto nicht so gern, hat immer Angst, mir könnte unterwegs was passieren. Der lernt das auch noch. Soll sich nicht so anstellen!«

»Mich nervt das. In letzter Zeit nervt mich alles. Wir werden älter, Heidi. Da fehlen die Reserven.«

»Also, hör mal! Du klingst ja wie achtzig.«

»Ich bin fast vierzig. Und Jochen erst sechs, die Zwillinge sind gerade zehn geworden. Nur Annette, die ist nun endlich aus dem Gröbsten raus. Ich hab die Kinder spät gekriegt.«

»Ich doch auch, Reni. Wir sind eben Spätberufene. Aber die Kinder halten uns doch jung. Du bist doch nicht krank? Oder?«

»Nein. Nein, ich glaub nicht. Manchmal denk ich, Moni hat's besser getroffen. Die hat ihre Saskia schon mit neunzehn gekriegt. Jetzt hat sie keine Schulkinder mehr am Hals und hat nicht mehr so eine Belastung.«

»Ach du liebe Güte, Reni!« Sie beugte sich über den Tisch zu mir hin. »Hättest du mit ihr tauschen wollen, damals? Weißt du nicht mehr, wie das ganze Dorf vibrierte, als herauskam, daß Moni und Gregor heiraten mußten?«

»Moni hat sich aber nie was daraus gemacht. Nein, nein, Heidi, kein Widerspruch! Ich hab ja selbst miterlebt, wie sie damit fertig wurde. Das hab ich dir doch damals bestimmt erzählt: Moni und ich, wir schoben mit dem Kinderwagen durchs Dorf, und da trafen wir unsern Lateinlehrer. Wie hieß der noch?«

»Breuerchen.«

»Richtig! Breuerchen. ›Das Kindchen sieht aber intelligent aus‹, sagte er, nachdem er sein dickes Gesicht über den Kinderwagen gebeugt hatte. Und Moni, weißt du, was Moni ihm geantwortet hat? ›Das hat ja auch schon Abitur gemacht, Herr Oberstudienrat.‹ Der glotzte vielleicht! Ich kann's bezeugen. Ich war dabei. Nein – Moni, die war doch stolz drauf, als erste von uns verheiratet zu sein.«

»Aber dann, dann hat sie jahrelang nur Schwarzbrot gehabt. Gregor studierte in Köln, kam nur am Wochenende, und sie saß mit dem

Baby bei ihren Eltern. Nicht mal 'ne eigene Wohnung hatten die anfangs. Nä! Ich hab die Moni nicht beneidet. Und jetzt, Reni? Was hat sie denn vom Leben? Den ganzen Tag steht sie im Geschäft, ärgert sich mit Verkäuferinnen und Kunden herum. Sie hat ja nicht mal Zeit, das viele Geld auszugeben, das sie verdient. Ich möchte mit ihr nicht tauschen, wirklich nicht.«

Ich gab Heidi recht, bestätigte, daß wir das bessere Leben hätten, und zählte alles auf, was meiner Meinung nach sinnvoller, verantwortungsbewußter war in meiner Art zu leben. Ich brauchte nicht zu überlegen, die Argumente lagen mir seit Jahren bereit. »Kinder erziehen, das braucht die ganze Mutter. Man kann ja so viel falsch machen! Ja, ja, ein Mann, der seinen Beruf liebt, der es ernst meint, fleißig ist, sich einsetzt, wie soll der sich auch noch um die Familie kümmern können? Mir ist es so lieber, ich kann mir doch alles einteilen, wie ich's haben will, und keiner redet mir rein. Ich hab auch Zeit für mich, für Hobbys, für Bücher, für Musik. Die ewige Hektik und Hetze der berufstätigen Frauen, und Büchsengemüse und dauernd Kurzgebratenes! Wahnsinn! Und wenn die Kinder mal aus dem Haus sind, später, das ist für mich dann auch kein Problem. Ich hab so viele Interessen.« Ich redete, redete, als gälte es das Leben.

Später dann war ich die Stillste, saß in meiner Sofaecke und beobachtete die Teilnehmerinnen an Heidis Frauentreff, die inzwischen alle gekommen waren. Ich ließ die anderen reden und beschränkte mich aufs Zuhören. Mir fehlte der Mut, mich am Gespräch zu beteiligen. Ich paßte nicht dazu, gehörte nicht in diesen Kreis. Das empfand ich schon deutlich, als die erste von Heidis Freundinnen gekommen war und sich mit: »Grüß dich! Ich bin Bea«, vorgestellt hatte. Mechanisch hatte ich die hingestreckte Hand gedrückt, »Irene« gemurmelt und mich im stillen gefragt, wie ich dazu kam, diese wildfremde Frau zu duzen, mich selbst auch nur mit dem Vornamen vorzustellen, ganz gegen meine Gewohnheit. Während mich die Frage noch beschäftigte, sah ich staunend, wie sich Heidi und Bea in die Arme fielen, sich rechts und links Küßchen gaben und sich gegenseitig überschwenglich versicherten, wie froh sie seien, sich wiederzusehen. Das haben wir doch früher nicht so gemacht, dachte ich verwundert. Bea ließ sich mit hohem, fast gesungenem »Aah!« in die Sofapolster sinken, strich sich mit gespreizten Fingern die dunkelblonde Lockenfülle nach hinten und hängte ihren linken Arm so über die Sofalehne, daß das breite silberne Armband mit den Türkisen leicht zu sehen war. Lächelnd wandte sie sich jetzt an mich und fragte:

»Du bist heute das erste Mal hier?«

»Ja«, sagte ich verdattert und hatte das Gefühl, mich dafür entschuldigen zu müssen.

»Bist du die Schulfreundin aus Frauenrath? Ja? Heidi hat schon von dir erzählt. Ist dein Mann nicht Politiker? Wirklich? Interessant! Da hast du ja tolle Einflußmöglichkeiten, in der Kommunalpolitik und so.«

Ohne meine Antwort abzuwarten, wandte sich Bea um, denn zwei andere Frauen kamen jetzt herein, stellten sich als Waltraud und Sigi vor, umarmten sich auch wechselseitig mit Heidi und Bea, küßten sich auch ausgiebig und verbreiteten eine Munterkeit, die mir gespielt erschien, als wollten sie damit sich und anderen demonstrieren: So sind wir, so nett, so gehen wir miteinander um. Das ist unser Stil. Zuletzt kam Moni, sehr chic im dunkelblauen Lederkostüm und dazu passenden Pumps. Sie ließ sich in den ihr zunächst stehenden Sessel sinken, knöpfte die Kostümjacke auf und zog ungeniert die Schuhe aus. Sigi hatte den Platz am Kopfende gewählt. Sie saß mit dem Rücken zum Kachelofen und war auch im Sitzen die Größte der Runde. Ihr Kopf, dem die kurzen blonden Haare wie eine Badekappe anlagen, war lang und schmal, ging fast in gerader Linie in den Hals über, der durch den spitzen Ausschnitt der Bluse noch länger wirkte, als er ohnehin schon war. Sigi legte einen grünen Schnellhefter neben ihren Teller, klopfte mit der flachen Hand darauf und kündigte an:

»Hier hab ich was, das muß ich euch nachher unbedingt zeigen.«

Zunächst aber gab es reichlich Kaffee und Kuchen, Butterkuchen, Apfelkuchen, Käsesahne und Bienenstich. Bea neben mir auf dem Sofa schwärmte von der neuen Frauenärztin, die sich im Ort niedergelassen hatte.

»Ist das nicht wundervoll? Endlich eine Frau! Die versteht einen doch wenigstens.«

»Versteht der Frauenarzt dich nicht?« fragte Moni.

»Natürlich nicht«, fuhr Sigi mit unerwarteter tiefer Stimme dazwi-

schen. »Mann bleibt Mann. Wie soll der uns im Tiefsten verstehen, unseren Biorhythmus, unser weibliches Empfinden? Ein Mann?«
»Wie du das wieder rausgebracht hast, Sigi!« rief Bea. »Das ist es nämlich. Genau das. Das kann kein Mann verstehen.«
Und zu Moni gewandt, setzte sie hinzu: »Ich bin jedenfalls froh. Jetzt brauche ich nicht mehr bis Gummersbach zu fahren, wenn ich zur Untersuchung muß.«
»Wieso Gummersbach? Der Dr. Klose ist doch ein guter Arzt. Ich weiß gar nicht, was du hast?« Moni gab noch nicht auf.
»Von einem Mann laß ich mich doch nicht anfassen«, stellte Bea fest. Moni senkte den Kopf, so daß ihr Blick Bea jetzt von unten traf, und sagte:
»Und woher, wenn ich fragen darf, hast du deine Kinder, Bea? Doch nicht vom Heiligen Geist, oder? Du bist doch nicht die Muttergottes!« Damit warf sie den Kopf in den Nacken und lachte laut und anhaltend. Auch Heidi gluckste.
»Das ist doch ganz was anderes!« rief Bea, worauf Moni mit ganz kurzem, trockenem »Ach?« parierte. Alle lachten los. Jetzt ist sie bestimmt beleidigt, dachte ich, merkte aber, daß Bea herzlich mitlachen konnte. In dies allgemeine Gelächter hinein rief Heidi:
»Außerdem sind Männer bei der Untersuchung viel zarter und rücksichtsvoller als Frauen. Die Hebammen? Hör mir doch auf! Die packen vielleicht hin! Und wenn du da piepst, dann heißt es gleich: Nur nicht so zimperlich! So schlimm ist das wohl nicht. Ich hab ja selbst auch Kinder gekriegt. Ja, so reden die dann und...«
»Aber Heidi«, versuchte Sigi vom anderen Tischende aus dazwischenzufahren. Umsonst. Heidi ließ sich nicht unterbrechen.
»Und dein Biorhythmus, Sigi, der interessiert die Ärztin auch nicht. Erzähl mir doch nix! Die interessiert sich nicht für deinen Biorhythmus, sondern dafür, ob du Kassenpatientin oder privat versichert bist.«
»Einer Frau gegenüber kann ich mich aber besser verständlich machen. Leichter jedenfalls. Und jetzt«, Sigi stellte ihre Kaffeetasse samt Untertasse auf den Kuchenteller, schob beides zurück und griff nach dem Schnellhefter, »jetzt hierzu.«
Alle wurden still und sahen zu, wie sie die Gummibänder über die Pappecken des Ordners zurückschnippte, den Deckel aufklappte

und ein Blatt Papier herauszog. »Was sagt ihr dazu?« fragte sie und hielt es hoch, damit alle gut sehen konnten. Das Blatt, offensichtlich aus einer Illustrierten gerissen, zeigte eine hellblaue Matratze, auf der eine nackte Frau lag.

BODERUST DIE FRAUENLUST stand darunter.

Ich goß mir Milch in den Kaffee und rechnete nach, daß das mindestens meine fünfte Tasse war. Vermutlich würde ich kommende Nacht nicht schlafen können. Die laute Entrüstung, mit der die anderen Frauen auf das Bild reagierten, überraschte mich.

»Das ist unverschämt! Das Bild ist 'ne Schweinerei!« schimpfte Heidi los. »Und die Unterschrift erst recht!«

Waltraud nahm das Blatt vorsichtig aus Sigis Hand und hielt es sich dicht unter die Brille. Dann, aufblickend, meinte sie: »Die liegt ja ganz eindeutig da, ganz eindeutig.« Dabei zog leichte Röte über Waltrauds Wangen.

»Wieder mal 'ne typische Männerreklame!« zischte Bea.

Sigi, die das Blatt noch einmal hochhielt, fragte: »Und was machen wir damit? Wir lassen uns das bieten und wehren uns nicht.«

Der weitere Verlauf des Gesprächs zeigte mir immer deutlicher, wie wenig ich in diesen Kreis gehörte. Macho, Chauvi, Sexualobjekt, tiefe Betroffenheit, die Begriffe strömten an meinem Ohr vorbei, ohne den Weg in den Kopf zu finden. Ich sah Sigi kühl und lang am Ende des Tisches residieren, sah rote Placken auf Waltrauds Hals, sah Heidis Hände, die immer wieder Kuchen verteilten, Kaffee, dann Wein eingossen, fühlte Bea neben mir immer häufiger ihr Haar zurückschütteln, was jedesmal das Sofa vibrieren ließ. Ich fand das Matratzenbild nicht schlimmer als andere Reklamephotos auch. So war das eben. Wo die Kinder wohl steckten? Ob sie noch in der Küche waren? Man konnte nichts hören, dafür waren Heidis Freundinnen zu laut. Verstohlen sah ich zur Uhr. Schon nach fünf. Als ich den Kopf wieder hob, traf mich Monis Blick. Ob die sich auch langweilte? An der Diskussion hatte sie sich jedenfalls nicht beteiligt. Jetzt aber beugte sie sich vor und fragte Sigi:

»Wie würdest du denn Matratzen verkaufen? Kennst du den Konkurrenzkampf in der Branche?«

»So jedenfalls nicht!« schnaubte Sigi. »Nicht so auf unsere Kosten. Sieh dir das doch an! Die Frau hat das Gesicht weggedreht. Das ist

nur ein Körper, kein Mensch, nur ein Objekt. Dagegen müssen wir uns endlich wehren.«
»Geschäft ist Geschäft, Sigi.«
»Auch wenn das so ausschließlich auf unsere Kosten geht, Moni? Auf deine? Findest du das in Ordnung? Das hier ist doch ein entmenschter, entseelter Körper, keine Frau, nur ein Stück geiles Fleisch.«
»Und was, wenn die Chefin der Firma eine Frau ist, wenn sie damit den Umsatz steigern, Frauen einstellen, halbe Stellen einrichten kann und so?«
»Ist es eine?«
»Keine Ahnung.«
»Aha!«
»Nix, aha! Wenn die Frauen was werden wollen, an die Macht wollen, müssen sie ans Geld. Ohne Geld läuft überhaupt nichts. In der von euch so verpönten Männerwelt weht ein schärferer Wind als hier am Kaffeetisch. Den müßt ihr erst mal aushalten können, ihr Stammtischstrateginnen.«
Sie stand jetzt auf, stützte sich mit beiden Händen auf die Tischplatte und fuhr fort:
»Die Art, wie ihr das Wort Mann aussprecht – da ist so ein Verschwörerton zwischengemengt. Männlich, das klingt bei euch wie ein Warnruf, wie ein Urteil fast. Dabei seid ihr genauso verbohrt und lächerlich wie eure männlichen Gegenstücke. Eure Art, euch anzureden, das dauernde Umarmen, Geküsse und Getatsche! Was soll das? Seid ihr alle Lesben? Meint ihr, es schaffen zu können, indem ihr euch in eure Frauenzirkel zurückzieht? Muß die Befreiung unbedingt beim Busen anfangen, beim Hängebusen? In eurer süßen Tatschewelt findet ihr nicht die Lösung der Probleme. Geschlechterkampf? Wie denn? Ganz allein? Meine Meinung ist: Immer ran an den Mann! Da fällt die Entscheidung, nirgendwo sonst. Eine reine Männergesellschaft, eine, die so dämliche Reklamen hervorbringt, finde ich auch zum Kotzen, aber ihr, Frauen in Monokultur, seid auch unerträglich.«
Damit griff sie nach ihrer Handtasche, die über der Stuhllehne hing, und meinte:
»Sei mir nicht bös, Heidi, ich muß zurück ins Geschäft.« Sie reichte

mir über den Tisch hinweg die Hand, warf noch einen leicht spöttischen Blick in die Runde und sagte: »War mal interessant, euch kennenzulernen.«
Als sie sich verabschiedeten, stand ich auch auf. Heidi war zwar ein bißchen enttäuscht, aber ich schob vor, noch eine weite Fahrt zu haben, und die Kinder müßten ins Bett, morgen sei schließlich Schule. Ich war froh, gehen zu können, ich war erleichtert, daß Jochen im Wagen bald einschlief und die Zwillinge die Kopfhörer aufgesetzt hatten, um ihre Musik zu hören. Im Auto war es still, draußen war es dunkel. Nur das kleine Streifchen Welt konnte ich sehen, daß meine Wagenscheinwerfer beleuchteten. Ich fühlte mich wie der Insasse einer Raumkapsel, die durch den dunklen Weltraum fährt.
So ein Nachmittag! Wär ich doch zu Hause geblieben! Zu denen paßte ich wirklich nicht. Die waren so weltbewußt, bildeten sich sonst was auf ihre Weiblichkeit ein. Soviel besser als Männer waren sie doch gar nicht. Nur mit sich selbst beschäftigt, immer auf dem Sprung, immer in Angst, da könnte ihnen einer an der Ehre kratzen. Waren Männer nicht auch so? Sollten sie doch dafür plädieren, neben die nackte Frau auch noch einen nackten Mann auf die Matratze zu legen. Aber der Gedanke war ihnen nicht gekommen. Na ja, so gut ist das vielleicht auch nicht. Ich hab ja auch gar nichts gesagt. Klein und mickrig war ich im Vergleich zu denen. So haben sie mich auch wahrgenommen, garantiert. Haben ja auch gar nicht nach meiner Meinung gefragt, fanden wohl auch, daß ich nicht zu ihnen gehörte. Moni hat's denen aber gegeben. Toll! Wie sie das brachte: das mit dem Hängebusen. Einfach toll! Dabei hab ich vorher mit Heidi so über sie gelästert. Warum? Ist doch gar nicht gesagt, daß Moni sich immer nur hetzen muß. Und mein Leben? So wunderbar, wie ich's jedesmal darstelle, ist es doch gar nicht. Warum kann ich das nicht zugeben? Daß ich müde und abgespannt war, hab ich zugegeben, das ja. Aber sonst? Und Heidi? Vielleicht ist sie auch nicht so glücklich in ihrem Fachwerkhäuschen, wie sie immer vorgibt. Wer weiß? Obwohl – sie ist viel fröhlicher und ausgeglichener als ich. Sie war immer schon so. Mir ist es heute genauso ergangen wie früher, wenn Heidi, Moni, Biggi und ich zusammensaßen. Auch bei den Partys, die Moni gab, das war nach der Tanzstun-

denzeit, da war ich immer die Außenseiterin, saß in einer Glaskapsel, sah alle, wurde von allen gesehen und gehörte doch nicht dazu. Dabei freute ich mich bestimmt am meisten auf diese Partys. Endlich raus, endlich weg von zu Hause, lachen, flirten, tanzen wie wild. Ist mir nie gelungen. Ich dachte nicht mal an zu Hause, an Mutsch oder Papa und wie ich sie wohl beim Heimkommen antreffen würde, nein, ich dachte wahrscheinlich an gar nichts. Aber ich konnte auch nicht feiern wie die andern. Brett vorm Kopf.
Nur damals der eine Winter, da war's besser. Da stand Mutsch morgens wieder auf und deckte den Frühstückstisch und schmierte Schulbrote. Sie kochte mittags, machte die Betten, kümmerte sich um die Wäsche, ja, sie ging sogar zum Elternsprechtag in die Schule. In dem Winter war ich glücklich, fast normal. Mutsch trank nicht mehr, Papa trank nicht mehr. Sie hatten es geschafft. Wir waren eine normale Familie. Endlich! Dann kam der achte März, Heidis Geburtstag. Ich fuhr mit dem Rad hin, hatte eine Sammeltasse als Geschenk im Beutel und sorgte mich, sie könne unterwegs kaputtgehen. Die Weidenkätzchen am Bach blühten, es roch nach abgeflämmter Wiese und frischer Erde. Ich trat fest in die Pedale, freute mich über meine Kraft. Ich konnte den steilen Mausberg hinauffahren, ohne abzusteigen und zu schieben. Oben auf der Kuppe angekommen, hob ich die Füße von den Pedalen und schoß ungebremst den Berg hinunter. Es war ein Rausch: schnell, frei, fast schwerelos. Im Weiher unten spiegelten sich weiße Wolken.
Bei Heidi gab's Kaffee und Kuchen, genau wie heute. Und dann, wir standen schon unter der Tür, da fragte Heidi mich: »Weißt du schon, daß deine Eltern wieder…« Ganz ruhig sagte sie das, so, als ginge es ums Wetter. Ich starrte sie an, schluckte und stolperte den Gartenweg runter bis zu meinem Fahrrad. Diesmal schob ich mein Rad den Berg hinauf. Ich hatte Zeit. Ich weinte nicht. Mein Gesicht war wie strammgezogen. Es wurde schon dunkel, und ich sah im Vorübergehen in die erleuchteten Fenster der neuen Häuser am Hang. Eine Frau saß am Kachelofen, strickte und ließ sich die Füße von einem schlafenden Cockerspaniel wärmen. Die Stehlampe beleuchtete nur diesen Ausschnitt. Das Zimmer verschwamm in Dunkelheit und Wärme. In einem anderen Haus saßen sie beim Abendessen, unterhielten sich, lachten, reichten gefüllte, dampfende

Schüsseln herum. Das ist das Leben, dachte ich, das wirkliche Leben. So will ich auch eines Tages am Kachelofen sitzen oder mit Mann und Kindern um den Tisch herum. Ich will lachen und erzählen. Ich will einen Haushalt haben, der funktioniert, ein warmes Zuhause, Geld, damit meine Kinder feste Schuhe und warme Wintermäntel haben können. Ich will sie umsorgen, verwöhnen, glücklich machen. Das will ich. Dafür werde ich kämpfen. Und wenn ich dies Ziel erreicht habe, dann will ich dankbar und zufrieden sein, nichts andres mehr begehren. Ich werde mein kleines Glück festhalten, es hegen und seinen Wert kennen.

Von dieser heilen Welt träumte ich, wenn ich zu Hause saß. Ich saß fast immer zu Hause. Klaus hatte es da besser, er hatte in den Ferien Geld verdienen dürfen. Er hatte ein Moped und fuhr weg, zu Freunden, ins Kino, in die Tanzdiele.

Ich saß fest. Ich hatte kein Moped, ich hatte keinen Freund mit einem Moped. Jungen, Männer, das waren die, vor denen ich mich in acht nehmen mußte, die mein zukünftiges Lebensglück bedrohten, denen ich nicht trauen durfte. Als ich es ablehnte, mit Klaus zusammen zum Tanzen zu fahren, da sah er mich von der Seite an und stellte fest: »Du bist 'ne richtige Ziege.« Ich war eine Ziege. Klaus hatte recht.

Ich saß fest. Ich hatte keine Freundin. Freundinnen, ja, aber keine Freundin, die wenigstens ahnte, wie mein Leben zu Hause aussah. Mit keiner sprach ich über meine Probleme. Daß Mutsch und Papa ein bißchen viel tranken, das wußten manche. Aber das war nichts, worüber getratscht wurde. Viele tranken ja. Das Leben hinter unseren Türen blieb unsichtbar, für meine Freundinnen auch unvorstellbar. Heidi und Moni hatten ganz andere Probleme. Heidi ärgerte sich, weil ihre Mutter ihr vorschrieb, was sie anziehen sollte. Moni schimpfte über ihren Vater, der ihr nicht erlaubte, abends länger als bis neun wegzubleiben. Ich hatte kein Verständnis für Heidi und Moni. Ich hatte so wenig anzuziehen, daß sich das Problem der Auswahl gar nicht erst stellte, und wann ich abends heim kam, beschäftigte Mutsch und Papa nicht. Sie nahmen es nicht mal wahr. Ich war meinen Freundinnen keine gute Freundin.

Ich saß fest. Es gab keine Verwandten oder Freunde, mit denen ich offen sprechen konnte. Omi Hofmeister und Tante Danuta waren gestorben. Von Mutschs Seite schien es Verwandtschaft nie gegeben zu haben. Sie sind alle längst tot, hieß es. Wir wurden nie eingeladen, wir luden niemanden ein. Während andere Kinder in einem Meer von Omas, Opas, Tanten, Onkeln, Vettern und Cousinen badeten, standen Klaus und ich in der Öde. Tante Grit in Berlin war keine echte Tante. Berlin war weit weg. Tante Trudi war auch keine echte Tante. Tante Trudi war zu bürgerlich, zu tadellos, nie die Strumpfnaht schief, immer ein frisch gebügeltes Taschentuch bei sich.

Die Sommermonate zogen sich hin. Ich stand in den hellen Nächten am offenen Fenster und sehnte mich in eine andere Welt, eine Welt, in der ich nicht die Verantwortung für Klaus hatte, eine Welt, in der es Menschen gab, einen Mann vielleicht, der für mich sorgte, der so stark war, daß ich nie mehr Angst zu haben brauchte. Ich wollte einmal ausschlafen, die Schlaflosigkeit der Monate und Jahre aufholen. Ich wollte geliebt werden, das Bündel meiner Sorgen einem Stärkeren aufladen. Aber es war keiner da. Ich war allein, ich hatte Angst. Wo sollte das hin mit Mutsch und Papa? Und mein Abitur? Und Klaus? Und dann? Dann kam das Unglück, genauso, wie ich es erzittert hatte.

Ich wachte in der Nacht auf. Mich hatte ein Geräusch geweckt. Ich setzte mich im Bett auf und lauschte. Alles war still. Aber da war etwas gewesen. Ich stand auf, um nachzusehen. Als ich die Treppe hinunterkam, stieg mir aus der Diele der saure Geruch von Erbrochenem in die Nase. Vorsichtig ging ich weiter, knipste die Deckenlampe an und sah mich suchend um. Am Treppenabsatz, der zum Souterrain führte, war eine Lache. Ich machte die Wohnzimmertür auf. Mutsch saß in ihrem Sorgenstuhl. So betrunken war sie, daß sie mich nicht bemerkte. Ich suchte Papa, ging ins Schlafzimmer, ins Bad. Er war nirgends zu finden. Ich holte einen Eimer mit Wasser und einen Feudel aus der Küche, kniete im Flur und putzte das Erbrochene auf. Dann knipste ich das Treppenlicht an, um zu sehen, ob die Stufen auch vollgesudelt waren. Unten am Fuß der Treppe lag Papa. Eigenartig schief lag er da. Der Feudel plumpste aufspritzend in den Eimer, ich stieg die Treppe hinunter. Er war tot. Noch bevor ich unten bei ihm angekommen war, wußte ich, daß Papa tot war. Er war ausgerutscht, die Treppe hinuntergefallen und hatte

sich das Genick gebrochen. Ich stand unten, sah ihn an, sah seinen offenen Hosenschlitz, die Flecken auf Hemd und Hose, die glasigen Augen unter halb gesenkten Lidern. Ich sah alles und empfand nichts, weder Wut noch Trauer, noch Verzweiflung.
Wie lange ich da stand, weiß ich nicht mehr. Irgendwann ging ich wieder hinauf, stellte mich vor Mutsch, so daß sie mich sehen mußte, und sagte: »Er ist tot.« Sie sah mich so an, daß ich einen Moment lang dachte, sie sei wieder nüchtern, aber dann lallte sie: »Ich muß was trinken.« Da nahm ich ihr die Cognacflasche ab, öffnete das Fenster und goß den Rest, der noch in der Flasche war, in den Garten. Sie schimpfte nicht, sagte auch nichts, stierte nur vor sich hin. Ich ließ sie in ihrem Sessel hängen und ging nach oben, um Klaus zu wecken. Zusammen gingen wir dann noch einmal zu Papa, fühlten seinen Puls, hielten ihm einen Spiegel vor den Mund und fanden bestätigt, was wir schon wußten. Ich wollte ihn aufheben, in sein Bett legen und ihm die Hände über der Brust falten, aber Klaus meinte, wir müßten die Polizei verständigen und bis dahin alles lassen, wie es war. Wir zogen Mutsch aus ihrem Sessel und schafften sie ins Bett. Dann saßen wir in der Küche und überlegten, was nun werden sollte. Wir schmiedeten Pläne, wie wir Schule, Ausbildung und Beruf zu Ende bringen könnten. Wir lachten sogar. Nur Trauer, Erschrecken über den Tod, Weinen, pietätvolles Schauern wenigstens, das kam uns nicht.

▲ ▼ ▲

*30. August 1892*

Meine Hochzeit muß verschoben werden. Wir haben die Cholera in Hamburg. Allen Gästen wurde abgesagt, alle Vorbereitungen rückgängig gemacht. Schade! Oh, wie schade! Meine ganze Freude ist plötzlich wie weggeschnitten. Aber was hilft's?
Am Nachmittag war Jan hier. Später kam auch noch Björn dazu, der sich in der Stadt umgesehen hatte. Was er erzählte, ist so schauerlich, daß ich es mir kaum vorzustellen wage.
Im Gängeviertel, um St. Michaelis und St. Jakobi, muß es am schlimmsten sein. Sanitäter und Polizisten sind unterwegs. Sie holen die Toten, auch die Todkranken, denen man wohl sowieso nicht hel-

fen kann, aus den Häusern. Die Toten werfen sie wie Säcke auf Pferdefuhrwerke. Dann übergießen sie die Leichen mit Chlorkalk wegen der Ansteckungsgefahr. Björn sagt, überall in der Stadt stinke es nach Chlorkalk. Schreiende und Weinende irren durch die Straßen, dazwischen Betrunkene, die laut grölen und fluchen. Er habe sich gefühlt, sagte Björn, wie im Mittelalter.

Als wir so zusammensaßen, ist es zwischen Björn und Jan zu einer häßlichen Auseinandersetzung gekommen. Björn sagte, es sei eine Schande für die Stadt Hamburg, wie sie ihre Menschen unterbringe. In einem Hof, behauptete er, wohnten zweiundvierzig Familien, also über zweihundert Menschen, die ihr Wasser aus zwei Hähnen zapfen müßten. »Und dies Wasser«, schimpfte er, »ist das reinste Brackwasser, ungereinigt, voller Krankheitskeime.« Da hat Jan ihm aber Bescheid gegeben. Ob er nicht wisse, daß das große Werk im Bau sei, wo das Wasser in Zukunft gefiltert werden solle? Aber Björn ließ sich nicht besänftigen. »Diese Unsauberkeit, diese Höhlen, in denen die Menschen leben müssen! Keller, die bei jedem Hochwasser überflutet werden! Und da ziehen die Menschen wieder ein, kaum, daß das Wasser abgelaufen ist! Jan, da muß was geschehen! Die Seuchenherde im Gängeviertel müssen abgerissen werden!«

Jan hatte einen ganz roten Kopf gekriegt. Und dann brach es aus ihm heraus:

»Spiel dich nicht als Moralapostel auf! Du, mit deinen fünf Semestern Medizin! Meinst du, hier alles besser wissen zu müssen? Wo, frag ich dich, sollen wir die Leute denn hinstecken? Wenn sie draußen wohnen, haben sie viel zu weite Wege zur Arbeit. Dann sind sie ja vor Mittag nicht im Hafen. Wie soll das gehen, Björn? Hamburg lebt vom Handel, nicht von der Mildtätigkeit! Und, Björn, vergiß nicht, es sind auch deine Häuser, deine Grundstücke in der Steinstraße und der Niedernstraße, von denen du dein Studium finanzierst!«

Sie hatten meine Gegenwart völlig vergessen, und wäre nicht Lenchen hereingeplatzt, ich glaube, sie stritten immer noch. In diesem Fall war ich froh, eine so kleine, unbefangene Schwester zu haben.

Jan hat natürlich völlig recht. Papa denkt da, glaube ich, auch nicht anders. Und Björn? Er predigt, aber nimmt das Geld. Außerdem – sind das wirklich Menschen, die da leben? Ist es nicht wieder typisch für diese Subjekte, daß sie in der großen gegenwärtigen Not grölen, fluchen und sich betrinken, während um sie herum der Tod wütet? Sie sollten beten wie wir, wie alle anständigen Menschen, daß Gott der großen Not ein Ende mache.

*7. September 1892*

Der Garten schwelgt in spätsommerlichen Farben. Es ist eine solche Verschwendung! Wie soll ich fassen können, daß gar nicht weit von hier Hunderte von Menschen sterben?

Ich war in den Garten gegangen, um Rosen zu schneiden. Als die Schere so »zack« den Stiel der Pflanze durchtrennte, da kam mir auf einmal der Gedanke, der Tod schneide auf die gleiche Weise Menschenleben. Ich konnte nicht weitermachen, ging in die Laube und wurde von heftigem Schluchzen geschüttelt.

Wie kann Gott das zulassen? Wie kann er ungerührt mit ansehen, daß kleine, eben erst geborene Kinder sterben? Gilt ihm ein Menschenleben so wenig? Nichts? Läßt er Kinder zur Welt kommen, bloß, um sie qualvoll sterben zu lassen? Wenn es die Schurken träfe, die Halsabschneider, das könnte ich verstehen. Aber so?

Welch ein Gott ist er?

Wir machen uns da – glaube ich – ganz verkehrte Vorstellungen. Er ist kein liebevoller Vater, einer, der verzeiht. So ist er nicht, ganz bestimmt nicht. Eher ist er ein schreckerregendes, rachsüchtiges Ungeheuer, das uns Menschen hinwegfegt wie einen Kehricht.

*3. Oktober 1892*

Wie es scheint, ist das Schlimmste überstanden. Nur noch vereinzelt treten Krankheitsfälle auf.

Aber die Folgen!

Papa sieht jeden Tag sorgenvoller aus, er ist jetzt immer so gereizt, daß ich ihm möglichst aus dem Weg gehe. Gestern, als ich ihm einen Strauß Astern ins Herrenzimmer brachte, um ihm eine Freude zu machen, schrie er mich an, als ich ins Zimmer trat. Aber dann, als er mich mit den Blumen sah, entschuldigte er sich und drückte mir dankbar den Arm. Ich kann ihn ja verstehen. Im Hafen wird kaum noch gearbeitet, überall auf der Welt liegen die Hamburger Schiffe

in Quarantäne, sie werden weder be- noch entladen, der Hamburger Schiffsverkehr existiert nicht mehr. Wie wird das werden, wenn die Konkurrenz sich jetzt die besten Aufträge wegschnappt? Die Eisenbahnverbindungen sind auch fast gänzlich unterbrochen, ja, sogar die Post arbeitet nicht mehr richtig.
Wir leben auf einer Insel.
Alle sprechen von den furchtbaren Folgen der Epidemie. Jans Vater hat auch unruhige Tage und schlaflose Nächte. Die »Dora Maria«, die längst nach Amerika auslaufen sollte, liegt immer noch im Hafen. Tausende Auswanderer, auch von andern Schiffen, warten und hoffen. Sie sitzen fest, haben keine Zuflucht, weder hier bei uns noch im fernen Amerika. Keiner weiß, was man mit ihnen anfangen soll. Die armen Menschen! Als Jan mir von ihrem Elend berichtete, fragte ich ihn, ob es nicht irgendeine Möglichkeit gäbe, diesen Ärmsten zu helfen, wenigstens den Kindern frisches Brot und frische Milch zu bringen. Ich selbst würde gern solche Aufgaben übernehmen, statt hier im Haus herumzusitzen und mich nutzlos zu fühlen. Aber Jan nahm mich in den Arm, strich mir übers Haar und sagte: »Du willst wohl eine zweite Amalie Sieveking werden? Aber damit bin ich nicht einverstanden. Und ich laß dich auch nicht dorthin gehen, sonst bin ich womöglich Witwer, bevor ich Ehemann wurde.«
Er hat ja recht. Wem nützt es, wenn auch ich noch von der Seuche weggerafft werde? Ich darf jetzt nicht nur an mich, meine Wünsche und Bedürfnisse denken, auch Jan hat da schon ein Recht mitzureden.

Brief von Eduard te Kock an Georg Heinrich Petersen

*Berlin, am 24. Oktober 1892*

*Lieber Orje!*

Ich hoffe, mein Brief erreicht Dich irgendwann, irgendwie. Bei Euren Hambuger Verhältnissen scheint das ja nicht so sicher. Was man so hört, ist erschütternd. Unser berühmter Robert Koch hat, als er aus Hamburg zurückkam, gesagt, er habe bei Euch vergessen, daß er sich in Europa befinde. Unsere Zeitungsschreiberlinge über-

schlagen sich in Greuelgeschichten und Anschuldigungen. Wenn nur die Hälfte stimmt, dann ist es skandalös. Wir getrauen uns kaum noch zu erwähnen, daß wir Verwandte in Hamburg haben. Die Leute rücken dann gleich von uns ab, als hätten auch wir die Cholera. Wenn alles überstanden ist, Orje, mußt Du Deinen ganzen Einfluß geltend machen, um da Abhilfe zu schaffen. Schließlich leben wir in einem zivilisierten Land und nicht bei den Hottentotten.
Friedgard ist mittlerweile fast eine Berlinerin geworden. Sie sagt schon Schrippe statt Rundstück. Seit einiger Zeit arbeitet sie bei einer Frauenzeitschrift mit. Eins muß ich sagen: Sie ist fleißig, hat Schneid und Disziplin. Wenn sie ein Mann wäre, hättest Du Deine Freude dran. Brigitte und ich finden es außerordentlich großzügig von Dir, sie weiterhin finanziell zu unterstützen. Da zeigt sich die große Seele.
Ich hoffe, bald Post von Euch zu erhalten. Wir sind in Sorge, ob Ihr alle wohlauf seid. Brigittchen läßt Euch grüßen, und auch ich grüße herzlich.

*Dein Eduard*

PS: Ich lege einen von Friedgards Zeitungsartikeln bei, damit Du Dir ein Bild machen kannst.

*Zeitungsartikel Friedgards vom August 1892*

KEIN SCHÖNRES GLÜCK AUF ERDEN, ALS EHELICH ZU WERDEN?
Da ist ein Mensch durch List in die Ehe gelockt worden. Skandal! Unmöglich! Wo kommen wir da hin? Das rührt an die Grundfesten unserer abendländischen Moral! Die Heiligkeit der Ehe wird durch solche Machenschaften in den Schmutz gezogen! Dies kann kein tragfähiges Fundament für eine Ehe sein!
Wie bitte? Sie meinen, Sie und Sie und Sie auch, das sei gar nichts Besonderes? Bei Ihnen sei das ähnlich gewesen? Was? Ihr Mann war ganz verändert nach der Hochzeit? Nichts mehr von Liebe und traulichem Beisammensein? Treue sei ihm ein Fremdwort, nicht mit seiner Männlichkeit vereinbar?
Und Sie ertragen das? Jahrelang?
Nun, liebe Leserinnen, in unserem Fall ist ja alles ganz, ganz anders.

Diese Ehe wurde annulliert, der schuldige Teil vor den Kadi gezerrt und öffentlich verurteilt. O ja! Auch das gibt es!
Sie verhielten sich still? Schwiegen? Fürchteten die Schande? Natürlich! Wie sonst sollten Sie sich verhalten? Was bliebe Ihnen?
Der von uns hier aufgegriffene Fall ist aber anders: Der Verführte ist ein Mann. Das ändert natürlich alles.
Führen wir uns die Sache vor Augen:
Herr Dr. S., ein angesehener, aber leider fast mittelloser Wissenschaftler, ehelicht Fräulein Adelgunde P. Sie bringt, so meint er, eine stattliche Mitgift in die Ehe ein. Als er mit seiner jungen Frau von der Hochzeitsreise heimkehrt, muß er feststellen, daß man ihn hintergangen hat. Es gibt kein Geld, keine Mitgift. Die Unterlagen waren gefälscht. Empört weist Herr Dr. S. seine Frau – sie ist nun eine Frau; das, was sie an ›Kapital‹ mitbrachte, hat er genossen – aus dem Haus und betreibt die Annullierung der Ehe.
Und jedermann – jeder Mann – versteht ihn, gibt ihm recht. Dies Fräulein P. ist ja ganz offensichtlich eine Betrügerin. Sie gaukelte ihm ein sorgenfreies Leben in gesicherten Verhältnissen vor, das er mit seinem schmalen Einkommen nicht ermöglichen konnte. »Nun muß er doch«, so sagen alle in ehrlicher Entrüstung, »die Verbrecherin vor die Tür weisen. Er ist schließlich ein anständiger Mensch und kann unmöglich mit so einem Subjekt zusammenleben. Seine Mannesehre, seine Integrität stehen auf dem Spiel.«
Wie recht er hat! Wie übel ist ihm mitgespielt worden! Der arme Mann! Geheiratet hatte er ja nicht wegen des Geldes. Bewahre! Er liebte seine Adelgunde, ehrlich und aufrichtig. Er konnte sich sein weiteres Leben nur noch an ihrer Seite vorstellen. Jeder Tag ohne sie wurde ihm zur Qual. Auf Händen wollte er sie tragen. Und nun – dies! Wie konnte sie ihm das antun? Wie konnte sie ihn mit schnödem Mammon locken, den es noch dazu gar nicht gab?
Hier, liebe Leserinnen, wo die öffentliche Diskussion abbricht, müssen wir Frauen uns fragen, warum das Fräulein zu so unlauteren Mitteln griff, um unter die Haube zu kommen. Hätte sie die Manipulation ihrer Papiere (Wer half ihr dabei? Der Vater?) auch vorgenommen, wenn sie an die Lauterkeit der Liebesschwüre ihres ehrenwerten Bräutigams geglaubt hätte? Wohl kaum. Eher hat sie an das Sprichwort gedacht: Mit Speck fängt man Mäuse. Sie mußte ja ge-

wärtigen, daß er früher oder später sowieso den Betrug bemerken würde. »Sind wir erst verheiratet«, so mag sie gehofft haben, »wird er mich kennen- und lieben lernen. Geld spielt dann keine Rolle mehr.« Das war ihr Fehler!

Wir können weder das Verhalten von Herrn Dr. S. noch das von Fräulein P. entschuldigen oder gar gutheißen. Aber da es sich um keinen Einzelfall handelt, sollten wir den Hintergrund der Affäre ausleuchten. Vermutlich war es nicht kriminelle Neigung, die das Fräulein zu dieser Fälschung trieb, sondern die nackte Verzweiflung.

Uns ist ja die Situation bekannt, uns Frauen. Wie sieht es denn aus, wenn wir als Siebzehn-, Achtzehnjährige ›an den Mann‹ gebracht werden sollen? Geschmückt wie die Pfingstochsen werden wir vorgeführt. Wir haben die Rolle des ›lieben, unschuldigen Mädchens‹ zu mimen. Dabei sind wir so unschuldig nicht. Wären wir es wirklich, unsere Aussichten, einen ›abzukriegen‹, minderten sich erheblich. Nein, nein, unschuldig sind wir nicht. Mama hat uns strikte Anweisung gegeben, in wen wir uns verlieben dürfen, wer »angenehm« sei. Da dürfen wir dann in aller Unschuld einen scheuen Augenaufschlag wagen. Wenn wir nicht schön sind (Fräulein P. ist es, wie allgemein zugestanden wird), ist die ganze Sache noch heikler. Da müssen dann andere Werte her: Aussteuer, Prestige, Einfluß, Titel. Hauptsache, ein angemessener Kandidat ›beißt an‹. Was sind wir? Regenwürmer an der Angel? Wenn es nicht so traurig wäre, man könnte darüber lachen. Denn, und das wissen wir schließlich alle, die Männer müssen genauso ihre Rolle spielen, müssen schmachtende Briefe schreiben, Bukette schicken, Aufwartung machen. Das, worauf sie letztlich hinauswollen, worauf sie immer hinauswollen, dürfen sie nicht zeigen. Die unschuldigen Mädchen würden dann zu sehr erschrecken, denn *darin* sind sie meist wirklich unschuldig.

Mädchen werden auf diese Rolle hin erzogen. Was aber, wenn der Kandidat ausbleibt? Wenn selbst außergewöhnliche Schönheit keinen Bräutigam herbeizaubert? Was macht ein junges Mädchen, wenn es feststellen muß, daß die Kandidaten nur aufs Geld sehen und daß weder Schönheit noch Charakter, noch Erziehung ausreichen, einen Mann zur Ehe zu ›verführen‹? Fräulein P. schlug mit der gleichen Waffe zurück. Will der Mann Geld, dann muß er

damit geködert werden. Und wenn er den Betrug merkt? Selbst schuld!
Liebe Leserinnen. Wir sollten uns hüten, vollmundig das Urteil über diesen Fall zu sprechen. Solange Frauen außerhalb der Ehe keine Möglichkeit haben, ihr Leben menschenwürdig und autonom zu gestalten, sind sie auf Verführung und Heuchelei angewiesen. Komme doch keiner und schwadroniere von der Heiligkeit der Ehe, die in den Schmutz gezogen würde! Wir wissen es – leider – besser.

Was ist bloß mit Friedgard los? Was soll das Gezeter? Ist sie völlig überkandidelt? Sie sieht die Dinge so verkniffen: Alle Männer sind verderbte Bösewichte. Wie kommt sie nur zu diesen Ansichten? Sie selbst hat sich schließlich nicht zu Markte getragen, um einen Antrag von Sven zu kriegen. Und ich hatte das wohl auch nicht nötig. Das ist doch alles Unsinn! Schockierend finde ich, daß sie den Betrug dieser Person verständlich zu machen sucht, ja, ihn fast entschuldigt. Degoutant! Sie hat sich völlig verrannt. So sind die Männer nicht. Papa z. B. überweist ihr jeden Monat Geld, obgleich er bestimmt jeden Satz ablehnt, den sie hier schreibt. Und Jan? Ich könnte ihn doch nicht lieben, wenn ich so von ihm dächte, wie Friedgard es hier ausführt.

*20. Januar 1893*

Nun liegt der Termin für die Hochzeit fest. Am 15. Mai, meinem achtzehnten Geburtstag, ist es soweit.
Je näher die Hochzeit rückt, desto unruhiger werde ich. Warum nur? Bis jetzt habe ich es sehr genossen, die Braut von Jan Clausen zu sein. Endlich wurde ich nicht mehr wie ein kleines Mädchen behandelt. Abgesehen von der Zeit der schrecklichen Epidemie gab es viele Einladungen, Theaterbesuche, Feste. Ich war plötzlich gesellschaftsfähig. Das Leben mit einem Ring am Finger ist doch ganz anders. Alle sehen ihn, diesen Ring. Er fällt auf, wird wahrgenommen und läßt den Blick dann hochschnellen in mein Gesicht, als wolle man prüfen, wer ich denn sei. Verlobtsein ist herrlich! Aber heiraten? Wie wird das gehen?

Heute morgen habe ich mit Mama darüber gesprochen, weil ich an manchen Tagen jetzt fast trübsinnig bin, was ja gar nicht sein kann und darf, denn ich bin doch eine glückliche Braut.
»Bist du glücklich, Mama? Werde ich glücklich sein, wenn ich verheiratet bin?«
Sie wollte erst nicht darauf eingehen, tat so, als sei sie ganz mit dem Pellen ihres Frühstückseis beschäftigt. Aber dann schien sie es sich überlegt zu haben. Sie lächelte mich an, legte ihre Hand auf meine und sagte:
»Ach, Kathrina, diese Frage mußt du stellen. Kurz bevor ich heiratete, ging es mir ähnlich. Ich erinnere mich, jetzt, wo du so fragst. Du sollst auch deine Antwort haben. Ja, ich bin glücklich. Was gibt es denn Schöneres für eine Frau, als ihre natürlichen Aufgaben zu erfüllen? Sag selbst: Kannst du dir ein anderes Leben vorstellen? Aber deine Ängstlichkeit im Augenblick ist auch ganz natürlich. Immer, wenn ein neuer Lebensabschnitt beginnt, sind wir unsicher. Das liegt daran, daß wir noch keine Erfahrung haben. Wenn du einen dunklen Raum betrittst, hast du Angst. Aber kaum ist die Lampe angezündet, ist alles vertraut und die Angst verflogen. So wird es auch sein, wenn du erst verheiratet bist, in deiner schönen Wohnung mit den neuen Möbeln und eigenem Hausstand wirken kannst. Schön wird das sein, du wirst sehen. Und du bist eine geborene Hausfrau. Jan kann sich glücklich schätzen, daß er dich zur Frau bekommt. Und er tut es auch.«
Sie tätschelte meine Hand und läutete gleichzeitig nach Emmi. So konnte ich leider nicht weiterfragen. Was ist das denn, die Hochzeitsnacht? Alle reden immer von meinen Pflichten? Ich weiß nichts Genaues. Das ist es doch, was mich ängstlich macht. Ob Mama daran gar nicht denkt? Aber ich kann sie nicht fragen. Nein, das ist mir ganz unmöglich. Ich müßte ja vor Scham in den Boden sinken.

*7. Februar 1893*

Heiraten ist eine reine Frauenangelegenheit. Je näher der Termin rückt, desto mehr Wirbel gibt es um mich herum, Frauenwirbel. Papa und Jan spielen da nur eine Statistenrolle. Sie blinzeln manchmal durch den Vorhang, um zu sehen, wer da das Spektakel auf-

führt. Aber sie haben bei alledem keine tragende Rolle. Fast wundert es mich, daß bei der Trauung ein Bräutigam dazugehört.
Frau Wenig kommt, um das Brautkleid zu besprechen. Sie bemerkt – ganz nebenbei, das macht sie meisterhaft –, es wäre besser, wenn ich noch ein paar Pfund abnähme. Recht hat sie. Ach, gäbe es auf der Welt doch keine Schokoladentorten! Mit Mama bin ich viel unterwegs, um Teppiche, Gardinen, Möbel und Geschirr auszusuchen. Es soll alles gediegen und zeitlos sein. Schließlich bin ich eine Petersen.
Manchmal kriecht auch wieder die Angst auf mich zu. Wie wird das werden mit Jan? Ich weiß so wenig von ihm. Seine Mutter sagte mir, er esse kein Schweinefleisch, das vertrage er nicht. Aber er selbst? Ob er sich auch manchmal Gedanken macht? Er spricht nie darüber. Wie selten sind wir auch allein. In Gegenwart Mamas oder Tante Amandas kann ich auch nichts fragen. Was würden sie von mir denken. Wie schön wäre es, wenn er ein klein bißchen so dächte wie ich und wir uns gegenseitig Mut machen könnten. Das alles geht mir durch den Kopf, wenn ich Monogramme sticke. Das C, das bald zu mir gehören wird, oder nein, ich zu ihm, was meint das?

*19. Februar 1893*

Letzte Nacht hatte ich einen Traum:
Ich saß in einem Haus. Das Haus hatte nur ganz kleine Fenster, verhängt mit Tüllgardinen. Ich saß im Haus und wollte aus dem Fenster sehen. Aber ich konnte nicht. Ich klebte auf dem Stuhl fest, und der Stuhl war schwer wie Blei. Schließlich rief ich laut um Hilfe und wachte auf.
Ich war ganz verschwitzt und fürchtete mich, wieder einzuschlafen, weil ich Angst hatte, der Traum könne wiederkommen. Heut morgen beim Frühstück erzählte ich davon. Da lachte Mama und meinte, jetzt würden mich Wohnung, Einrichtung und Aussteuer schon bis in den Traum verfolgen. Ich war froh, daß sie so lachte, weil mich der Traum erschreckt hatte. Bei Dunkelheit sieht eben alles viel schlimmer aus als am Frühstückstisch.

*8. März 1893*

Besuch bei Tante Amanda. Ich brachte ihr Mamas Brüsseler Spitzendecke zum Ausbessern. In diesen Dingen ist Tante Amanda ein Genie.

Wir saßen im Erker und hatten es bei Tee und Heidesand sehr gemütlich, während draußen die Welt im Nebel nistete. Das Nähtischchen war aufgeklappt. Wie ein achteckiger Regenbogen lag alles da: Sticktwist, Perlgarn, Sudanwolle, Seide, Baumwollgarn, Filetgarn, Teppichwolle. Jedes hat sein Fach. Und darunter, in einer Schublade, bewahrt Tante die Strick- und Häkelnadeln, das Nadelbuch, Litzen, Spitzen und Borten auf.

Sie fragte nach meiner Aussteuer, ob schon alles fertig sei. Als ich ihr sagte, daß alles bestellt, aber bisher nur ein Teil geliefert sei, nahm sie ihr Monokel heraus und meinte:

»Es ist Zeit, Thrina, höchste Zeit! Du mußt ja auch noch überall die Monogramme einsticken. Das machst du doch selbst, oder?«

Ich nickte schnell, um sie zu beruhigen.

Plötzlich stand sie auf und ging in ihr Schlafzimmer. Sie hat so eine Art, sich abrupt zu bewegen, die mich immer wieder unsicher macht, weil ich dann nicht weiß, ob sie vielleicht böse ist. Sie ist schon ein bißchen eigen, die alte Jungfer. Als sie zurückkam, trug sie ein Paket auf ihren Armen, legte es in meinen Schoß und setzte sich wieder an ihren Platz. Die ganze Zeit sagte sie kein Wort. Ich sah auf das Paket, auf Tante Amanda und war ratlos. »Es ist für dich. Mach's auf!« sagte sie da. Ich zog das Schleifenband auf, faltete das Papier auseinander und sah eine große Tischdecke. Sie war so riesig, daß ich zum Eßtisch gehen mußte, um sie auffalten zu können. Ein ellenlanges weißes Tischtuch hat sie mir geschenkt. Es ist rundum mit einer breiten Bordüre bestickt: weiße und kobaltblaue Girlanden, Schnörkel, Blüten, feinste Hohlsäumchen, Klöppelspitzeneinsätze. Eine Ecke ziert mein Monogramm, AP, zart verschlungen. Ich hatte nie zuvor eine so schöne Handarbeit gesehen und war von dem Geschenk wie erschlagen. Natürlich dachte ich, sie hätte die Decke für mich gestickt. Aber dann erzählte sie, diese Decke hätte sie vor Jahren für sich selbst, für ihre eigene Aussteuer gestickt.

»Aber ich habe so ein großes Tischtuch nie gebraucht«, sagte sie.

»Du hast die gleichen Initialen wie ich, und deshalb habe ich mich entschlossen, sie dir zu schenken. Du bekommst sie schon heute, weil ich von Luise weiß, daß ihr in den nächsten Tagen das Tafelservice aussuchen wollt. Sieh zu, daß du etwas Passendes findest!«
Ich starrte, während sie sprach, die Stickerei an und überlegte, wie viele Wochen, Monate, vielleicht Jahre sie mit dem Sticken dieser Decke verbracht haben mochte. Sicherlich hatte sie doch damals gehofft zu heiraten. Bestimmt hat sie sich darauf gefreut, sonst hätte sie sich nicht diese Mühe gemacht. Was mußte sie empfunden haben, wenn sie all die Jahre die Decke im Schrank liegen sah, unberührt.
Mir rutschte ganz ungewollt die Frage heraus: »Warum hast du eigentlich nicht geheiratet, Tante?« Sie beugte sich über ihr Nähtischchen, suchte einen dunkelroten Seidenfaden heraus und leckte die Spitze an. Dann hob sie die Sticknadel gegen das Licht, kniepte ein Auge zu und zog das nasse Ende des Fadens durchs Nadelöhr.
»Der Handel mit Westafrika kam in Schwung.«
Ich verstand sie nicht, schwieg aber, denn Tante Amanda hat ja die Angewohnheit, lange Pausen beim Sprechen zu machen. Und dann sprach sie auch weiter, während ihre geschickten Hände ein zierliches Schleifchen stickten.
»Kaffee, Kakao, Tabak, Gummi, all das kam plötzlich in ungewohnt großen Mengen in Hamburg an. Da mußten Speicher gebaut, Lagerplatz geschaffen werden. Für meine Aussteuer war kein Geld da.«
»Aber du hattest doch ein Recht darauf. Schließlich kamen die neuen Speicher doch Papas Geschäft zugute.«
»Recht? Welches Recht?«
»Auf eine angemessene Mitgift natürlich, aufs Heiraten.«
»Sollte ich mein Recht einklagen? Wo?«
»Nein, natürlich nicht«, sagte ich und schämte mich. Da lehnte sich Tante Amanda im Sessel zurück und lachte hoch und meckernd.
»Laß man gut sein, Thrina«, sie wischte sich eine Träne aus dem Augenwinkel. »Bist ein braves Mädchen.«
Arme Tante Amanda! Jetzt kenne ich sie von einer ganz anderen Seite. Schön, daß sie mich ins Vertrauen zog. Schön auch, daß sie mir ihre kostbare Decke geschenkt hat. Ich werde sie in Ehren halten.

# »DAS KIND ADELT DIE MUTTER«

▲ ▼ ▲

»HERRLICH! IST DAS SCHÖN, endlich wieder eine Frau im Bett zu haben!« Wolfgang rutschte unter der Bettdecke zu mir hin. »Ich hasse diese kalten Hotelbetten mit den zu weichen Matratzen, zu harten Kopfkissen und zu kurzen Bettdecken. Du bist so mollig weich und warm.«

Seine Hand streifte mein Nachthemd hoch, strich über den rechten Schenkel, den Bauch hinauf bis zu den Brüsten. Siegessicher. Selbstverständlich.

Er sagt nichts. Alle sind sie gleich, wollen alle dasselbe. Immer nur dasselbe. Und wenn sie damit fertig sind, drehen sie sich weg und schnarchen. Alle sind sie sich gleich oder werden sich gleich. Was unterscheidet mich in diesem Augenblick von einer überdimensionalen Wärmflasche? Aber klar, er wird ja noch mehr wollen.

Mit schneller Drehung wand ich mich aus seinem Arm und zog mein Nachthemd wieder nach unten.

»Was ist denn mit dir los?« fragte er, mehr erstaunt als böse.

»Das geht mir zu schnell.«

»Zu schnell?«

»Du kommst nach Hause, warst wieder mal verreist...«

»Ja eben.«

»Und jetzt willst du gleich das. Ich kann das nicht.«

»Versteh ich nicht. Freust du dich nicht, daß ich wieder da bin?«

»Doch. Natürlich. Aber – du bist ja noch gar nicht wieder da. Du hast mir noch gar nichts erzählt. Ich habe keine Vorstellung, was du in den letzten drei Tagen gemacht, gedacht und gefühlt hast. Kannst du nicht erst mal mit mir reden?«

»Reden?«

»Ja. Reden.

»Worüber denn?«

»Was hast du in Berlin gemacht?«

»Darüber soll ich reden? Jetzt? Ich bin froh, daß ich's hinter mir

habe, daß ich wieder hier bei dir sein kann, und jetzt soll ich über Berlin reden? Warum? Ich meine, warum willst du es ausgerechnet jetzt wissen?«
»Ich will, daß du mir wieder näherkommst. Wir müssen drei Tage aufholen. Du hast nie Lust, mir was zu erzählen. Nie fragst du, was ich so mache, wenn du nicht da bist. Du hast mich nicht nach Großmutters Tagebuch gefragt, nicht nach dem Elternabend in der Schule, nicht nach mir.«
Er ließ sich auf den Rücken rollen, legte den Arm über die Augen und stöhnte:
»Das darf doch nicht dein Ernst sein! Das ist nicht dein Ernst.«
»Doch.«
Er rollte wieder herum, umschlang mich, legte sich auf mich und raunte mir ins Ohr:
»Ich liebe dich. Hörst du, du süßes Weib? Und ich will hier im Bett mit dir allein sein. Politik, verblichene Großmütter und der Kreidemief der Schule haben hier nichts verloren. Die müssen gefälligst draußen bleiben. Hier sind nur wir beide, und wir wollen unsern Spaß haben, ja?«
»Ich kann nicht, Wolfgang.«
Er ließ mich abrupt los, rutschte hinüber in sein Bett und zog die Decke bis zum Nacken hinauf.
Dabei hat er sich so auf sein Bett gefreut. Wie froh er war, bei mir sein zu können. Andere Männer zieht es nicht so nach Hause, die verstehen es durchaus, bei Dienstreisen auf ihre Kosten zu kommen. Ob er auch manchmal...? Ausgeschlossen! Nicht Wolfgang. Aber ausgerechnet jetzt hab ich ihn vergrätzt. Beim nächsten Mal freut er sich vielleicht nicht mehr so auf zu Hause.
Meine Hand tastete über das kühle Laken zu ihm hin, ertastete seine Hand und streichelte sie sacht. Er grunzte leise. Näher. Seinen Arm hinauf, über die Brust, Hals und Ohr geküßt. Küsse. Und dann das Übliche.
Wie immer war das.
Warum hab ich mitgemacht?
Ich wollte doch gar nicht.
Mitleid? Angst? Pflichtgefühl?
Was war das?

Was ist los?
Hat er sich verändert?
Bin ich empfindlicher geworden?

▲ ▼ ▲

»Trudi war die erste von uns dreien, die heiratete. Nein, keinen Erbhofbauern. Ihr Hermann war Lehrerssohn aus Remscheid und SS-Mann. Sibylle und ich erhielten eine Einladung, Fraktur auf Bütten, mit der Bitte, uns dem Anlaß entsprechend deutsch zu kleiden.«
»Deutsch?«
»Nun ja, es war keine Hochzeit im klassischen Sinn, verstehst du?«
»Nein, versteh ich nicht.«
»Eins mußt du mir versprechen, Irene, du darfst Trudi gegenüber nie erwähnen, daß ich dir das erzählt habe.«
»Jetzt bin ich aber gespannt.«
»Trudi ließ sich nach – wie sagt man das passend? – nach nationalsozialistischem Ritus trauen. Du kannst dir vorstellen, wie deine Mutsch und ich spekulierten und feixten, ob Bärenfelle, Germanenkittel oder Dirndl angemessen wären. Aber dann beschlossen wir, uns chic zu machen, ›todchic‹ sagte Sibylle und entschied sich für ein enges schwarzes Kleid mit tiefem Rückendekolleté, dazu ein Tüpfelchen von Hut und ganz hochhackige Schuhe. Sie war ja nicht schön, deine Mutter, zu herb, zu große Nase, kühl und snobistisch, immer ein bißchen wie die Schwester von Marlene Dietrich. Aber sie verstand es, aufzutreten, bewegte sich mit einer Sicherheit, die ich sehr bewunderte. Ich hängte mich bei ihr an und machte mit. An mein Kleid kann ich mich auch noch genau erinnern, ich lieh es mir für diesen Anlaß von einer Bekannten aus. Weißt du, es war dunkelrot und hatte einen herzförmigen Ausschnitt, am Hals hochgeschlossen mit einem Schleifchen, ganz brav, darunter aber ein Ausschnitt, der mich selbst erschreckte. Sibylle entschied, wir seien genau richtig. Nur weil ich sicher war, keinem von unseren Leuten zu begegnen, zog ich's an. Wir packten alles ein, fuhren mit Sibylles Sportwagen nach Berlin und wohnten bei Mieke in Dahlem. Am nächsten Morgen ließen wir uns dann von Miekes Neffen, Marineleutnant und sehr flott, in den Potsdamer Wald chauffieren, zwei junge Damen,

wild entschlossen, dem germanischen Theater durch ihren Auftritt einen Schuß Frivolität zu geben.«
»Wieso seid ihr in den Wald gefahren, Tante Grit?«
»Es war doch eine Eheweihe, keine Hochzeit mit Kirche und so. Trudi wollte es ganz echt und völkisch. Sie glaubte doch an diesen Nazikram. Das war eine Feier! Bluthochzeit, in der Erinnerung nannte ich das Theater nur die Bluthochzeit. Also, Renchen, ich war im Laufe meines Lebens bei vielen Hochzeiten, habe auch hier im Luisenhof etliche Haustrauungen arrangiert. Ich kenne mich aus mit den Notwendigkeiten einer präzisen Planung, weiß, wieviel Fingerspitzengefühl dazugehört, welche Peinlichkeiten vermieden werden müssen. Einer Hochzeitsfeier den angemessenen Rahmen, genau die richtige Portion Feierlichkeit zu geben, falsches Pathos zu vermeiden, Irene, das erfordert Intuition, protokollarischen Feinschliff, Genie.«
»Und Trudi?«
»Ja, Trudis Eheweihe. Sibylle würde jetzt sagen: dascha gediegen! Wir kamen übrigens zu spät. Sibylle kam immer zu spät. Als wir aus dem Wagen stiegen, winkte uns ein Mann, der Pilze sammelte: Immer da längs, die Damens! Im Wald war's kühl, wir fröstelten in unseren Kleidchen, die Waden verkrampften sich, weil wir mit unseren Absätzen nicht auftreten konnten, ohne zu versinken. So, jede in einen Arm des Marineleutnants mit seiner tadellosen Uniform eingehakt, erreichten wir die Hochzeitsgesellschaft. Ein Chor schmetterte so laut, daß der Wald beleidigt verstummte. Und dann sahen wir das Szenario vor uns: Auf einer Lichtung waren zwei Felsblöcke, Hilfsfindlinge will ich mal sagen, zusammengerückt und mit einem dicken Holzbrett abgedeckt worden. Das sah einem wackligen Backbrett ähnlicher als einem Altar. Wir, wenn wir im Luisenhof Trauungen ausrichteten, wir stellten dann entweder einen schlichten Eichentisch oder das Barocktischchen mit Intarsien und Schellackpolitur hin, je nachdem. Aber Trudi wollte es wohl ganz urgermanisch. Eine Bibel oder ein Kreuz gab's natürlich nicht. Statt dessen war eine Fahne gehißt, und in flacher Tonschale züngelte eine Flamme, ein heiliges Feuerchen, als Requisite vielleicht bei den Olympischen Spielen abgeguckt.
Trudi sah süß aus. Sie trug ein schlichtes, hochgeschlossenes weißes Kleid, einen knielangen Spitzenschleier und einen Kranz aus Marge-

riten und Kornblumen. Ihr zur Seite standen im Halbkreis fünf oder sechs hellblau gewandete Ehrenjungfern. Ihr gegenüber, flankiert von SS-Männern, stand Hermann, in Uniform natürlich, Trudis Traummann, so groß, so blond und reckig, wie sie ihn sich immer erträumt hatte. Inzwischen hatten die Chorsänger geendet, die Münder zugemacht, so daß die Vögel wieder zu ihrem angestammten Recht kamen. Einer kackte übrigens mitten auf den Altar, was später, bei der Feier im Restaurant, als glückliches Omen gedeutet wurde.
Eine große, schlanke Frau in losem, langem Gewand, ich vermute, sie war Schauspielerin, trat jetzt vor und sprach von Volk und Blut und Ahnen und Nachkommen. Zwei Brautjungfern schritten feierlich zum Altar und stellten eine Schale mit Äpfeln und Roggenähren ab. Ach Renchen, die ganze Szene war unsäglich komisch. Nichts paßte zusammen. Die Brautjungfer, die die Schale trug, hatte Klämmerchen in den Haaren, die andere trug große goldene Ohrringe und Ledersandalen, so daß die Füße vom Waldboden schon ganz schwarz waren. Nein, nein, dann doch lieber in einer Kirche oder im Hotel hier bei uns auf echtem Perser! Keine Atmosphäre! In der Nähe zog eine Schulklasse vorbei, der Lehrer trieb zur Eile. Nichts klappte. Und in diesen Augenblicken muß alles klappen. Da darf überhaupt nichts schiefgehen, weil die Stimmung dann auseinanderfällt. Hermann holte die Eheringe einfach so aus der Hosentasche. Unmöglich! Ich bitte dich, Renchen! Die Ringe hätten doch auf einem Holzbrettchen oder einem Zinnteller gereicht werden müssen. Wenn schon, denn schon. Wir nahmen in solchen Fällen immer ein kleines silbernes Tablettchen. Ach, weißt du, wenn ich die Trauung arrangiert hätte, ich hätt was draus machen können, so aber, lächerlich, provinziell. Trudi und Hermann lasen ihre Texte ab, die andern auch. Das geht nicht. Dabei war Trudi sehr stolz darauf, eine Hochzeit im neuen Stil zu feiern. Wer weiß, vielleicht hoffte sie, mich zu bekehren.«
Ich nahm Tante Grit das Heftchen mit den Texten von Trudis Hochzeit aus der Hand und blätterte darin, las vom »Willen zur Saat«, davon, daß der Mann zuerst seinem Volk gehöre, und vom Blut, das rein gehalten werden müsse.
»Ich glaube einfach nicht, Tante Grit, daß dies so stattgefunden hat. Wollte Tante Trudi tatsächlich als germanische Gebärmaschine ih-

rem Hermann und ihrem Volke dienen? Tante Trudi ist doch nicht dumm. Sie kann unmöglich diesen Quark geglaubt haben. Ein schauerlicher Anachronismus, so viel Blut und Volk und Ahnen.«
»Es ist doch immer eine große Versuchung, sich in die Vergangenheit zu flüchten, Irenchen. Warum richtest du dich mit alten Möbeln ein? Neulich am Nollendorfplatz sah ich eine junge Frau, die einen Küchenherd kaufte, so ein Monstrum mit Wasserschiff und Messingstange. Wie froh waren wir damals, endlich die Elektroherde zu haben. Sie aber machte um den Herd einen Tanz wie ums goldene Kalb. Alte Küchenherde, alte Schränke mit Häkelspitzchen, altdeutsches Brot. Aus allem Alten macht ihr heute einen Fetisch, nur die alten Menschen, die spart ihr dabei sorgfältig aus.«
»Aber das darfst du mit dem hier nicht vergleichen, Tante Grit!«
»Durchaus. In beidem steckt die Sucht – es ist eine Sucht –, sich im Altbewährten vor der Wirklichkeit zu verstecken, unter die Bettdecke, zurück in die Gebärmutter zu kriechen. Dabei wird selbstverständlich vorausgesetzt, daß sich das Alte bewährt hat, daß es gut war. Aber – war's das denn?«
»Denkst du, Tante Grit, meine Archäologie, mein jetziges Zurückfragen nach Mutsch und Großmutter, das sei feige Flucht?«
»Die Gefahr sehe ich.«
»Nein, nein, das ist nicht fair. Ich habe doch ein Recht darauf, ja, es ist lebensnotwendig für mich, daß ich über Mutsch Bescheid weiß. Ich will wirklich nicht in der guten alten Zeit schwelgen. Meine Zeit mit Mutsch war keine gute Zeit, und Mutschs Leben, soweit ich es inzwischen überblicke, war wohl auch selten gut. Aber ich will noch mal auf Tante Trudis Hochzeit zurückkommen. Damals im Wald, wie konntet ihr da ruhig stehen und zusehen und zuhören? Hättet ihr nicht Einspruch erheben, wenigstens schreiend weglaufen müssen?«
»Ach, wie du dir das so denkst. Das waren andere Zeiten. Du liest das ganz anders als wir damals. Diese Sprüche von Blut und Ahnen, da hörte doch kein Mensch hin.«
»Und Mutsch hat es zugelassen, daß Tante Trudi uns so oft besuchte.«
»Der Krieg war vorbei. Du vermutest immer viel zu viel bewußte Entscheidungen. Was war denn? Trudis Mann hatte ein Bein verlo-

ren und starb '51 oder '52. Und der Sohn, dieser Bertram, na, du weißt ja selbst. Nein, ich denke, es war so, daß Sibylle durch ihren Umzug ins Rheinland von allen alten Freunden und Bekannten abgeschnitten war. Und Trudi wohnte in der Nähe. Es gab gemeinsame Erinnerungen, auch schöne Erinnerungen, und allmählich, so sehe ich es jedenfalls, entwickelte sich so eine Art Freundschaft. Ich war ja auch weit weg. Wer konnte denn damals nach Berlin fahren? Übrigens, bei unserer Hochzeit lernte deine Mutsch ihren ersten Mann, Alex Kruse, kennen.«

»Davon hat mir Onkel Fritz erzählt.«

»Fritz, ja, der erzählte gern von früher. Auch so ein Gegenwartsflüchtling. Nur vom Krieg sprach er nie, von Fronterlebnissen, von der Gefangenschaft.«

»Wer weiß, was er durchmachen mußte. Und er war ja nicht schuld am Krieg. Er hatte ihn ja nicht gewollt.«

»Gewollt? Gewollt hat ihn keiner – hinterher. Aber ganz so billig kommen die Männer nicht davon, bei mir nicht, Irene. Ich habe diese Männergespräche nicht vergessen, die ich schon als Kind mit anhörte, bei Familienfeiern, bei Verwandtenbesuchen. Keiner wollte den Krieg, aber grundsätzlich verurteilt hat ihn auch keiner. Pazifist, das klang doch damals fast wie Morphinist, wie Anarchist. Es gab so ein Bewußtsein, gibt es immer noch, daß Kriege so unvermeidlich sind wie Flutkatastrophen und Erdbeben. Die Möglichkeit, ja die Notwendigkeit eines neuen Krieges wurden nicht ausgeschlossen. Deutschland. Das war ein Wort, ein heiliges Wort für alle, nicht nur für die Nazis. Deutschland mußte seine Stellung in Europa, seine Ehre zurückerobern. Wir hatten ja den Makel der Alleinschuld an uns, Elsaß-Lothringen verloren, Oberschlesien, den Korridor, die Kolonien, wir mußten Reparationen zahlen, unbezahlbare Reparationen. Da war der Gedanke, denen zahlen wir's heim, wir holen das Verlorene zurück, doch sofort geboren.«

»Aber die Angst vor dem Krieg, das Grauen, der Stellungskrieg in Flandern, Verdun, die Gasangriffe, war das alles vergessen? So schnell?«

»Ja. So schnell. Man wollte vergessen. Krieg war Krieg, Krieg war schlimm. Aber hinterher, die täglichen Wirklichkeiten der Nachkriegszeit, die Gebietsverluste, die Rheinlandbesetzung, die Infla-

tion, die alltägliche Misere, nicht mehr Deutschland, Deutschland über alles, sondern Deutschland ist schuld, nur Deutschland ist schuld. Schämt euch! Kein Kaiser, keine schimmernde Wehr, sondern Arbeitslosigkeit, soziale Spannungen, das blieb. Männer sind sowieso, denke ich, wenn es um Krieg und Kampf geht, mittelalterlich, vielleicht sogar steinzeitlich. Hast du Jüngers ›In Stahlgewittern‹ gelesen? Frag mich nicht, warum es so ist, daß Männer sogar die furchtbarsten Kriegseindrücke in ihren Hirnen hinter ›Kameradschaft‹ und ›Tapferkeit‹ verstecken können. Meine Kriegseindrücke und -erinnerungen sehen anders aus, ganz anders. Nicht nur die Nazis waren so, alle waren sie mehr oder weniger so, sind es bis heute. Sieh dich doch um, Renchen! Gilt nicht heute noch ein Pazifist als verdächtig, als charakterloser, vaterlandsloser Geselle?«
»Du bist ja richtig in Fahrt, Tante Grit. Ich wußte gar nicht, daß dich dies Thema je beschäftigt hat.«
»Unzählige Streitereien meiner Eltern habe ich erlebt. Jedesmal lief das Gespräch nach demselben Schema ab. Ich kann's herbeten wie eine Litanei:
Vadder: ›Kriege hat es ümmer gegeben und wird es ümmer geben‹.
Mutter: ›Wie kannst du ümmer und ümmer diesen Unsinn sagen, Arno?‹
Vadder: ›Ich bin Realist, meine Liebe. Und der Schandfrieden von Versailles, der muß weg, so oder so. Wir haben den Krieg verloren, weil die Heimat schlapp gemacht hat. Jawoll! In den Rücken gefallen sind sie uns. Der deutsche Soldat stand auch bei Kriegsende überall in Feindesland‹.
Mutter hob sich an dieser Stelle immer leicht aus ihrem Sessel. Ihre Stimme ging höher: ›Skandal! Arno, wie kannst du solche Lügen glauben und auch noch wiederholen? Skandal! Wir – nicht durchgehalten? Wir – euch in den Rücken gefallen?‹
Alles zählte sie nun auf, alles, was sie an Opfern in diesem Krieg gebracht hatte: Laken und Decken, das Kupfergeschirr, sie hatte kranke Soldaten besucht, Briefe geschrieben. Abends nach der Gebetsstunde – ›da waren die Kirchen voll!‹ – hatte sie mit andern Frauen Kopfschützer und Leibbinden gestrickt.
Vadder: ›Vergiß nicht die Lazaretthemden!‹

Mutter: ›Ich vergesse nichts, gar nichts, auch nicht diesen schwabbeligen Brotaufstrich aus der Tube, Schwanenpain.‹
Vadder: ›Darauf habe ich gewartet.‹
Mutter: ›Die armen Alsterschwäne! Ihr mit eurem Krieg! Sogar die Schwäne habt ihr abgeschlachtet.‹
Vadder: ›Laß doch die dußligen Schwäne aus dem Spiel!‹
Mutter: ›Unschuldige Kreaturen.‹
Für meine Mutter zeigte sich an diesen, aus Futtermangel geschlachteten Schwänen, die zu Brotaufstrich gemacht worden waren, der ganze Irrsinn des Krieges. Daß sie gehungert hatte, den Steckrübenwinter erleben mußte, sich nicht mehr auf die Straße traute, weil sie keinen anständigen Mantel mehr besaß, all das beklagte sie kaum. Aber Schwanenpain, das verzieh sie nicht.«
»Dachte Onkel Fritz denn so wie dein Vater?«
»Er war vernünftiger – im Kopf. Im Herzen fühlte er genauso wie Vadder. Die Verhältnisse nach dem Krieg machten es ja auch sehr, sehr schwer, sich mit der Niederlage abzufinden.«
»Du meinst die Reparationen.«
»Die auch. Aber die chaotischen Zustände damals. Die Welt war kaputt, die gewohnte Ordnung weg. Statt dessen ein Parlament, ›in dem es zugeht wie in der Judenschule‹, wie mein Vadder sagte. Demokratie, ein Schimpfwort, verachtet, verlacht. Sonntags nach dem Frühstück sagte meine Mutter: ›Heute ist Sonntag. Zuerst gehen wir wählen. Und was machen wir dann?‹«
»Versteh ich nicht.«
»In den letzten Jahren von Weimar wechselten die Regierungen schneller als die Bettwäsche. Wer als Mann was auf sich hielt, der hatte für den Parlamentarismus bestenfalls ein Achselzucken übrig. Die Nazis mochte man natürlich auch nicht, zu proletenhaft, Straßenschlachten, Saalschlachten. Aber dann, als Hitler das Rheinland besetzte, als die Saar wieder deutsch wurde, da weiteten sich die Männerbrüste. Wir waren wieder wer.«
»Haben denn die Frauen damals anders empfunden? Ich kenne so viele Bilder mit jubelnden Frauen, die Hitler zuwinken, Tränen in den Augen haben.«
»Ja, ja. Das stimmt. Und trotzdem. Die politische Stimmung wurde von Männern gemacht. Frauen waren doch höchstens als Statisten

bei solchen Männergesprächen geduldet. Und politisch hatten sie kaum Einfluß. Ist bis heute noch nicht in Ordnung, das.«

▲ ▼ ▲

Die Adventszeit liebte ich immer schon ganz besonders. Adventszeit, das ist Familienzeit. Auch jetzt freute ich mich auf die nächsten Wochen. Wir würden es gemütlich haben, viel miteinander singen und basteln. Draußen war es trüb und kalt, die letzten Chrysanthemen standen wie ein Spalier heruntergekommener Ehrenjungfrauen im Vorgarten. Aber an der Haustür hing das Kränzchen aus frischem Tannengrün, und im Haus, mitten auf dem Eßtisch, thronte grün und rot der Adventskranz und verströmte seinen harzig-herben Duft. Sterne aus Stroh und Gold hatte ich ans Fenster gehängt. Sie sollten den Blick auf sich ziehen, damit er sich nicht in der nebligen Welt draußen verlöre. Und wie in jedem Jahr hingen kleine Päckchen, sorgfältig in Weihnachtspapier gewickelt und mit Schleifchen verschönt, an langen Schnüren rechts und links vom Fenster: die Adventskalender für die Kinder. Alle waren sie heute früher als an gewöhnlichen Sonntagen aus dem Bett gestiegen. Ja, sogar angezogen waren sie schon und halfen mir, den Frühstückstisch zu decken. Auf Wolfgangs Platz lag, blank und golden, der von Annette gebastelte Stern.

Wir waren soweit. Auf dem Tisch stand der frische Hefezopf, den ich gestern abend noch gebacken hatte, Butter war da, Marmelade, Honig, Kakao, Kaffee und erste Weihnachtsplätzchen. Unser gemütliches Frühstück konnte beginnen.

»Dürfen wir?« fragte Bärbel und sah mich fragend an. Doro fingerte schon ungeduldig an ihrem Kalenderpäckchen herum.

»Wir wollen auf Papa warten.«

»Wir brauchen's ja noch nicht aufzumachen«, schlug Jochen mit heller Stimme vor. »Aber abschneiden könnten wir's ja schon mal.«

»Na, Jochen, dann lauf in die Küche und hol die Schere.« Grinsend zog er sie auch schon aus der Hosentasche. Ich goß mir Kaffee ein und schnitt den Hefezopf an. Zum Adventssonntag gehört ein frischer Hefezopf. Den backe ich jedes Jahr. Ich will Tradition. Später, wenn sie erwachsen sind, sollen die Kinder gern an diese Zeit zu-

rückdenken. Und sie sollen sich erinnern, wie das war in der Adventszeit. Deshalb backe ich immer den Hefezopf, deshalb bastele ich ihnen jedes Jahr einen Adventskalender aus kleinen Päckchen.
Wir aßen, sahen in die brennende Flamme der ersten Adventskerze und horchten, ob sich im Schlafzimmer oben etwas rührte. Alles blieb still. Die Zwillinge zählten nach, ob auch genug Päckchen hingen, ob es reichte bis Weihnachten. Jochens Hand tastete nach dem untersten Päckchen seines Kalenders. Annettes Blick wanderte immer wieder zu dem ihren hin. Schließlich fragte sie:
»Soll ich Papa wecken? Ganz sacht?«
»Laß ihn ausschlafen.«
Aber dann, als der Kakao getrunken, die Teller leergegessen waren, die Kerze schon ein beträchtliches Stück heruntergebrannt war, da ließ ich die Kinder ihre Geschenkchen auspacken. Ich freute mich an ihrer Freude, nahm von Annette ein spitzes Küßchen und von Jochen einen feuchten Schmatzer entgegen, umschlang die Zwillinge, drückte die zapplige Beute an mich und schloß die Augen.
Wie reich ich bin! Wie reich und wie glücklich! Wir sind eine glückliche Familie!
»Wo bleibt Papa denn?« fragte Annette mitten in meine Gedanken.
»Er hat doch versprochen, eine Krippe mit uns zu basteln.«
»Der pennt wieder aus, Doro. Kennen wir doch!«
»Annette! Papa wird schon kommen, Kinder«, tröstete ich, matter als beabsichtigt.
Es wurde zehn Uhr, halb elf. Annette war längst in ihrem Zimmer verschwunden. Bärbel und Doro spielten Mau-Mau auf dem Teppich, und Jochen lungerte in der Küche herum, wollte unbedingt auch Kartoffeln schälen und Sahne schlagen. Endlich hörte er, wie im Badezimmer ein Wasserhahn aufgedreht wurde. Er raste, so schnell seine Beine das zuließen, die Treppe hinauf, kam aber nach wenigen Augenblicken wieder angetrottet. Papa wolle erst baden, berichtete er enttäuscht. Da holte ich die Dose mit Knetgummi vom Regal und schlug ihm vor, eine Krippe zu kneten. Lustlos machte er sich an die Arbeit. Ich mußte Möhren schrappen.
So macht er das immer. Immer denkt er am Wochenende nur an sich, schläft bis mittags und will dann auch noch lange frühstücken.

Wenigstens heute hätte er sich aufraffen können, auch mal an die Kinder denken! Am ersten Advent! Muß er ausgerechnet jetzt baden?
Die Möhren büßten mehr Schale ein als nötig, landeten aufspritzend in der Wasserschüssel, wurden von mir noch einmal heftig gescheuert, um dann, kleingeschnippelt, als rote Rädchen in den Kochtopf zu fliegen.
»Ich hab wunderbar geschlafen!« Strahlend, duftend, ausgeruht stand Wolfgang in der Tür, kam mit großen Schritten auf mich zu, schloß mich in die Arme und wollte mich ausgiebig küssen. Mein Rückgrat wurde zum Brett. Er legte die Hand unter mein Kinn, hob mein Gesicht zu sich hoch und sagte: »Komm, Liebes, mach dich ein bißchen hübsch, ja!«
»Ich hatte dazu noch keine Zeit.« Verräterisch scharf kam mir das heraus. Da nahm er mich noch fester in den Arm und drückte mich an sich.
»Aber Liebes. Dazu ist doch immer Zeit.«
»Ich hatte noch keine Zeit, an mich zu denken. Einer muß sich ja um die Kinder kümmern. Du bist fast nie da, und wenn du da bist, schläfst du dich aus oder liegst in der Wanne. Immer Zeit – immer wenn du zufällig Zeit hast! Ich hab jetzt keine Zeit!«
Sofort nahm er seine Arme von mir weg, griff nach der Kaffeekanne und ging ins Eßzimmer. Ich blieb mit zusammengekniffenen Lippen zurück. Wieder hab ich alles falsch gemacht. Und jetzt ist er beleidigt.
Beim Mittagessen widmete er sich ganz den Kindern, fragte nach der Schule, nach der Weihnachtsfeier, nach dem Krippenspiel, war aufgeräumt und lustig, ein Mustervater.
Sieht er nicht, daß Jochen auf zwei Stuhlbeinen hin- und herpendelt, daß Annettes Ellenbogen wie festgewachsen auf der Tischplatte aufliegen, daß die Zwillinge nicht essen und beim Trinken den Löffel in der Tasse stehen lassen? Aber wenn ich mahne, erinnere, bitte, scheint das keiner zu hören. Ein erstaunter Blick trifft mich, das ist alles. Sie haben mir die Rolle der mäkelnden Mutter zugeschoben. Und Wolfgang springt mir nicht bei, sondern solidarisiert sich stumm mit den Kindern.
Er kann hier leicht den lieben Papi spielen. So einmal in der Woche

ein Stündchen mit den Kleinen sprechen, Witzchen reißen und Schokolade zum Nachtisch versprechen. Und die Kinder sind begeistert von ihm. Natürlich! Die haben schon wieder vergessen, daß er heute morgen fehlte. Besser wär's, ich könnte das auch vergessen. Aber ich kann's nicht. Ich kann auch nicht als Reklamemami freudestrahlend am Tisch sitzen. Mich macht das verrückt, dies Gehampele und Geschmatze. Und wenn alle fertig sind mit dem Essen, sich faul niederlassen, um zu verdauen, dann muß ich abwaschen, dann stehe ich wieder in der Küche, die Hände im fettigen Abwaschwasser. Und danach, wenn ich endlich ausspannen kann, dann soll ich wieder mit den Kindern spielen, Kaffee kochen und den Tisch decken. Heute geht das aber mal anders ab, heute werde ich mal an mich denken. Schließlich habe ich auch Advent. Soll er sich kümmern!

»Ich lege mich nach dem Essen eine Stunde hin, Wolfgang.«

Alle hoben sie erstaunt die Köpfe.

»Das ist eine gute Idee, Liebes«, lobte er mich. »Tu das! Ich kümmere mich hier drum.« Er deutete mit dem Kinn auf das Eßgeschirr.

»Ja, Mami«, sagte Annette. »Wir decken ab, machen die Küche fertig, und dann kann Papa mit uns die Krippe basteln.«

»Krippe?« Wolfgang sah mich fragend an. Ich konnte mir ein schadenfrohes Grinsen nicht verkneifen. Da fiel ihm sein Versprechen wieder ein. »Ja, ja. Wir basteln dann die Krippe«, sagte er.

Als ich aufwachte, war es nach vier. Die Kinder saßen vor dem Fernsehapparat.

»Wo ist Papa?«

»An seinem Schreibtisch.«

»Hat er nicht mit euch gebastelt?« »Doch, Mama, aber er hatte dann keine Zeit mehr.«

»Warum habt ihr mich denn nicht geweckt?«

»Durften wir ja nicht.«

Ich ging in die Küche, räumte die Wäsche aus der Waschmaschine, fegte aus und kochte Kaffee. Da kam Jochen. Nur mühsam hielt er seine Tränen zurück.

»Was ist jetzt wieder los? Ist euer Film zu Ende?«

»Nö, noch längst nicht. Aber Papa will jetzt in dem anderen Programm Fußball gucken.«

»Wo sind Doro und Bärbel?«

»Oben.«
»Geh du auch nach oben, Spatz! Bau deine Eisenbahn auf! Ja? Ich komme gleich und seh mir alles an.«
Er trottete langsam los, blieb in der Küchentür noch einmal stehen und fragte zweifelnd:
»Kommst du auch wirklich gleich?«
»Ja, mein Spatz. Ich trinke meinen Kaffee und dann komme ich.«
Ich ging ins Eßzimmer und überlegte, ob ich meine Wut und Enttäuschung herauslassen oder hinunterschlucken sollte. Wolfgang, tief im Sessel vergraben, beugte sich über die Armlehne zu mir hin:
»Ausgeschlafen?«
»Ja.«
»Kann ich auch einen Kaffee haben?« Damit wandte er seine Aufmerksamkeit wieder dem Bildschirm zu.
Meine Backenzähne rieben hart gegeneinander. Koch dir deinen Kaffee selbst, wollte ich sagen. Hast uns den ganzen schönen Advent kaputtgemacht. Ich schwieg. Nur nicht alles noch schlimmer machen. Soll er seinen Kaffee haben. Ich komme schon zurecht.
Vor dem Abend fürchtete ich mich fast. Am liebsten wäre ich oben bei den Kindern geblieben. Es war so viel Widerwille in mir gewachsen, Widerwille, der mir das Kreuz steif machte und den Hals mit einem dicken Kloß zustopfte. Wenn ich mich jetzt nur nicht mit ihm über belanglose Dinge unterhalten mußte, freundlich scheinen, normal.
Er merkte, wie mir zumute war, aber er sagte nichts, fragte nichts. Er fragte nie.
Später im Bett dann konnte ich nicht einschlafen.
Wann kommt er denn endlich? Immer kann er kein Ende finden. Je länger es dauert, desto wacher werde ich und desto wütender. Warum schlafe ich jetzt nicht? Ich bin müde, ich muß morgen wieder früh aufstehen, viel früher als Wolfgang. Ihn kümmert das doch nicht. Ihm ist es gleichgültig, ob ich hier wach liege oder schlafe.
Da. Endlich! Jetzt kommt er. Aber er soll nicht merken, daß ich noch wach bin. Wär ja noch schöner! Ich dreh mich zur andern Seite, zieh die Decke hoch bis an die Ohren. Ob er noch was sagen will? Er müßte doch. Einen Satz, einen einzigen, der den bitteren Ge-

schmack von der Zunge nähme. Er schläft noch nicht. Vielleicht lauscht er auf meine Atemzüge. Vielleicht hofft er, ich sagte was. Ich denke gar nicht dran! Jetzt schläft er. Er schläft! Er schnarcht ja schon. Ich bin noch immer eine naive Gans. Du Klotz! Schlaf nicht! Wir haben uns noch nicht vertragen. Ich bin unglücklich über diesen vermurksten Sonntag. Hast du das denn gar nicht gemerkt? Alles hatte ich mir so schön ausgedacht, mir so viel Mühe gegeben. Deine Gleichgültigkeit, dein Egoismus haben alles kaputtgemacht. Hast du gar kein schlechtes Gewissen? Du Schnarcher! Du verdammter Schnarcher!

▲ ▼ ▲

*Berlin, am 10. Mai 1893*

*Liebe Kathrina!*

Wenn mein Brief Dich erreicht, bist Du sicherlich sehr glücklich, so denke ich jedenfalls. Der Hochzeitstag ist Dein Tag, der Tag, der einzige Deines Lebens vermutlich, an dem Du ganz und unbestritten im Mittelpunkt stehst. Du wirst bestaunt, bewundert, beneidet und beglückwünscht. Im Seidenkleid, mit Mutters Spitzenschleier (Du trägst ihn doch, oder?) und Myrtenkranz im Haar wirst Du wie eine Märchenfee aussehen. So viel Zeit wie an Deinem Hochzeitstag werden andere und Du selbst nie wieder auf Dein Äußeres verwenden. Denk nur, wie viele Spitzen, Biesen, Litzen, Schleifchen und Stickereien Deine Kleidung kostbar und schön machen! Hast Du eine Ahnung, wie viele Frauen, auch Kinder, Zeit und Mühe daran gewendet haben, diese Dinge herzustellen? Hast Du eine ungefähre Vorstellung, wie gering ihr Lohn ist?
Warum? Warum Kathrina, putzt man die Braut am Hochzeitstag so heraus? Beim Bräutigam tut man's nicht. Er wirkt immer wie die Krähe neben dem Schwan. Welcher Sinn steckt dahinter?
Alles geschieht dem Mann zuliebe. Alles ist darauf angelegt, daß Du ihm gefällst. Am Hochzeitstag soll er den Eindruck gewinnen, ein köstliches Kleinod zu erwerben. Du wirst sein Besitz, Kathrina. Du wirst ihm ›zugeführt‹. Er ist Dein Herr. Lach nicht, wenn Du dies liest! Mach Dir klar, was es heißt, Frau Clausen zu sein. Du kannst nämlich nicht mehr heraus. Du darfst Dich niemals in einen anderen

Mann verlieben. Dein Entschluß, mit achtzehn gefaßt, gilt, bis Du achtzig bist. Jeden Ausbruchsversuch ahndet die Gesellschaft unnachgiebig. Aber es gibt auch viele Kleinigkeiten, die Dir die Abhängigkeit im Laufe der Zeit sauer machen können. Du mußt Dich kleiden und frisieren, wie Dein Mann es wünscht. Du mußt mit dem Geldbetrag wirtschaften, den er Dir gibt. Über Deine Ausgaben mußt Du ihm Rechenschaft ablegen. Er wird das umgekehrt keineswegs tun. In der Wahl Deiner Dienerschaft, Deiner Freunde bist Du immer Frau Clausen, genau das und kein bißchen mehr.

Deine Aufgabe wird sein, ein Haus zu führen – für ihn, Kinder zu gebären – für ihn, in der Gesellschaft möglichst geschickt und möglichst unsichtbar Fäden zu ziehen, Interessen wahrzunehmen – für ihn.

Dein Mann wird zum Mittelpunkt Deines Lebens, viel umfassender, als Du Dir das heute denken kannst. Du bist an ihn angebunden und kannst Dich nur so weit bewegen, wie die Leine reicht, an der er Dich führt.

Es wird Dir sehr einseitig vorkommen, was ich hier schreibe. Aber, Kathrina, wenn dies hier in krassem Gegensatz steht zu vielen Glückwünschen, die Du erhältst, dann ist das nur eine Stimme neben oder auch gegen alle die andern. Versteh mich recht: Ich bin keineswegs der Meinung, daß eine Ehe zwangsläufig unglücklich sein muß, aber das Gegenteil tritt auch nicht zwangsläufig ein. Meiner Meinung nach müssen beide, Mann und Frau, zum Gelingen beitragen. Was aber leistet der Mann hierin? Was hat Papa getan? Weißt Du etwas darüber? Hat Mama jemals offen über sich, ihre Wünsche, Sehnsüchte, ihre Enttäuschungen gesprochen?

Ich wünsch Dir, liebe Schwester, von ganzem Herzen, daß Du glücklich wirst! Bezweifle nicht die Ernsthaftigkeit meines Wunsches. Ich hoffe, daß Dir die Ehe mit Deinem Jan die Erfüllung bringt, die Deinem Leben Sinn und Zufriedenheit gibt, und hoffe, Du wirst Deine Entscheidung nie bereuen.

»In der Liebe ist alles ein Wagestück«, sagt Goethe.

Ich grüße Dich mit zärtlicher Umarmung
und bleibe Deine Schwester

*Friedgard*

Arme Friedgard! Sie weiß nichts, hat von der Liebe keine Ahnung. Nur gut, daß Jan den Brief nicht zu Gesicht kriegt. Was schreibt sie? Ich ginge an seiner Leine? Wenn sie wüßte, wer hier an wessen Leine läuft! Und das mit Mama: Das würde Mama als Ungeheuerlichkeit, bestenfalls als dumme Frage abtun. Aber Friedgard versteht von alledem nichts, Blaustrumpf, der sie ist!

Brief von Probst Holm zu unserer Hochzeit

*Lübeck, am 3. Mai 1893*

*Liebes Brautpaar!*

Es ist mir eine außerordentliche Freude, meine allerherzlichsten Segenswünsche für Euch auf den Weg zu bringen. Leider kann ich meine Reise nach Baden Baden nicht verschieben und kann an Eurem Festtag nicht unter den Gästen sein. Wie schwer mir das fällt, weißt Du, liebe Kathrina, ganz genau. Da ich aber das Predigen nicht lassen kann und auch den dringenden Wunsch verspüre, meine Wünsche und Gedanken bezüglich Eures Ehestandes vorzubringen, bleibt mir nur dieser Brief. Was gibt es Schöneres auf Gottes weiter Erde, als daß zwei Menschen, in Liebe einander zugetan, den Bund fürs Leben schließen? Das Gelingen einer wahrhaft christlichen Ehe aber hängt ab vom festen Willen zweier Menschen, sich treu zueinander zu halten und die von Gott gegebene Aufgabe redlich zu erfüllen.

Der Apostel Paulus schreibt in seinem Brief an die Epheser im 5. Kapitel:

»Die Weiber seien untertan ihren Männern als dem Herrn.

Denn der Mann ist des Weibes Haupt, gleichwie auch Christus das Haupt ist der Gemeinde, und er ist seines Leibes Heiland. Aber wie nun die Gemeinde ist Christo untertan, also auch die Weiber ihren Männern in allen Dingen…

Ein jeglicher habe lieb sein Weib als sich selbst; das Weib aber fürchte den Mann.«

Was Paulus hier schreibt, hebt die Ehe weit über andere Formen menschlichen Zusammenlebens hinaus. Das Verhältnis von Mann und Frau zueinander wird dem Verhältnis von Christus zu seiner

Gemeinde gleichgesetzt. So wie Christus der Herr der Gemeinde ist, so ist der Mann das Haupt des Weibes. Darin liegen eine tiefe Verheißung und eine große Aufgabe, denn damit ist ja gesagt, liebes Brautpaar, daß Ihr mit Eurer Ehe einen Abglanz, ein Abbild der innigen Verbundenheit Christi mit seiner Gemeinde sein sollt. Ihr könnt nicht nach Gutdünken leben und handeln, als sei alles nur eine Frage Eurer eigenen, persönlichen Wünsche und Entschlüsse. Nein. Ihr tragt die Verantwortung einer christlichen Ehe. Seid ein Vorbild! An christlicher Lebensführung zeigt sich gleichnishaft die Liebe Christi zur Gemeinde. Das heißt aber auch: Wenn Ihr nicht so lebt, wie es dem Gebot Christi entspricht, gebt Ihr Anlaß zu Verwirrung und Zweifel an der christlichen Botschaft. »An ihren Früchten werdet ihr sie erkennen!«
Seit Jahrhunderten hat sich die christliche Ehe bewährt. Schon Luther und sein Weib Katharina – welch schöne Parallele zu Deinem Namen, holde Braut! –, sind ein leuchtendes Vorbild des Ehestandes. Ihm nachzueifern möchte ich Euch ermuntern. Wie hätte der Reformator sein großes Werk vollenden können ohne die tätige Hilfe seiner Frau? Sie wollte nicht mitreden, hineindisputieren, wie heute manche Frau meint tun zu müssen. Nein. Sie sah ihre vornehmste Aufgabe darin, ihrem Mann den Hausstand zu führen, für sein leibliches Wohl zu sorgen und die kleinen Unbilden des Alltags von ihm fernzuhalten. Durch ihr bescheidenes Zurücktreten, ihr umsichtiges Schalten und Walten in Haus und Garten konnte er sich mit all seiner Kraft dem großen Werk zuwenden, für das er ausersehen war. In seiner Katharina fand er alle weibliche Tugend vereinigt, von der schon in den Sprüchen Salomonis zu lesen ist:
»Wem ein tugendsam Weib beschert ist, die ist viel edler denn die köstlichsten Perlen. Ihres Mannes Herz darf sich auf sie verlassen, und Nahrung wird ihm nicht mangeln. Sie tut ihm Liebes und kein Leides ihr Leben lang. Sie ist wie ein Kaufmannsschiff, das seine Nahrung von ferne bringt. Sie gürtet ihre Lenden mit Kraft und stärkt ihre Arme.«
Wie nun die Frau als Herrin des Hausstandes ihre Aufgabe erfüllt, so muß der Mann draußen in der Welt und für die Welt seine Verantwortung tragen. Der Mann ist das Haupt des Weibes, sagt der Apostel Paulus. Was hier beim ersten Hinhören so hart klingt, ist ja

doch, genau besehen, so schön, so ganz der weiblichen Natur entsprechend, daß Du, Kathrina, es nur freudig bejahen kannst. Es gibt für die Frau, die von Natur aus weich und schutzbedürftig ist, nichts Schöneres, als sich voller Vertrauen dem Schutz des Mannes zu überlassen. Auf den Mann aber fällt die Hauptlast der Verantwortung. Klug, vorausschauend, sorgend muß er an das Wohl der Familie denken. Frau und Kinder, ja auch die Dienstboten, sind ihm anvertraut. Er muß für sie sorgen. »Ihr Männer, liebet Eure Weiber«, sagt Paulus, »gleichwie Christus auch geliebt hat die Gemeinde.« Wie den eigenen Leib, den ja niemand hassen kann, soll der Mann sein Weib lieben. Alles, was er ihr Gutes zukommen läßt, gibt sie ihm vielfältig zurück. Um es einmal in der Sprache des Kaufmanns zu sagen: Seine Liebe trägt vielfältige Zinsen. So ist der Rat des Paulus von der Verheißung getragen, daß die Ehe den Segen Gottes auf sich ziehen wird.

»Ein jeglicher habe lieb sein Weib als sich selbst; das Weib aber fürchte den Mann.« Soweit Paulus. Unser großer Dichter Paul Gerhardt hat es in einem Hochzeitslied einmal so ausgedrückt:

Wenn Mann und Weib sich wohl verstehn
Und Hand in Hand durchs Leben gehn
Im Bunde reiner Treue:
Da blüht das Glück von Jahr zu Jahr,
Da merkt man, wie der Engel Schar
Im Himmel selbst sich freue.
Kein Sturm, kein Wurm
kann zerschlagen, kann zernagen
Was Gott giebet
Dem Paar, das in ihm sich liebet.

Der Mann ist einem Baume gleich,
An Ästen schön, an Zweigen reich;
Das Weib gleicht einem Reben,
Der seine Träublein trägt und nährt
Und sich je mehr und mehr vermehrt
Mit Früchten, die da leben.
Wohl dir, o Zier,

Mannes Sonne, Hauses Wonne,
Ehrenkrone!
Gott denkt dein bei seinem Throne.
*(Paul Gerhardt)*

▲▼▲

Ich fand ein Photo. Es zeigte das Brautpaar am Hochzeitstag und war offensichtlich in einem Atelier aufgenommen worden. Den Hintergrund bildete ein gemalter Garten mit blühenden und früchteschweren Bäumen, Springbrunnen und efeuumrankten Marmorsäulen. Neben der Braut raffte eine troddelgeschmückte Kordel eine schwere Samtportiere. Vor dieser Kulisse hatte der Photograph das Paar in klassischer Pose arrangiert. Sie saß auf einem jener typischen Stühle der Gründerzeit, die sich durch ein Konglomerat verschiedenster Stile auszeichnen. Er stand halb verdeckt dahinter. Wo bleibt der Theaterdonner, der den papiernen Paradiesgarten erschüttert und belebt, die Samtportiere in Wallungen versetzt, Brünnlein plätschern und Vögel zwitschern läßt? Nichts. Schade! Kulisse, Statisten und Accessoires verharren reglos, zu ewiger Starrheit verdammt.
Und du, Anna-Kathrina Petersen, verehelichte Clausen, hast die Hände im Schoß und knetest sie. Du fühlst dich wie verkleidet, stimmt's? Ich seh es dir an. Das fraulich geschnittene Kleid, die steife Seide, das paßt nicht zu deinem pausbackigen Gesicht. Aber der Spitzenschleier schmeichelt dir, läßt dich zarter und lieblicher erscheinen, als es deine Natur ist. Wie fühlst du dich? Bist du stolz? Du hast das Ziel erreicht. Du bist verheiratet. Aber, das war's auch schon. Weißt du das? Sag doch, wie ist dir? Du siehst nicht so strahlend aus wie auf dem Photo mit deinem ersten Ballkleid. Ich glaube, du hast Angst. Sitzt da wie betäubt, verpackt in Spitze und Seide, eingedeckt mit vielen frommen und auch unfrommen Wünschen, wie benebelt. Hochzeit feiern ist ein Rausch, muß ein Rausch für dich sein, damit du gar nicht erst ans Nachdenken kommst.
Das Bild übte eine sonderbare Anziehungskraft auf mich aus. Hier stimmte etwas nicht. Ich fühlte es, konnte aber nicht sagen, was es war. Der Bräutigam, Jan, stand groß und hager hinter seiner Frau. Der Photograph hatte wohl durch den aufgestützten Arm eine beschirmende Geste andeuten wollen. Aber sie wirkte nicht glaubhaft.

Wie ein Fremdkörper, der zufällig an Jans Schulter mündete, stand dieser Arm als schräger, schwarzer Balken in der Luft. Warum wirkte alles so unglaubhaft? Wo lag der Fehler? Braut und Bräutigam, vom Photographen malerisch arrangiert, schienen in keinerlei Beziehung zueinander zu stehen. Aber woran lag das? – Die Blicke. Es waren die Blicke, die hier nicht stimmten. Sie trafen sich nicht, richteten sich auch nicht auf ein gemeinsames Ziel. Sie kreuzten sich, aber auf verschiedenen Ebenen. Die Braut hatte im Augenblick der Aufnahme höchstwahrscheinlich auf die rechte Schulter des Photographen gesehen, so brav und konzentriert, daß ihr das Lächeln erstorben war. Der Bräutigam aber hatte den Kopf – er war im Verhältnis zum Körper auffallend klein – in den Nacken geworfen und schickte seinen Blick in die andere Richtung, als suche er in der Ferne Wichtiges zu erspähen, das mit den Dingen seiner unmittelbaren Umgebung in keinerlei Zusammenhang stand.

▲ ▼ ▲

Die Schrift war tränenverschmiert, kaum leserlich:
Auf meinem Bett ist ein Fleck, ein übelriechender Schleim. Der Schlußpunkt meiner Mädchenjahre.
Ist das die Liebe zwischen Mann und Frau?
Bleibt es so, bis der Tod uns scheidet?
Gott im Himmel! Ich will nicht.
Warum sind es immer die Frauen, die bluten müssen?

*Venedig, 25. Mai 1893*

Ich bin so ratlos und durcheinander, weiß überhaupt nicht mehr, wie ich mich verhalten soll. Warum hat mir Mama nie gesagt, was es heißt, verheiratet zu sein?
Diese weite Reise. Wie ein Hündchen laufe ich hinter Jan her und frage, was ich tun, womit ich mich beschäftigen soll. Ich habe doch keine Ahnung, wieviel Trinkgelder ich wem geben muß. Die Kellner und Dienstboten, die hier alles so gut können und wissen, sie schüchtern mich ein. Und Jan? Der wird böse und ungeduldig, wenn ich immer an seinen Rockschößen hänge. Aber was soll ich machen? Ich habe Angst, ohne ihn auszugehen, weil ich kein Italienisch kann und

mich hier nie und nimmer zurechtfinde. Warum um alles in der Welt mußten wir nach Venedig? Hätten wir nicht genausogut in Hamburg bleiben können, bei Mama, bei Papa und all den anderen? Hier ist nur Jan. Aber er hat nicht immer Lust, mit mir zu reden. Er will immer nur das Eine.
Mit der Dämmerung schleicht die Angst auf mich zu. Ich führe ein Doppelleben. Und diese beiden Leben liegen nebeneinander wie Wasser und Öl. Tagsüber bin ich Dame, nachts bin ich Dirne. Wen will Jan denn nun wirklich haben? Eines schließt das andere doch aus. Ich verstehe ihn nicht, erschrecke immer wieder neu vor seinen Begierden. Was treibt ihn nur? Ist das ein und derselbe Jan, der, der mir hilfreich den Arm bietet, die Hand küßt und der, der nachts von mir verlangt, daß ich meine gesamte Erziehung, mein Schamgefühl vergesse? Alles geschieht, ohne daß wir darüber ein Wort verlieren, als ob dadurch Verbotenes ungeschehen bliebe. Denn es ist etwas Unanständiges, Anstößiges, sonst würden sich nicht alle soviel Mühe geben, es zu verbergen und zu verschweigen. Auch Mama hat mich auf diese Dinge nicht vorbereitet. Nicht einmal angedeutet hat sie es.
Warum kann er, mein Mann, dem ich nun angetraut bin, mit ausgebreiteten Armen und Beinen in völliger Schamlosigkeit nackt auf dem Bett liegen und schnarchen? Weiß er nicht, was mir geschehen ist? Hat er nicht wahrgenommen, erfühlt, wie ich starr wurde unter seinen Händen, zusammenzuckte beim Kreischen der Seide? Alles, was mich schützte, wärmte, schmückte, Spitzen, Rüschen, Trägerchen, Schnürchen, Häkchen, Schleifchen, Knöpfchen, alles war seinen Händen nur Hindernis. Näher und näher kam er meinem Leib, konnte es nicht erwarten, mich ganz zu sehen, und merkte nicht, daß ich mich einzog, in einem Winkel hinter meinem Herzen versteckte und mit staunender Verachtung, mit Angst und Ekel seinen Händen zusah.
Nichts blieb heil. Mein Leib lag ausgebreitet, ausgeliefert den Händen und dem Mund eines Wüstlings, eines Rohlings, der überfallen, nehmen, herrschen wollte. Ich war vergessen. Kein Wort, keine Erklärung, kein Augen-Blick. Nur Schweigen, schnaufendes Schweigen. Ich – ein Gegenstand, nicht der Rede wert.
Unterliegen. Jetzt weiß ich, was das heißt: festgepreßt sein durch die

Übermacht des Mächtigeren, die rohe Wucht seines Fleisches tragen, die vulkanischen Ausbrüche seiner Gier dulden, ersticken, wenn er befriedigt fällt.

▲ ▼ ▲

Klaus und ich hatten Mutsch eine Karte geschrieben und ihr unseren Besuch angekündigt. Als wir jetzt das Gelände des Landeskrankenhauses betraten, suchte mein Blick sie auf den roten Sandwegen. Wahrscheinlich wartete sie schon ungeduldig auf uns, war schon zur Pforte gegangen, um uns abzuholen, um möglichst schnell und möglichst lange mit uns zusammenzusein. Aber sie war nicht zu sehen. Klaus trug die Tasche mit Kleidern und Büchern, ich den Blumenstrauß, den ich aus unserem Garten mitgebracht hatte. Wir sahen die Backsteinhäuser der Anstalt, dunkelrote Klinkerwände, vierstöckig, teilweise mit Efeu überwachsen. Es begegneten uns Männer und Frauen, bei deren Anblick ich mich unwillkürlich fragte, ob sie zu den Insassen oder zum Personal gehörten. Das war nicht zweifelsfrei zu erkennen. Eine Frau im großgeblümten Synthetikkleid blieb stehen, als wir an ihr vorbeigingen, sah uns mit einem Blick an, als wolle sie uns aufspießen, sagte aber nichts. Ihr Gesicht war verzogen, der linke Arm schien verdreht. Klaus stupste mich vorwärts.
Wie würden wir Mutsch antreffen? War sie durch den Alkoholentzug verändert? War sie wieder so, wie ich sie in ihren besten, den einigermaßen nüchternen Jahren gekannt hatte? Und wenn nicht? Wenn sie auf uns vielleicht auch so einen Blick warf wie die Frau am Weg. Worüber konnten wir mit ihr sprechen? Durften wir Papa erwähnen, oder war das zu gefährlich? Sollte ich ihr einen Kuß zur Begrüßung geben? Wie geht man als Tochter mit einer Mutter um, die nicht mehr ins Mutterbild paßt? Läge sie im Krankenhaus mit einer Blinddarmoperation, mit Gelbsucht, kein Problem. Da kannte ich mich aus. Aber so?
Das Zimmer war klein, rechts und links je ein Bett, hoch wie Krankenhausbetten, daneben stelzbeinige Nachtschränkchen, zwei Spinde hinter der Tür, Waschbecken, am Fenster ein quadratischer Tisch und zwei weiße Stühle. Auf einem der weißen Stühle saß Mutsch. Sie stand nicht auf, kam uns nicht entgegen. Sie drehte nur den Kopf zu uns hin: »Da seid ihr ja endlich.« Wir gaben ihr die

Hand, hauchten einen Kuß seitlich an ihrer Wange vorbei und verfielen in ratlose Geschäftigkeit. Klaus stellte die Tasche auf Mutschs Bett und packte aus, ich suchte nach einer Vase für die Blumen. Aber Mutsch wies auf das Waschbecken und meinte, ich solle sie vorerst dorthin legen.

Unsere Möglichkeiten, im Zimmer umherzugehen, zu räumen, zu kramen, waren begrenzt, und so saßen wir bald, ich auf dem zweiten Stuhl, Klaus auf Mutschs Bettkante, und versuchten, der Situation so viel Normalität wie möglich abzugewinnen. Mutsch fragte nach Zigaretten, riß mit fahrigen Fingern das Päckchen auf und steckte sich eine Zigarette an. Sie sog lange daran, stieß dann den Rauch durch die Nasenlöcher aus und sah uns an, als wisse sie nicht, warum wir da saßen. Klaus spielte mit den Wagenschlüsseln und sah sich den Kunstdruck an, der über Mutschs Bett hing, die Sixtinische Madonna im billigen, hellen Holzrahmen. Er machte keinen Versuch, mit Mutsch ins Gespräch zu kommen. Ich fühlte mich im Stich gelassen. Worüber sollte ich mit ihr sprechen? Auch sie half mir nicht. Ob sie noch etwas brauche, Wäsche vielleicht oder Seife, fragte ich. Mutsch verneinte. Sie rauchte, sah mich an, sah Klaus an, fragte nichts, fragte nicht nach Papas Beerdigung, nach seinem Grab, nach den Kosten. Wovon Klaus und ich lebten, wie wir allein zurechtkämen, interessierte sie nicht. Sie saß auf dem weißen Anstaltsstuhl, wie sie zu Hause auf dem grünen Sofa gesessen hatte, und ließ nicht erkennen, was sie dachte und fühlte, ob ihr die Situation peinlich war, ob sie erleichtert war, endlich behandelt zu werden. Mir fehlte der Mut, sie danach zu fragen.

Wir hatten Kuchen mitgebracht, aber sie wollte nichts. So aßen Klaus und ich Kirschstreusel von Papptellerchen, leckten uns die klebrigen Finger ab und fragten, ob das Essen gut sei. Unser Gespräch läpperte dahin wie ein tropfender Wasserhahn. Sie zeigte mir ein kleines Körbchen aus Peddigrohr, das sie geflochten hatte. Stolz schien sie nicht darauf zu sein. Keine Begeisterung hellte ihre Züge auf. Sie lächelte nur ironisch, und ironisch klang es auch, als sie das Wort ›Beschäftigungstherapie‹ aussprach. Ich wagte nicht, sie nach den Ärzten, nach der Behandlung zu fragen oder nach dem Zeitpunkt ihrer Entlassung. Statt dessen versuchte ich, ihr Mut zu machen, Möglichkeiten zu zeigen, wie sie, wieder zu Hause, zurechtkommen könne. Sie durfte dann nicht belastet werden, mußte ein geregeltes Leben führen, beschäftigt sein, nicht allein sein. All das hatte mir Viethen, ihr Vormund, erklärt. Ich erzählte von zu Hause, von den Sauerkirschen, die ich eingemacht hatte, von der blühenden Hortensie im Vorgarten und davon, wie Klaus und ich uns bemühten, alles in Ordnung zu halten. Sie sah mich aus grünen Augen an und sagte: »Ein richtiges Hausmütterchen bist du. Fegst du auch immer samstags die Rinne und hängst die Wäsche schön sortiert auf die Leine, Taschentücher zu Taschentüchern, die Unterhemden zu den Unterhemden, die Schlüpfer zu den Schlüpfern und das Ganze auch noch nach Größe geordnet?«

»Ich hab auch alle Gardinen gewaschen, Mutsch, und die Teppiche mit Reinigungsschaum ausgebürstet. Es riecht jetzt ganz frisch und sauber im Haus. Lina kommt auch ab und zu und sieht nach dem Rechten, obwohl wir sie ja nicht mehr bezahlen können. Mein Studium hab ich verschoben. Ich fange erst im nächsten Sommersemester an, dafür kann ich mich zu Hause um alles kümmern, und Klaus kann in Ruhe sein Abi machen. Wenn du kommst, brauchst du nicht viel zu tun, Mutsch. Du mußt dich ausruhen und dir mal was gönnen. Vielleicht kannst du dann ja auch deinen Frauenroman schreiben, den du immer schon schreiben wolltest.«

Während ich ihr diese Zukunft ausmalte, sah sie aus dem Fenster und rauchte. Ich fühlte, daß ich an ihr vorbeiredete, daß sich meine Zukunftsvisionen im Dämmer der Parkbäume draußen verzogen, aber ich erlaubte mir nicht, dieses Gefühl anzuerkennen. Je stärker es wurde, desto eifriger plante ich und redete und redete, aus Angst, in eine Atempause hinein könne sie sagen: Laß mich in Ruhe mit deinen Plänen, sie gehen mich nichts an. Du gehst mich auch nichts an. Was willst du hier? Mach, daß du wegkommst, verschwinde zu deinen Putzeimern und deinen spießig kleinbürgerlichen Wunschträumen. Mutsch war nicht bei mir und bei Klaus, obwohl sie neben mir auf dem Stuhl saß. Ich konnte sie anfassen, sie schütteln, wenn ich wollte, aber ich hätte sie nicht berührt. Auch zu Hause hatte sie so gesessen. Wann war sie von uns weggegangen? Wie viele Jahre war das schon her? War es ein bewußter Entschluß gewesen, uns zu verlassen, auszuwandern aus unserer Familie? Gab es nichts, was sie zurückgehalten hatte? Sie war doch unsere Mutsch. Wo waren die

Muttergefühle, die sie, wie jede Mutter, haben mußte? Eine Mutter ohne Mutterliebe, ohne Verantwortungsgefühl, ohne Entschlossenheit, bis zum letzten Luftholen für ihre Kinder dazusein, das konnte es doch nicht geben, das konnte doch nur eine Verirrung der Natur, eine Monstrosität sein.

Wir fuhren früher ab als geplant. Es gab nichts mehr zu besprechen. Mutsch hatte sich auf ein Gespräch mit uns nicht eingelassen. Wir fuhren schweigend nach Hause. Ich hatte immer noch den stechenden Geruch der Desinfektionsmittel in der Nase. Er war mir in meine Kleider und in die Haare gekrochen. So ein kahles Zimmer hatte Mutsch jetzt, glatt und kalt, leicht zu reinigen, nicht leicht zu bewohnen. Und so ruhig hatte sie dagesessen, so unbeteiligt. Hätte sie doch geschimpft, gemeutert, geweint! Dann hätte ich sie beruhigen oder trösten können. Aber ihre Teilnahmslosigkeit machte mich ratlos. Nein, es war gar keine Teilnahmslosigkeit, Abweisen war es, kaltes, fast brutales Abweisen. Da waren Klaus und ich hingefahren, Klaus hatte seinen Führerschein noch gar nicht lange, war ungeübt im Stadtverkehr, aber wir waren selbstverständlich hingefahren. Sie freute sich aber nicht. Was konnten wir tun? Was erwartete sie denn von uns? Wir durften wohl gar nichts mehr erwarten. Viethen hatte mir sehr eindringlich dargelegt, wie wichtig es sei, Mutsch eine positive Perspektive zu bieten. Sie durfte nicht vor neuen, unlösbaren Problemen stehen bei der Entlassung. Damit wäre der ohnehin unsichere Erfolg ihrer Entziehungskur mit Sicherheit vertan. Was also? Ich würde weiterhin versuchen, zu Hause alles in Ordnung zu halten, mir überlegen, was Klaus und ich mit Mutsch unternehmen könnten, wie wir ihr helfen könnten, die Abende zu gestalten, statt sie trinkend vor dem Fernsehapparat zu verdämmern.

Eine Woche nach unserem Besuch bei Mutsch kam Viethen zu uns nach Hause, setzte sich aufs Sofa und teilte uns mit, das Haus müsse verkauft werden. Nach Einsicht in die finanziellen Verhältnisse, nach einer groben Überschlagsrechnung sei klar, daß das Haus nicht zu halten sei. »Und wo sollen wir hin?« fragte Klaus. Viethen zuckte die Achseln. »Noch ist ja kein Käufer gefunden. Wollten Sie beide nicht sowieso studieren? Na, sehen Sie. Dann sind Sie doch nicht mehr hier. Oedekoven hat ja keine Universität.« Er lachte und hielt sich dabei die flachen Hände auf seinen vibrierenden Altmännerbauch. »Also, suchen Sie sich eine Bude am Studienort und, wenn ich noch einen Rat geben darf, beantragen Sie rechtzeitig Honnefer Modell. Ohne Stipendium geht nichts. Hier können Sie kein Geld mehr erwarten.«

»Und Mutsch? Was wird aus unserer Mutter?«

»Ja, ja. Das ist auch noch ein Problem. Ich werde in den nächsten Tagen hinfahren und mit ihr sprechen. Sie wird sich auch bescheiden müssen in den nächsten Jahren. Wenn Sie beide Ihr Studium beendet haben und Geld verdienen, dann ist das Schlimmste überstanden, dann geht alles. Dann kommen Sie ja für sie auf.«

»Wieso?«

»Familiäre Sorgepflicht. Kinder müssen für ihre Eltern aufkommen, so wie Eltern für ihre Kinder aufkommen.«

»Auch für Schulden, Krankenhauskosten, Arztrechnungen?«

Ich starrte Viethen wütend an, als ob er für diese Regelung verantwortlich sei, als ob er sie sich ausgedacht hätte, um auf unser Unglück noch eins draufzusetzen. Wenn Klaus und ich es schafften, ein Studium abzuschließen, wenn wir endlich Geld verdienten, endlich ein weniger sorgenvolles Leben in Aussicht hätten, dann kam ein Schuldenberg auf uns zu, dessen Höhe in den kommenden Jahren, während wir uns abstrampelten, beträchtlich zunehmen konnte. Denn ob die Entziehungskur half, war ja sehr zweifelhaft. Fünf Prozent der Patienten blieben nach der Behandlung trocken. Sie waren nicht geheilt. Alkoholismus ließ sich nicht heilen. Jede Weinbrandbohne, jedes gedankenlos angebotene Glas Wein oder Bier konnte alles wieder von vorne beginnen lassen.

»Das ist ja eine unfaßbare Ungerechtigkeit«, schimpfte Klaus.

Viethen nahm seine Brille ab, hauchte auf die Gläser und putzte sie mit einem Zipfel seines Taschentuches. »Es gilt das Prinzip der Fürsorgepflicht innerhalb der Familie«, sagte er. »So wie Ihre Eltern für Sie sorgen, so müssen Sie umgekehrt für Ihre Mutter geradestehen.«

»Für uns sorgen? Die haben doch schon seit Jahren nicht mehr für uns gesorgt. Und um unsere Ausbildung kümmern sie sich auch nicht. Das Studium bezahlen sie nicht. Meine Schwester und ich, wir müssen das doch auch später zurückbezahlen, das sind doch Kredite, teilweise jedenfalls. Wann haben wir denn Aussicht auf ein

Leben ohne finanzielle Sorgen, von den anderen Sorgen will ich schon gar nichts mehr sagen, Herr Viethen.«
»Ich weiß das nicht. Sie sind tatsächlich in einer äußerst unerquicklichen Lage. Aber«, er schlug sich auf die Schenkel, »Sie sollten sich darüber im Augenblick noch nicht allzuviel Sorgen machen. Denken Sie an das Nächstliegende. Sehen Sie zu, daß Sie Möglichkeiten finden, die Möbel unterzustellen. Die wenigstens bleiben Ihnen. Ich werde am kommenden Wochenende die ersten Kaufinteressenten herbringen. Wenn Sie bitte darauf achten, daß alles ordentlich ist. Schließlich muß es auch in Ihrem Sinne sein, wenn wir möglichst viel herausholen beim Verkauf.«
Zwei Monate lang führte Viethen fremde Leute durch unser Zuhause. Sie traten ungeniert in alle Zimmer, sahen hinter die Türen, prüften die Qualität der Fensterrahmen und erkundigten sich nach der Heizungsanlage. Er war geschickt, lobte die Raumaufteilung, »das hat Weite, Stil«, und versicherte, alles sei sehr solide. »Der verstorbene Hausbesitzer war ein angesehener Architekt, er sah den Handwerkern sehr genau auf die Finger.« Ich ertrug diese Besichtigungen nicht und floh in den Garten, was meiner Traurigkeit aber nicht aufhalf, sondern sie noch verstärkte. Es gab ja in diesem Garten keine Blume, keinen Strauch, keinen Baum, den wir nicht gepflanzt , dessen Standort wir nicht sorgfältig geplant hatten, immer berücksichtigend, wie groß die Krone im Laufe der Jahre werden würde, wo der Schatten hinfallen werde. »Ein Mann muß in seinem Leben drei Dinge tun«, hatte Papa gesagt. »Er muß einen Sohn zeugen, ein Haus bauen und einen Baum pflanzen.« Noch vor dem Richtfest hatte er die Kastanie gepflanzt. »Wir alle werden eines Tages unter diesem Baum sitzen, uns erzählen, wie er gepflanzt wurde und wie das Haus gebaut wurde«, schwärmte er. »Dies ist euer Zuhause und bleibt euer Zuhause, auch wenn ihr längst verheiratet seid. Hier gehört ihr immer hin.« Die Kastanie war noch zu klein, um einen brauchbaren Schatten werfen zu köннnen. Sie war ein hübsches Bäumchen mit gerade gewachsenem Stamm und gleichmäßiger Krone. Warum war sie so regelmäßig? Mußte der Sturm ihr nicht die Krone ausbrechen, ein Tier die Wurzeln abfressen? Bei all unserem Unglück konnte der Baum doch nicht weiterwachsen, als sei nichts geschehen. Er konnte doch keine Krone ent-

wickeln, in deren Schatten fremde Menschen sitzen durften, Menschen, die ihn nicht gepflanzt, gepäppelt, mit Familiengeschichte behängt hatten.
Das Haus wurde schließlich an einen Metzgermeister aus Lindenbach verkauft. Klaus und ich stellten die Möbel bei Oma Ritzenhöfer unter und bezogen Studentenbuden. Für Mutsch besorgte Viethen in Köln ein möbliertes Zimmer. Ein knappes Jahr später fand man sie dort tot auf. Sie wäre im gleichen Jahr fünfzig geworden.

▲ ▼ ▲

*Ostwyk, 21. Oktober 1939*

*Liebe Grit!*

Welche Freude ist es doch, in den heiligen Stand der Ehe zu treten! Nur, daß ich mein Eheleben so ganz ohne männliche Unterstützung und Unterhaltung gestalten muß, das hatte ich mir anders erträumt. Aber – wie das Leben so spielt!
Möchtest Du wissen, wie der Ort aussieht, an dem ich sehnsuchtsvoll ausharre und auf mein Ehegespons warte, wie weiland Thusnelda auf ihren Hermann? (Keine Verwechslung bitte!) Ja? Nun, dann folge mir und meinen geistreichen Erläuterungen. Ich bin eine ausgezeichnete Fremdenführerin.
Ostwyk ist, das wenigstens wirst Du ja wohl wissen, eine kleine Küstenstadt im meerumschlungenen Schleswig-Holstein. Der Kundige lauscht dem Namen ab, daß es an der Ostsee liegt, nicht weit von Kiel. Letzteres ist dem Namen nicht unbedingt abzulauschen, wie ich zugeben muß. Die Stadt ist berühmt wegen ihres rechteckigen Marktplatzes, der im Westen durch die spätgotische Backsteinkirche abgeschlossen wird. Die Mosaiken in der Apsis, ein Geschenk Wilhelms II. an die Stadt, zeigen, recht bunt und anschaulich, Christus den Weltenrichter, wie er auf einem Regenbogen daherreitet. Unmittelbar neben der Kirche liegt STÖRTEBEKERS HAFEN, eine Kneipe, Treffpunkt von Piraten, Gaunern, Huren und anderem Gelichter, die es aber inzwischen in unserem Reich nicht mehr gibt. Erwähnenswert ist noch der kleine Fischereihafen. Wie anderswo auch üblich, fischen die Fischer hier frische Fische. Geräucherter Aal und Makrelen – ein Genuß!

Folge mir nun bitte diese Straße entlang. Ja, es geht bergauf. Keine Sorge! Viel ist es nicht. Der Hexenberg verdient seinen Namen kaum, wenigstens was die zweite Namenshälfte betrifft. Wie das mit den Hexen ist, davon später. Siehst du, wir sind schon da. In diesen schmucken Wohnblocks, mit den anmutigen Betontreppen vor den Haustüren, wohnen die Frauen unserer tapferen Kapitänleutnants. In dies hier, Nr. 7, wollen wir eintreten. Pst! Nicht so laut! Hier wohnen noch andere Rumpffamilien. Unten links Frau Miesbach, nomen est omen, daneben Frau von Bredelow mit ihren drei springlebendigen Kindern Gerhild, Gernot und Gertrud. Oben links Bärbel Fröhlich, die gar nicht fröhlich ist, sondern Heimweh hat nach Flädlesuppe, sauren Kutteln und ihrer weitläufigen schwäbischen Verwandtschaft. Die Männer? Du fragst nach den Männern? Das hier sind keine richtigen deutschen Familien, meinst Du? Da kann ich Dich beruhigen. Natürlich gibt's die Männer. Wo denkst Du hin? Aber sie kämpfen für Großdeutschland. Und die Frauen sitzen zu Hause vor den Volksempfängern, lauschen dem Wehrmachtsbericht und warten darauf, daß ihre Ehemänner das Heldenspielen unterbrechen, um mal zu Hause nach dem Rechten zu sehen.
Hier oben links wohne ich, sitze glückstrahlend in meiner schönen, neuen Wohnung mit meinen schönen, neuen Möbeln, den neuen Gardinen und Teppichen, dem neuen Geschirr und den spiegelblanken Kochtöpfen und rechne mir aus, daß ich nur alle drei Wochen abwaschen muß. So weit reicht mein Geschirr. Ist das nicht herrlich? Da Alex schon nach drei Flittertagen wieder wegmußte, habe ich Ruhe und Zeit, alles auszupacken und ein gemütliches Heim zu schaffen. Zuerst hängte ich ein Bild über unser Doppelbett. Nicht, was Du jetzt denkst, kein Hirte im Abendrot, kein Elfenreigen, nein, nein. Das Bild heißt die Welle und ist ein Hochzeitsgeschenk der Marine. Wenn ich jetzt einsam und verlassen in unserem riesigen Bett liege und nach oben sehe, schwappt grünkaltes Wasser über mich. Was Alex wohl fühlt, wenn er mit seinem Boot untertaucht?
Gestern hatte ich schon Besuch. Ich balancierte gerade auf der Fensterbank, um die Schleuderstangen an die Garninen zu hängen (»Schleuderstangen sind ein Muß in einem gepflegten Haushalt!« Weißt Du noch?), da klingelte es. Bevor ich runtergeklettert war, die Schürze abgebunden und die Schuhe übergestreift hatte, klingelte es

schon wieder. Ich öffne. In der Tür steht eine Frau, etwa vierzig Jahre alt, straff zum Knoten gekämmtes Haar, klassisches Schneiderkostüm, blanke schwarze Schuhe. »Heil Hitler! Ich bin Frau Mattussek, sozusagen die Seele der Siedlung.« Ohne meine Aufforderung abzuwarten, stapft sie ins Wohnzimmer, taxiert mit geübtem Blick die Einrichtung und meint dann: »Ich fühle mich sozusagen als Mutter der jungen Frauen hier. Man muß sich ja kümmern, gerade um Sie, wo Sie so ganz jung und unerfahren sind. Solange Ihr Mann auf Urlaub war, wollte ich natürlich nicht stören« – ein scharfer Blick auf die Schlafzimmertür –, »aber jetzt fühle ich mich doch verpflichtet, Sie unter meine Fittiche zu nehmen.«

Du kannst Dir vorstellen, wie begeistert ich von dieser blitzblanken Marinemutter war. Ich stand noch immer an der Tür, hatte zugesehen, wie sie im Zimmer umherging, einen Blick aus dem Fenster und auf meine Gardinen warf, ihre Hand über die Sessellehnen gleiten ließ und pausenlos weiterredete. »Wir Frauen hier auf dem Berg müssen zusammenhalten und uns gegenseitig stützen. Der Dienstgrad der Männer tut da nichts zur Sache. Mein Mann ist Fregattenkapitän. Ihrer ist wohl erst Kaptänleutnant? Aber das wird noch werden. Der Krieg gibt ja jedem Gelegenheit, sich zu bewähren und weiterzukommen. Durch unser treues Zusammenstehen und unsere bedingungslose Hingabe können wir Frauen auch unseren Teil zum Sieg beitragen. Das sagt der Führer auch.« Suchend sah sie sich um. »Wo ist sein Bild?« Ich lächle sehr süß und sage, wobei ich mich so unbedarft wie möglich stelle: »Ich bin noch nicht soweit, und gerade bei dem Bild will ich mir Zeit lassen, das muß gründlich überlegt werden.« – »Ja natürlich, Frau Kruse.« (Tätscheln meines Armes.) »Ich will Sie nicht von der Arbeit abhalten. Donnerstags gebe ich meinen Tee, Haus Nr. 10, ab drei Uhr. Kommen Sie, das tut Ihnen gut, ein bißchen Abwechslung und der Umgang mit den anderen Frauen. Wir sitzen ja alle in einem Boot. Ein schönes Bild, finden sie nicht?«

Das Führerbild hängt. Zwischen Flurgarderobe und Küchentür war noch ein lauschiges Plätzchen frei. Wenn allerdings Mäntel hängen, sieht man nicht viel davon.

So, nun weißt Du alles. Was macht der Luisenhof? Steht er noch, obwohl Du jetzt das Zepter schwingst? Ich hoffe es. Jetzt bring ich den Brief zum Postkasten und warte in meinem gepflegten Heim mit seinen gepflegten Schleuderstangen auf meine bessere Hälfte oder auf einen Brief von Dir.

▲▼▲

*16. Juni 1893*

Endlich sind wir wieder in Hamburg. Ich bin so froh! Seit einigen Tagen führen wir nun eine »normale Ehe«: Jan geht morgens aus dem Haus und kommt am späten Nachmittag wieder. Dann sitzen wir vor dem Essen eine halbe Stunde zusammen, trinken Sherry und erzählen uns, was wir tagsüber erlebt haben. Jan ist wie ausgewechselt, seit er seine Arbeit wieder hat. Die lange Reise war für ihn wohl auch nichts. Wenn wir zu Bett gehen, ist er oft sehr müde und läßt mich in Frieden. Ein Glück!

Ich bin ganz glücklich, fühle mich wie eine Königin, wenn ich Else die Tischwäsche herausgebe oder mit Anna den Speisezettel bespreche. Gleich am ersten Tag habe ich ihr gesagt, daß wir niemals Schweinefleisch essen werden, weil Jan es nicht verträgt. Sie wird sich danach richten. Ich bin sehr froh, daß Mama mir bei der Auswahl der Dienstboten geholfen hat. Sie ist da so erfahren.

*22. Juni 1893*

Nun habe ich meine erste Einladung mit Bravour überstanden.

Mutter Clausen war von der Ochsenschwanzsuppe mit Sahnehaube ganz begeistert. Nachdem sie erfragt hatte, daß die Rezepte von mir stammten, sagte sie:

»Ich dachte gar nicht, daß du so bewandert bist in diesen Dingen, Kathrin.« Mamas Augenbraue hob sich ein bißchen, sie schwieg aber. Als Mutter Clausen dann die Forelle, den Kalbsnierenbraten und das Mousse au chocolat versucht hatte, fragte sie, ob ich das Menü allein zusammengestellt hätte. Dumme Frage! Mama sagte schlicht, mehr nebenhin:

»Thrina hat nur gelernt, was die Frauen unserer Familie seit Generationen lernen.« Mutter Clausen hat die verborgene Spitze nicht bemerkt, hoffe ich. Alles lief so glatt, nichts ging schief oder mißlang. Ich fing einen Blick von Jan auf, der mir sagte, daß er stolz auf mich war.

Und dann kam der schreckliche Augenblick, als Lenchen ihre Frage stellte. Sie hatte den Teelöffel noch in der Hand, sah mich gespannt an und fragte:

»Hast du jetzt Storchenschatten unter den Augen, Thrina? Otti sagt, du mußt jetzt Storchenschatten haben, weil du eine verheiratete Frau bist.«

Alle schwiegen und starrten mich an. Jans Vater versuchte vergeblich, sein Grinsen zu verbergen. Ich schluckte. Da sagte Mama:

»Wenn es soweit ist, Magdalene, wirst du es erfahren. Im übrigen ist das absolut kein Thema.«

Gute Mama! Sie rettet immer die heikelsten Situationen. Ich klingelte nach Else, um ein weiteres Nachfragen Lenchens zu verhindern. Zufall war das nicht. Ich kenne doch Lenchen! Sie hat vermutlich mit einer Freundin eine Wette abgeschlossen und erzählt ihr morgen, wie alles abgelaufen ist. Schade, daß ich nicht im richtigen Augenblick die richtige Antwort fand.

*7. August 1893*

Ich bin in Hoffnung!

Inzwischen bin ich mir ganz sicher und hab's gestern abend auch Jan gesagt. Wir waren bei seinen Eltern. Nach dem Abendessen, als wir noch einen kleinen Spaziergang durch den Garten machten, fragte ich ihn:

»Was hältst du von John?«

Er verstand nicht, sagte, er kenne keinen John. Da stellte ich mich vor ihn hin, sah ihm in die Augen und kündigte an:

»Du wirst ihn kennenlernen.

Da wurde er ganz steif und feierlich, nahm meine Hände und drückte sie behutsam.

»Das ist schön, Anne-Kathrin, das ist eine gute Nachricht.« Er zog mich gleich ins Haus, um seinen Eltern die Neuigkeit zu verkünden. Lieber wäre ich noch ein bißchen mit ihm allein geblieben, aber die große Freude, die die Neuigkeit auslöste, machte mich auch stolz und froh. Vater Clausen ließ gleich eine Flasche Sekt heraufholen. Wir alle tranken ein Glas auf den kommenden Erdenbürger.

»Man kann den Sohn nicht früh genug an die Genüsse des Lebens gewöhnen«, meinte Vater Clausen. Danach sprach er mit Jan wieder über Geschäftliches, legte ihm nahe, sich nach einem Haus umzusehen, »jetzt, wo die Familie wächst«. Mutter deckte mich mit tausend Ratschlägen ein. »Dann mußt du das Ballkleid bei Frau Wenig abbestellen, meine Gute. Du kannst natürlich in deinem Zustand nicht mehr ausgehen.« Daran hatte ich noch gar nicht gedacht. Schade, ich hatte mich so auf den ersten Ball der Saison gefreut. Aber ich will nicht undankbar sein, schließlich ist es eine verantwortungsvolle Aufgabe für mich, ein Kind zur Welt zu bringen. Es wird das erste Enkelkind sein für Petersens und für Clausens.

*15. September 1893*

Heute fand ich Else im Schlafzimmer, vielmehr, ich sah ihren hochgestreckten Popo, auf dem die Schürzenschleife wackelte. Als ich sie anrief, rappelte sie sich mühsam hoch, wischte sich mit dem Schürzenzipfel den Schweiß von der Stirn und stand, die Hand um den Schrubberstiel geballt, wie ein Soldat in Habachtstellung. Was sie da unter dem Bett mache, wollte ich wissen.

»Tja, Frau Clausen«, sagte sie, »das is nu mal nötig, wenn eine Frau in Hoffnung ist. Meine Mutter hat mir das ausdrücklich gesagt. Man muß alles ganz gründlich nachsuchen. Da darf keine Maus irgendwo versteckt sein. Wenn die nämlich plötzlich unterm Bett rausgeschossen kommt und Sie das Biest sehen, dann kriegt das Kind ein Mal. Meine Tante Gertrud, die, die im Alten Land wohnt, die kennt eine Frau, die sich an einer Maus verguckt hat. Und als das Kind geboren war, da hatte es ein graues Mal auf der Backe, genauso groß wie die Maus. Und ich«, sie hob angriffslustig ihren Schrubber, »ich will doch nicht, daß unser Kind so ein Mal kriegt. Gott bewahre! Da such ich lieber alles ganz gründlich nach.«

Alle umsorgen mich, geben mir Ratschläge und Ermahnungen. So vieles muß ich bedenken, damit mein Kind gesund zur Welt kommt.

*1. Januar 1894*

Ich bin allein im Haus. Jan ist in die Klopstockstraße gegangen. Vor einem Jahr war ich dabei, als seine Braut. Damals war ich so aufgeregt.

Während sie dort jetzt Sekt trinken, sitze ich an meinem Sekretär, um nachzuschreiben, was mich in letzter Zeit beschäftigt hat. Das Schreiben strengt mich jetzt sehr an. Mein Bauch ist inzwischen so dick, daß ich mich kaum noch vorbeugen kann. Ich muß mich breitbeinig setzen, den Bauch dazwischenhängen. Aber wenn ich dann einige Minuten vornübergebeugt sitze, kommt das Sodbrennen. Immer Sodbrennen. Schlafen kann ich kaum noch. Das Kind strampelt in meinem Bauch, als wolle es möglichst schnell heraus. Rückenschmerzen habe ich auch immer. So liege ich nachts lange wach, fühle das Leben in mir und spreche mit meinem Kind. Ich erzähle ihm, daß sein Vater große Schiffe baut, die übers Meer fahren, nach Brasilien und USA. Ich erzähle von seinem Großonkel Christian, der einen Ebenholzelefanten mit elfenbeinernen Stoßzähnen geschickt hat – ein erstes Spielzeug. Aber auch von mir erzähle ich, daß ich oft ins Kinderzimmer gehe, mich in den Sessel beim Fenster setze und mir vorstelle, wie es sein wird, wenn das Baby in der Wiege liegen wird. Auch von den Jäckchen und Mützchen berichte ich, den Hemdchen, die nicht größer als Puppenhemdchen sind, und den vielen Dutzend Windeln, die bereitliegen. Alles ist gut vorbereitet, nichts vergessen, nichts gespart.
Seit Friedgards Brief angekommen ist, bin ich, trotz aller Zipperlein, so fröhlich und ausgeglichen, daß sogar Jan es gemerkt hat. Er weiß nicht, welche Angst mich in den vergangenen Monaten verfolgte. Ich bin so froh, daß ich den Mut fand, Friedgard zu fragen. Eine Zeit banger Unwissenheit liegt hinter mir. Zunächst, als ich wußte, daß ich ein Kind bekommen würde, war ich stolz und selig. Jan war zärtlich und fürsorglich und schonte mich sehr. Mama und Papa strahlten. Aber dann, als mein Bauch dicker und dicker wurde, da fragte ich mich immer häufiger, wo denn das Kind, das zu beängstigender Größe in mir heranwuchs, herauskommen würde. Mir hatte ja nie ein Mensch gesagt, wie eine Geburt vor sich geht. Das einzige, was ich darüber wußte, betraf ein Erlebnis, das ich als Neunjährige einmal hatte. Seltsam, wie Erlebnisse, die wir als Kinder haben, ohne sie verstehen zu können, plötzlich aus unserer Erinnerung hochtauchen und verständlich werden.
Damals nahm mich Emmi mit zum Einkaufen. Unterwegs besuchte sie noch eine Cousine, die in einem düsteren Mietshaus wohnte.

Während Emmi mit der Cousine sprach, wartete ich im Flur. Durch das Oberlicht der Haustür fiel nur wenig Licht ins Treppenhaus. Es roch nach Kohleofen und gekochten Kartoffeln. Niemand war zu sehen. Und dann kam der Schrei, schien sich aus einer Frauenbrust zu reißen, hallte wider im hohen Treppenhaus und erstarb so plötzlich, wie er aufgegellt war. Ich griff Halt suchend um mich, fühlte aber nur die glatte, kalte Ölfarbenwand hinter mir. Als alles still blieb, beruhigte ich mich wieder, beobachtete eine Spinne, die sich von der Decke herabließ. Da kam ein neuer Schrei. Ich zuckte zusammen, wollte nicht länger allein in diesem fremden, unheimlichen Treppenhaus stehen. Weitere Schreie folgten in immer kürzeren Abständen. Endlich kam Emmi, zerrte mich aus dem Haus, warf die Tür hinter uns zu und verlangsamte ihren Schritt erst, als wir schon fast zu Hause waren. Ich fragte sie damals, warum die Frau geschrien habe. Aber sie fauchte nur: »Das sind die Wehen. Das ist nichts für dich. Vergiß es!«
Niemals sprach ich über dies Erlebnis, auch nicht mit Mama. Ich wagte es nicht, fühlte, das dies kein Thema für Mama war. Aber vergessen konnte ich das nie, was ich damals im Treppenhaus gehört hatte. In den vergangenen Monaten, meinen Bauch beobachtend, fielen mir die Schreie wieder ein. Immer hatte ich sie im Ohr. Tagsüber gelang es mir, mich abzulenken, aber nachts wurden sie lauter, hallten von den Wänden des Schlafzimmers zurück und trieben mir den Schweiß auf die Haut.
Als nun Malwine vor Weihnachten bei mir war, raffte ich all meinen Mut zusammen und fragte sie, wo denn das Kind herauskommen würde. Sie lachte und sagte:
»Na da, wo es auch reingekommen ist.«
»Wo ist es denn reingekommen?« fragte ich weiter. Da wurde sie krebsrot und verstummte, und ich wagte nicht, weiterzufragen. Einige Tage später dann kam mir der rettende Einfall. Ich schrieb Friedgard. Und sie hat sich nicht hinter höflichem Gefasel versteckt, sondern mir alles ausführlich und offen erklärt. Ich bin ihr so dankbar.
Jetzt, da ich Bescheid weiß, bin ich gefaßt. Ich werde nicht so schreien wie die Frau damals im Mietshaus. Bestimmt nicht. Ich bin eine geborene Petersen, ich habe gelernt, mich zu beherrschen. In-

zwischen war auch schon Frau Hultkamp, die Hebamme, hier, hat sich das Zimmer zeigen lassen und ihre Anweisungen gegeben. Wenn es soweit ist, will auch Mama kommen. Das ist mir eine große Beruhigung.

*27. Januar 1894*

Nun ist es bald soweit. Lange halte ich den Zustand auch nicht mehr aus. Ich kann kaum noch schlafen, habe immer Sodbrennen und muß dauernd zur Toilette laufen. »Laufen« kann ich das aber kaum nennen, denn ich watschele, eile, meine Röcke und Unterröcke zu raffen, bevor es zu spät ist. Frau Hulstkamp war heute wieder da. Sie ist zufrieden mit mir, berichtete auch, sie habe eine gute Amme für das Kind. So bin ich auch dieser Sorge enthoben.
Leider bin ich viel allein, so daß die Tage hinkriechen. Jan ist den ganzen Tag im Geschäft, kommt erst abends und geht manchmal auch nach dem Essen noch mal fort. Ich höre oft gar nicht, wann er nachts nach Hause kommt. Aber gestern war es schön. Da kam er schon zum Tee, setzte sich zu mir und las mir vor. Zum ersten Mal fragte er, was ich da handarbeite, und besah sich das Mützchen, das ich mit Schleifen und Blümchen bestickte. Er hielt es über seine geballte Faust und wunderte sich, wie klein der Kopf dazu sein müsse. Ach, Männer! Keine Ahnung!
Die einzige Abwechslung in meinem Leben bringen Mama und Mutter Clausen, die mich regelmäßig besuchen kommen. Mama bringt mir Journale und Romane, erkundigt sich ausführlich nach meinem Befinden und macht mir Mut, wenn ich meine Angst, bei der Geburt oder im Kindbett sterben zu müssen, ausspreche.
»Sieh mich an, Thrina«, meinte sie neulich. »Ich bin nicht so kräftig wie du und habe doch drei gesunde Kinder zur Welt gebracht. Sorg dich nicht. Es wird alles gut werden!« Gestern, als sie sich verabschiedete, küßte sie mich auf die Stirn so wie früher. Liebe Mama.
Jans Mutter kommt immer an den Tagen, an denen Mama nicht kommt. (Ob sie sich heimlich verständigen?) Sie versorgt mich mit neuem Tratsch, wenn sie bei mir sitzt. Ich weiß alles, was in Hamburgs Häusern geschieht, ohne einen Fuß vor die Tür zu setzen. Wenn Jan auftaucht, verstummt sie sofort. Sie weiß genau, daß er

den Tratsch nicht mag. Oft fragt sie mich auch, wie sich das Kind in meinem Bauch bewegt. Ich muß ihr das genau beschreiben. Wenn ich dann sage, daß es wild strampelt und boxt, leuchtet ihr Gesicht auf. Sie ist sich dann sicher, daß es ein Junge wird, beschreibt mir, wie sie ihre Schwangerschaften erlebt hat und wie tapfer sie war. Und heute sagte sie:
»Es muß ein Junge werden, Thrina. Mein Jan braucht ja auch einen Stammhalter.«
Wenn es nun aber ein Mädchen wird? Was mache ich dann?
Ach, wäre nur schon alles vorüber!

*Hamburg, 9. Februar 1894*

12.42 UHR: EIN SOHN UND GANZ GESUND.

*14. Februar 1894*

Heute sitze ich zum ersten Mal wieder am Schreibtisch. Welch eine Freude! Die Wohnung gleicht einem Blumenmeer. Björn, der gestern hier war, frotzelte: »Wie beim Staatsbegräbnis.« Im gleichen Augenblick biß er sich auf die Lippe, weil er wußte, daß er etwas sehr Unpassendes gesagt hatte. Aber ich lachte, und Jan meinte, das sei typisch und werfe ein Licht auf seine medizinischen Fähigkeiten.
Aber ich will von John erzählen. Er heißt nun also John, unser Sohn, damit wir all die Clausenschen Johanns auseinanderhalten können. Außerdem klingt John britisch, weltläufig. Ach, er ist ja noch so klein, unser Johnny, daß man ihn sogar in der Wiege suchen muß. Wenn er so liegt, die Fäustchen neben seinem Gesicht, dann möchte ich alle guten Feen aller Märchenbücher der Welt herbeirufen und sie bitten, das Kindchen zu beschützen.
Mir geht es schon wieder blendend. »Gute Rasse«, sagte Jan und tätschelte meine Wange. Die Geburt hat lange gedauert, und ich habe doch geschrien. Dabei war ich so sicher, mich beherrschen zu können. Aber ich will nicht mehr daran denken. Unser Sohn ist da, gesund und stark. Nur das zählt.
Als das Kind geboren war, gebadet und gewickelt neben mir in der Wiege lag und ich in meinem Bett nicht aufhören konnte, mich zu wundern, daß da ein neuer Mensch, ein nagelneuer, einer, den es

noch nie gegeben hatte, neben mir lag, da kam Jan zu mir. Er küßte mich ganz zart auf die Stirn:

»Ich danke dir, Kathrina«, sagte er mit belegter Stimme. »Ich werde dir ewig dankbar sein.« Dann holte er ein großes, flaches Etui hervor, legte es vor mich hin und drückte den Deckel auf. Da lag auf weißem Samt ein herrliches Kollier, tropfenförmig geschliffene Amethyste, kleine Perlen, Brillanten, dazu passende Ohrringe und ein Ring.

»Ich habe die Steine in Erinnerung an dein erstes Ballkleid ausgesucht«, sagte er stockend. Er genierte sich fast. Selbst konnte ich gar nichts sagen. Ich nahm seine Hand und legte sie an meine Wange. Wir sahen uns an, waren ganz versunken in unser Glück und vergaßen alles um uns her. Ich mußte an die Hochzeit denken. Pastor Gravenhus hatte damals gesagt: »Erst wenn Mann und Frau sich in Liebe verbinden, sind sie vollkommen.« Recht hat er. Wie makellos, rein und tief ist unsere Liebe. Und liegt nicht offen zutage, wie Gott uns segnet: der Sohn in der Wiege?

Die Zeit stand still, als Jan und ich uns ansahen. Sie war länger als alle Monate, Wochen und Tage meiner bisherigen Ehe. Zeit und Zeit, das ist nicht dasselbe.

▲ ▼ ▲

Annette, Fäustchen, nicht größer als Walnüsse. Mit ihnen sollst du dich durchs Leben boxen? Du kannst sie ja nicht mal willentlich öffnen oder schließen. Mein Krankenhauskopfkissen ist ein Riesenbett für dich, Prinzessin auf der Erbse. Als du da neben mir liegst, möchte ich dich an meine warmen Brüste nehmen, dich an mich drücken, deinen warmen, zappeligen Leib, den ich bisher nur in meinem Innern spürte. Jetzt endlich sehe ich dich von Angesicht zu Angesicht, deine blauen Augen, die mich noch nicht erkennen können, ungehorsame Händchen, die nicht tun, was du willst. Du bist hilfloser als jeder neugeborene Hund. Da liegst du, und ich weiß, daß mein Leben nicht so ablaufen wird, wie ich's mir ausgedacht hatte. Promotion? Beruf? Zeit einteilen, organisieren, konzentriert arbeiten? Man muß nur wollen! Mein Wille – dein Wille. Du wirst dich nicht ins Schema pressen lassen, Tochter. Du bist lebendig und brauchst mich. Nicht, wenn mein Stundenplan es zuläßt, sondern wenn du Blähungen hast, Zähne kommen, du Hunger, Durst, Langeweile hast. Du wirst im Laufstall sitzen, Annette, und ich auch. Wolfgang war sehr glücklich über unser Baby. Er hatte mit mir den Wickelkurs besucht, das Baby photographiert, ein Tagebuch geführt und den Kinderwagen durch den Park geschoben. »Ich möchte gern viele Kinder«, hatte er gesagt. »Ich war immer allein zu Haus.« Wie er sich über die Zwillinge freute und erst über Jochen, den Sohn. Da war er mindestens so stolz wie Jan Clausen damals. Was wollte er nicht alles tun mit seinem Sohn: wandern, schnitzen, mit der Eisenbahn spielen. Ach Wolf, du hast nie Zeit! Wer weiß, vielleicht schmiedet Jochen eines Tages dieselben Pläne für seinen Sohn wie du. Vielleicht sagt er seiner Frau das gleiche, was du mir gesagt hast: Mein Vater hatte nie Zeit. Ich wünschte mir immer einen Vater. Ja, ja Wolf, und heute? Du hast deine Berufspläne verfolgt, ohne danach zu sehen, wie viele Kinder wir hatten. Du hast promoviert, Berufserfahrungen gesammelt, Verbindungen geknüpft, Karriere gemacht, wirst vielleicht im Frühjahr in den Landtag gewählt. Und ich? Nicht mal den Studienabschluß hab ich. Promotion? Nicht dran zu denken. Wie lange habe ich mir damals was vorgemacht, habe geglaubt, ich könnte es schaffen trotz des Haushalts, der Kinder. Bin ich undankbar? Ein Kind – für Großmutter der Zenit ihres Frauenlebens. Für mich? Der Anfang vom Ende?

▲ ▼ ▲

*Ostwyk, 29. 1. 1940*

*Liebe Grit!*

Jetzt hab ich mich hierhin gesetzt, um Dir zu schreiben, weil ich Angst vor diesem Abend und der Nacht habe. Draußen ist es aasig kalt. Der Sturm reißt die Schlagläden fast aus den Angeln. Und auf See? Welcher Seegang! Ich darf darüber nicht nachdenken und will es auch nicht. »Wenn's schwierig wird, müssen sich alle hinlegen und schlafen, damit nicht so viel Sauerstoff verbraucht wird.« Das hat Alex mir gesagt. Es ist das einzige, was er mir darüber gesagt hat. Als ob sie dann schlafen könnten! Ausgerechnet dann! Wie ist das, wenn man an Sauerstoffmangel erstickt? Schläft man dann ein, oder ringt man nach Luft wie ein Fisch auf dem Trockenen?

So, das tut gut. Ich hab mir einen steifen Grog gemacht, der wärmt und nebelt mich hoffentlich auch ein bißchen ein. Ich stand heut morgen im Bäckerladen und unterhielt mich mit Rieke Kranz über den neuen Marika-Rökk-Film, als Ursula Bauer in der Tür stand, ganz schwarz. Weißt Du, Grit, es war, als ob die warme Brötchenwelt mittendurch geschnitten würde. Ein schwarzer Strich, eine Linie, stand sie in der Tür, zögerte eine Sekunde, bevor sie eintrat. Mir schien diese Sekunde ein Jahrhundert zu dauern. Wir schwiegen alle. Die Bäckersfrau reichte Ursula das Brot über den Ladentisch, drückte ihr die Hand, ohne sie anzusehen, und bediente uns dann weiter. Keine von uns sprach sie an, äußerte Mitgefühl oder Beileid. Nichts. »Vorgestern hat sie die Nachricht gekriegt«, flüsterte die Bäckersfrau. »Nördlich der Azoren.« Ich umklammerte mein Brot, stakste steifbeinig nach Hause und marschierte durch bis ins Schlafzimmer. Da schloß ich die Schranktür auf, ließ mich auf die Bettkante fallen und stierte in den Schrank. »Ich habe kein schwarzes Kleid. Ich habe nichts Schwarzes.« Sonst konnte ich nichts denken. Auch als ich endlich aufstand, in die Küche ging und mir Tee kochte, dachte ich immer nur dies: »Ich habe kein schwarzes Kleid.« Fünf Schnitten mit Pflaumenmus aß ich, starrte vor mich hin und kaute wie ein Automat. Erst das Klacken der Briefklappe an der Wohnungstür ließ mich wieder zu mir kommen. Aber das war noch schlimmer, denn jetzt fing ich an zu zittern, spürte den Schweiß unter meinen Achseln runterlaufen und wünschte, heute wäre keine Post gekommen. Wenn nun für mich so ein Brief dabei war, einer, dem ich vielleicht nicht mal ansehen konnte, was er bedeutete. Ich hab noch keinen gekriegt, weiß nicht, wie das Ding aussieht. Ich weiß es auch jetzt noch nicht. Zum Glück! Aber als sie im Wehrmachtsbericht sagten, »mit dem Verlust des Bootes muß gerechnet werden«, da sah ich wieder Ursula in der Tür stehen, schwarz und schmal.
Wenn nur dieser verflixte Sturm nicht wäre. Das Klappern macht mich ganz verrückt. Ich werde mir noch einen Grog machen. Vorgestern mußte ich zu Melitta Kieselang. Sie wollte ihren Geburtstag mit uns feiern. Acht Frauen waren wir, saßen um den gepflegten Kaffeetisch, aßen Buttercremetorte und perfekt gebackenen Nußkuchen, und ich spielte mal wieder fröhliche Marinefrau. Wie aufmerk-

sam wir hier miteinander umgehen, Du wirst es nicht glauben. Frau Oberleutnant grüßt Frau Kaptänleutnant, Frau Leutnant reicht Frau Oberleutnant Zuckertopf und Milchkännchen. Frau Oberleutnant versichert Frau Kaptänleutnant, daß ihr Mann sicherlich bald das EK I verliehen bekomme, bei den erfolgreichen Meldungen, die der Wehrmachtsbericht durchgegeben habe. Sie denken hier nur in Schiffstypen, Bruttoregistertonnen und Orden. Das ist ihr Krieg. Meiner auch. Ich bin da nicht besser als die anderen.
Plötzlich sprang die Borowski auf und rannte ans Fenster. Sie zog die Gardine weg, zeigte nach draußen und rief: »Schnell, da haben sie einen abgeschossen!« Wir alle liefen ans Fenster. Die Maschine flammte am Heck, flog noch, torkelte, senkte den Kopf, fiel schneller und schneller. Die Geschwindigkeit beim freien Fall nimmt im Verhältnis zur zurückgelegten Strecke im Quadrat zu, ging es mir durch den Kopf. Grit, ausgerechnet in diesem Augenblick kam mir so ein Gedanke. Das Wasser spritzte übrigens viel weniger hoch, als ich erwartet hatte. »Das war ein Tommi. Das haben die Jungs von der Flak gut gemacht!« stellte Melitta fest, setzte sich wieder hin und goß uns Kaffee nach. Wir alle aßen weiter Torte, tranken Kaffee und Likör und sabbelten, als ob nichts gewesen wäre. Erst auf dem Nachhauseweg, in der kalten Luft, wurde mir klar, was sich da abgespielt hatte, draußen am Himmel und bei uns Frauen. Mir war ganz schlecht. Zu Hause zog ich mir zwei Sessel zusammen, legte die Beine hoch, trank einen anständigen Cognac und rauchte tief, langsam und genüßlich. Den ganzen Nachmittag hatte ich's mir verkneifen müssen.
Wozu macht uns dieser Krieg, Grit? Sind wir nicht alle schizophren, nein, genauer gesagt, in Scheiben geschnitten? Unsere Männer kämpfen, kommen zwischendurch nach Hause und sind normale Bürger, Ehemänner, Väter. An der Front töten sie Männer, die zu Hause auch brave Bürger sind. Und ich hier? Ich sorge mich um Alex und um Harry, spiele die Jungvermählte, deren Mann nur mal eben weggefahren ist. Sogar das gelingt mir. Es gibt Tage, da vergesse ich den Krieg fast, da putze ich Fenster, wische Staub und bohnere die Böden, als sei tiefster Friede. Ich glaube, Grit, ich bin ein Monster, nur deshalb kann ich vermutlich auch in dieser Zeit leben, ohne vollends durchzudrehen.

Jetzt bin ich doch ins Philosophieren gekommen, das macht nur der Grog. Was macht der Luisenhof? Steht er noch, obwohl du jetzt das Zepter schwingst? »Wenn auch unsere Waffe nur der Kochlöffel ist, soll seine Durchschlagskraft nicht geringer sein als die anderer Waffen.« Das stammt nicht von mir, sondern von G. Scholz-Klink. Schreib Dir's hinter die Ohren!
Sei gegrüßt von Deiner

*Sibylle*

*Schmöckwitz am 3. Sept. 1941*

*Meine liebe Sibylle,*

wenn Du wüßtest, wie groß die Freude hier in Berlin war, als wir von der Geburt des kleinen Günther hörten. Vater machte eine Flasche Rheinwein auf, und wir tranken auf das Wohl des ersten Enkelsohnes und auf die Zukunft der Familie. Welch eine Freude! Welch eine Freude in diesen Zeiten! Frau von Plettenberg kam, um zu gratulieren, und brachte ein herziges, kleines Büchlein mit Kinderliedern. Bärbelchen hat eine Ausfahrgarnitur, Jäckchen, Mützchen und Schuhchen, gehäkelt, weiß mit hellblauem Mausezähnchenrand. Allerliebst! Von Kladows kam eine Glückwunschkarte, und Otto Glaseke, ein ehemaliger Klassenkamerad von Alex, der zufällig Fronturlaub hatte, kam tatsächlich mit Blumen. Alle freuen sich mit uns, mit dir und mit Alex. In dieser schweren, geschichtsmächtigen Zeit leben wir bewußter als in früheren Jahren und dankbarer. Ist es nicht so?
Täglich denke ich viele Male an Dich und den Lütten. Wie dankbar bin ich dem Schicksal, daß Du alles so gut überstanden hast und daß der Kleine gesund ist. Klappt es mit dem Stillen? Gib nicht auf! Du mußt immer wieder anlegen, das fördert den Milchfluß. Für eine gesunde, junge Frau, wie Du es bist, kann das keine Schwierigkeit sein. Es ist doch alles ganz natürlich und kreatürlich, und wenn wir unser Frausein fröhlich bejahen, dann ist uns das Gebären und Aufziehen von Kindern eine heilige Pflicht, die wir gerne erfüllen, so wie ja auch die Männer ihren Pflichten nachkommen, ohne zu murren. Stimmst Du mir zu? Wenn nur Alex recht bald kommen kann und Euch beide, Dich und den Sohn, in die Arme nimmt. Jetzt seid Ihr

eine richtige Familie. Du wirst sehen, Sibylle, wie warm und wohlig es sich in einer Familie lebt, wie aufgehoben Du Dich fühlst, wie die Verantwortung Dir neue Kräfte zuwachsen läßt, wie Du gegenseitige Anteilnahme, Mitfreude und Hilfe erfährst. Es gibt nichts Schöneres und Echteres als die Mutterschaft.
Sobald ich hier abkömmlich bin, werde ich Dich und Güntherchen besuchen kommen. Vater reist nächste Woche nach Karlsbad zur Kur. Hilde wird, wie sie gestern schrieb, Anfang Oktober einige Tage Urlaub haben und nach Hause kommen. Sie hat ein bißchen Ausruhen und Ausschlafen bitter nötig. Diese Arbeit mit den Bauernfamilien im Warthegau fordert sie ganz und gar. Manchmal fürchte ich, es geht ihr über die Kraft. Na, ich werde sie tüchtig verwöhnen und päppeln.
Nun noch eine Sache, die mir am Herzen liegt und die ich ein bißchen in die Hand genommen habe, um Dich zu entlasten. Ich weiß ja, wieviel plötzlich zu tun ist, wenn ein Babylein in der Wiege liegt, wieviel Arbeit das macht, wieviel schlaflose Nächte. Ich aber habe Zeit, Muße und viele stille Stunden und will mich gerne um Dinge kümmern, die Du im Augenblick nicht auch noch bewältigen kannst. Habt Ihr, Alex und Du, schon über die Taufe gesprochen? Ich will mich nicht einmischen, Ihr trefft Eure eigenen Entscheidungen, die ich selbstverständlich respektiere. Jeder schafft sich seine eigenen, kleinen Familientraditionen. Aber auch im Großen, in unserem Volk, in der neuen Gesellschaft, die im Werden ist, sind es die Traditionen, die wir pflegen, neu beleben oder neu schaffen müssen. Sie sind es doch, die unserem Alltag Rhythmus und Form geben. Und immer noch sind wir Frauen die Pflegerinnen dieser Feste. Wir sollten auch hier im Familienkreis eine kleine Geburtsfeierstunde abhalten. Vielleicht vormittags die Taufe in der Kirche, nachmittags das Fest im Sinne unserer Zeit.
Ich habe mich in den letzten Monaten schon mit den verschiedenen Möglichkeiten der Gestaltung beschäftigt. Hoffentlich bist Du nicht böse, daß ich so vorpreschte. Frau Pennarz, eine gute Bekannte, die im Amt für Volkskunde und Feiergestaltung bei der Dienststelle des Reichsleiters Rosenberg arbeitet, war mir sehr behilflich. Sie bereitet die Herausgabe eines Büchleins vor, das Anregungen und Vorschläge für die Feiergestaltung geben will. Wie wichtig das alles wird

in den nächsten Jahren! Wenn ich denke, was Hilde mir davon berichtet, wie schwierig es ist, diesen Menschen im Warthegau eine neue Heimat zu schaffen, ihnen das Gefühl zu vermitteln, daß sie dazugehören, eingebunden sind in die große deutsche Familie! Und es kommen ja noch größere Aufgaben auf uns zu. Wenn dieser Krieg beendet sein wird, welche kolonisatorischen, kulturellen und pädagogischen Probleme müssen wir lösen! Was nun die Feier für Günther betrifft, so habe ich mit Frau Pennarz' Hilfe eine kleine Feierstunde entworfen. Es sollte schlicht zugehen, denke ich, aber auch Tiefe haben.
Was, so fragte ich mich, muß ausgesprochen werden, wenn ein neues Glied in die Familie aufgenommen wird? Was muß mitschwingen? Das Gefühl muß bei derlei Anlässen zu seinem Recht kommen. Unsere Feier sollte in einfacher, schmuckloser Form die tragenden Grundgedanken hervorheben. Das tiefe Bewußtsein der Ewigkeit unseres Volkes darf uns in solchen Augenblicken durchschauern. Was hältst Du von der alten Sitte, einen Baum zu pflanzen? Bei Günther sollte es schon eine Eiche sein. Wenn Ihr ein Mädchen bekommt, dann setzen wir eine Esche, den Lebensbaum der Germanen, die sie in ihren Mythen von der Weltenesche Ygdrasil zu besingen wissen.
Um Dir möglichst viel Arbeit abzunehmen und in dem Bewußtsein, daß Alex als unser Ältester das Schmöckwitzer Haus sowieso erben und bewohnen wird, möchte ich, daß wir hier feiern und hier auch das Bäumchen pflanzen. Möge es im Laufe der Jahre zu einer stattlichen Eiche heranwachsen, so wie Günther hoffentlich ein kräftiger Mann wird.
Die Feier denke ich mir einfach und innerlich. Du, liebe Sibylle, wirst mit Günther auf dem Schoß in dem dunkelgrünen Polstersessel sitzen, der im Erker steht. Wir schieben ihn vor das Bücherregal. Alex wird neben Euch stehen, und wir anderen, Vater, Eberhard und Hilde, wenn möglich auch Dein Bruder Harry mit seiner Frau und ein paar enge Freunde der Familie, schlössen den Halbkreis. Vater, der älteste Mann der Familie, wird einen Text lesen. Oh, sie haben so gute, ernste und passende Worte für diesen Anlaß zusammengestellt! Ich bin froh, daß Frau Pennarz mir etwas ausgeliehen hat.

Dann tritt Alex in den Kreis, umfängt den Sohn, nimmt ihn aus Deinem Schoß und hebt ihn hoch. Dabei verkündet er im Kreis der Ahnen und Gesippen den Sohnesnamen: Günther Ehrenfried Kruse.
Danach singen wir noch ein Lied. Im Anschluß ist dann Gelegenheit für die Paten, ihr Versprechen abzulegen. Frau Pennarz hat ein paar wirklich schöne Verse dazu gefunden. Danach könnten wir das Bäumchen pflanzen und hinterher ein festliches Essen einnehmen. Ach Sibylle, die Freude hebt mich so heraus aus allen Sorgen und Ängsten. Wenn ich nur recht viele Geburtsfeiern und Familienfeste planen und verwirklichen darf! Kannst Du mich verstehen?
Für heute muß ich schließen. Vater kommt gleich aus der Kanzlei, und dann will er seinen Tee. Paß gut auf Dich auf und auf das Söhnchen und laß Dich von uns allen hier herzlich umarmen

*Deine Mutti*

*Berlin, den 19. September 1941*

*Liebe Bille,*

jetzt hast Du Dein erstes Kind geboren. Wie ich mich für Dich freue und von Herzen gratuliere! Ist es nicht ein Wunder, so ein kleines Menschlein? Ich war ja so glücklich, als unser Siegfried geboren wurde, und denke, daß es Dir genauso gehen muß. Hoffentlich seid Ihr gesund, Du und Dein Sohn. Ich wünsche Dir, daß Dir das Kind festen Mut und Halt gibt. Dein Mann ist ja, wie ich weiß, auf See. Sind die Kinder nicht unsere Einzahlung in die Zukunft, in unsere ganz persönliche und in die Zukunft unseres Volkes? Wie unsere Männer jetzt ihr Leben für die Zukunft des Reiches einsetzen, so tragen auch wir unser Teil bei.
Ich weiß, daß Du ein kritischer Geist bist. Wie oft lagen wir uns in Nikolassee in den Haaren? Aber Du, selbst Du mußt doch sehen, daß jetzt in unserer Zeit die Aufgabe und Leistung der Frau zum ersten Mal die gesellschaftliche Anerkennung erfährt, die ihr zusteht. Wann gab es denn bisher eine so umfangreiche Sorge des Staates für gesunde Kinder, für die Gesundheit und das Wohlbefinden der Schwangeren? Bisher hat man uns doch völlig allein gelassen, totgeschwiegen, ignoriert. Es schien gleichgültig, wie viele Schwan-

gerschaften, Entbindungen eine Frau durchmachte, wie viele Kinder sie großzog. Wer machte Aufhebens von den gesundheitlichen Risiken, vom Tode so vieler Frauen und Säuglinge? Hingenommen haben sie es immer. Das ist jetzt anders. Das ist die Revolution, Bille. Endlich werden wir Frauen anerkannt, erhalten Mütter den Respekt und die Verehrung, die ihnen zusteht. »Das Kind adelt die Mutter.« Welch ein Führerwort! Lach mich nicht aus! Überlege bitte, denk doch einmal ernsthaft über das Problem nach! Wo sonst wird denn unser Frauenleben anerkannt? Wir verdienen kein Geld mit dem, was wir tun. Wir werden nicht befördert, erringen keine Titel oder Ehren, keine Orden. All das, woran sich die gesellschaftliche Stellung eines Mannes ablesen läßt, existiert für uns nicht. War es nicht fair und einfühlsam, hier eine Änderung durchzusetzen? Ist nicht die Verleihung des Mutterkreuzes für manche Frauen der einzige Augenblick ihres Lebens, in dem sie Anerkennung, öffentliche Anerkennung, erfahren?
Jetzt habe ich mich wieder hinreißen lassen. Entschuldige! Für Dich sind das wahrscheinlich keine Probleme, für mich auch nicht so sehr, aber wir müssen das Volk als Ganzes sehen. Ich wünsche Dir, daß Dein Mann bald Urlaub bekommt und Ihr als Familie vereinigt sein könnt. Mein Hermann wird hier in Berlin so dringend benötigt, daß ich auf ihn nicht verzichten muß. Jeder tut halt seine Pflicht da, wo er hingestellt ist.
Es grüßt Dich herzlich

*Deine Trudi*

*Schmöckwitz, 21. Nov. 1941*

*Meine liebe Sibylle,*

wenn ich nur wüßte, wo und wie ich anfangen soll. Die Nachricht von Alex' Tod hat uns alle getroffen wie ein Hammerschlag. Wie mag es Dir jetzt gehen? Ich wage gar nicht, daran zu denken, wie viele Tränen Du weinen mußt. Und Güntherchen! Mir zieht's das Herz zusammen. Daß unser Alex so sterben mußte, und hatte seinen Sohn nie gesehen! Wie konnte Gott so unbarmherzig sein? Das trübe Novemberwetter paßt so recht zu meiner Stimmung. An Weihnachten wage ich gar nicht zu denken. Vater spricht kaum noch. Hilde stürzte sich in ihre Arbeit. Sie ist jetzt hier in Berlin, und ich bin froh, daß wenigstens sie bei uns sein kann. Von Eberhard kam ein Brief. Wenn ihm nur nichts zustößt in diesem grausam kalten Winter in Rußland! Nun ist er unser einziger, und alle Hoffnung ruht auf ihm. Ob er wohl noch Ritterkreuzträger wird? Alex hatte für sich selbst so darauf gehofft und Vati wohl auch. Aber nun sind alle unsere Träume und Pläne zunichte gemacht. Mein einziger Trost ist jetzt Günther. In ihm lebt Alex fort, und ich wünschte, Du wärest recht oft und lange hier bei uns, damit ich ihn sehen und mich an Alex' Kinderzeit erinnern kann. Auch für Dich müßte es das Beste sein, jetzt hier mit uns zu sein. Wir müssen zusammenhalten und uns gegenseitig stützen in diesen schweren Zeiten.

Im Wohnzimmer haben wir Alex' Photo im goldenen Rähmchen aufgestellt und über eine Ecke Trauerflor gehängt. Daneben steht ein Väschen mit einem frischen Tannenzweig. Alle, die kommen, tragen sich in das Kondolenzbuch ein und schreiben so tiefe und tröstende Worte. Viele, viele sind schon gekommen. Gestern waren Kühnels hier. Sie haben ihren Jungen im Sommer verloren, an der Ostfront. Wir saßen im Wohnzimmer zusammen, bis die Dämmerung hereinbrach und ich die Verdunkelung herunterlassen mußte. Gesprochen haben wir nicht viel, nur so zusammengesessen. Aber dennoch hat der Besuch mich ein wenig aufgerichtet. Wir dürfen nicht nur an uns selbst denken.

Bitte überlege, ob Du nicht doch zu uns kommen willst! Wenigstens die Feiertage solltest Du hier verbringen, und den Jahreswechsel. Bei der Gelegenheit könntest Du Deinen Bruder in Schlachtensee besuchen und ihm seinen Neffen zeigen. Ich mache mir Sorgen um Dich, wenn Du so ganz allein und ohne Familie in Ostwyk bist. Bitte, komm bald. Der kleine Günther wird uns allen ein wenig das Herz wärmen, und das ist es, was wir jetzt brauchen.

Von uns allen ganz liebe Grüße

*Mutti*

▲ ▼ ▲

Ich fand unter den Papieren des Koffers, den Heidi mir gebracht hatte, auch zwei schmale Hefte mit Aufzeichnungen von Mutsch. Ohne Datum hatte sie da geschrieben:

Alex fiel. Die Nachricht traf mich nicht unvorbereitet. Fragt mich nicht, woher ich das wußte. Ich kann's nicht sagen. Es war nicht, wie ihr vielleicht denkt, so ein allgemeines Wissen, daß die Wahrscheinlichkeit, im Krieg zu fallen, für einen Mann wie Alex ziemlich groß war. Nein, es war ein anderes Wissen, tiefer, gewisser. Ich war mit einem Mann verheiratet, von dem ich wußte, daß er nicht mehr lange leben würde. Jede Minute des Zusammenseins war davon berührt. Der Tod marschierte immer mit. Auf dem Nachhauseweg, wenn ich Alex vom Bahnhof abholte, auf dem Weg ins Wohnzimmer, er saß mit am Tisch und lag mit im Bett. Wir haben uns sehr angestrengt, ihn zu übersehen. Wir feierten ausgelassener als je in Friedenszeiten. Wir tanzten Swing, rauchten viel, tranken noch mehr, lachten und – wenn wir uns in die Augen sahen, war er wieder da. Nur in den wenigen Augenblicken – nun ja –, da konnte er sich nicht mehr dazwischendrängen. Aber gleich darauf sah ich ihn über Alex' Schulter grinsen. Wenn Alex sich von mir am Bahnhof verabschiedete, waren wir beide äußerlich kühl. Es ging immer schnell. Noch ein Blick in die Augen, der Gedanke zuckt durch den Kopf: So werde ich ihn also in Erinnerung behalten, so, wie er jetzt hier am Bahnsteig steht, frierend, mit hochgeklapptem Mantelkragen. Dann verbietet man sich, so zu denken: Nur nicht den Teufel an die Wand malen. Festhalten wollte ich meinen Mann, der so gut aussah, der so warm und lebendig war, festhalten, verstecken, hinter der Kartoffelkiste im Keller, auf dem Trockenboden. Ach, ihr glaubt nicht, welch kindische Gedanken ich dachte. Aber ich sprach sie nicht aus, und Alex, der doch auch seine Gedanken hatte, der sagte auch nichts. Wir haben uns genauso benommen, wie man es von uns erwartete. Kennt ihr diese kleinen Spielzeughühnchen aus Blech, die wir als Kinder hatten? Man zieht sie auf, setzt sie auf den Boden, und wenn man sie läßt, dann trippeln sie herum und picken immer wieder auf den Boden, obwohl es da gar nichts zu picken gibt. Wir waren wie diese blöden Blechhühner, einmal aufgezogen, benahmen wir uns planmäßig. Welche Kraft hielt uns so in Gang, verhinderte, daß wir uns menschlich benahmen, unsere Angst aussprachen, unserem natürlichen Verlangen, die Gefahr zu fliehen, nachgaben?
Als ich die Nachricht erhielt, sagte es in mir: also doch. Aber auch dann arbeitete der aufgezogene Motor in mir weiter, programm-

gemäß. Hühner, denen man den Kopf abhackt, bewegen sich ja auch noch. Sie fliegen sogar durch die Luft und machen einen ganz lebendigen Eindruck. Der Mechanismus der Muskeln arbeitet noch. Ich redete mir ein, das alles sei ein Irrtum, Alex sei gar nicht tot. Ich erinnerte mich an unser letztes Zusammensein, daran, wie er am Tisch gesessen und gegessen und getrunken hatte, wie er fluchte, als er sich beim Rasieren schnitt. Er konnte doch nicht plötzlich Nichts sein, ein Loch in meinem Leben. Ich glaubte es nicht, holte den Wisch heraus, den sie mir geschickt hatten, und las es mir immer wieder laut vor:

...in der östlichen Ostsee vor dem Feinde gefallen.

Todesursache: auf See gefallen.

Hatte er sich vielleicht retten können, einen Ausweg aus der Blechfalle gefunden?

Jahrelang blieb dieser Gedanke. Ich hatte Alex nicht tot gesehen, hatte nicht gesehen, daß seine Augen gebrochen waren, sein warmes Fleisch fahl war. Es gab kein Grab, es gab nur diese Nachricht: auf See gefallen.

Einige Zeit später träumte mir, ich würde verfolgt. Ich konnte die Verfolger nicht sehen, aber ich fühlte sie, so wie man es fühlt, wenn jemand mit im Zimmer ist. Ich rannte weg. Weit ausholend in großen Sprüngen, fast, als schwebte ich, entkam ich in einen Wald. Ich lief immer weiter, und während ich so lief, wunderte ich mich, wie leicht ich den Wald durchqueren konnte. Es gab kein Unterholz, keine offenliegenden Baumwurzeln, keine Vertiefungen, nichts, was meinen Lauf gehemmt hätte. Und noch etwas nahm ich wahr: Die Bäume standen alle in Reihen ausgerichtet, so daß ich meinen Weg weit voraus sehen konnte. Ich lief und fühlte, daß meine Verfolger zurückblieben. Solange ich Atem hatte, lief ich. Dann sackte ich bei einem Baum zusammen, hechelnd wie ein Hund.

Ich ruhte eine Weile, bis mich ein ungewohntes Geräusch aufschreckte. Und dann, an den Baumstamm gelehnt, sah ich einen Zug von Menschen daherkommen. Langsam zogen sie am fahlen Horizont hinauf. Den Anfang machte die Musikkapelle, voran der Mann mit dem Schellenbaum. Aber an seinem Instrument hingen keine Glöckchen, sondern Knochen, unten große Knochen, nach oben zu die kleineren und kleinsten Knöchelchen. Es gab ein helles, stumpfes Geräusch, wenn der Mann mit seinem Stab auf die Knochen schlug. Ihm folgten die übrigen Musikanten. Auf einem girlanden- und fähnchengeschmückten Wagen fuhren die Generäle vorbei. Dann die Infanterie, das Gewehr im Anschlag. Aber keiner schien Angst vor ihnen zu haben. Die Frauen, die grell geschminkt und vollbusig hinter ihnen hertanzten, obszöne Verrenkungen machten, lachten und kreischten, als sei das alles ein Riesenspaß. Und dann, als ich schon dachte, der Zug sei zu Ende, da zogen sie auf einer Lafette ein großes Aquarium vorbei. Und in dem Aquarium lag Alex. Sein Leib war aufgetrieben wie Hefeteig. Die Uniform schnürte ihn ein, Füße und Hände hatten Ähnlichkeit mit hellrosa Luftballons. Sein riesiger Kopf schwang im Wasser hin und her. Ich schloß die Augen, krallte die Hände in den weichen Waldboden. Als ich die Augen wieder öffnete, hatte sich der Himmel rosarot verfärbt, es wurde heller, und ich sah, daß ich gar nicht in einem Wald saß, sondern daß das, was ich für Bäume gehalten hatte, riesig hohe Holzkreuze waren. Ein Wald von Holzkreuzen, ein in den Himmel strebender Soldatenfriedhof.

# »DIE FRAU GEHÖRT INS HAUS«

▲ ▼ ▲

ICH ZOG MEINE PELZJACKE und die warmen Stiefel an, setzte die Waschbärkappe auf, steckte die Eurocheque-Karte ein und ging in die Stadt. Um genau zu sein, ich ging nicht, ich marschierte. Und mit jedem Marschtritt wuchs meine Entschlossenheit.
Jetzt kaufe ich mir ein Kleid, ein Abendkleid kaufe ich, ein tolles Kleid mit einem tollen Ausschnitt. Ein rotes. Ja, das ist gut. Knatschrot. Ohne Rücksicht auf den Preis. Und an Silvester zieh ich's an. Und diesmal werde ich mich nicht schüchtern im Hintergrund halten. Habe ich das nötig? Soll Wolfgang doch erleben, daß ich nicht nur sein Hausfrauchen bin, immer parat. Wie sagte Mutsch früher: Eine Frau, die nichts kostet, ist nichts wert. Recht hatte sie. Ich laß mich doch nicht ewig herumkommandieren. Er nimmt mich überhaupt nicht mehr ernst. Ich gehöre zu dem Konglomerat, das in seinem Kopf unter dem Stichwort Zuhause lagert: warmes Essen, warme Socken, warmes Bett. Schluß!
Ohne es zu wollen, aus jahrelanger Gewohnheit wohl, ging ich in das Kaufhaus. Dabei hatte ich geplant, das Kleid bei M&K zu kaufen, wenn schon, denn schon! Und nun im Kaufhaus war mir, als sei ich durch einen Gulli gerutscht, eingetaucht in eine süßlich schwerblütige Atmosphäre. Meine zuvor so klaren, kriegerischen Gedanken verloren sich, krochen umeinander, verknoteten sich und schliefen ein.
Meine Füße gehorchen nur widerwillig, die Arme kommen kaum noch hoch. Ich wate vom Pulloverberg zum Bettzeugberg, vom Briefpapier zu den billigen Unterhosen. Kein Ufer. Mein Auge irrlichtert über Spitzendeckchen, Engelchen, Sternchen, Silberlametta, Kinderspielzeug, Gebäckdosen, Kristall und Glühweinflaschen. Hab ich denn vom Glühwein getrunken? Wie ist mir? Ich muß doch fröhlich sein. Das gehört sich so in diesen Zeiten. Sind meine Ohren verstopft? KLING GLÖCKCHEN KLINGELINGELING JINGLE BELLS SÜSSER DIE GLOCKEN NIE KLIN-

GEN. Aber sie scheppern! Das ist nicht vorgesehen, ist gegen die Spielregel. O DU FRÖHLICHE STI-ILLE NACHT IM LOCKIGEN HAAR. IHR KINDERLEIN, warum quäkt ihr so? Was ist euch zugestoßen, daß ihr keine Ruhe gebt? Welche Krankheit fiel euch an? Ihr seid überhitzt, braucht Kühlung. S'IST SO KALTER WINTER SCHNEEFLÖCKCHEN DER RETTER IST DA. Da, im Lichterkranz, neben der Rolltreppe, da steht der Weihnachtsmann. Warum streicht er sich immer wieder seinen Bart? Ist der Mechanismus kaputt? Und von oben, von der Rolltreppe steigen Engel herab, silbrigweiße Engelchen mit silbernen Glitzerflügelchen, rosa Bäckchen und weichen blonden Löckchen. Und das erste von ihnen trägt etwas auf tannengrünem Samtkissen. Seltsame Prozession! Vor dem Weihnachtsmann stellen sie sich im Halbkreis auf, knicksen artig. Das erste Engelchen kniet vor ihm nieder, reicht ihm das Kissen dar, und er nimmt auf, was da auf dem Kissen liegt, fleischrosa und glänzend. Was kann das nur sein? Aber – er kommt ja auf mich zu, auf mich. Laß das bleiben! Du blöder Weihnachtsmann! Laß mich in Ruhe! Was grinst du denn so dämlich? Laßt mich! Weg! Weg, ihr Engelchen! Ihr fletscht ja die Zähne. Das tun Engelchen nicht. Irgendwie stimmt die Regie in eurem Stück nicht. Weg! Laßt mich! Was? Weihnachtsmann, ein Korsett? Du bringst mir ein Korsett, rosa Atlas mit Fischstäbchen? Laßt mich, laßt mich! Ich habe Angst, Hilfe, sie wollen mich einschnüren! Ich brauche kein Korsett. Die Zeiten sind längst vorbei. Korsetts trägt man nicht mehr. Ich brauche keins, ich will keins! Ich brauche kein Korsett. Raus! Raus! Nichts wie raus hier!

Als ich wieder auf der Straße stand, hatte ich einen goldfarbenen Jeep mit Fernlenkung, zwei Babypuppen, eine lederne Schultertasche mit passendem Portemonnaie und zwei Seidenschlipse gekauft. Ich überquerte die Straße, sah mir bei MÜHLBACH & KLAGES die Abendkleider im Schaufenster an und stellte fest, daß kein einziges rotes Kleid dabei war. Wenn ich mich schon mal mutig zur Farbe entschloß! Schwarz, Violett, Blau, alles war da, nur nicht das Knatschrot, das ich mir vorgestellt hatte. Ich griff die Tasche fester, rüstete mein Gesicht mit einem möglichst blasierten Ausdruck aus, so wie es nötig war, um dem noch blasierteren Blick der Verkäuferinnen standhalten zu können, und betrat den Laden.

Rot? Sie zog ihre sorgfältig gezupften Augenbrauen hoch, schätzte mich mit geübtem Blick ein und zeigte mir dann lustlos zwei weinrote Kleider, Ladenhüter. Ich gab nicht auf. Heute wollte ich mir ein Abendkleid kaufen, und ich würde mir eins kaufen. Schließlich stand ich in der engen Kabine und zog ein schmales, schwarz-goldenes Kleid über. Mein Spiegelbild erschreckte mich. Ich hatte mich schlanker, straffer in Erinnerung. So ein Bauch! Die Oberarme zu füllig, der Busen, eine Katastrophe! Was ist nur aus mir geworden? Vier Kinder. Ja, ja, da bleibt was drauf. Ich esse auch viel zuviel, pflege, beachte mich zu wenig. Reiß dich zusammen! Friß nicht so! Siehst aus wie eine gestopfte Gans. Ob Wolfgang mich überhaupt noch attraktiv findet? Oder ist ihm das bei mir nicht mehr wichtig? Bin ich wirklich nur noch das Muttchen, das ihm sein Nest wärmt? Ich muß ein anderes Kleid nehmen, eine geschickte Hülle, nicht so auffällig. Das andere da, das geht. Ja, das kann ich anziehen, damit kann ich mich sehen lassen. Das paßt auch zu mir, nachtblau mit kleinen, weißen Tupfen und einem weißen Krägelchen. Ja, damit sehe ich anständig aus. Das ist auch nicht so teuer. Prima! Ich nehm es. An der Ecke zur Bahnhofsstraße zupfte mich einer am Ärmel, dunkelblauer Dufflecoat, weiter oben das vertraute, braunäugige Gesicht von Rainer, meinem alten Studienfreund Rainer, den ich seit Jahren nicht gesehen hatte. Welch ein Genuß, meine kalte Hand in seine große, warme Männerhand schlüpfen zu lassen! Ich ging an seiner Seite wie im Schatten eines Schutzengels. Wir setzten uns ins KAFFEEKRÄNZCHEN. Ich lehnte mich zurück, betrachtete gelassen die Menschen auf der Straße draußen, hörte das leise Geschirrgeklapper , das Besteckgeklimper , das Röcheln der Kaffeemaschine und bestellte, wie in alten Zeiten, ein Kännchen Kaffee und ein Stück Käsekuchen. Und dann führten Rainer und ich eines jener Gespräche, deren Sätze fast ausnahmslos mit »Weißt du noch…«, oder »Was wurde eigentlich aus…« beginnen. Rainer beschenkte mich mit Aufmerksamkeit, warmbraunen Augen und mollig tiefer Stimme. Von sich selbst erzählte er nicht viel. Er lebte immer noch bei seiner Mami, war immer noch nicht verheiratet, beruflich aber ein gutes Stück weitergekommen, Leiter einer Außenstelle des Rheinischen Amtes für Boden- und Denkmalpflege geworden und freier Mitarbeiter bei ARCHAIOLOGIA. Wie es mir gehe, wollte er wissen. Er stopfte sich eine Pfeife und spielte mit dem Pfeifenbesteck, das in seiner Hand wie ein Zwergenspielzeug wirkte, rauchte und lieh mir seine freundlichen Augen. Nichts auf der Welt schien im Augenblick wichtiger als das, was ich zu sagen hatte. Er wanderte auch nicht aus unserem Gespräch aus wie Wolfgang so oft, dessen Blick sich dann nach innen kehrte. Nein, für Rainer war wichtig, was ich erzählte. Ich entwarf ihm ein Panorama bunten Familienlebens und ließ mich von meiner eigenen Schilderung so mitreißen, daß ich fast selbst an das glaubte, was ich ihm ausmalte. Während ich reihenweise Potemkinsche Dörfer in die Luft baute, dachte ich plötzlich: Ich rede zu viel. Wenn Wolfgang mich so sähe und hörte, er schimpfte mich aus, würfe mir vor, ich ließe andere nie zu Wort kommen.

»Was hat dich nach Frauenrath verschlagen, Rainer?« fragte ich schnell. Er beugte sich vor, zeigte durchs Fenster auf den gelben Kran, der sich über die Dächer hinaus in den Dezemberhimmel reckte, und erklärte:

»Deshalb bin ich hier. Bei den Ausschachtungen für eure Tiefgarage kam ein römischer Sarkophag zutage.«

»Davon weiß ich ja gar nichts.«

»Hat Wolfgang dir das nicht gesagt? Das verstehe ich nicht.«

»Er wird's vergessen haben. Er hat sehr viel um die Ohren, weißt du. Sind noch mehr Gräber zu erwarten?«

»Davon gehe ich aus. Höchstwahrscheinlich verlief ja hier die alte Handelsstraße von Köln über Heerlen, Tongeren, Bavai nach Boulogne-sur-Mer. Wir nehmen an, daß entlang dieser Straße noch mehr Gräber liegen.«

»Habt ihr Beigaben gefunden?«

»Wir fangen ja erst an, Reni.«

»Hoffentlich habt ihr Glück mit dem Wetter.«

»Ja, hoffentlich! Weißt du noch: die Villa in Faulbrück? Menschenskind, war das eine Schlammschlacht. Hier wird's hoffentlich nicht so schlimm. Was ist, Reni? Hättest du nicht Lust?«

»Mitarbeiten?«

»Ja. Wär doch schön. Wie in alten Tagen.«

»Wie du dir das vorstellst, Rainer. Ich hab Familie, vier Kinder. Andererseits...«

»Andererseits?«

»Vielleicht? Unsinn! Ich bin doch völlig raus. Hätte ich bloß damals meine Promotion noch zu Ende gebracht. Es ärgert mich, daß ich nicht durchgehalten habe.«
»Dann setz dich doch noch mal dran. Du warst immer gut, Reni. Du kommst wieder rein. Du schaffst das.«
»Unmöglich Rainer. Nein, bestimmt nicht.«
»Es gibt inzwischen noch eine andere Möglichkeit. Du könntest die Magisterprüfung machen.«
»Hab davon gehört. Und du meinst, ich schaff das?«
»Bestimmt. Du? Immer.«
»Wenn ich mir zu Hause die Arbeit einteile. Zwei Stunden vormittags, oder drei, die könnte ich mir vielleicht freiboxen.«
»Prima! Wann fängst du an?«
Ich mußte lachen, fühlte mich plötzlich wie neu. Mir war, als sei ein Fenster, ein Tor aufgestoßen worden. Meine Welt hatte sich verdoppelt. Sie war nicht eingekreist durch Haushalt, Kinder und Wolfgang. Nein, sie war viel, viel größer. Und ich konnte hin, ich konnte meinen engen Kreis durchschreiten, Türen aufmachen und weitergehen. Es gab viele Wege, Möglichkeiten, Ziele. Warum nur hatte ich das aus den Augen verloren, vergessen?«
»Das kommt jetzt so schnell, Rainer. Ich muß das alles noch mal gründlich durchdenken und mit Wolfgang besprechen.«
»Kann doch wohl kein Problem sein, oder?«
»Wolf steckt im Wahlkampf, Rainer. Er will im Frühjahr in den Landtag. Da kann ich ihn nicht hängenlassen.«
»Klar, Reni. Verständlich. Aber ich hör bald was von dir. O. K.?«
»Ganz sicher. Ruf mich an, nächste Woche. Ich muß weg. Entschuldige! Wenn ich jetzt nicht renne, wird das Mittagessen nicht pünktlich fertig.«
»Natürlich, Reni. Ich will dich nicht aufhalten. War schön, dich wiederzusehen.«
»Ja, das ist wahr.«
Er stand auf, half mir in die Jacke, reichte mir meine Pakete und sagte mit einem Blick auf das Kaffeegeschirr:
»Lauf los! Ich regle das hier. Ich ruf dich nächste Woche an.«

▲ ▼ ▲

TRIMM DICH – BUMS MAL WIEDER! Auf rechteckigen Pappkarton gedruckt, dunkelblau umrandet, hing der Spruch über dem Bett. Darüber klebte Che Guevara mit wehendem Haar und, am Kopfende des Bettes, ein Beatles-Poster. Ich stand und starrte: Bums mal wieder. »Willst du?« fragte es hinter mir. Ich ruckte herum. »Paß auf! Du verschüttest alles.« Fred reichte mir meinen mitgebrachten Zahnputzbecher, den er bis zum Rand mit süßem Rotwein gefüllt hatte. Ich nahm das Glas und setzte mich schnell auf den Schreibtischstuhl. Außer Freds Bett war das, soweit ich sehen konnte, die einzige Sitzgelegenheit.

Seit drei Tagen wohnte ich im Pestalozzi-Haus, hatte als sozialer Härtefall beim ersten Antrag ein Zimmer bekommen, meinen Koffer ausgepackt, den Wecker auf die Ablage am Kopfende meines Bettes gestellt und lebte in der Vorstellung, Studentin sein, das bedeute: lernen, pauken, Prüfungen ablegen, Examen machen. Fred, den ich im Treppenhaus traf, lud mich zu seiner »irren Mainachtsfete« ein, um das Sommersemester angemessen zu beginnen. Dieser Abend ist mir mit allen Einzelheiten im Gedächtnis geblieben. Ich sehe alle wieder: Gisa mit ihrer indischen Stickereibluse, der bunten Hose und der Silberkette um den Hals. Jede Hebung von Gisas Brüsten wurde von leisem Klingeln begleitet, denn die Kette hatte einen Anhänger, der mit winzigen Glöckchen geschmückt war. Neben ihr saß Zoller. Für Gisa spielte er auf seiner Gitarre. Es klang spanisch. Später fand ich heraus, daß Zoller nur dies eine Stück spielen konnte, daß er es immer dann spielte, wenn er einem Mädchen imponieren wollte. Zoller spielte für Gisa, Gisa ließ die Glöckchen klingeln und hob ihr Glas, damit Fred ihr Wein nachschenken konnte. Dabei sahen sich die beiden in die Augen, und ich merkte, daß Zoller mit seiner Darbietung – spanisch oder nicht – keinen rechten Eindruck machte.

Rainer lernte ich auch an diesem Abend kennen. Er übernahm die Gitarre, wenn Zollers Repertoire erschöpft war. Leise schlug Rainer die Saiten an, horchte, summte: The answer, my friend, is blowing in the wind, the answer is blowing in the wind. Mir war, als vergäße er uns alle, während er so spielte. Es störte ihn auch nicht, daß Fred und Zoller immer lauter diskutierten, sich der Befreiung der Arbeiterklasse gedanklich näherten, der Problematik entfremdeter Arbeit, der Schaffung eines neuen Bewußtseins in der Arbeiterschaft. Als ich dazwischenfragte, was das sei, entfremdete Arbeit, wandte Zoller sich mir ganz zu, goß sich und mir Rotwein nach und erklärte mir die Phänomene des Monopolkapitalismus. Ich verstand nicht viel von dem, was er vor mir ausbreitete, merkte aber sehr deutlich, daß Fred mich blöde fand. War ich blöde? Mich wunderte, wieso die beiden an der Arbeiterschaft interessiert waren. Sie waren doch keine Arbeiter, würden nie welche sein. Sie hatten gleich nach dem Abitur ihr Studium aufgenommen. Ich selbst, ich hatte in den letzten Monaten im – wie Zoller sich ausdrückte – »Arbeitsprozeß« gestanden, hatte »entfremdete« Arbeit verrichtet, nur einen Teilbereich der Fertigung, nie das Endprodukt gesehen. Zoller hatte eine Art, mir die Sachlage zu analysieren, die mich alles mit neuen Augen sehen ließ. Nichts war mir damals aufgefallen, nichts hatte ich durchschaut. Ich war morgens in die Hemdenfabrik gefahren, hatte meine Stunden an der Nähmaschine gesessen, »Zwischenprodukte« angenommen, »Zwischenprodukte« weitergereicht und war nachmittags müde nach Hause geradelt. Hatte mich das Endprodukt interessiert? Litt ich darunter, die fertigen Hemden nicht sehen zu dürfen? »Woher«, fragte ich Fred, »woher weißt du, daß Arbeiter unter diesen Arbeitsbedingungen leiden?« »Woher ich das weiß? Hier«, er deutete auf den Bücherstapel, auf dem er saß, »hier steht das. In welcher Welt lebst du denn? Du mußt mehr lesen, Irene!«

Später zogen wir alle in die Küche um. Andere Hausbewohner stießen zu unserer Gruppe. Bierflaschen kreisten, Lambrusco in Zweiliterflaschen stand auf dem Tisch, Zigarettendunst und beißender Qualm heißen Fettes – Mischa, »der liberale Scheißer«, wie Fred ihn nannte, briet Spiegeleier. Gisa zog mit Fred los, und Zoller rief hinterher: »Bleib sauber, Junge!« Die anderen lachten, ich nicht. Ich begriff nichts. Wir aßen Spiegeleier und trocken gewordenes Weißbrot, redeten über Karl Marx, die neue Beatles-Platte und unsere gesellschaftlichen Aufgaben und Zukunftspläne. Zoller, der die Gitarre in Freds Zimmer zurückgelassen hatte, klapperte einen Rhythmus mit Gabel und Messer auf den Tellerrand. Ohne Absprache, wie auf ein geheimes Kommando, versorgten wir uns alle in den nächsten Minuten mit Instrumenten, mit Topfdeckeln, Reibebrett,

Pfannen und Holzlöffeln. Ich hatte mir einen leeren Persileimer verkehrt herum zwischen die Knie geklemmt, meine Trommel. Und ich trommelte, langsam zunächst, den Rhythmus suchend, Lautstärke und Schnelligkeit ausprobierend. Dann fand ich mich zurecht, ordnete mich dem Orchester ein, bewegte nicht nur meine Hände, die Arme, ich spürte, wie der Rhythmus mich ganz besetzte, mich mitnahm. Ich schlug nicht mehr den Pappboden eines Waschpulvereimers, ich war Teil eines Riesenorchesters geworden, einer stampfenden, hämmernden Maschine, die mein zurückliegendes Leben, Papa am Fuß der Kellertreppe, die glasigen Augen von Mutsch, das verlorene Zuhause, meine Mädchenjahre, die keine gewesen waren, die Schaumgebilde meiner Träume und Hoffnungen niedertrommelte, abtrommelte. Wir waren Wilde, träumende Wilde, wilde Träumer. Ich trommelte. Auch ich war wild. Ich hatte die Welt gewechselt.

Rainer war außer mir der einzige im Haus, der auch Archäologie studierte. Er half mir, zeigte, welche Vorlesungen und Seminare ich belegen konnte und sollte. Durch ihn wurde mir der Anfang leicht gemacht. Rainer, der nette Kumpel, der Gitarrenspieler und Träumer, der sich für Parapsychologie und Psi begeisterte. Er hätte sicherlich einen guten Ehemann abgegeben, aber es blieb alles still zwischen uns beiden. Durch Rainer lernte ich dann Wolfgang kennen. Eines Tages saßen sie zusammen in der Küche. Sie aßen Miracoli. Immer, wenn Rainer von zuviel Mensaessen ausgehungert war, kochte er Miracoli. Schmierige Margarinetöpfe, in denen Marmelade- und Leberwurstreste erkennbar waren, eine große Ketchupflasche und eine Zweiliterbombe Lambrusco standen auf dem Tisch. Ich setzte mich dazu, erbettelte mir einen Anteil an Nudeln und Lambrusco und hörte den beiden zu. Rainer sinnierte wieder mal über den Untergang des Imperium Romanum, zählte all die Parallelen auf, die er in der Gegenwart zu finden meinte, und versuchte, der aufkommenden Weltuntergangsstimmung mit Spaghetti und Rotwein entgegenzuwirken.

Wolf, der mir gegenübersaß, aber kein Interesse an mir erkennen ließ, was meine Eitelkeit verletzte, versuchte immer wieder, ihm ins Wort zu fallen. Es gelang ihm nicht leicht, Rainers Totenrede auf das Abendland zu unterbrechen. Er wurde ungeduldig. Schließlich,

Rainer spülte seine Nudeln mit einem großen Schluck Rotwein hinunter, kam er endlich zu Wort. Er schob seinen Teller von sich, rülpste laut, was mich schockierte, und griff nach der Flasche. Dann stützte er den rechten Ellenbogen auf die Tischplatte, hob den Zeigefinger wie ein Dorfschullehrer und sagte, sich zu Rainer hinüberbeugend: »Quatsch! Alles Quatsch! Dekadente Scheiße! Was soll das? Wir sind doch nicht die alten Römer. Mensch, Rainer! Marcuse sagt: Wir können uns den Luxus der Resignation nicht leisten. Machen wir uns daran, unsere Träume zu verwirklichen! Das ist's, Junge! Hörst du! Laß das Gezeter! Ich weiß, ich weiß«, er lehnte sich jetzt zurück, ließ seinen Stuhl auf den Hinterbeinen wippen, »du bist Altwarenhändler, Archäologe. Aber was soll's? Wen bringt das weiter, dein Gerede?« – »Augenblick mal!« mischte ich mich ein. Mich ärgerte dieser rülpsende, wippende Mensch, der die Sorgen und Ängste Rainers beiseite schob wie seinen leeren Eßteller. Mich ärgerte der Zeigefinger, die Lehrerpose. »Was hast du denn gegen die Archäologie?« fragte ich. Er wandte sich mir zu. Ich sah, daß er ganz dunkelblaue Augen hatte, Augen, wie ich sie von Klaus kannte.
»Ich hab gar nichts gegen die Archäologie. Aber ich hab was gegen Rainers Weltuntergangsstimmung. Verdammt noch mal! Liegt schließlich an uns, ob es weitergeht und wie es weitergeht. Und eure Archäologie, wenn sie euch zur Tatenlosigkeit verführt – sieh dir Rainer an: paralysiert. Ein Ereignis, das fast zweitausend Jahre zurückliegt, macht ihn schlapp und depressiv –, dagegen hab ich was. Allerdings.« – »Und was tust du?« fragte ich und wollte hinzufügen, ›außer, daß du herumsitzt und kluge Reden schwingst?‹ Aber mir fehlte der Mut. Statt dessen zog ich ein Flugblatt, das auf dem Tisch lag, zu mir heran. ›Kommt alle massenhaft zum Sit-in im Audi-Max‹, stand darauf fett gedruckt. Datum und Uhrzeit waren unter einem Ketchupflecken verschwunden. Ich strich das Papier glatt und bat Wolfgang: »Schreib mir mal auf, was dieser Marcuse gesagt hat!«
So lernten wir uns kennen. Wir gingen ins Kino, in die Pizzeria, in die Kneipe und lösten die Probleme der Welt – durch Diskutieren: Vietnam, die Springerpresse, der Neo-Imperialismus, die repressive Gesellschaft, die kollektive Idiotie der Reaktionäre, Vorzüge und Schwächen der Soulmusik, die neueste Beatles-Platte. Ich verstand nicht viel davon, mein Gefühl sagte mir aber, daß Wolf ein sehr, sehr

kluger Mann war und daß er das Richtige wollte. Dann, als alle Studenten im Schweigemarsch durch die Stadt zogen, um gegen die Ermordung Benno Ohnesorgs zu demonstrieren, da sagte Wolf zu mir: »Wenn es Ärger gibt, verschwindest du sofort in der nächsten Haustür!« Was beschäftigte mich während dieses Ganges durch die Stadt? Die Erschießung eines Kommilitonen? Die Auswüchse des Spätkapitalismus? Nur gut, daß Wolf nicht in meinen Kopf hineinsehen konnte! Ich dachte nämlich darüber nach, ob ich ihm wichtig war. Sorgte er sich um mich? Wenn ja, dann konnte ich ihm nicht gleichgültig sein. Mochte er mich? War er verliebt? War ich verliebt?

Lange konnte ich mein politisches Unwissen, mein mangelndes Bewußtsein kaschieren. Ich sprach nicht viel, hörte zu, kochte Kaffee, Tee, war Zuhörerin, Jüngerin, eine Rolle, in der ich Wolf gefiel. Er liebte es, seine Gedanken vor mir auszubreiten, seine rhetorischen Fähigkeiten zu erproben und zu verfeinern. Dann, das mußte aber im Jahr darauf gewesen sein, kam meine ganze Unkenntnis, mein abgrundtiefer Mangel an politischem Engagement zutage. Wir fuhren mit Wolfs Käfer zum Sternmarsch nach Bonn, um gegen die Notstandsgesetze zu demonstrieren. Unterwegs auf der Autobahn sahen wir viele andere Wagen, vollgestopft mit Studenten. Wir winkten uns zu. Es war so eine unbändige Freude in uns, ein Gefühl der Gemeinsamkeit, der Stärke und des Bewußtseins, die Welt zum Guten hin verändern zu können. Auch ich fühlte so, wenn mir auch der ›Unterbau‹ fehlte. In Bonn parkten wir am Endenicher Ei und machten uns mit anderen, die sich in Gruppen zusammenfanden, auf den Weg zum Hofgarten. Es nieselte. Als ich so, in langer Reihe, neben Wolfgang durch die Bonner Innenstadt lief und wie alle andern laut rief: ›Benda, wir kommen‹, da verriet ich mich. Ich zupfte Wolf am Ärmel und fragte leise: »Wer ist Benda?« Er stand, hielt mich an den Oberarmen gepackt, daß es schmerzte, und starrte mich an. Wir standen still, die Demonstranten strömten an uns vorbei. Wolfgang sagte nichts, starrte mich an und malte mit seinen Backenzähnen. Dann zog er mich weiter, wir reihten uns erneut ein, und leise raunte er mir zu: »Das ist der Innenminister.« – »Ach so«, sagte ich so sanft wie möglich und skandierte gleich darauf wieder, jetzt mit neuem Bewußtsein: »Benda, wir kommen!«

Mir fehlte das Wissen, auch das Interesse. Statt dessen hatte ich Gefühl, ein Gefühl, auf der richtigen Seite zu stehen. Dieser Tag in Bonn, die Kundgebung im Hofgarten, die Rede Heinrich Bölls, all das ließ tiefe Abdrücke in meinem Gedächtnis und in meinem Fühlen zurück. Wir mußten als Opposition, die einzige, die es gab, als Apo, die Demokratie retten. Wir durften nicht zulassen, daß ehemalige Nazis wieder in Amt und Würden saßen und noch einmal unwidersprochen agieren konnten. Und wir waren viele. Wir waren stark, nicht zu überhören, nicht zu übersehen. Wie ich mich irrte! Schon am selben Abend mußte ich lernen, wie wenig wir Studenten ausrichten konnten. Das Fernsehen brachte, zwischen anderen Nachrichten, einen kurzen Bericht von unserem Sternmarsch: Der Hofgarten erschien auf dem Bildschirm. Hinten, kaum erkennbar, sah man die Rednertribüne, im Vordergrund aber, groß im Bild, ein Pärchen, das sich unter aufgespanntem Regenschirm umarmte. Das war alles, die ganze ›Berichterstattung‹. Mir stiegen die Tränen in die Augen. Am liebsten hätte ich den schweren gläsernen Aschenbecher auf den Bildschirm geworfen, die ganze verlogene Art der Darstellung in Splitter gehauen. Wolfgang sagte kein Wort. Danach machten wir einen langen Spaziergang. Plötzlich sagte er:
»Entweder Politik oder Journalismus. Es gibt keine andere Möglichkeit.« Dann legte er den Arm um mich, zog mich an sich, preßte uns beide zusammen und küßte mich so heftig und lange, als wolle er dadurch den ganzen Tag mit seinen Enttäuschungen auspressen.

▲ ▼ ▲

»Heute vormittag hab ich Rainer in der Stadt getroffen.«
»Den? Ach ja, er leitet die Ausgrabungen an der Tiefgarage.«
»Warum hast du mir nichts davon erzählt?«
»Ist mir durch die Lappen gegangen. Entschuldige, Liebes. Ich hab im Augenblick zuviel um die Ohren. Wenn erst mal der Wahlkampf vorbei ist...«
»Ich brauche keine Promotion, sagt Rainer.«
»Promotion?«
»Es gibt inzwischen die Möglichkeit, mit der Magisterprüfung abzuschließen. Er meint, ich sollte das noch machen.«
»So? Und wie siehst du das?«

»Was hältst du davon?«
»Da kann ich dir nicht reinreden. Das mußt du entscheiden.«
»Er will mir einen Job bei seiner Truppe besorgen, im Museum vielleicht auch, nichts Großes, ein paar Mark halt. Aber ich käme wieder rein in die Arbeit. Und ein bißchen Geld für mich wär auch nicht schlecht.«
»Wenn du das mit den Kindern geregelt kriegst.«
»Die Kinder. Die Kinder. Ein schlagendes, ein erschlagendes Argument. Sind doch auch deine, oder?«
»Wie soll ich denn meinen Beruf und die Kinder unter einen Hut bringen? Wir leben doch von meinem Verdienst. Aber – wenn du meinst – meinetwegen können wir ja mal tauschen. Ich würd gern mal zu Hause bleiben.«

▲▼▲

Die Semesterferien verbrachte ich bei Tante Grit in Berlin. Fred und Gisa nahmen mich in ihrer Ente mit. Ich saß auf dem Rücksitz, links von mir einen Korb mit Butterbroten und Colaflaschen, rechts eine Tasche mit Büchern. Fred predigte über die Notwendigkeit von Aktionszentren für Studenten in Westdeutschland, rationale Bewältigung der Konfliktsituationen, koordinierte politische Aktionen gegen den Vietnamkrieg, gegen die NPD, gegen die Springerpresse. Ich hörte nur mit halbem Ohr hin, verstand nicht, was es heißen sollte, wenn Fred den Kiesinger eine austauschbare Charaktermaske, einen Gefangenen der repressiven Maschinerie des kapitalistischen Verwertungsprozesses nannte. Freds Sprache war mir noch immer nicht geläufig. Wenn er sich so in seinen Jargon hineinsteigerte, verstand ich nur noch, daß die Verhältnisse himmelschreiend ungerecht seien und durch politische Agitation das Bewußtsein der Massen geändert, für politische Aktionen gewonnen werden mußte. Ich fühlte mich dumm und naiv. Gleichzeitig erschien mir das, was er beschrieb, mit meiner eigenen Wirklichkeit nicht übereinzustimmen. Wer unterdrückte mich denn? Konnte ich nicht jederzeit frei meine Meinung sagen, genau wie Fred? Da hatte doch noch nie einer gedroht. Und die Verhältnisse waren so schlecht nicht für mich. Ich holte mir jeden Monat mein Geld von der Bank, Honnefer Modell. Der von Fred beschimpfte Staat finanzierte mein Studium. Aber ich

wagte es nicht, Freds Gesamtentwurf einer notwendigen revolutionären Umwälzung mit meinem kleinen Einzelleben zu konfrontieren. Ich war ihm auch sprachlich nicht gewachsen, wunderte mich, wie Gisa damit zurechtkam, ihr Begriffe wie Kader, revolutionäre Zellen, militanter Humanismus und kulturrevolutionäre Übergangsphase so selbstverständlich von den Lippen liefen. Was war ein Kader? Wußte Gisa, was ein Kader war? Aber daß der Vietnamkrieg ein Ende haben mußte, daß es nicht hingenommen werden durfte, wenn Benno Ohnesorg von hinten erschossen wurde, das hatte ich begriffen, dafür hatte auch ich demonstriert.
Ich sprach darüber beim Abendbrot mit Tante Grit und Onkel Fritz, regte mich über die Ermordung Bennos auf. Das erwartete Echo blieb aber aus. Onkel Fritz deutete auf den Fernsehschirm. Ich sah Rudi Dutschke, der ins Mikrophon schrie, seine Stimme überschlug sich, die Haare fielen ihm in die Stirn. Die Kamera schwenkte, zeigte Studenten, die untergehakt in langen Reihen die Straße hinunterliefen und skandierten: »Wir sind eine kleine, radikale Minderheit!« Am Straßenrand stand eine Rentnerin mit ihrem Einkaufsnetz und schüttelte den Kopf. Die Kamera zeigte sie in Großaufnahme. »Da, siehste?« Onkel Fritz wies mit der Spitze seines Kinns auf den Bildschirm. »Siehste die Idioten? Siehste se laufen? Nee, Mädchen, halt dich da raus! Det ham wer allet schon jehabt, mehr als jenuch.« – »Aber Onkel Fritz, findest du's nicht richtig, daß die Studenten gegen den Vietnamkrieg demonstrieren?«
»Am Amerikahaus hamse die Fahne runtergerissen und mit Eiern geschmissen. Eine Schande is det für Berlin! Eine Schande! sag ick. Wat wär'n wir denn ohne Amerika? Wat denn? Die Horden da, die denken doch nich, die sind bloß aufjeheizt. Von denen könnte hier in Berlin ohne Amerika keiner demonstrieren und mit Eiern schmeißen. Die sägen am eijenen Ast und fühlen sich ooch noch als Helden.« – »Du findest das doch nicht richtig, Renchen, was dieser Rudi Dutschke und seine Freunde machen, oder?« fragte Tante Grit. Und ich schwieg aus Höflichkeit. Ich fühlte mich unfähig, diese beiden, bei denen ich die Ferien verbringen durfte, zu verletzen. Ich fühlte mich auch unfähig, zu argumentieren. Von Tante Grits Abendbrottisch aus betrachtet, wirkten die Demonstranten wie eine aufgepeitschte Masse. Umgekehrt, hätte Fred mich so sitzen sehen, wie

ich meine Brotscheibe mit kaltem Braten belegte, er hätte mich einen etablierten Spießer genannt.
Bei Tante Grit und Onkel Fritz zu sein, das war ein bißchen wie zu Hause. Da war ein Zimmer für mich reserviert, ein frischbezogenes Bett und auf dem Tisch ein dicker Strauß buttergelber Fresien, die ihren festtäglichen Duft verströmten. Die Selbstverständlichkeit, mit der sie mich willkommen hießen, ihr echtes Interesse an Klaus und mir, auch ihre freundliche Art, mich zu kritisieren, zeigten mir immer wieder, daß ich für sie ein Mensch war, nicht ein Objekt ihrer Mildtätigkeit. Der Tod von Onkel Fritz hatte mich traurig gemacht, mich an ganz anderer Stelle getroffen als Papas Tod. Mit Tante Grit saß ich viele Abende zusammen, diskutierte mit ihr und stellte meine Fragen, viele Fragen, auch solche, die Mutsch und Papa betrafen.
»Ich verstehe nicht, Tante Grit, wie ihr, Mutsch und du, mit Trudi befreundet sein konntet?«
»Renchen. Wir waren jung, wir wollten leben, lachen, lieben. Die Politik, die spielte da irgendwo eine Rolle, damals natürlich stärker als heute. Aber trotzdem. Trudi war nett und lustig und ein idealer Ausgleich zu unserer nordischen Trockenheit. Wir hörten dauernd diese Sprüche von Blut und Boden, denk nur an die Ahnenpässe. Das ging zum einen Ohr rein, zum andern wieder raus. Halt! Sei einen Augenblick still! Ich weiß schon, was du sagen willst. Überleg aber mal: Wie ist es denn heute? Werden dich eines Tages deine Kinder fragen, wie du mit den Umweltproblemen umgegangen bist, welche Konsequenzen du gezogen hast, wie du dich verhalten hast? Sie werden, verlaß dich drauf. Und dann, dann bist du in der gleichen schwierigen Situation wie ich heute. Versuche einem Menschen, der nicht in deiner Zeit lebte, verständlich zu machen, was in dir vorgegangen ist.«
»Aber die negativen Seiten, die Auswüchse, die Bücherverbrennungen, die Judenverfolgung...«
»Darüber haben wir mit Trudi nicht gesprochen. Hätte ich sie zur Rechenschaft ziehen sollen? Fragen stellen, anklagen? Wo denkst du hin?«
»Aber nach dem Krieg?«
»Ich habe seit Kriegsende keinerlei Kontakt mit Trudi.«
»Mutsch aber.«

»Stimmt. Nur –, das mußt du verstehen. Sie fühlte sich Trudi gegenüber verpflichtet.«
»Wieso denn?«
»Das hängt mit deinem Onkel Harry, Sibylles Bruder zusammen. Harry war im Widerstand, und Trudi hat Sibylle ein oder zweimal gewarnt, als sie durch ihren Mann von dem Verdacht gegen Harry erfuhr. Bei Trudi lernten sich übrigens deine Eltern kennen. Ich seh sie immer noch vor mir, Sibylle und Berti, wie sie tanzen, er mit seiner Marineuniform, dunkelblau mit goldglänzenden Knöpfen, und sie in weichfließender Seide, jadegrün. Ein Paar, eins, untrennbar und doch geschieden, als umschlängen sich zwei Wasser, flössen zusammen, strebten auseinander und trennten sich doch nicht. Nun ja, und als Trudi und Sibylle nach dem Krieg beide im Rheinland wohnten, da haben sie sich wohl auch gegenseitig besucht. Es gab eine Menge gemeinsamer Erinnerungen, und Sibylle war einsam in Oedekoven und froh um jede Abwechslung.«
»Ich verstehe nicht, Tante Grit, wieso Mutsch sowenig Kontakte hatte. All die Freunde von früher, Verwandte, Bekannte, wo waren die geblieben?«
»Viele Freunde hatte Sibylle nie. Die Männer waren im Krieg geblieben. Sie war weit weggezogen.«
»Aber Verwandte. Da muß doch noch ein Bruder von Großvater gelebt haben, ein Björn Clausen.«
»Du weißt, daß deine Großmutter sich das Leben genommen hat?«
»Ja. Ich weiß. Warum? Warum hat sie das getan, Tante Grit? War sie wie Mutsch?«
»Nein. Das ganz sicher nicht. Ach, die Zeiten. Renchen, du kannst dir das eben nicht vorstellen. Es gab Menschen, die wurden damit nicht fertig. Danach war dann Björn Clausen Sibylles Vormund geworden. Sie sprach immer voller Verachtung von ihm. Angeblich ließ er sich seine Einwilligung zu ihrem Auto, einer Schwedenreise und zu anderem durch die Schenkung wertvoller Möbel regelrecht abkaufen. Aber ich weiß keine Einzelheiten. Ich weiß nur, daß die Firma vom alten Johannsen geleitet wurde, später dann auch von Harry. Du kannst mich dazu nicht viel fragen. Ich hatte inzwischen meinen Fritz kennengelernt und nach Berlin geheiratet.«

»Davon erzählte Onkel Fritz gern.«

»Das stimmt. Aber den Krieg und die Nachkriegszeit, die hätte er am liebsten wegradiert. Der Krieg hatte uns stark verändert, und das wollte Fritz nicht wahrhaben. Eine schwere Belastung war das damals für unsere junge Ehe. Fritz war gleich '39 eingezogen worden. Ich stand allein mit dem Hotel, jung und unerfahren, wie ich war! Oft habe ich abends im Bett gelegen und geweint, geweint vor Müdigkeit, Hilflosigkeit und Wut. Ein Vermögen an Lehrgeld habe ich bezahlt. Und natürlich war ich '45 nicht mehr die gleiche Frau wie '39. Das wollte Fritz nicht wahrhaben. Für ihn war und blieb ich die hübsche, junge Frau, chic, geistreich, lustig. Vielleicht bin ich sogar mit schuld daran. Wenn er Fronturlaub hatte, dann spielte ich ihm diese Rolle vor. Er sollte sich keine Sorgen machen, sollte, wenn er zurück an die Front mußte, schöne Erinnerungen, helle Bilder mitnehmen. Er nahm das Bild seiner leichtsinnigen Frau mit. Ich war aber hart geworden. Bei seiner Heimkehr, nach der Kriegsgefangenschaft, da zeigte sich dann, was aus uns geworden war. Er saß herum, sprach wenig, nie über seine Fronterlebnisse, war unfähig, irgend etwas zu tun, und verstand die Welt nicht, in die er zurückgekehrt war. Ich hatte all die Jahre nicht viel Zeit, nachzudenken, über mich, über meine Ehe, über das, was nach dem Krieg sein würde. Wer würde dann noch leben? Als Fritz dann zurück war, schockierte es ihn zu sehen, wie ich lebte, Lebensmittel auf dem Schwarzmarkt besorgte, Beziehungen zu Menschen hatte, die überhaupt nicht in sein Weltbild paßten. Diesen Teil der Kriegswirklichkeit hatte er nicht erlebt, den Zusammenbruch, die russischen Besatzer mit ihrem ›Frau komm!‹. Ja, als wir uns nach dem Krieg wiedersahen, da waren wir uns ganz fremd geworden. Es gab Augenblicke, da wäre ich am liebsten weggelaufen. Aber wohin? Alle waren ausgebombt, und keiner hätte Verständnis für meine Probleme aufgebracht. So mußten wir uns eben zusammenraufen und haben's auch geschafft. Später kam dann der Wiederaufbau, Fritz traf mit alten Freunden und Bekannten zusammen, wuchs allmählich in die Rolle des Hoteliers zurück, und ich übernahm wieder die Rolle der Ehefrau und Mutter.«

»Du sagst das so.«

»Das war nicht leicht. Erst hatte ich die Verantwortung übernehmen müssen, ohne gefragt worden zu sein, jetzt sollte ich alles wieder aus der Hand geben. Leicht war's nicht, Renchen. Viele Ehen gingen damals in die Brüche. Die Männer verstanden ihre Frauen nicht mehr, die plötzlich so selbstbewußt und selbständig waren. Ich habe mich damals für Fritz entschieden, ihn, wenn du willst, noch einmal geheiratet. Wir liebten uns ja auch immer noch, trotz allem. Ach, was erzähle ich dir hier. Du willst über deine Mutter Bescheid wissen, und ich rede von mir. Entschuldige. Du fragst aber auch. Da werden Dinge angerührt, über die ich seit Jahren nicht gesprochen habe. Interessiert ja auch keinen, wie ich denke und was ich erlebt habe. Alle sind längst zur Tagesordnung übergegangen. Und daß du so fragst, das ängstigt mich fast. Du solltest mehr in der Gegenwart leben!«

»Nein, nein, Frau Ortweg. Ich weiß nicht«, zögerte Hilde Kruse, faltete ihre Hände und sah mich schräg von unten an. »Ich weiß nicht, ob ich Ihnen das erzählen soll. Sie ist schließlich Ihre Mutter. Ach nein. Ich glaube, ich laß es besser. Schließlich war auch Krieg. Die Verhältnisse damals... Nein, nein, das würden Sie nicht verstehen.«

»Sie brauchen auf meine Gefühle keinerlei Rücksicht zu nehmen«, versicherte ich schnell. »Sie müssen wissen, meine Mutter war in ihren letzten Lebensjahren keine Mutter im herkömmlichen Sinn. Gefühle kindlicher Pietät hege ich schon gar nicht. Also, erzählen Sie nur!«

»Nach Alex' Tod kam sie zu uns. Da tat sie mir wirklich leid, so schmal war sie und blaß. Und sie hatte ja auch das Baby. Meine Eltern waren glücklich über das Enkelkind, Alex' Sohn. Und auch für Sibylle hatten sie viel Verständnis, ließen sie zur Ruhe kommen, drangen nicht in sie. Vater machte lange Spaziergänge mit ihr, immer am See entlang. Sie war wie zugefroren, äußerte sich nicht über ihre Pläne, ob sie bei uns bleiben oder nach Ostwyk zurückkehren wollte. Wir feierten Weihnachten, sehr, sehr traurige Weihnachten. Und dann, einen Tag vor Silvester, rief ihr Bruder Harry bei uns an. Der war ja nicht an der Front wie die anderen Männer. Der war bei der Abwehr, reiste viel, Spanien, Portugal, Italien. Ich habe nie genau erfahren, was er machte. Eine dubiose Person, wenn Sie mich fragen. Nach dem Anruf war sie dann wie ausgewechselt. Die beiden trafen sich, und Anfang Januar packte sie ihren Koffer und fuhr zurück nach Ostwyk. Harry holte sie bei uns ab. Das Baby packten wir in unseren schönen Waschkorb. Den haben wir dann nie wiedergesehen.«

»Und meine Mutter?«

»Sibylle kam im Spätsommer, war verändert. Sie trug kein Schwarz, machte auch keine Spaziergänge mehr um den See. Sie ging oft weg, besuchte Freunde und Bekannte...«

»Aber, war es nicht gut, daß sie versuchte, sich abzulenken, ihre Lethargie zu überwinden?«

»Ach was, neues Leben! Es war ein Skandal. Die Witwe von Alex Kruse verbrachte ihre Zeit mit Eskapaden und vergaß ihre Pflichten als Mutter und Schwiegertochter. Ich vertrat die Mutterrolle bei Güntherchen, kümmerte mich um Alex' Kind, fütterte, wickelte und badete es, fuhr mit ihm spazieren und sang ihm die ersten Lieder. Als ich mich über sie aufregte – sie lag manchmal bis mittags im Bett, trank auch damals schon viel –, da verteidigte Vater sie auch noch. Wir müßten froh sein, daß der Lebensmut zurückkehre, meinte er. Aber das war Lebensübermut bei Sibylle, exaltiert und ohne Verantwortungsgefühl.«

»Haben Sie mit ihr darüber gesprochen?«

»Ich nicht. Nein, Vater sprach mit ihr. Selbst ihm wurde das allmählich zuviel. Was die beiden damals miteinander gesprochen haben, weiß ich nicht. Aber einige Tage später fuhr sie, und ich habe sie erst nach dem Krieg wiedergesehen. Im Frühjahr ›44 heiratete sie dann Albert Hofmeister, Ihren Vater, Frau Ortweg. Nun ja, manche kriegen nie einen ab und andere eben immer wieder.«

»Denken Sie nicht, daß es für Günther gut und richtig war, wieder einen Vater zu haben? War das nicht vielleicht der Grund für diese Heirat? Es kann doch sein, daß sie sich verpflichtet fühlte, dem Jungen einen Vater zu geben.«

Ich überlegte, wie ich Mutsch vor dieser selbstgefälligen alten Jungfer verteidigen, sie in Schutz nehmen, sie aus dem Bild reißen konnte, einem Bild, das mir mit falschen Farben gemalt schien. Hilde wandte mir ihr blasses Gesicht zu und sagte:

»Sie tun ja gerade so, als habe sich Sibylle geopfert!«

»Kann das nicht sein? Vielleicht…«
»Na, hören Sie! Heiraten ist schließlich nicht die einzige Methode, durchs Leben zu kommen. Andere Frauen, Kriegerwitwen, haben schließlich auch allein ihre Kinder großgezogen. Sicher, das war nicht so komfortabel. Aber die haben doch über den Tod hinaus zu ihren Männern gestanden und auch bei den Kindern die Erinnerung an den Vater wachgehalten.«
»Hat Sibylle das nicht?«
»Weiß der Himmel. Auf jeden Fall ging das alles viel zu schnell. Kaum war Alex tot, da heiratete sie schon wieder. Hätte sie nicht ganz zu uns ziehen können? Das Haus war groß genug, und sie gehörte schließlich zur Familie.«
Vielleicht wollte sie euch nicht zur Last werden, dachte ich. Vielleicht fürchtete sie, im Muff eures Familiennestes zu ersticken. Vielleicht war ihr nicht nach vaterländischen Reden und tapferem Kriegerwitwendasein zumute. O Mutsch, du warst mir so nah in diesen Stunden, die ich bei Hilde saß. Diese Hilde mit ihrer beigen, ordentlichen Welt! Nur nichts riskieren, nicht aus der Reihe treten! Anständigkeit nennen sie es, dabei ist es nichts als Feigheit, die Anständigkeit dessen, der es nicht wagt, eine eigene Meinung zu haben, selbst zu handeln. Und hinterher wissen sie immer alles besser. Tante Trudi ist von derselben Sorte. Mit ihr habe ich auch keinen Kontakt mehr. Zuletzt traf ich sie, als Klaus und ich unsere Sachen packten, weil wir aus dem verkauften Haus ausziehen mußten. Danach fehlte mir jede Lust, noch einmal mit ihr über dich zu sprechen.
Wir standen im Flur unten, im oberen Teil des Hauses arbeiteten schon die Handwerker und strichen die Wände in der Wunschfarbe des neuen Besitzers. Zwischen alten Schulheften, Büchern, Schallplatten und Kartons wateten wir hin und her, und ich überlegte gerade, ob ich die Nesthäkchenbände aufheben oder wegwerfen sollte, als Tante Trudi kam. Blondgelockt, wohlgenährt, elegant gekleidet stand sie in der Tür und breitete die Arme aus. »Ihr armen Kinder, ihr armen, armen Kinder!« Ein Küßchen links, ein Küßchen rechts. Dieser Augenblick in Trudis Armen war schön. Ich fühlte mich von weichem, warmem Tuch umfangen, nahm den schwachen Duft von Chanel Nr. 5 wahr, wurde mir meiner Müdig-

keit bewußt und hatte für einen Moment die Vorstellung, in einem süßen, warmen Napfkuchen zu sitzen. Aber dann kam: »Wie furchtbar! Ach wie furchtbar, Kind. Wir haben das ja alles nicht gewußt, nicht geahnt!« Aus war's. Dreck, Gestank, Unordnung und Verzweiflung kamen zurück. Nichts gewußt? Nichts gesehen? Und die Cognacflasche, die da nachmittags beim Kaffee leergetrunken wurde? Mutschs ungewaschener Körper, seine Gerüche, die lederne Gesichtshaut, die gelblichen Finger mit den ungepflegten Fingernägeln? Einmal, nein, nicht einmal war das so gewesen. Immer, immer deutlicher. Nicht gewußt? Tante Trudi, Hermann, Kalli, Hubertine, die die Flaschen füllte, die Leute im Dorf?

Ich stellte damals keinen zur Rede, fragte nicht, wo sie denn hingesehen hatten, wenn ihnen das entgangen war. Damals wunderte ich mich nur. Sollte die Tarnung so perfekt gewesen sein? Hatte wirklich keiner etwas gemerkt? Tante Trudi lud uns zum Essen in den Falkenhof ein. Da saß ich vor einem grüngerandeten Teller und aß Wiener Schnitzel mit Pommes frites und gemischtem Salat und hörte zu, wie Tante Trudi von Mutsch erzählte. Es war bei ihr eine Lust zu verspüren, alles über Mutsch »nun endlich einmal offen auszusprechen«, die mich trotz meiner Neugier anwiderte.

»Kennengelernt haben sich deine Eltern damals in Berlin bei mir. Wir hatten eine Feier mit vielen Gästen. Ich mußte ein großes Haus führen, hatte viele gesellschaftliche Verpflichtungen. Ja, und da waren auch ein paar Herren von der Marine, unter anderen Berti, dein Vater. Er trank damals schon viel. Aber bei der Marine tranken sie alle viel. Und dann – wenn die Männer Fronturlaub hatten, da dachte doch jeder von uns: Laß sie nur! Wer weiß, was noch kommt? Ich mochte Berti, vielleicht, weil er auch Rheinländer war. Na, jedenfalls kam mir plötzlich der Gedanke, daß er vielleicht der richtige Mann für Sibylle sein könnte. Ich wollte deine Mutter gern wieder verheiratet sehen. Sie stand doch ganz allein mit dem Kind, und Günther war ein Junge, der brauchte eine starke Hand. Aber schon bei der Hochzeit, Irene, bei der Hochzeit deiner Eltern, da hab ich schon gesagt: Die Sibylle zieht den Berti ins Verderben. Die ist sein Untergang. Du hättest sehen sollen, immer hat sie geraucht, sogar vor dem Standesamt, ja sogar beim Stillen später, mit euch an der Brust, da rauchte sie. Das konnte ja nicht gutgehen. Der Berti, das

war so ein weicher, lieber Mensch, der hätte eine warmherzige, mütterliche Frau gebraucht. Das war eure Mutter nicht. Sie gehörte zu der kühlen, nordischen Rasse. Aber sie übte eine eigentümliche Anziehungskraft auf Männer aus. Mir kam das immer so vor, als seien ihr nicht die Männer wichtig, sondern als wolle sie sich selbst nur beweisen, daß sie jeden haben könne. Sie war wie ihr Elternhaus: groß, gepflegt, kühl. Wenn sie einen Mann in ihren Bann geschlagen, ihn in ihr Haus gelockt hatte, dann ließ sie ihn in der kalten Marmordiele stehen und kümmerte sich nicht mehr drum. Du verstehst, was ich sagen will?«
Mir war schlecht, als Trudi so über Mutsch und Papa herzog, und ich fühlte mich elend, als auch Hilde diesen Ton anschlug. Ihre Selbstgerechtigkeit ärgerte mich, dies: Besser, ich rede nicht darüber, die Zeiten, du kannst das nicht verstehen. Es war doch jedesmal nur die Einleitung zur Verurteilung. Unausgesprochen, aber nicht verschwiegen wurde jedesmal: Sieh mich an, ich bin nicht so geworden wie deine Mutter. Hildes Version hieß: arm, aber ehrbar, Trudis: Ich habe mich zwar politisch geirrt, aber menschlich, menschlich habe ich mir nichts vorzuwerfen. Warum, Mutsch, hast du wirklich noch einmal geheiratet? Warum haben die andern dich nicht verstanden, deine Entscheidung nicht respektiert? Ich glaube, sie war richtig. Ja, ich verstehe dich und bin froh. Du warst jung und lebenshungrig, hast dich noch einmal verliebt und hattest das Recht dazu. Ich beglückwünsche dich zu deiner Entscheidung, dich der Welt der Kruses zu entziehen, nicht die Witwengruft, sondern einen neuen Anfang zu wählen.
Ich verstand Mutsch so gut. Ich glaubte, sie zu verstehen, ihr ins Herz sehen zu können. Dann las ich in ihren Aufzeichnungen auch eine Passage über ihre Hochzeit mit Papa.

Es war einmal eine ehrsame Wittib, die besuchte ihre Freundin Grit in Berlin, denn sie konnte die Einsamkeit ihres Witwendaseins nicht länger ertragen, und es war Mai. Weil Grit aber wußte, wie man einsame Witwen auf andere Gedanken bringt, überredete sie die Witwe, mit ihr ein Frühlingsfest zu besuchen.
Nun traf es sich, daß Albert Hofmeister und sein Freund Otto Glaseke dasselbe Fest besuchten. Beide trugen schöne dunkelblaue Uni-

formen mit goldglänzenden Knöpfen, waren trinkfest und tanzfreudig. So kam es, daß die Witwe bald in den Armen von Albert Hofmeister über das Parkett schwebte und für Augenblicke den Krieg, die Sorgen und ihr Witwendasein vergaß. Sie hätte gerne immer so weiter getanzt, so lange, bis der Krieg zu Ende und der Frieden heimgekehrt wäre. Aber das Schicksal wollte es anders. Albert und Otto tranken nämlich so viel, daß die Hausherrin ärgerlich wurde. Als Albert dann in der Diele vor einem nackten Mann aus Marmor die Hacken zusammenschlug und mit Heil Hitler grüßte, da erkannten Grit und die Wittib, daß es höchste Zeit sei, Albert und Otto verschwinden zu lassen. Frank Selow übernahm dankenswerterweise die schwierige Aufgabe, die beiden in ein Auto zu bugsieren und zu chauffieren.
Einige Tage später fuhr die Wittib zurück an den Ostseestrand und vergaß fast ihren Tänzer mit der blauen Uniform und den schönen goldglänzenden Knöpfen. Ihre Freundin Grit aber vergaß ihn nicht und hatte ihm die Adresse der Wittib zugesteckt. Und dann, es war immer noch Mai, und der Rotdorn blühte, und alles hatte sich gegen die Vernunft verschworen, da stand Albert Hofmeister in Ostwyk vor der Tür. Er machte artig seine Aufwartung und ließ sich mit Tee und Zigaretten verwöhnen. Das ging so einige Zeit. Mal lud er sie, mal lud sie ihn zum Tee und vom vielen Teetrinken bekamen sie ein unruhiges Herz. Dann geschah es, daß er wieder einmal mit ihr tanzte und sehnsuchtsvoll darauf wartete, der Witfrau einen Kuß zu rauben. Aber erst als sie nach drei Tänzen Mitleid mit ihm hatte und ihn schmachtend ansah, wagte er es. Und siehe da, es gefiel beiden, und sie wiederholten es noch einige Male. Von nun an hieß es Berti und Bille, und der dritte im Bunde war Günther, von Berti einfach Stinker geheißen, obwohl Sibylle über diese anrüchige Benennung empört war. Berti und der Stinker verstanden sich prächtig, und da sie nicht voneinander kommen konnten, beschloß Berti, den Stinker lebenslang zu behalten und die Mutter gütigst mit in Kauf zu nehmen. Auch gewöhnte sich die Wittib aus lauter Mutterliebe an den Gedanken einer bleibenden Verbindung.
Mittlerweile war es dem hohen Kommando eingefallen, Berti nach Kiel zu beordern, so daß nun das Telefon lebenswichtig wurde. Zwar war Berti manchmal so blau, daß sie ihn durch die Telefonschnur schwanken sah, aber im allgemeinen war die Verständigung

gut. Am Wochenende bestieg Berti die Eisenbahn und begab sich nach Ostwyk. Hier stand dann Sibylle am Bahnhof und harrte seiner. Nie jedoch entdeckte er sie im Kreise der wartenden Frauen, und das war gut so, denn sie mußte jedesmal erst nach Fassung ringen. Wie sah er aber auch aus! Zum Glück standen seine Ohren quer ab, sonst wäre ihm die Mütze auf die Schultern gerutscht! Und der Mantel war nur fünf Nummern zu groß. Dafür aber hatte er an seiner Aktentasche eine Rolle in Zeitungspapier baumeln, an beiden Enden fein abgebunden mit Flaggleine. Dieses war der sonntägliche Blumenstrauß. Wenn Sibylle den Schock überwunden hatte, eilte sie ihm entgegen. Nachdem Sibylle nun ihrem Albert noch schnell Hamburg gezeigt hatte, eine Woche später wurde es zerstört, befahl die Marine Berti ans Schwarze Meer. Sibylle saß wieder alleine in Ostwyk. Die Zeit verging, die Wittib gewöhnte sich ans Alleinsein und überlegte, ob sie es nicht dabei belassen sollte. Aber davon wollte Grit nichts wissen. Sie erinnerte Sibylle daran, wie schön Berti tanzen konnte, und Handwerkliches läge ihm auch, und er sei Architekt und werde es sicherlich noch weit bringen, denn nach dem Krieg mußten doch all die kaputten Häuser wieder aufgebaut werden, und Günther sei schließlich auch noch da, und der Junge brauche einen Vater, daran gebe es keinen Zweifel. Von so viel Argumenten erschlagen, kapitulierte die Wittib und ließ sich im Frühling zum Traualtar führen.

Wieder versteckst du dich, Mutsch. Meine Frage ist nicht beantwortet. Was ging damals wirklich in dir vor? Wo finde ich dich? Immer jage ich hinter dir her. Umsonst. Verstehst du nicht, wie wichtig das für mich ist? Wo sind denn deine echten Gefühle? Hast du sie damals selbst nicht gekannt? Hast du sie versteckt, so gründlich versteckt, daß du sie nicht mehr finden konntest? Ich will aber von dir hören, daß du Papa liebtest, daß du mich und Klaus, deine Kinder mit Berti, gewollt hast. Oder? Wieso kommt mir plötzlich so ein Gedanke? Bin ich vielleicht – das ungeliebte Kind eines ungeliebten Ehemanns? Vielleicht war es gar nicht der Alkohol, der unsere Familie zerstörte, sondern er war's, der sie ermöglichte. War es so, Mutsch? Gib mir Antwort!

▲ ▼ ▲

*1. Mai 1895*

Heute gab es die traditionelle Maibowle. Ich hatte im Wintergarten decken lassen, denn es ist noch zu kalt, um im Freien zu sitzen. Aber wir hatten als Ersatz einen dicken Tuff Maiglöckchen auf dem Tisch stehen und berauschten uns an seinem Duft. Wie sehr wir uns verändert haben in den letzten Jahren! Es ist kaum zu glauben. Aus den kichernden Backfischen wurden verheiratete Frauen. Früher unterhielten wir uns über die Aussteuer, Tanzstundenerlebnisse oder den Klavierlehrer, heute beschäftigen uns wichtige Haushalts- und Erziehungsfragen, und wir tauschen Rezepte aus. Ich war besonders stolz, weil alle unseren süßen Johnny bewunderten.

Für Malwine war das heute für lange Zeit die letzte Maibowle, denn sie geht im Herbst mit ihrem Mann nach Brasilien. Schade, ich werde ihr offenes, herzliches Lachen vermissen. Mary Hansen, wenn die nicht mehr da wäre, das wäre kein Verlust. Sie macht mich immer ganz nervös mit ihren langsamen Bewegungen und dem leidenden Gesichtsausdruck. Manchmal möchte ich sie an den Schultern packen und schütteln. Sie ist so erfolgreich mit ihrer »Zartheit«. Alle sind rücksichtsvoll im Umgang mit ihr, als wäre sie zerbrechlich. Die einzige, die Mary zu nehmen weiß, ist Astrid. Sie läßt sich nichts vormachen, übersieht Marys Empfindsamkeit einfach. Heute bat sie Mary, ihr die Plätzchenschale zu reichen. Es war so komisch! Mary überhört solche Bitten grundsätzlich und hat damit auch Erfolg, weil andere, ohne darüber nachzudenken, für sie einspringen. Aber heute rührte sich keine von uns. Astrid bat sie ein zweites Mal. Da mußte sie sich denn doch notgedrungen bewegen. Astrid nahm die Schale wie eine Siegerin entgegen, wir anderen betrachteten inzwischen den Schliff unserer Kristallgläser. Ida häkelte natürlich wieder. Solange ich Ida Mehlkopf kenne, häkelt sie Deckchen. Es ist, als sei ihr die Häkelnadel angewachsen.

»Auf wen wartest du noch?« fragte Astrid und deutete auf den leeren Platz. »Doch nicht auf Berta?« Natürlich wartete ich auf Berta, aber als Astrid fragte, in diesem Ton fragte, wurde ich unsicher. Ich nickte nur und erntete dafür reihum Gelächter. Alle wußten es, nur ich nicht. Selbst Mutter Clausen hatte mir nichts davon erzählt. Da

bei ist sie doch sonst immer so voller Klatschgeschichten wie eine billige Tageszeitung. Malwine zog mich neben sich auf den leerstehenden Sessel und fragte:
»Weißt du es wirklich nicht?«
Ich schüttelte den Kopf.
»Adolf Jensen, Bertas Mann, ist nach Nizza abgereist.«
»Mit einem Fräulein Amalie Britting reist er«, krähte Ida dazwischen.
»Und Berta ist so geschockt, daß sie sich nicht mehr aus dem Haus traut. Prost!« Astrid trank ihr Glas in einem Zug leer.
»Arme Berta«, hauchte Mary.
»Ach was, arme Berta«, gab Ida zurück, ohne von ihrer Häkelei aufzusehen. »Geschieht ihr recht, der aufgeplusterten Gans! Was hat sie sich auf ihren Adolf eingebildet! In den Himmel gehoben hat sie ihn. Unerträglich, wenn sie bei jeder Gelegenheit von ihrer ›überaus glücklichen Ehe‹ sprach. Phh! Das hat sie jetzt davon!«
Astrid schob ihr leeres Glas beiseite und lehnte sich zurück.
»Sie war nicht aufgeplustert, sondern dumm. Kannte sie ihren Adolf wirklich so schlecht? Der war doch nie ein Kostverächter, der ließ nie was anbrennen. Sicher, jung verheiratet zu sein, das war ein neuer Reiz. Aber auf Dauer? Allmählich langweilte er sich wohl mit seiner Berta und suchte sich anderswo Zerstreuung.«
»Gelber Kakadu! Ich sage nur: Gelber Kakadu!« kicherte Ida.
Ich wußte gar nicht, was sie damit sagen wollte; so blieb ich still, um meine Unwissenheit zu verbergen. Astrid aber ließ sich ausführlich und genüßlich über das Thema aus.
»Wir wissen doch alle, wo gelangweilte Ehemänner Zerstreuung suchen, wo die heranwachsenden Söhne ihre ersten Erfahrungen sammeln und sich ›die Hörner abstoßen‹, wie man so schön sagt. Die Damen im Gelben Kakadu wissen schon, wie sie es anstellen müssen, um den Männern zu gefallen.«
Malwine schlug vor, man solle den Mädchen einen Orden für ›hingebungsvolle Dienste‹ verleihen. Alle lachten, nur ich war empört und rief:
»Ausweisen sollte man sie! Es ist eine Schande für unsere Stadt! Da werden glückliche Ehen gefährdet, und kein Mensch unternimmt etwas dagegen.«

»Was denn?« Mary drehte sich so aufreizend langsam zu mir hin, daß ich noch böser wurde. »Warum willst du ES abschaffen? Sei froh, wenn die Männer sich da austoben. Wenn es keinen Kakadu gäbe, wer weiß, wie viele Ehen dann kaputt gingen?«
»Denkst du denn«, fragte Astrid, »ein Mann, der den Gelben Kakadu und ähnliche Etablissements kennengelernt hat, ist auf lange Sicht mit einer Berta zufrieden und hält ihr die Treue?«
»Außerdem«, meinte Mary und suchte in der Plätzchenschale herum, »außerdem ist es so doch auch sehr angenehm. Ich meine, so haben wir wenigstens die nötige Schonung.«
Mir blieb die Sprache weg, als Ida jetzt auch noch sagte:
»So sind die Männer eben, da ist nichts zu ändern. Gefährlich ist es zum Glück ja nicht. Bei den Damen vom Gelben Kakadu besteht ja nicht die Gefahr, daß ein Hamburger Bürger sie heiratet.«
»Aber Adolf ist doch mit so einer durchgebrannt!« rief ich.
Da zog mich Malwine am Arm und sagte:
»Der kommt wieder, Anne-Kathrin. Der kommt bald wieder. Du wirst sehen. Berta ist eine geborene Andresen. Das weiß Adolf schließlich. Ich wette, er denkt keine Sekunde daran, dieses Flittchen zu heiraten. Nach ein paar schönen Tagen an der Côte d'Azur kehrt er heim, und alles ist in Ordnung.«
»Und Berta?«
Dazu zuckte Malwine nur mit den Schultern.
Arme Berta! Wie peinlich das alles ist, für sie und auch für uns. Was sage ich nur, wenn ich sie zufällig treffe?
Wie sehr haben wir uns verändert! Ida, die Häkelida, die früher nicht mal Hose sagen konnte, ohne rot zu werden, die erzählte, wie es im Gelben Kakadu zuginge. Begriffe wie ›Liebesdienste‹, ›Dessous‹ und ›Männerwünsche‹ hüpften ihr so leicht von den Lippen, als seien es ganz gewöhnliche Wörter. Und keine wunderte sich! Woher wissen sie das alles? Ob sie dabei auch an ihre eigenen Männer oder Väter denken? Etwas ahnen? Aber ein gebildeter, anständiger Mann aus guter Familie kann doch unmöglich Geschmack finden an so schwüler, schlüpfriger Atmosphäre. Papa ist bestimmt nie in so ein Haus gegangen. Und Jan? Kenne ich ihn wirklich? Weiß ich, was ihn beschäftigt? Weiß ich, was er sich wünscht? Wie oft habe ich schon Kopfschmerzen oder Müdigkeit vorgeschützt, damit

er mich in Ruhe ließe? Ob ich doch zu naiv bin und nicht sehe, was alle anderen sehen? Wo bleibt er denn? Die Kaminuhr schlägt halb zwölf, und er ist noch nicht zu Hause.

*2. Mai 1895*

Er war nicht im Gelben Kakadu! Natürlich nicht! Wie konnte ich nur eine Sekunde so etwas von ihm denken? Ich wollte gerade ins Bett gehen, den Kopf voller dummer Gedanken, als er nach Hause kam. Er tat sehr geheimnisvoll, half mir in den Morgenrock und zog mich ins Eßzimmer. Da schob er die Tischdecke beiseite, holte den Zuckertopf aus der Vitrine und schüttete den ganzen Inhalt auf den Tisch.
»Anne-Kathrin, das ist das Haus, das ich heute für uns gekauft habe.«
Er strahlte wie ein kleiner Junge, dem man einen Sandkasten geschenkt hat. Dann breitete er den Zucker aus, häufte kleine Wälle auf, zog Durchgänge, Freiräume, erklärte, lachte und sah immer wieder zu mir hin, ob ich ihn auch verstände. Zuletzt, als er sein Werk vollendet hatte, nahm er meinen Zeigefinger und führte mich durchs Haus. Wir traten in die Halle, den Saal, das Eßzimmer, den kleinen Salon und ins Billardzimmer (ja, auch das werden wir haben). Das Zuckerhäuschen war so klein, daß unsere Zeigefinger kaum Platz im großen Saal fanden.
Jan legte den Arm um mich, sah mich an und sagte, plötzlich ernst:
»In diesem Haus werden wir leben, Anne-Kathrin. Es ist groß genug für ein halbes Dutzend Kinder und Dienstboten. Ein Mann soll in seinem Leben drei Dinge tun: ein Haus erwerben, einen Sohn zeugen und einen Baum pflanzen.«
Ich drückte mich so fest wie nie an ihn, was ihn offenbar erstaunte. Er ahnte ja nichts von meinen Ängsten und konnte deshalb auch meine Erleichterung nicht begreifen. Wie gern will ich alles tun, damit er glücklich wird in unserem Haus und niemals den Drang verspürt, die Dienste gewisser ›Damen‹ in Anspruch zu nehmen.

*20. Mai 1895*

Manchmal schielt Johnny ein bißchen. Ich beobachtete es schon häufiger. Aber heute, als Mama und Papa hier waren, da schien es mir besonders schlimm zu sein. Papa lachte nur und sagte:

»Dat pett sik allens weg.«
Hoffentlich!

*29. August 1895*

Der erste Zahn ist da! Wenn Johnny lacht, sieht man unten in seinem Mündchen einen kleinen, niedlichen Milchzahn. Ich bin ganz verliebt in den Lütten und verbringe jede freie Minute mit ihm. Aber viel Zeit habe ich leider nicht. Der Umbau und Ausbau des Hauses geht rasch voran. Ich muß an so vieles denken: Vorhänge und Gardinen aussuchen, Tapeten, Lampen, Teppiche. Das glaubt ja kein Mensch, der es nicht selbst erlebt hat, wieviel Arbeit in der Einrichtung steckt.

*19. Oktober 1895*

Wir sind in unserem Haus. Nach der Aufregung und Unordnung der letzten Tage ist endlich ein bißchen Ruhe eingekehrt. Alles ist noch fremd, die Gerüche, die Geräusche unvertraut, die Größe und Weite des Hauses fast beängstigend. Es reicht wirklich, wie Jan gesagt hat, für ein halbes Dutzend Kinder und viele, viele Dienstboten. Da wir beides noch nicht haben, fühle ich mich ein bißchen verloren. Am schönsten ist im Augenblick Johnnys Zimmer. Es ist ganz in Blau gehalten, hat, abgesehen von dem Bettchen, nur weiße Möbel und ganz duftige Gardinchen. Hier halte ich mich am liebsten auf, nehme Johnny auf den Schoß und singe für ihn. Das hat er gern, schmiegt sich an mich, so warm und weich wie ein Kätzchen. Er brabbelt viel, lacht und seibert und ist rundum ein glücklicher kleiner Knirps.

*Hamburg, am 31. Oktober 1895*

*Liebe Friedgard!*

Endlich finde ich Zeit, Dir zu schreiben. Heute ist Feiertag, und wenigstens an diesem Tag herrscht Ruhe im Haus. Wie lange es doch dauert, bis ein Umzug bewältigt, bis das neue Heim so hergerichtet ist, daß man sich darin zu Hause fühlen kann. Während Pastor Gravenhus im Gottesdienst von »unserem Martin Luther« predigte, entwischten meine Gedanken, hielten sich bei Florentiner

Tüllgardinen, Samtportieren und dem großen Kristallüster auf, der morgen im Saal angebracht werden soll. Aber bevor ich erneut Hausfrauenpflichten wahrnehmen muß, will ich Dir schreiben, denn sonst wird es wieder nichts bis Weihnachten, und Du sollst es doch endlich wissen.
Friedgard, im April wird unser zweites Kind zur Welt kommen. Ist das nicht schön? Wir sind so glücklich. Jan wünscht sich eine söte, lütte Deern. Er ist ganz vernarrt in die Vorstellung, eine Tochter zu haben. Ich selbst denke, es wäre besser, erst noch einen zweiten Sohn zu bekommen. Aber mein Gefühl sagt mir, daß es diesmal ein Mädchen wird. Und Du, Friedgard, Du sollst dann Patentante werden. Du bist eine ganz ungewöhnliche Frau, mutig und klug. Ich bewundere Dich, wenn ich auch niemals so leben könnte wie Du. Ich weiß, daß Du das Patenamt nicht nur als Formsache betrachtest, sondern die übernommene Verantwortung zu tragen bereit bist. Du wirst Dich bemühen, die geistige, charakterliche und auch die religiöse Bildung Deines Patenkindes zu fördern. Das ist es, was ich mir wünsche, was ich erhoffe. Ach, Friedgard, wir können ja im Grunde so wenig, so wenig für unsere Kinder tun, sind ahnungslos und machtlos, was ihren weiteren Lebensweg betrifft. Mir ist es ein Trost zu wissen, daß nicht die ganze Bürde auf mir allein liegt, daß da auch Paten sind, verständige, lebenserfahrene Freunde, an die sich die Kinder wenden, denen sie voll vertrauen dürfen.
Eine kleine Sorge schleicht sich da allerdings durch die Hintertür, ich will es nicht verhehlen: Bitte, Friedgard, vergiß nicht, daß Dein Patenkind eine Clausen ist, daß sie in meine, in Jans Welt hineinwachsen soll. Aber das weißt Du ja auch und wirst nichts gegen meine Erziehungsgrundsätze unternehmen. Patenonkel soll übrigens Björn werden, Jans Bruder. Er ist schon ganz stolz, so einfach eine Quasi-Tochter zu bekommen.
Ich habe noch einen zweiten Grund, Dir das Patenamt anzutragen, und er ist mit dem ersten eng verknüpft: Unsere Familie muß wieder zusammenwachsen. Wir können nicht jahrelang nebeneinanderher leben, als seien wir Fremde. Blut ist dicker als Wasser, Friedgard, das gilt auch für uns. Papa hat seine Meinung über Dich nicht geändert, wie Du weißt. Er wird sie auch nie ändern. Seine Vorstellungen von einer ›anständigen‹ Frau sind zu tief verwurzelt, um ins Wanken

gebracht zu werden. Dennoch hat er sich gewandelt, seine Wut, sein verletzter Stolz sind von Müdigkeit abgelöst worden. Er versucht auch, Dich zu verstehen – nicht gutzuheißen, aber zu verstehen. Neulich ist er einer Einladung Buddensieks gefolgt und hat dort Helene Lange kennengelernt. Keinen Meter ist er von seiner vorgefaßten Meinung abgerückt – Du kennst ihn –, aber auf der Heimfahrt hat er zu Mama gesagt: »Luise, mir scheint, die Zeit geht über uns hin.« Mama hat es mir selbst erzählt. Friedgard, er kann sich nicht ändern, er nimmt nur traurig staunend wahr, daß er es nicht mehr ist, nicht immer, der den Lauf der Dinge bestimmt. Und, Friedgard, Du weißt doch, er hat Dich immer besonders geliebt. Das ist das Tragische an der ganzen Geschichte: Gerade Deinen scharfen Verstand, Deinen Freiheitsdrang, Deine Unabhängigkeit liebt er, und nun wird er damit nicht fertig. Wärest Du sein Sohn, Ihr wäret die besten Freunde. Auch Mama möchte gern, daß Du nach Hause kommst. Aber das hat sie Dir sicherlich schon oft selbst geschrieben. Und Lenchen, die weiß kaum noch, daß sie eine ältere Schwester außer mir hat.
Wie die Dinge liegen, Friedgard, mußt Du den ersten Schritt tun. Die Taufe, nächstes Jahr im Mai, ist doch ein schöner Anlaß, sich zu versöhnen und auf Familienbindung und Tradition zu besinnen. Schließlich ist die Familie letztlich der einzige Hort, der uns bleibt. Wie viele großartige Leistungen haben gerade Hamburger Familien hervorgebracht, die zusammengehalten, die jedes Mitglied seinen Fähigkeiten entsprechend ausgebildet und eingesetzt haben! Ach, Friedgard, es wird schön sein, wenn Du kommst. Papa freut sich dann bestimmt am meisten, auch wenn er brummelig sein wird. Also, spring über den Graben und komm nach Hause. Niemand wird verlangen, daß Du Dich änderst, genausowenig, wie wir uns ändern werden. Aber dennoch können wir uns doch herzlich lieben.
Sei zärtlich gegrüßt und antworte schnell.

*Deine Anne-Kathrina*

*25. Dezember 1895*

Friedgard ist da! Diese Freude!
Gestern vormittag kam sie angereist aus Berlin, stand plötzlich in der Tür wie hingezaubert. Wir fuhren zu Mama und Papa. Aufgeregt war sie und unsicher auch – kein Wunder. Aber Papa schloß sie froh in seine Arme. Mama weinte, und Otti servierte versalzenes Essen, weil sie in der Aufregung alles doppelt gewürzt hatte. Papa strahlt nun ununterbrochen. Nachträglich tut er so, als sei alles sein Einfall gewesen. Friedgard erzählte mir heute, er sei mit Mama, Lenchen und ihr gestern abend in die Kirche stolziert wie ein Gockel mit seiner Hühnerschar. (Sie kann das Lästern nicht lassen!) Wie schön, daß wir sie bei uns haben, welche Bereicherung, welch Lachen, Fragen und Erzählen. Erst jetzt merken wir, was wir entbehrt haben. Nun wird alles gut werden.
Jan ist etwas verwirrt von Friedgard, will mir scheinen. Er weiß nichts mit ihr anzufangen. Johnny weinte, als sie ihn hochnehmen wollte. Männer!

*1. Januar 1896*

Wieder ein neues Jahr. Was wird es bringen? Mir schenkt es hoffentlich ein gesundes Kind und Jan viel Erfolg bei seinen Geschäften. Unser Johnny ist die Freude der ganzen Familie. Alle haben große Pläne mit ihm. Die Großväter stritten sich beim Weihnachtsbraten, ob er besser zum Reeder oder besser zum Kaufmann tauge. Mutter Clausen behauptete, er habe so musikalische Hände. »Du meinst, Grete, weil er so hartnäckig auf seiner Kindertrommel herumhaut?« fragte Papa und verschluckte sich vor Lachen am Rotwein. »Und du, was meinst du?« fragte er Jan und wischte sich die Lachtränen aus den Augenwinkeln. »Ich meine«, sagte Jan, »der Lütte muß erst mal lernen, nicht mehr die Hosen voll zu machen. Dann wollen wir weitersehen.« Papa prustete wieder los. Auch Vater Clausen lehnte sich lachend zurück und sagte: »Das ist Jan, wie er leibt und lebt. Immer sieht er alles von der praktischen Seite.« Mutter Clausen aber beugte sich zu mir hin und flüsterte: »Ist das Kind denn noch immer nicht sauber? Anne-Kathrin! Aber! Du kannst das nicht so hinnehmen, darfst das nicht dulden. Hör auf mich! Ich habe zwei

Söhne großgezogen. Ich weiß, wie man das macht. Mit Jungen ist es anders als mit Mädchen. Mädchen sind leichter zu ziehen.« Sie kam mit ihrem Gesicht noch näher und raunte mir Ratschläge ins Ohr. Wenn John wieder einmal die Hosen naß gemacht habe, solle ich das Kindermädchen anweisen, ihm den Unterleib mit eiskaltem Wasser abzuspülen. Das sei das wirksamste Mittel, sie habe es selbst mit Erfolg angewendet. Aber ich werde Anni niemals so einen Auftrag geben. Das bringe ich nicht übers Herz. Auch so, denke ich, wird Johnny es lernen.
Friedgard reist morgen nach Berlin ab. Schade! Aber zur Kindtaufe kommt sie wieder. Ich freue mich jetzt schon darauf. In den wenigen Tagen, die sie hier in Hamburg war und wieder ihr Jungmädchenzimmer bewohnte, habe ich mich so an sie gewöhnt, daß ich kaum noch weiß, wie es ohne sie zuging. Vieles an Friedgard rief Erinnerungen wach: die Art, wie sie den Flügel zuklappt und liebkosend über das Holz streicht, ihr leises Summen, ihre Angewohnheit, die Augen zu verengen, wenn sie nachdenkt. Aber manchmal hat sie mich auch in Verwunderung versetzt. So schlug sie allen Ernstes vor, ich solle mit ihr einen Spaziergang über den Jungfernstieg machen. Ich muß sie wohl fassungslos angestarrt haben, denn sie sagte: »Starr mich nicht so an! Komm schon! Bewegung an der frischen Luft ist gut für dich. Du brauchst Abwechslung. Vielleicht treffen wir Bekannte.« Ich nahm ihr meinen Mantel aus der Hand und hängte ihn wieder an den Haken. Ach, diese Friedgard! Sie hat seltsame Einfälle. Ich kann doch nicht ausgehen. Die Frau von Jan Clausen mitten im Winter über den Jungfernstieg flanierend – in diesem Zustand! Auf meinen Einwand, das sei unschicklich, meinte sie, es sei im Gegenteil natürlich und schön, wenn eine Frau schwanger sei. Sie sagte wirklich ›schwanger‹. Mir scheint, unsere Friedgard ist aller gesellschaftlichen Konvention entwöhnt. Nebenbei: Was ist schön daran, wenn ich mit dickem Bauch durch Hamburg watschele? Den Anblick will ich niemandem zumuten.
Aber Friedgards Eigenarten brachten auch Vorteile für mich. So teilte sie kurz und knapp mit, sie habe keine Lust, zum Silvesterball zu gehen, lieber bleibe sie bei mir. Wie sie das wieder gemacht hat! Immer geradeaus, ohne diplomatische Umwege. Wenn ich so mit Jan redete, wenn Mama so mit Papa umginge, wir hätten alle unun-

terbrochen Streit. Jan würde sich diesen Ton und diese Art nicht gefallen lassen. Daß Friedgard so gar kein diplomatisches Geschick hat, keine Schmiegsamkeit! Wieviel besser ist es doch, durch die eigene Formulierung, durch Abpassen des rechten Augenblicks, eigene Wünsche zu verfolgen. Das führt auch zum Ziel, ohne Wirbel. Aber Friedgard kann das nicht. Sie ist wie ein Mann. Als wir hier zusammensaßen, lächelte sie noch in Erinnerung an Papa, der die Augenbrauen hochgezogen hatte. »Aber, Anne-Kathrin, er hat nichts gesagt. Er hat alles wieder runtergeschluckt, was ihm auf der Zunge lag. Nun bin ich endlich erwachsen. Papa respektiert meine Entscheidungen.« Ich glaube eher, Friedgard genießt Narrenfreiheit. Aber das habe ich ihr natürlich nicht gesagt.
Zu zweit haben wir hier den Silvesterabend verbracht. Friedgard überredete mich sogar zu einem Glas Sekt. Sie ließ mich erzählen und hörte zu, aufmerksam und geduldig. Ich erzählte vieles, das ich noch nie erzählt hatte. Ja, während ich sprach, erkannte ich manches erst. So merkte ich, wie allein ich in den letzten Monaten war. Das war mir gar nicht bewußt gewesen. Es war mir so selbstverständlich, in meinem Zustand nicht mehr auszugehen, daß ich nicht darüber nachgedacht hatte. Aber Friedgard fragte eben so, daß ich plötzlich mein Leben aus einem anderen Blickwinkel, gleichsam mit ihren Augen sah. Und während ich darüber sprach, ergriff mich eine innere Unruhe, fast Wut gegen Friedgard. Ich fühlte, daß sie ein ganz schiefes Bild von mir bekam. Ich bin doch nicht einsam oder gar unglücklich, im Gegenteil.
Als müsse ich ihr mein Glück und den Reichtum meines Lebens vor Augen führen, faßte ich sie an der Hand und schlug vor, ihr das Haus zu zeigen. Friedgard hatte sich als einziger Besucher bisher nicht dafür interessiert. Sie kannte nur die Diele und den kleinen Salon, in dem wir saßen. Ich klingelte nach Else und ließ sie überall Licht machen, außer im Kinderzimmer natürlich. Und dann führte ich Friedgard herum. Ich begann in der Küche mit dem neuen Herd. In der Wäschekammer schloß ich alle Schränke auf, so daß sie meine Wäscheaussteuer sehen konnte. Auch die Decke von Tante Amanda zeigte ich ihr und erzählte die Geschichte dazu. Sie wollte etwas sagen, da trat Else in die Tür und fragte, ob sie das Licht hinter uns wieder löschen könne. So schwieg sie. Sie schwieg auch, während ich

sie herumführte, warf nur einen flüchtigen Blick in den großen Salon, bewunderte nicht, wie alle anderen, die gediegene Mahagonitäfelung im Herrenzimmer und meinte in der Bibliothek, als ich ihr die schönen schweinsledernen Klassikerausgaben zeigte, sie sähen sehr gepflegt aus. Ich kniff die Lippen zusammen und ärgerte mich. Sie ist arrogant. Denkt sie, nur sie lese Bücher? Ich lese auch, sehr viel sogar. Aber sie kann doch nicht im Ernst annehmen, ich quälte mich durch den ganzen Goethe! Haben muß man ihn aber doch. Daß wir eine so teure Ausgabe gekauft haben, hat sie vielleicht auch neidisch gemacht, wer weiß.

Ach, sie hat keinen Geschmack, kein Gefühl für Wohnkultur, kein Gefühl für Werte. Ich war beleidigt, daß sie so gar keine Bewunderung zeigte. Und dann, als sie sich im Billardzimmer umsah und fragte, wozu ich den ganzen Kram denn brauche, da merkte ich, daß sie ahnungslos ist. Sie ist ja nicht verheiratet. Sie weiß nicht oder hat vergessen, welche Bedeutung das Haus für einen Mann hat. Ich setzte mich zu ihr auf die gotische Sitzbank, die wir zu Weihnachten noch angeschafft haben, und erklärte ihr: »Friedgard, Jan braucht dies Haus, die Marmorböden, die Mahagonitäfelung und die Türklinken aus poliertem Messing, die Perserteppiche, die Fauteuils am Kamin im Herrenzimmer. Er braucht das alles, um so auftreten zu können, wie es das Geschäft erfordert.« – »Und du?« fragte sie. »Ich bin seine Frau.« Darauf wußte sie nichts zu erwidern. Friedgard, die kluge Friedgard, weiß nichts von der Ehe. Und weiß, daß sie nichts davon weiß. Deshalb schwieg sie. Was mag wohl in ihrem Kopf vorgegangen sein? Ob sie es bedauert, nicht geheiratet zu haben? Nun ist es zu spät, sie ist schon 26, da nimmt sie keiner mehr.

Über ihr Leben in Berlin erzählte sie nicht viel. Genaue Pläne für die Zukunft hat sie wohl auch nicht. Sie hat ihre Lehrerinnenausbildung beendet, unterrichtet auch ein wenig und arbeitet bei einer Frauenzeitung mit. Aber das ist doch kein Leben, keine gesicherte Existenz. Ob sie immer zu Hause sitzt, bei ihren Büchern? Ohne Mann kann sie doch nicht ausgehen. Wofür würde man sie halten! Wie sie wohl wohnt? Ich hatte nicht den Mut, sie zu fragen. Mein Leben ist so reich an Abwechslung, ich erfahre täglich Liebe und Zuneigung, weiß, daß ich gebraucht werde. Aber Friedgard? Was hat sie? Vielleicht kann ich bei ihrem nächsten Besuch mit ihr darüber sprechen. Die Trennung dauert ja diesmal nur wenige Monate.

▲ ▼ ▲

Ach Großmutter! Ich beneide dich um deinen Familiensinn, deine Bescheidenheit und deine Beschränktheit. So wie du müßte ich sein. Aber ich bin nicht so. Ich dachte mich so, wünschte mich so.
Bin ich unfähig, glücklich zu sein?
Kann ich auch andere nicht glücklich machen?
Was ist los mit mir?
Will ich denn zuviel vom Leben – zuviel auf einmal?
Bin ich unersättlich?
Undankbar?
Und du? Du hast dir das Leben genommen, sagen sie.
Wieso?

▲ ▼ ▲

*2. Januar 1896*

Ich habe Jan einfach stehenlassen, bin hinausgeschritten und habe mich jetzt hier eingeschlossen. Soll er doch die Wände anschreien oder seine Mutter, aber gefälligst nicht mich! Diesen Ton bin ich nicht gewöhnt. Seine Mutter hat doch den Ärger gemacht. Wie kann sie ausgerechnet zu Frau Senator Hansen so was sagen? Da hätte sie es genausogut gleich ins Tageblatt setzen lassen können. Jan kochte über vor Wut. Den ganzen Hergang der Sache weiß ich ja noch nicht einmal, aber es scheint, daß sie im Gespräch zu Frau Hansen gesagt hat, das nächste Enkelkind solle nach ihr benannt werden. Jan, der nichts ahnte, wurde wohl verlegen, als Frau Hansen ihn darauf ansprach. Armer Jan! Er freut sich doch so auf ein kleines Mariechen. Aber nun, in diese Lage versetzt, konnte er nur zustimmen, um seine Mutter nicht bloßzustellen. Sie ist ein Biest! Das war doch Absicht. Die Bemerkung zu Frau Hansen war Absicht. Jan durchschaut das auch. Ich glaube, seine Wut rührt daher, daß er sich überfahren fühlt, daß seine Mutter mit diesem plumpen Trick erreicht, was sie erreichen will. Aber mich darf er deshalb doch nicht anschreien, noch dazu in meinem Zustand. Da klopft er.

*3. Januar 1896*

Seine Wut ist verraucht. Eine Hand in der Hosentasche schlendert er durchs Haus und pfeift vergnügt vor sich hin. Er hat eine Lösung gefunden für sein Problem. Nun hängt die Welt wieder gerade.
Gestern abend zog er mich zum Kamin, drückte mich in den Sessel und sagte:
»Thrina, wenn sie unbedingt verewigt werden will und solche Wege schleicht, um sich durchzusetzen, dann soll sie ihren Willen haben. Aber – ich mache ihr eine andere Rechnung auf. Die wird sich wundern! Oh, wie die sich wundern wird!« Er warf ein Holzscheit ins Feuer, daß die Funken hochstoben. »Sag, Thrinchen, wie heißt deine Großmutter? Ich meine, die Mutter deiner Mutter.«
»Omi te Kock? Franziska heißt sie.«
»So, nun paß auf!« grinste er. »Wir lassen unsere Tochter auf den Namen Maria taufen, so, wie ich es wünsche. Und dann«, flüsterte er wie ein Verschwörer, »dann hängen wir die Namen deiner Mutter, deiner Großmutter und meiner Großmutter an. Und dann, Thrina, dann erst kommt Mutters Name. Was sagst du dazu?« Er lachte und trank sein Glas in einem Zug leer. Ich sagte nichts, sondern lächelte nur, froh, daß sein Zorn abgeebbt war. Unsere Tochter – wenn es denn eine wird – muß also ihr Leben lang die Großmütter und Urgroßmütter mit sich herumschleppen:
Maria Luise Franziska Amalie Margarete.
Arme Deern!
Friedgard, die doch Patin wird, kann ihren Namen nicht auch noch dazugeben. Ich hoffe inständig, sie versteht das.

*3. April 1896*

Wenn das Kind doch endlich käme. Ich quäle mich von einem Tag zum andern, finde keinen Schlaf mehr und schleppe mich durchs Haus wie eine alte Frau. Nur gut, daß Jan soviel zu tun hat und mich nicht so oft sieht. Er muß ja eine Abneigung, vielleicht gar Abscheu gegen mich bekommen, so wie ich jetzt aussehe und schnaufe.

*15. April 1896*

Unser Mariechen ist da! Leichte Geburt. Bin so froh.

*21. April 1896*

Johnny ist durcheinander. Lange stand er an der Wiege und betrachtete sein schlafendes Schwesterchen. Dann kam er zu mir gelaufen, schlang seine Arme um meinen Hals und drückte sich an mich. Was wohl in seinem Köpfchen vorgeht?

*30. Mai 1896*

Friedgard ist gestern angekommen. Sie wollte sofort ihr Patenkind sehen und machte ein langes Gesicht, als ich ihr sagte, Mieke schliefe und sie müsse sich gedulden. Aber Geduld gehört ja nicht zu Friedgards Tugenden, und so quälte sie so lange, bis ich sie ins Kinderzimmer führte. Sie ging leise zur Wiege, beugte sich hinab. Und dann erlebte ich eine Verwandlung an Friedgard. Das Kind hatte sie verzaubert. Sie war ganz ernst, fast erschrocken, als sei sie nicht vorbereitet. Lange stand sie so und hatte mich ganz vergessen. Ich empfand mich als ungebetenen Zeugen und zog die Tür leise zu.
Ich war längst wieder hinuntergegangen und besprach mit Frau Södermann die Tischordnung für die Taufe, da kam Friedgard. Ein Abglanz der Freude lag noch auf ihrem Gesicht. Ihre Züge waren weich und rund wie früher. Aber sie sagte nur: »Ein schönes Patenkind hast du mir beschert, Anne-Kathrin. Ich bin ganz stolz.« So ist Friedgard.
Heute abend brachte sie mir einen Zeitungsartikel mit, als sie von zu Hause kam. Sie wohnt natürlich wieder in ihrem alten Zimmer.
»Hier, lies das!« sagte sie und schob mir das Blatt unter die Serviettentasche. »Du mußt doch wissen, was in der Welt der Frauen geschieht.« Wie sie das wieder sagte: Welt der Frauen! Wo lebe ich denn? Ist nur ihre Welt eine Frauenwelt? Ach, Friedgard! Sie hat keine Ahnung von meiner Welt. Ob sie eine einzige Minute daran gedacht hat, welche Anstrengungen und Überlegungen mich die Vorbereitung der Taufe gekostet haben? Was weiß sie, wie müde ich mich fühle: so kurz nach der Niederkunft, und gleich die Verantwortung für das Fest. Wenn ich nur daran denke, welche Unruhe in den letzten Wochen hier herrschte! Dies ewige Herumplagen mit dem Personal ist so enervierend. Jeder versucht sich durchzumogeln, den Weg des geringsten Widerstandes zu gehen. Wenn ich nicht immer

hinterher bin, arbeiten sie nicht gründlich. Nicht einmal der Gärtner hat ein Auge auf die Jätefrauen. Ich muß hinter ihnen hergehen, sie auf Unkraut im Rasen aufmerksam machen, das sie in ihrer Schlampigkeit übersehen haben. Dabei wäre das Bermanns Aufgabe, dafür wird er schließlich bezahlt. Karl putzte tagelang Silber, Else und Clara spänten die Böden, und zwischendurch kam Johnny weinend angelaufen, weil wieder ein Besucher nur nach der kleinen Schwester gefragt hatte, ohne ihn zu beachten. Jan, der immer erst gegen Abend kommt, küßt mir die Hand, sagt, daß er einen anstrengenden Tag hatte und ermahnt mich, mich zu schonen. Das ist meine ›Frauenwelt‹. Aber es hat wohl wenig Sinn, mit Friedgard darüber zu sprechen. Sie verstände es nicht. Ihre Frauenwelt und meine Frauenwelt, das sind wohl doch zwei zu verschiedene Welten.

Zeitungsartikel Friedgards vom März 1896

MUT ZUR EINHEIT

Vor zwei Jahren wurde in Berlin der Bund Deutscher Frauenvereine gegründet. Es kam hierbei leider zum offenen Bruch zwischen bürgerlichen und proletarischen Frauenverbänden. Außerdem geht zu allem Übel auch noch ein Riß durch das bürgerliche Lager, das sich in Radikale und Gemäßigte gespalten hat. All das ist nicht neu, die Entwicklung setzte auch nicht erst 1894 ein, aber da wurde die Sachlage für alle sichtbar. Wozu nun, zwei Jahre später, noch einmal darüber sprechen? Die Fronten sind längst verhärtet, Gespräche zwischen den Lagern finden kaum noch statt.

Ich denke, wir müssen deshalb darüber sprechen, weil wir alle, da wir Frauen sind, das gleiche Ziel vor Augen haben: die Gleichstellung mit dem Mann. Nur die Einschätzung unserer gegenwärtigen Situation, die Art und Weise, wie wir das Ziel erreichen wollen, die Wege, die wir für gangbar halten, sind verschieden. Wem nützen die Querelen, die gegenseitigen Angriffe und Diffamierungen? Den Männern! Ja, ich wiederhole: nur den Männern. In ihren Augen ist es typisch weiblich, unsachlich und gefühlsbetont, wie wir uns auseinandersetzen. Sie lachen über uns, statt unser Anliegen ernst zu nehmen. Und wir sind selbst schuld, denn wir sind so mit internen

Querelen beschäftigt, daß wir Gefahr laufen, das Ziel unserer Bemühungen aus den Augen zu verlieren.
Clara Zetkin schreibt, »daß bürgerliche Frauenrechtelei (!) und proletarische Frauenbewegung zwei grundverschiedene soziale Strömungen sind«. Für Clara ist nicht der Kampf aller Frauen gegen die Übermacht der Männer das Ziel, sondern der Klassenkampf. Darum geht es den sozialdemokratischen Frauenvereinigungen. Clara schreibt auch: »...die bürgerlichen Frauenrechtlerinnen erstreben nur durch den Kampf von Geschlecht zu Geschlecht, im Gegensatz zu den Männern ihrer eigenen Klasse, Reformen zugunsten des weiblichen Geschlechts innerhalb des Rahmens der bürgerlichen Gesellschaft, sie tasten den Bestand dieser Gesellschaft selbst nicht an. Die proletarischen Frauen dagegen erstreben durch einen Kampf von Klasse zu Klasse, in enger Ideen- und Waffengemeinschaft mit den Männern ihrer Klasse – die ihre Gleichberechtigung voll und ganz anerkennen –, zugunsten des gesamten Proletariats die Beseitigung der bürgerlichen Gesellschaft.«
Man hat, wenn man diese Zeilen liest, den Eindruck, Clara Zetkin lebe auf einem anderen Stern. Findet denn diese »voll und ganz anerkannte Gleichberechtigung« auch bei den Arbeiterinnen zu Hause statt? Die Frauen, die mit ihren Männern gemeinsam für die Revolution kämpfen, mit ihnen arbeiten, sich denselben Gefahren aussetzen, wie erleben sie ihren Alltag? Ist es nicht so, daß sie die alten Aufgaben der Kinderaufzucht und der Haushaltsführung noch genauso allein bewältigen müssen wie eh und je? Woher nimmt Clara die Hoffnung, die Abschaffung der bürgerlichen Gesellschaft bedeute gleichzeitig die Abschaffung der Unterdrückung der Frau? Es wird, wage ich zu prophezeien, ein böses Erwachen geben für die sozialistischen Frauenrechtlerinnen. Sie werden, wenn das Ziel des Klassenkampfes erreicht ist, genau an der Stelle stehen, an der die bürgerlichen Frauen heute schon stehen und kämpfen. Sie werden feststellen, daß ihre Männer mitnichten bereit sind, ihnen alle Möglichkeiten politischer und beruflicher Freiheit einzuräumen. Warum nicht? Ganz einfach: Die Bequemlichkeit, der Egoismus, die ›Mannesehre‹ gebieten es so. Oder erwarten sie, daß Männer zu Hause Kinder hüten, während ihre Frauen politisch agieren? Diese Männer müßten erst gebacken werden! Nein, es wird sich nichts ändern.

Unsere bürgerliche Gesellschaftsordnung läßt sich viel leichter umstürzen als das jahrtausendealte Machtgefälle zwischen Mann und Frau.
Die gemäßigten Streiterinnen im bürgerlichen Lager müssen sich meiner Meinung nach aber auch größere Klarheit über diesen Sachverhalt verschaffen. Ihr ängstliches Zurückschrecken vor jedem ›Radikalismus‹, ihr Bemühen, die Entwicklung von ›innen heraus‹ wachsen zu lassen, führt zu nichts. Was soll denn da wachsen und reifen? Sind wir unreife Mädchen? Sind die Männer reifer? Reifer wozu? Wie sollen wir unsere Gleichberechtigung erreichen, wenn wir uns nicht da einsetzen und erproben können, wo wir uns beweisen müssen: im Berufsleben, in der Politik? Aber diese Forderung läßt sich ohne Radikalismus, ohne politischen Kampf nicht durchsetzen. Helene Lange und Auguste Schmidt verkennen die der Forderung nach Gleichberechtigung innewohnende Radikalität. Sie wollen geduldig ›heranreifen‹, um – das ist ja wohl die stille Hoffnung – dereinst von der Männerwelt als gleichberechtigt anerkannt und aufgenommen zu werden. Sie irren! Sie denken, mit bravem Zuwarten und allseits bekundeter Kompromißbereitschaft zum Ziel zu gelangen. In hundert Jahren werden sie noch genauso geduldig warten müssen wie heute.
Warum diese Bescheidenheit? Warum diese Angst vor der Konfrontation, vor Konflikten? Ist das nicht eine typisch weibliche Art, das Leben zu meistern? Wenn wir aber auf gleicher Stufe mit den Männern stehen wollen, dann müssen wir auch die gleichen Waffen anwenden. Und das heißt: KAMPF! Natürlich werden wir damit Streit heraufbeschwören. Das läßt sich aber nicht ändern. Entweder wir wagen die Auseinandersetzung mit allen Konsequenzen, oder wir bleiben zu Hause. Auf das Wunder zu hoffen, die Männer hätten ein Einsehen, halte ich für dumm.
Der Kampf um die Gleichberechtigung der Geschlechter wird lang und hart werden. Wir können den Sieg erringen, wenn wir, alle Frauen, gemeinsam kämpfen. Männer sind sich in dieser Frage immer einig gewesen, unabhängig von ihrer gesellschaftlichen Stellung oder ihrer politischen Haltung. Machen wir es ihnen nach! Kämpfen wir gemeinsam!

▲ ▼ ▲

Ich war morgens damit wach geworden, mit diesen granitharten Oberschenkeln, dem Ziehen in den Leisten, da, wo die Eierstöcke liegen, den Schmerzen tief im Kreuz, und hatte den flauen Geschmack auf der Zunge, den ich immer schmecke, wenn meine Tage kommen. Es ist jedesmal, als wuchere ein Schimmelpilz in meinem Bauch, giftgrün, voller plustriger Haare, die, sich entfaltend, den Bauch zum Ballon machen und jenen faulig tauben Geschmack in die Mundhöhle treiben. Ausgerechnet zwei Tage vor Weihnachten! Das fehlte mir gerade noch! Ich stand auf und schlurfte ins Badezimmer. Jetzt duschen, das warme Wasser über den gespannten Bauch und die Schenkel rinnen lassen, so lange, bis die Verkrampfung nachließ. Aber ich hatte keine Zeit, ich war sowieso zu lange im Bett geblieben. Die Kinder mußten versorgt werden. Annette und die Zwillinge hatten ihren letzten Schultag vor den Ferien. Jochen ging noch einmal in den Kindergarten, und Wolfgang hatte um zehn eine kleine, weihnachtlich besinnliche Feier im Rathaus. Er konnte noch ein bißchen schlafen. Wenn sie erst alle aus dem Haus sind, dachte ich, dann kann ich mich hinsetzen, in die Küche auf die Eckbank, ganz nah an die Heizung. Dann schluck ich zwei Tabletten und bleibe ganz still im Eckchen, bis sie wirken.
Ich war kaum angezogen, hatte die Kinder geweckt, als es zum ersten Mal an der Haustür klingelte. Ich lief hinunter, nahm den Schlüssel vom Haken und schloß auf. Draußen stand die Zeitungsfrau, gab mir einen Kalender, wünschte ein frohes Fest und ein gutes neues Jahr und blieb abwartend stehen. Ich holte ein Fünfmarkstück, drückte es ihr lächelnd in die Hand und machte die Tür wieder zu.
Nachdem die Kinder zur Schule getrabt und Jochen im Kindergarten abgeliefert war, legte ich mir die Tabletten auf den Küchentisch, nahm ein Glas aus dem Schrank und ging zum Wasserhahn. Da sah ich durchs Küchenfenster den gelben Postwagen vorfahren. Ich ging wieder zur Tür, nahm das Paket entgegen, gab ein Trinkgeld, erntete wieder ›Ein frohes Fest‹ und wollte gerade nach dem Absender sehen, als Wolfgang von oben rief:
»Ist denn nie ein Hemd für mich da?«
Ich setzte das Paket ab und hetzte nach oben.
»Wieso hab ich kein einziges Hemd im Schrank?« Er stand im Un-

terhemd am Treppenabsatz und sah mir entgegen. »Wo sind sie denn alle hin? Wäschst du sie nicht rechtzeitig?«
»Ich hab es gestern nicht mehr geschafft...«
»Aha!«
»...nicht mehr geschafft, sie in den Schrank zu hängen. Augenblick mal!« Ich ging an ihm vorbei ins Gästezimmer, schob das Bügelbrett beiseite und pflückte die frisch gebügelten Hemden von Schranktüren und Klinken. Hinter mir hörte ich ihn:
»Macht das so viel Arbeit, die paar Hemden wegzuhängen?«
»Ich habe auch nur zwei Hände.«
»Was sollen denn andere Frauen sagen, Frauen, die keine Putzhilfe haben? Ihr Frauen plant nicht vernünftig, du bist unpraktisch. Das hab ich ja schon immer gewußt.«
»Vom Planen wird die Arbeit auch nicht weniger.« Ich ging an ihm vorbei, hängte ihm ein Oberhemd über den Arm und brachte die anderen ins Schlafzimmer.
»Denkst du daran, mir die Blumen für Frau Braun zu besorgen? Ich muß sie nachher zur Feier mitnehmen.«
»Ich gehe gleich los und besorge sie.«
»Danke, Reni! Du bist ein Schatz!«
Ich war ein Schatz und hatte Bauchschmerzen.
Als ich vom Einkauf zurückkam, in der linken Hand den Blumenstrauß, in der rechten den Einkaufskorb mit Butter, Sahnebechern und frischem Endiviensalat, hörte ich schon, bevor ich aufschloß, das Telefon klingeln. Ich sperrte auf, stellte den Korb ab, legte die Blumen obenauf und warf mit dem Fuß die Haustür zu. Mit drei großen Schritten war ich am Telefon und hob ab.
»Wo warst du denn, Irene? Ich versuche seit Stunden, dich anzurufen.« Wolfgangs Mutter.
»Mutter! Du bist's. Entschuldige! Ich komme gerade nach Hause. Ich war einkaufen.«
»Ach so. Ich wollte dich nur daran erinnern, uns die Plumeaus zu beziehen. Du weißt ja, Vater friert so leicht.«
»Aber Mutter, das ist schon erledigt. Sie liegen schon oben.«
»Ist Wolfgang auch da?«
»Nein, Mutter, er ist schon weg. Im Rathaus ist noch eine kleine Feier heute morgen.«

»Ach, der Arme! Immer so viele Verpflichtungen! Du mußt ihn ordentlich verwöhnen über die Feiertage. Er braucht das.«
»Ja, Mutter.« Während ich sprach, knöpfte ich mir den Mantel auf. Wolfgang kam aus dem Wohnzimmer. Ich legte den Finger auf den Mund, damit er sich nicht verriete, und verabschiedete mich von ihr.
»Wer war das?«
»Deine Mutter. Sie mahnt die Plumeaus für morgen an.«
»Liebe Güte! Hast du die Blumen?«
Ich reichte ihm den Strauß, zupfte ihm eine Fluse vom Mantelkragen und nahm einen flüchtigen Abschiedskuß entgegen. Dann trug ich meinen Korb in die Küche. Die Tabletten lagen immer noch auf dem Tisch. Ich griff danach. Da klingelte das Telefon wieder. Es war Klaus. Wir verabredeten uns für den 16. Januar. Immer hatten wir es geschafft, uns in den Weihnachtstagen zu besuchen. Diesmal aber mußte ich ihn vertrösten, weil mir durch Wolfgangs Eltern und die Silvesterparty keine Zeit blieb. »Ich hab eine Überraschung für dich. Das Bild, das Großmuttergemälde, ist vom Restaurator zurück. Du wirst staunen.«
»Sieht man den Riß nicht mehr?«
»Nö. Na ja, wenn man's weiß. Aber was soll's. War schon 'ne tolle Frau. Sah verdammt gut aus.«
»Sie selbst fand sich immer zu dick. Hab ich im Tagebuch gelesen.«
»Kann ich nicht verstehen. Sie ist sehr schlank und sehr hübsch. Aber Weiber! Ihr findet euch wohl immer zu dick. Kannst dir ja selbst bald ein Urteil bilden.«
Nach dem Anruf schlich ich zurück in die Küche und dachte, jetzt nehme ich endlich meine Tabletten. Selbst wenn das Christkind persönlich klingelt – jetzt nehm ich meine Tabletten. Ich ließ Wasser in mein Glas laufen, das ich schon vor zwei Stunden hingestellt hatte, und schluckte zwei Aspirin.
Die Tabletten wirkten diesmal nicht. Ich machte mich auf den Weg zum Kindergarten. Es hatte angefangen zu nieseln. Mich fror. Ich fühlte mich grippig. Mein Unterleib war wie in Blei gegossen. Wenn meine Tage nur endlich da wären! Dann ließ wenigstens diese schmerzhafte Verspannung nach. »An den Tagen erkennst du,

Irene, daß der liebe Gott ein Mann ist«, hatte Mutsch immer gesagt. Ich zog die Schultern zusammen und ging schneller.
Der Kindergarten quoll über von Lachen, Rufen, Tannenduft und goldenen Sternchen. Ich fühlte mich noch elender und versuchte, mit keinem zu sprechen und möglichst schnell wieder wegzukommen. Aber Fräulein Traudi, im Lurexpullover und mit frischen Lokken, mußte begrüßt und mit guten Wünschen fürs Weihnachtsfest versorgt werden. Jochen kam mir, zwei kleine Päckchen auf dem Kopf balancierend, entgegen. Er ließ nicht zu, daß ich ihm die Geschenkchen abnahm, sondern legte sie auf die niedrige Bank, bis er den Anorak und die Stiefel angezogen hatte. Auch ins Kindergartentäschchen durfte ich die Pakete nicht legen. Er sorgte sich, das Papier könne verknicken. So trug er sie mit angewinkelten Armen wie Kleinodien vor sich her. Zu Hause dann stürmte er die Treppe hinauf und schloß sich in seinem Zimmer ein.
Unter der Weihnachtspost war auch ein Brief von Rainer. Ich riß den Umschlag auf, überflog seine Zeilen. Zu alt, verstand ich. Zu alt für die Stelle. Ich war in meinem Alter zu teuer. Junge Frauen, die dieselbe Arbeit wie ich tun konnten, waren rentabler. Ich starrte auf den Stapel Post, der für Wolfgang gekommen war, schob meinen Brief in die Schürzentasche und merkte es nicht einmal.
Als Jochen wieder herunterkam, baute er sich vor mir auf, warf mir einen strengen Blick zu und sagte, beide Hände in den Hosentaschen vergraben:
»Du darfst aber nicht unter mein Bett gucken, Mama!«
»Warum denn nicht?« Ich blieb ganz ernst.
»Weil, hm – der Weihnachtsmann war schon da.«
Ich ging in die Hocke, schlang meine Arme um ihn, drückte ihn und küßte ihn auf die Halsbeuge. Seine Haut war glatt, weich und warm.
Endlich hatten die Schmerzen nachgelassen. Dafür breitete sich ein stumpfes Gefühl aus, als gehörten mein Körper und ich nicht mehr zusammen. Ich setzte den Eintopf auf den Herd, den ich gestern vorgekocht hatte, und hielt die Handflächen an den sich erwärmenden Topfrand. Da flog die Tür auf. Annette brauste herein, setzte sich mit sportlichem Schwung auf den Kühlschrank und fragte:
»Können wir essen?«

»Deckt schon mal Suppenteller und Löffel auf, es ist gleich fertig.«
»Immer Tisch decken! Kaum Ferien und schon wieder arbeiten!«
»Los! Macht schon! Bärbel und Doro, ihr helft auch mit!«
»Du bist doch noch gar nicht fertig. Und außerdem soll Jochen uns helfen.«
Ich fühlte es in meinem Hals pochen.
»Du wirst jetzt sofort den Tisch decken, Annette!« schrie ich. »Sofort! Hörst du!« Meine Stimme prallte grell von den Kacheln zurück.
»Was ist denn hier los?« fragte Wolfgangs ruhige, tiefe Stimme von der Tür her. Er war noch im Mantel. »Warum keifst du denn so?«
»Ich keife nicht! Ich sage lediglich deiner Tochter, was sie tun soll.«
»Komm, Nette! Deck den Tisch!« Betont leise schloß er die Küchentür.
Als ich mit der Terrine in den Händen die Tür aufdrückte, rief Wolfgang:
»Warte, ich helfe dir.« Dann nahm er mir die Schüssel ab und stellte sie vorsichtig auf den Tisch. Leise und freundlich bat er die Kinder, sich hinzusetzen. Und sie gehorchten. Ohne Widerrede setzten sie sich. Wieso gehorchten sie ihm und mir nicht?
»Soll ich den Tannenbaum wieder neben die Terrassentür stellen, Reni?« fragte er.
»Wenn du meinst. Mir ist es gleich.«
»Mit dir kann man heute wohl überhaupt nicht vernünftig reden, was? Wenn ich das gewußt hätte, wäre ich im Büro geblieben.«
»Dann bleib doch da! Bleib doch ganz da und feiere mit Frau Braun Weihnachten.«
»Wenn du so weitermachst, überleg ich mir's.«
Alle sahen sie mich jetzt vorwurfsvoll an. Da schob ich meinen Stuhl zurück, stand auf und lief hinaus. Oben im Schlafzimmer warf ich die Schuhe von den Füßen, riß Pullover und Hose herunter und vergrub mich unter meiner Bettdecke. Ich fror so sehr, daß ich mir auch noch Wolfgangs Decke überzog.
Alles mache ich kaputt. Meine Unbeherrschtheit. Warum laß ich mich auch immer so gehen? Warum schaff ich's nicht, mit den Kindern freundlich zu sprechen? Warum kann ich meine Weihnachts-

vorbereitungen nicht früher fertig haben? Warum? Ich kann gar nichts. Nichts mach ich richtig. Nichts schaffe ich. Nichts. Nichts. Gar nichts. Wenn ich doch heulen könnte! Mir ist so kalt. Genau besehen bin ich völlig überflüssig. Wenn ich nicht mehr wäre, wer vermißte mich? Wolfgang? Eine Zeitlang, ja. Aber er fände eine andere, jüngere Frau, eine, die nicht so abgewetzt ist wie ich. Sie nehmen sich immer Jüngere beim zweiten Mal. Ich sehe sie schon vor mir, meine Nachfolgerin, eine unbeschwert lachende junge Frau. Sie sieht mich über die Schulter an, streift ihr langes Lockenhaar lässig mit beringter Hand zurück. Ja, ja, sieh mich nur an, du! Ich bin die alte. Ich bin inzwischen längst verschlissen. Vier Kinder, weißt du. Die mußt du erst mal kriegen und großziehen. Mit dir wäre Wolfgang glücklicher als mit mir. Du wärst auch eine bessere Mutter als ich, bessere Nerven, immer lachend. Wieviel Spaß ihr hättet, du, Wolfgang und die Kinder. Ich schimpfe viel zuviel, bin ungeduldig, unwillig, migränig, bin verbraucht, hab nur noch Schrottwert. Und Rainer meinte, ich könnte regelmäßig vormittags zwei bis drei Stunden arbeiten. Promotion oder Magister? Liebe Güte! Den normalen Hausfrauenalltag schaffe ich nicht mehr. Mehr? Weniger, Rainer, weniger. Es wird immer weniger. Ich werde immer weniger. Und eine Stelle – daran ist gar nicht zu denken. Ich bin zu alt, unrentabel. Es lohnt nicht.

▲ ▼ ▲

*Oedekoven, 7. April 1948*

*Liebe Grit,*

wir sind angekommen. Im Rheinland. Wer hätte je gedacht, daß ich hier landen könnte, ausgerechnet in Trudis rheinischer Heimat? Aber, wie das Leben so spielt!

Wir wohnen in einer Baracke. Bert hat mit viel Phantasie, den abenteuerlichsten Materialien und fast ohne Handwerkszeug unser ›cottage‹ errichtet. Plumpsklo auf dem Hof, ganz ländlich. Vier Zimmer haben wir und einen Ofen. Wenn es regnet, müssen wir Slalom laufen durch unsere Gemächer, denn das Dach hat hier und da ein Leck, und wir plazierten deshalb an den entsprechenden Stellen leere Einweckgläser, Büchsen und Schüsseln. Bei starkem Regen gehe ich dann regelmäßig mit dem Eimer rund, um die Pötte auszuleeren. Untermieter haben wir auch schon. Ich traf sie eines Abends im Kinderzimmer, als ich die Lütten noch einmal zudecken wollte. Vier niedliche Mäuschen balgten sich um ein Stückchen Brot, das Günther im Schlaf aus der Hand gefallen war. Ich scheuchte die Viecher in ihre Löcher zurück. Leider nicht für immer, wie Du Dir denken kannst. Bert hat inzwischen Mausefallen aufgestellt. Der Erfolg stellte sich prompt ein: Irenchen klemmte sich den Finger und schrie wie am Spieß.

Hinter dem Haus liegt eine große Wiese mit Beerensträuchern und Obstbäumen. Sobald das Wetter sich bessert, werden wir einen Gemüsegarten anlegen. Dann wird sich zeigen, ob Annemiechen Prauses Unterweisung bei mir angeschlagen hat. »Sie müssen den Erdbeeren mit frischem Mist unter die Arme greifen.« Weißt Du noch? Ach, Grit, ich träume hier von frischen Radieschen, jungen Kartoffeln und brechend vollhängenden Obstbäumen. Der Weg wird aber weit. Vorerst gibt's nur Regen, Regen und noch mal Regen. Überm Herd schaukeln Berts Hosen leise im Aufwind des Ofens, das Wasserschiff singt, und in der Ecke steht die Zinkwanne mit der Einweichwäsche. Trautes Heim!

Heute waren wir bei Berts Eltern in Overath. Das sind Menschen, die wohnen in einem richtigen Haus! Ich war ganz neidisch, als ich die Haustür mit der Messingklinke sah. Du mußt wissen, unsere Haustür hat weder Schloß noch Klinke, statt dessen lehnt Bert das Beil von innen dagegen, wenn wir schlafen gehen. Berts Mutter, die mich mit unverhohlener Neugier taxierte, kam mit ihrer plötzlichen Schwiegertocher und der eigenen Schwiegermutterrolle nicht ganz zurecht. Sie hatte wohl erwartet, ein junges, freundlich gutwilliges Schäfchen zu finden, das sich eifrig darum reißt, den Kaffee eingießen zu dürfen. Statt dessen tauchen wir auf, eine Familie mit drei Kindern. Nachdem wir Irene und Klaus schlafen gelegt hatten und Günther mit der Knopfdose spielte, konnten wir Erwachsenen dann auch in aller Ruhe Konversation machen. Aber ich merke schon, ich muß Dir alles ausführlicher schildern, damit Du den richtigen Eindruck bekommst.

Zunächst das Interieur: Das Wohnzimmer ist mit schwarzgebeizten Eichenmöbeln, Typ Herrenzimmer, möbliert. Ein wuchtiger Schreib-

tisch mit marmorner ›Garnitur‹ ist Schwiegervaters Domäne. Da liest er, wie mir scheint, seine Zeitung. In dem schmalen, hohen Bücherschrank hat das gute Kaffeegeschirr seinen Platz. Auf einem Sessel neben dem Nähtischchen am Fenster saß, als wir ankamen, Tante Danuta, eine verwitwete Schwägerin, Deutsch-Polin mit niedlichen, vibrierenden blonden Kringellöckchen in der Stirn. Sie strickte den ganzen Nachmittag, so daß ich keinen Einblick in ihr Seelenleben nehmen konnte. Berts Mutter, die uns an den Kaffeetisch bat, drängte auch Danuta, sich zu uns zu setzen, was jene aber nur widerstrebend tat, weil sie ihr Strickzeug mitschleppen mußte. Berts Mutter ist ungefähr so groß wie ich, hager und grauhaarig. In ihrer Jugend ist sie vermutlich ganz hübsch gewesen.
Als wir dann alle um den runden Tisch mit der Häkeldecke saßen, tippte sie ihren Mann am Unterarm an und sagte: »Ach, Max, jetzt hab ich die Nonnefürz in der Küch stehenlassen.« Ich glaubte mich verhört zu haben. Aber sie hatte wirklich »Nonnefürz« gesagt. Was das ist? Fettgebackenes, klein und rund mit einem kleinen Spitzchen. Wir aßen also Nonnefürz, tranken echten, anständigen Bohnenkaffee – erster Aufguß! – und horchten uns gegenseitig ein bißchen aus. Tante Danuta strickte ihren Strumpf. Sie strickt übrigens wie Trudi. Erinnerst Du Dich? Wir nannten das in Nikolassee »katholisch« stricken. Sie lassen bei jeder linken Masche den Faden vom Finger fallen, um ihn dann in Irrsinnsgeschwindigkeit überzuwerfen. So strickte Danuta, unterbrach ihr Nadeln und Überschmeißen nur, um sich unter dem aufmerksamen Blick meiner neuen Schwiegermutter manchmal ein Nonnenfürzchen zu nehmen.
Schwiegervater Max schwelgte in alten, natürlich besseren Zeiten: »Ja, damals, '23, das Treffen auf dem Hohen Meißner...!« Ich habe eine Menge über die Jugendbewegung gelernt, auch darüber, wie die Feiern zu Führers Geburtstag in der Horst-Wessel-Schule gestaltet wurden. Bert versuchte immer wieder, ihn zu unterbrechen, ohne Erfolg. Nachdem er einmal in Gang gekommen war, gab's kein Halten mehr. In diesem Wohnzimmer gibt es übrigens noch einen zweiten Schrank, eine Mahagonivitrine, der ganze Stolz der Hausfrau. Ich mußte mit ihr herantreten und mir die Devotionaliensammlung ansehen: kleine Porzellanballerinen, Pferdchen, die sich pausenlos auf den Hals küssen, und die Venus von Milo, letztere ein bißchen

kleiner als das Original. Die stammt »von unserem Freund Blecker. Weißt du (wir waren längst beim Du), er ist Erfinder von Beruf. Hier, die Glasur hat er erfunden. Die Venus ist natürlich aus Gips, aber durch die Glasur wirkt sie wie echter Marmor.« Während der ausführlichen Schilderung des Treffens auf dem Hohen Meißner, siehe oben, fiel mein Blick nun immer wieder auf die halbnackte Venus. Dem Schrank fehlte es an Standfestigkeit, und jedesmal, wenn ein Stuhl zurückgeschoben, eine Tür geöffnet oder geschlossen wurde oder Bert hustete, geriet die Venus in Schwingungen. Berts Gespächsbeiträge beschränkten sich insgesamt auf verschwenderisch verteilte Jas und Neins.

Nun, Grit, so zwischen Nonnenfürz, katholischer Strickerei, einer zittrigen Venus und leise greinenden Kindern lernte ich Berts Familie kennen, erfuhr, daß seine Mutter mit Vorliebe Ludwig Ganghofer liest und einmal in der Woche zum Rommésspielen bei ihrem Freund Blecker und seiner reizenden Frau einkehrt. Auf der Nachhausefahrt im ausgeliehenen Auto haben Bert und ich kaum gesprochen. Er getraute sich nicht, meine Eindrücke abzufragen, und ich beschäftigte mich mit den knatschenden Kindern, um nichts sagen zu müssen.

Jetzt liegen alle in ihren Betten und schlafen, und ich finde endlich Zeit, Dir mein neues Leben zu schildern. Ach, wäre ich doch eine Schlange, könnte mich häuten und hätte sieben Leben, nicht nur dies eine! Dat wär'n Utsichten! Wäre nicht Günther, schon morgen stände ich im Luisenhof und fragte an, ob Du keine Kaltmamsell brauchst. Was wird aus Dir? Alles, was wir hier über die Berliner Zustände hören, klingt sehr beängstigend. Wenn die Russen die Grenze dichtmachen, was dann? Komm in den Westen, Grit, schnell! Vielleicht ist das jetzt die letzte Chance, bevor die Tür zuschlägt. Eingekreist von Russen, wird sich Berlin nicht lange halten können. Sollten wir nicht gemeinsam in Hamburg einen neuen Anfang machen? Ach Grit, ich fang schon wieder an zu träumen. Aber trotzdem: Überleg Dir, ob Du nicht doch so schnell wie möglich aus Berlin verschwinden solltest, bevor es endgültig zu spät ist.

▲ ▼ ▲

Lina kam aus Hinterpommern. Im Dorf nannte man sie und ihre Familie nur die Polacken und traute ihnen alles Schlechte zu, denn sie waren Flüchtlinge und evangelisch. Beides zusammen war fast so schlimm, als seien sie direkte Nachkommen des Teufels. Als kleines Mädchen bettelte ich bei Lina oft darum, mir Geschichten zu erzählen. Wenn ich lange bettelte, dann erzählte sie mir von Pommern, von der Gutsherrin, die »immer jeritten is, nur auf dem Pfärd« und die jetzt in Lindenbach in der Mansarde hauste und sich durch Näharbeiten Geld verdiente. Lina erzählte mir von der Flucht vor den Russen, vor denen sie weggelaufen waren, von Doris, ihrer kleinen Tochter, die auf der Flucht gestorben war. Lina zog in die Baracke, als wir das Rothsche Fachwerkhaus mieteten. Hinter dem Haus hatte Lina Kaninchenställe, Hühner und Gänse, und auf der Wiese, bis zum Bach hinunter, hatte sie fünf oder sechs Schafe angepflockt. Linas Mann war schwer kriegsbeschädigt. Meist lag er in der Wohnküche auf der Chaiselongue, betrachtete die röhrenden Hirsche und Eichhörnchen des Wandbehangs, der hinter dem Sofa die Wand zierte, oder sah zu, wie die Stubenfliegen an dem von der Decke hängenden Klebeband langsamer und leiser wurden, bis sie stumm und starr im Honig hingen. Lina half Mutsch im Haushalt, im Garten, bei der Wäsche und beim Einmachen. Wenn sie mittags mit der Arbeit bei uns fertig war, nahm sie ihren Drahtkorb und ging nach Hause. Unterwegs sammelte sie die Kartoffelschalen ein, die Müllers Mia, Kätchen und die alte Fischer für sie vor die Tür gestellt hatten. »Die einen kriejen die Kartoffeln, die andern die Schalen«, sagte Lina. Zu Hause schüttete sie ihre Ernte in einen großen Kessel und kochte davon Schweinefutter.

Ich besuchte sie später wieder, als ich schon verheiratet war. Mit Annettchen auf dem Arm ging ich auf sie zu. Sie stand in der Haustür ihres neuerbauten Hauses, umfing mich mit liebevollem, stolzem Blick und sagte: »Ja, Renchen, ja.« Damit hatte ich die Prüfung in Linas Augen bestanden. Nicht mein Studium, Prüfungen, Zeugnisse imponierten ihr, sondern die Tatsache, daß ich es zum Status der verheirateten Frau, zur Mutterschaft gebracht hatte. Stolz zeigte sie mir ihr Haus, fütterte mich mit Frankfurter Kranz und Erdbeertorte und – Annettchen saß längst auf ihrem Schoß und spielte mit den Kittelknöpfen – fragte mein Hausfrauenleben ab.

Dann holte sie das Photoalbum aus dem Schrank.
»Renchen, du mußt das sehen«, sagte sie, schob Zuckerdose und Kuchenteller beiseite und zeigte mir ihre Bilder. »Wir hatten Goldhochzeit, im März. Und die Leute vom Dorf haben's sehr schön für uns gemacht. Sieh her, drei Girlandenbögen vor dem Haus, alle mit goldenen Rosen besteckt. Und hier, um die Tür, sieh nur! Der Tisch mit den Geschenken. Und die Feuerwehrkapelle hat gespielt, der Kirchenchor kam singen, und sogar der Birjermeister war hier und hat einen Präsentkorb abjejeben, und eine wunderschöne Rede hat er jehalten. Wer hätte das gedacht damals, als wir hier nach Oedekoven kamen. Nur deine Mutter hat uns damals jeholfen. Wenn sie das doch jetzt erlebt hätte. Ach Renchen, Renchen. Und sie hatte selbst nicht viel. Anfangs, da dachte sie noch, sie würde erben. Da war ja ihr Bruder, Harry. Ich weiß noch, wie der Brief aus Berlin kam. Sie mußte hinfahren. Es jing um Geld und um den Bruder. Siehst du, hier auf dem Bild ist der Birjermeister zu sehen und mein Fritz und ich. Ach Gottchen, Reni, daß alles so kommen mußte! Sie hatten ja viel Streit, deine Eltern. Das war auch nuscht mit den beiden. Er – du bist ja inzwischen verninftig, erwachsen –, er war ein Mann, der nie jenuch kriejen konnte. Morjens, wenn ich kam, dann hatte er sie schon zwischen jehabt. So eine schwache, dünne Frau! Wie nu der Brief kam, daß sie nach Berlin kommen sollte, da war sie wie ausgewechselt. Und er nahm auch mehr Ricksicht. Gab ihr sogar Geld. Von der Baltruweit besorgte sie sich grauen Wollstoff. Feinen Stoff! Die Baltruweit, die wohnte in Lindenbach hinter der Kirche in der Enggasse. Womit die nicht ihr Geld verdiente. Und dann saß deine Mutter an der Nähmaschine, die alte Tretmaschine, die jetzt bei mir im Flur steht. Auf der hat sie genäht und dabei leise vor sich hingesummt.«
»Ja, ich weiß.«
»Du erinnerst dich? Immer summte sie und hatte dabei noch Stecknadeln im Mund, und ich hatte Angst, sie mecht die Nadeln verschlucken. Schuhe hat sie auch gekauft, und Röschen lieh ihr den Persianer. Ach Renchen! Sie hat doch gedacht, sie fährt nach Berlin, vielleicht auch noch nach Hamburg, und tritt ihr Erbe an. Der Bruder hatte das Vermögen vor dem Krieg in die Schweiz gebracht. Er wollte nicht, daß die anderen Geschwister was abkriegten.«
»Andere Geschwister, Lina?«

»Ja doch.«
»Das kann nicht sein. Davon hab ich nie was gehört.«
»Deine Mutter, die konnte schweigen wie ein Grab. Glaub mir, Renchen. Sie hat dir ja auch nie erzählt, daß ihre Mutter sich umgebracht hat. Erschossen, in der Eisenbahn erschossen.«
»Das stimmt. Das weiß ich von Tante Grit.«
»Siehst du. Und das mit den Geschwistern, das hat sie auch verschwiejen. Aber der Bruder, der wollte nicht, daß die andern auch erben, und da hat er heimlich das Geld ins Ausland geschafft. Immer hat er zu ihr gesagt: Wenn der Krieg zu Ende ist, bist du gut versorgt.«
»Und?«
»Nuscht war. Sie war fertig, als sie zurückkam. Gott erbarm, war die Frau fertig. Als ich morjens kam, lag sie da und weinte und weinte. Ich dachte, sie kann nie wieder aufhören. Sie wollte nicht mehr leben.«
»Was war denn gewesen?«
»Den Schulfreund ihres Bruders hat sie getroffen, der konnte ihr alles erzählen. Er war im KZ in Sippenhaft, Oranienburg, da war Harry auch gewesen. Nach dem Putsch, Juli '44, war Harry in den Vatikan geflohen, später dann nach Spanien. Er konnte ja nich immer bei den Katholischen sitzen bleiben. In Spanien haben sie ihn dann einjefangen, in einen großen Schrankkoffer versteckt und nach Deutschland geschafft. Im KZ hat er in einem Kellerloch in Einzelhaft gesessen, und da, durch den Fensterschlitz, hat er seinen alten Schulfreund gesehen und ihm gepfiffen. Er ist da umgekommen im KZ, dein Onkel. Auf der Flucht erschossen, haben sie deiner Mutter erzählt. Das haben sie immer gesagt, das klang nicht so schlimm wie die Wahrheit.«
»Die Wahrheit?«
»Im KZ, Renchen! Er war im KZ. Deine Mutter hat ihren Bruder sehr geliebt, glaub ich. Vielleicht war er der einzige Mensch, dem sie jemals vertraut hat, der einzige, der sie auch richtig verstanden hat.«
»Was war mit dem Vermögen, Lina?«
»Alles weg. Die Schwägerin, die Witwe, hatte alle Vollmachten und ist mit dem Geld weg.«

»Einfach so? Und Mutsch konnte nichts machen?«
»Was hätte sie machen sollen? Sie hatte keine Beweise.«
»Ein Prozeß.«
»Kein Geld und auch keine Nerven. Sie war so fertig, Renchen, der Krieg, die Hungerjahre, die Schwangerschaften so schnell hintereinander. Und die Zeiten. Das waren ganz andere Zeiten.«
»Aber das Haus in Hamburg.«
»Ausgebombt. Nur ein paar Kleinigkeiten hat sie geerbt. Eine Schwester – es muß Geschwister gegeben haben, ich kann's beschwören – hat in Berlin gewohnt und ist noch in den letzten Kriegstagen umgekommen. Von der hat deine Tante Grit ein paar Sachen für deine Mutter aufgehoben.«
»Was denn?«
»Einen Ring. Den Ring mit dem lila Stein, Renchen.«
»Den Amethyst?«
»Ja, ja. Und ein altes Tagebuch. Weiß nicht, was das war. Weiß auch nicht, ob deine Mutter das gelesen hat. Sie sprach nie wieder darüber. Ach Marjellchen, welch ein Unglück!«

▲ ▼ ▲

*4. Oktober 1896*

Ich weiß nicht, was plötzlich in Jan gefahren ist. Dauernd nörgelt er an mir herum, kritisiert meine Art, mich zu kleiden und zu frisieren, zu gehen und zu reden. Nichts scheint ihm mehr recht zu sein. Was will er bloß? Gestern abend, als wir ins Bett gingen, war er besonders mißmutig, riß mir die Schlafhaube vom Kopf, faßte mit spitzen Fingern die Ärmel meines Bettjäckchens und meinte dann auch noch, ich sähe einer Vogelscheuche zum Verwechseln ähnlich.
»Mir scheint, Thrina«, sagte er, »wenn du ins Bett gehst, ziehst du dich nicht aus, sondern an. Ich kriege dich nie zu Gesicht, immer bist du lagenweise in Batist und Spitzen eingepackt.« Im Bett dann zerrte er so an meinem Nachthemd, daß der Ärmel einriß, löste mein Haarband und spielte mit meinen Locken, daß ich heute morgen große Mühe hatte, die Knoten herauszukämmen.
»Geh doch einmal aus dir raus, Thrina!« forderte er. Ich glaube, er hatte ein bißchen viel Wein getrunken. Sonst ist er doch nicht so.

»Bist du meine Frau? Warum muß ich mit Plumeaus, Decken, Jäckchen und langen Gewändern im Bett liegen, die sich wie Algen um die Beine wickeln?« Er war böse, ungerecht und verletzend. Ich schubste ihn weg, drehte mich auf die Seite und weinte. Er warf sich auf die andere Seite und schnarchte kurze Zeit danach.
Ich bin ihm ganz gleichgültig geworden. Muß er denn immer seinen Willen durchsetzen? Ich verstehe ihn nicht. Nun sind wir schon so lange verheiratet, haben uns aneinander gewöhnt. Meistens lasse ich ihn doch gewähren. Selten habe ich mich ihm verweigert – ich weiß, andere tun das. Wieviel Überwindung hat mich das alles in der ersten Zeit unserer Ehe gekostet. Aber jetzt, wo wir eine glückliche Familie sind, jetzt ist er plötzlich unzufrieden und will mich ganz anders haben.

*10. Oktober 1896*

Ich ging zu Satrup, um mir ein neues Nachthemd zu kaufen. In den letzten Tagen mußte ich soviel an die arme Berta denken, deren Adolf immer wieder Freundinnen hat. Wenn nun Jan auch eines Tages...? Ausschließen kann ich das nicht. So wie er neulich böse wurde, so ist er vielleicht schon manches Mal böse oder ungeduldig mit mir gewesen, ohne daß er es sich hat anmerken lassen. Aber ich kann mich doch nicht benehmen wie diese ›Damen‹ im Gelben Kakadu. Das ist niedrig, kulturlos und ordinär und meiner völlig unwürdig. Aber wenn nun Jan gerade das mag – manchmal? Er ist ein Mann. Vielleicht sind Männer ganz anders in diesen Dingen, tierischer. Ich weiß ja so wenig. Aber wenn Jan so ist, dann muß ich mich überwinden, weil ich ihn sonst verliere. Es ist meine Pflicht, ihm ein Stück weit entgegenzukommen.
Als ich schon bei Satrup im Laden stand, stockte ich noch, ob ich meinen Entschluß wahr machen sollte. Frau Satrup kam gleich um die Ladentheke herum, um mich zu begrüßen. Sie machte einen so gesitteten, tugendhaften Eindruck auf mich, daß ich mir zunächst nur Taschentücher zeigen ließ. Mir fehlte der Mut. Während ich mich über die Stickerei eines Taschentuchs beugte, sagte ich wie beiläufig:
»Ach ja, ich wollte auch noch ein Nachthemd kaufen.«

»Aber natürlich, gern, Frau Clausen. Wenn Sie mir bitte folgen wollen!« Sie ging voran in den hinteren Teil des Ladens. Dann zog sie eine altrosa Seidenportiere vor, so daß wir von den anderen Besuchern des Ladens ein bißchen getrennt waren.
»Haben Sie an etwas Bestimmtes gedacht?« fragte sie. Ich fühlte mich unangenehm. Wollte sie meine Gedanken erraten?
»Nein, nein, nichts Bestimmtes. Eben ein Nachthemd.«
»Dann werde ich Ihnen mal etwas zur Auswahl vorlegen.« Sie tänzelte an dem Regal entlang, ließ ihren Blick über die Fächer gleiten, zog hier und da etwas hervor, warf, wenn sie es halb herausgezogen hatte, einen Blick darauf und zog die Brauen hoch, als erkenne sie das Teil wieder.
Dieser Einkauf dauerte endlos. Zuerst sah ich weiße Batistnachthemden mit der üblichen Lochstickerei. Dann, als ich mir einen Ruck gegeben hatte und anderes zu sehen wünschte, zeigte sie mir ein weißseidenes Nachthemd, hochgeschlossen, mit sehr breiter Spitze, die vom Ellenbogen bis zum Handgelenk herunterrieselte. Es gefiel mir sofort, und ich wollte gerade sagen: »Ich nehme es«, da fiel mir Jan ein, und ich wußte, daß es das verkehrte Nachthemd war. »Das ist ein bißchen spießig«, sagte ich und wunderte mich, daß ich so einen Satz sagen konnte. Frau Satrup lächelte – anzüglich? – und holte dann, während sie mir versicherte, ich hätte einen exquisiten Geschmack, ein rosa Nachthemd hervor. Es erschreckte mich fast. Nie hatte ich erwartet, Frau Satrup verkaufe in ihrem Geschäft solche Wäsche. Sie sah mich nicht an, als sie es auf dem Ladentisch ausbreitete, wies auf die Feinheit der Spitze und die erstklassige Verarbeitung hin. Ich pflichtete ihr bei, und beide taten wir so, als sähen wir nicht, welch ein Gebilde da auf dem Tisch lag. Ich kaufte es, zahlte so schnell wie möglich und verließ, in Schweiß gebadet, das Geschäft.
Was sie jetzt wohl denkt, diese Frau Satrup? Sie muß doch ganz schockiert sein, daß ich so etwas kaufe. Hoffentlich spricht sie mit niemandem darüber!

*11. Oktober 1896*

Gestern abend zog ich das neue Nachthemd an.
Jan war so überrascht, daß er mitten im Satz verstummte, als er

mich sah. Dann pfiff er durch die Zähne, faßte meine Schultern mit den Fingerspitzen und drehte mich langsam. Er befühlte den Stoff, zeichnete mit der Fingerkuppe den Rand des Ausschnittes nach und flüsterte:
»Donnerkeil!«
Nun hatte ich erreicht, was ich wollte, und doch war ich nicht glücklich. Aber Jan merkte nichts. Er machte sich über mich her wie ein Verhungernder über eine Sahnetorte. Später, als er eingeschlafen war, zog ich das rosa Kostüm wieder aus und zog mein altvertrautes Nachthemd an. Soll ich bei der Kälte in einem Seidengespinst frieren? Jan hat ja auch einen warmen Schlafanzug an.
Heute war er sehr aufmerksam und brachte mir eine Orchidee mit. Wie leicht es ist, ihn versöhnlich zu stimmen.
Was in mir vorgeht, merkt er nicht. Gut so.

*6. November 1896*

Ich hatte heute morgen ein langes Gespräch mit Else, das mir nicht aus dem Sinn geht. Eigentlich wollte ich nur nachsehen, ob sie beim Silberputzen die Messerbänkchen nicht wieder vergißt. Aber dann sah ich, daß sie geweint hatte. Ich setzte mich zu ihr und fragte nach ihrem Kummer. Zunächst wollte sie nichts sagen, polierte emsig das Silber und wischte sich schnell mit dem Schürzenzipfel über die Augen. Aber ich bohrte nach, und schließlich breitete sie das ganze Elend ihrer Familie vor mir aus, stockend zuerst, dann immer hastiger, gefühlvoller. Diese einfachen Menschen lassen sich ja viel zu stark von ihren Gefühlen treiben. Es erleichterte sie offenbar, sich alles vom Herzen zu reden. Ach, unsere Else! Es ist immer das gleiche mit diesen Arbeiterfamilien! Der Vater sitzt jeden Abend im Goldenen Anker und vertrinkt den Lohn. Kommt er dann nach Hause, macht ihm die Frau Vorhaltungen. Dann verhaut er sie und die Kinder, die unvorsichtig genug sind, in seine Reichweite zu geraten. Dann wirft er sich aufs Bett und schläft seinen Rausch aus. Oft verschläft er dann. Um morgens pünktlich im Hafen zu sein, muß er um halb drei nachts aufstehen. Kommt er zu spät, ist die Arbeit ausgeteilt. Je älter er wird, desto häufiger verschläft er. Das bißchen

Geld, das er hat, braucht er für die Fähre. Wenn er keine Arbeit findet, geht er gleich wieder in den Goldenen Anker.
»Else«, sagte ich, »dein Vater muß das Trinken aufgeben. Er kann doch nicht arbeiten in dem Zustand. Seine Gesundheit macht er kaputt, und euch stürzt er ins Unglück. Warum nur geht er immer in den Anker?«
Sie lachte, viel zu bitter für so'n junges Ding. Dann biß sie sich auf die Unterlippe, weil sie merkte, daß sie sich unschicklich betrug. Ich übersah das einfach.
»Tja, gnädige Frau«, sagte sie dann, »er muß in den Goldenen Anker, sonst kriegt er doch erst recht keine Arbeit.«
Das verstand ich nicht.
»Der Wirt vom Goldenen Anker«, erklärte sie, »vermittelt doch die Arbeit. Wenn Haarbeck zehn Arbeiter braucht, dann wählt der Wirt sie aus und schickt sie zu ihm. Der Wirt schickt aber nur die, an denen er gut verdient.«
»Aber wenn die Männer Schulden machen, Else? Er hat doch das Risiko.«
»Risiko? Nö. Haarbeck gibt ihm abends das Geld, und er zahlt die Arbeiter aus. Die Schulden behält er natürlich gleich ein.«
»Dieser Wirt ist ja ein ganz hintertriebenes Subjekt, Else. Dein Vater sollte sich einen anderen Arbeitsvermittler suchen.«
»Wen könnte er denn nehmen: den Wirt vom Seepferdchen oder die Wirtin vom Störtebeker? Das macht doch keinen Unterschied.«
Wie dumm ich mich bei diesem Gespräch anstellte. Ich hatte ja keine Ahnung. Nie hat Papa erklärt, wie das mit der Arbeitsvermittlung vor sich geht. Ich bin selbst schuld, denn ich fragte nie. Nachdem ich aber herausgefunden hatte, daß die Wirte immer die Arbeit vermitteln, daß es nur für die Kaiarbeiter ein Arbeitsbüro gibt, war ich entschlossen, Else und ihrer Familie zu helfen.
Als ich Jan darauf ansprach, wurde er böse.
»Laß dich nicht von der Deern einwickeln«, riet er. »Die Lüd sind alle gleich, nur darauf aus, weniger zu arbeiten und mehr zu verdienen.« Ich fragte, ob es stimme, was mir Else über die Wirte erzählt hatte. Da zog er mich an sich, küßte meine Stirn und meinte, es sei nicht meine Aufgabe, mir über derlei Dinge den Kopf zu zer-

brechen. Aber damit ließ ich mich nicht abspeisen. Oh, Friedgard hätte ihre helle Freude an mir gehabt!
»Ich will's nun aber wissen, Jan.«
Er gab es zu und sagte auch noch, das sei alte, bewährte Hamburger Tradition.
»Für Elses Familie hat sich die Tradition aber nicht bewährt«, warf ich ein. »Wir sind doch verantwortlich für unsere Dienstboten. Auch das ist alte Hamburger Tradition, zumindest in meiner Familie. Ich kann doch nicht zusehen, wie das Mädchen mit seiner Familie immer tiefer rutscht.«
Ich bettelte so lange, bis Jan versprach, sich der Sache anzunehmen. Vielleicht, sagt er, kann er Elses Vater bei den Kaiarbeitern unterbringen.
»Bist du dann glücklich, du kleine Samariterin?« fragte er und lachte. Glücklich bin ich nicht, aber erleichtert immerhin.

*London, 24. Oktober 1896*

*Lieber Jan!*

Ich kann Dir heute mitteilen, daß der Vertrag mit Hardley und Benson unter Dach und Fach ist. Gestern morgen haben wir abgeschlossen. Die Konditionen sind äußerst günstig für Dich, wie Du beiliegender Abschrift entnehmen kannst. Wenn die Geschäfte sich weiterhin so positiv entwickeln, bist Du ein gemachter Mann. Was ich dazu tun kann, will ich gern tun, bist Du mir doch fast wie ein Sohn ans Herz gewachsen. Leider, ich sage leider, obwohl ich Ulrika herzlich liebe, leider hat mir das Schicksal nur eine Tochter beschert. Was macht ein einsamer Witwer mit einer schönen, lebenslustigen Tochter? Da fehlst Du mir als Partner, mit dem ich meine Geschäfte besprechen kann.
Apropos Geschäftliches. Ich bin mir nicht sicher, ob Du von den Ereignissen in Rotterdam erfahren hast. Es kann unter Umständen auch für Euch Hamburger von Bedeutung sein, deshalb hier ein kurzer Bericht:
Die neugegründete International Federation of Ship, Dock and Riverside Workers hier in London will stärkeren Druck auf die Politiker ausüben. Die Gewerkschafter versuchen, mit ausländischen Ar-

beiterverbänden zusammenzuarbeiten, um ihren Zielen mehr Nachdruck zu verleihen. Sie haben einen Arbeitsausstand der Rotterdamer Hafenarbeiter ›erfolgreich‹ unterstützt. Wenn sie das gleiche in Hamburg versuchen, bekommt ihr Ärger. Sprich mit Deinem Vater und mit Petersen darüber. Senat und Polizei müssen gewarnt sein.

Grüß Deine Frau, die ich hoffentlich bald kennenlernen werde.

Es grüßt Dich

*Dein Max.*

*20. November 1896*

Sie streiken.

Die Hafenarbeiter streiken, fordern höhere Löhne und verbesserte Arbeitsbedingungen. Papa rief mich an. Wie gut, daß es das Telephon gibt! Er bat Jan, in sein Kontor zu kommen. Ich selbst fuhr zu Mama und blieb den ganzen Tag dort, weil ich sie nicht allein wissen wollte in dieser Situation. Wir saßen zusammen und versuchten, durch Patiencelegen und Lesen die Zeit bis zum Abend zu überbrükken. Aber Mama war mit ihren Gedanken immer abwesend. Sie las Lenchens letzten Brief aus Montevideo, klagte, welch ein Jammer es sei mit ihren Töchtern, die älteste in Berlin und unverheiratet, die jüngste in Montevideo. Ich wurde immer unruhiger, stillsitzen und abwarten liegt mir nicht. So ging ich in die Küche und besprach mit Otti das Abendbrot. Bei der Gelegenheit fragte ich nach Eduard. Papa, der das Schulgeld bezahlt hat, steuert jetzt auch zum Studium bei. Ich glaube, die Wut über den Streik ließ mich ausgerechnet heute darüber sprechen. Ich wollte ihr ins Gedächtnis rufen, was unsere Familie in all den Jahren für sie getan hat. Otti war, zu meinem Erstaunen, sehr wortkarg. Ihr Sohn studiere in Göttingen und hoffe, in zwei Jahren seinen Abschluß zu machen. Es gehe ihm gut, denke sie. Er melde sich nur selten. Sie könne nicht schreiben, habe es nie richtig gelernt und wolle nicht, daß er über ihre Fehler erschrecke. Außerdem lebe er ja nun in anderen Verhältnissen. »Wir hören nicht viel voneinander und leben jeder für sich«, schloß sie. Ich war ganz betreten. Arme Otti! Für ihren Eduard hat sie sich all die Jahre krummgelegt, ihn verwöhnt, vergöttert, jedes Opfer gebracht. Nun erlebt sie, daß er aus ihrer Welt herausgewachsen ist,

sich vielleicht sogar seiner Herkunft schämt. Ich war hingegangen, um sie zu demütigen, und nun dies.
Zum Essen kam Tante Amanda und wollte Einzelheiten erfahren. Als Papa und Jan kamen, war die Stimmung nicht so gedrückt, wie ich erwartet hatte. Papa lachte sogar:
»Dat pet sik allens wech! Wartet's ab! Erinnerst du dich, Luise, wie das Anno '74 abging?«
Mama blieb ernst. »Damals streikten nur die Bäckergesellen, nicht die Hafenarbeiter, Georg.«
»Ja, ja, die Bäckergesellen. Sie streikten. Posaunten laut ihre Forderungen raus: Verkürzung der Nachtarbeit, natürlich. Sie wollen immer alle kürzere Arbeitszeiten.«
»Aber sie wollten noch mehr, Georg. Ich erinnere mich genau: Bei Tisch forderten sie Messer und Gabel wie die Meister.«
Jan und ich lachten los. Papa stand auf, nahm frisches Besteck von der Anrichte und trat hinter Jans Stuhl. Dann legte er feierlich Messer und Gabel neben den Teller und sagte mit Festtagsstimme:
»Hier haben Sie, mein Herr Geselle, ein Messer und eine Gabel. Seien Sie vorsichtig mit so gefährlichem Werkzeug, das ist nicht jedermanns Sache.« Dann lachte er laut und dröhnend los und ließ sich prustend auf seinen Stuhl sinken.
»Oh, ich weiß noch, wie sich der alte Gieseking aufregte, weil er seine Gesellen plötzlich mit Sie anreden mußte«, kicherte Tante Amanda. »Sie Döskopp! Sie Dummbaddel! schimpfte er in der Backstube herum. Man konnte es bis in den Laden hören.«
Papa küßte Mama die Hand und sagte: »Laß man gut sein, Luise. Dat pet sik allens wech. Wir haben die Sache im Griff. Was sich diese in-ter-na-tio-na-len«, er machte eine weit ausholende Armbewegung, »Gewerkschafter einbilden! Ihren englischen Abgesandten Tom Mann haben wir, kaum daß sein Fuß Hamburger Boden antippte, verhaftet und stante pede zurückgeschickt. Sollen sich die Engländer mit ihm vergnügen!«
»Aber gerade das«, gab Jan zu bedenken, »hat unsere Arbeiter verbittert und sie verleitet, in den Ausstand zu gehen.«
»Und? Jan Clausen, was soll's? Ungefähr viertausend sind in der Gewerkschaft. Wir haben zwanzigtausend. Die paar zählen doch gar nicht.«

»Aber wenn sich die andern solidarisieren? Mein Geschäft...«
So ging es eine ganze Weile hin und her. Papa wiegelte ab, Jan meldete immer neue Bedenken an. Verstehen kann ich beide. Papa hat nur viel mehr Erfahrung in diesen Dingen. Aber gerade jetzt versucht Jan, sein Geschäft zu erweitern. Er will seinem Vater und Papa doch zeigen, was er kann. Ach, wäre doch der ganze Spuk schon vorbei!

*2. Dezember 1896*

Dieses Flugblatt fand ich heute:
JUNGS HOLT FAST!!
WO WIE TOHOOP HEBBT STOHN,
HETT UNS NOCH NÜMS WAT DOHN.

KEEN HABENARBEITER DROF EHER AN DE ARBEIT GOHN,
BETT ALL DE FORDERUNGEN VON SÄMTLICHE HABENARBEITERS
BEWILLIGT SÜND.
DE STREIKENDE HOBENARBEITERS UN SEELÜÜD

*4. Dezember 1896*

Fast zwölftausend Mann, Hafenarbeiter und Schauerleute, streiken jetzt. Im Hafen ist es ruhig wie auf dem Friedhof. Und die Arbeiter halten durch, weil sie durch Spenden ausgehalten werden. Auch aus England soll, wie man hört, Geld gekommen sein. Jan ist sehr, sehr besorgt. Er verbringt fast die ganze Zeit im Geschäft, hat beinah jeden Abend eine Sitzung oder diskutiert mit Freunden im Herrenzimmer. Wie soll Else diesen Zigarrengestank je wieder aus Gardinen und Teppichen rauskriegen? Immer wieder wird mich in den nächsten Jahren dieser Geruch an den Streik erinnern.
Jan kann nachts nicht schlafen. Wenn ihn die Müdigkeit übermannt, quälen ihn Angstträume. Er wälzt sich im Bett und stöhnt. Und ich liege daneben und weiß nicht, wie ich ihm helfen soll. Seine einzige Freude sind die Kinder. Wenn Johnny auf ihn zuläuft und sich juchzend durch die Luft wirbeln läßt, wenn Mieke nach seinem

Finger grabscht, ihn fest umklammert und daran zu nuckeln versucht, dann lächelt er manchmal und vergißt wohl für einen Augenblick seine Sorgen. Aber es ändert ja nichts. Kaum richtet er sich von den Kindern auf, ist seine Miene ernst.

Auch Papa scheint immer sorgenvoller. Wie eine griesgrämige Krähe stakst er zu Hause herum. Er hat zwei Schiffe nach Stettin und Wismar umdirigiert. Aber auch da wurde die Ladung nicht gelöscht. Die Hafenarbeiter solidarisieren sich überall mit den Hamburger Arbeitern.

Gestern war ich bei Krähwinkel und sah mir goldene Taschenuhren an. Jan soll eine zu Weihnachten bekommen. Aber ich werde wohl lieber nur Manschettenknöpfe kaufen. Schade!

Jans Eltern kamen früher als erwartet aus Meran zurück. Sein Vater reiste heute nach Berlin weiter. Der Reichstag soll sich mit unserem Hamburger Streik befassen. Das will Jans Vater an »Ort und Stelle« miterleben. Hoffentlich zeigen wenigstens die Abgeordneten Verständnis. Irgend jemand muß doch die Arbeiter zur Vernunft bringen.

*5. Dezember 1896*

Da hatte ich es so gut gemeint, wollte am Nikolausabend mit Mama, Papa und Jan am Kamin sitzen und uns wenigstens für ein paar Stunden aus den Sorgen und Ängsten herausholen. Aber was ist daraus geworden?

Wir saßen kaum, da fragte Jan, was Papa vom Vorschlag des Senats halte, eine Schiedskommission einzusetzen. Papa wurde gleich wütend.

»Wenn wir jetzt nachgeben, Jan, dann haben wir verspielt. Dann siegt der Sozialismus. Und den internationalen Aufreizungen sind Tür und Tor geöffnet.«

Aber Jan denkt, wir müssen Zugeständnisse machen. Er ist so in Sorge.

»Die Arbeit muß wieder laufen. Selbst wenn wir uns gegenseitig unterstützen, halten wir das nicht mehr lange durch.«

»Min Jung, hör auf einen erfahrenen Kaufmann: Es geht hier nicht um Zugeständnisse, es geht um die Macht, nur um die Macht. Wenn wir jetzt nachgeben, wird unser Hamburg immer wieder Streiks erleben. Der Arbeiter denkt nur an seine kleine Welt, die nicht viel größer ist als seine Wohnküche. Er wird immer mehr fordern. Aber, Jan, er überblickt nicht das Ganze, den Weltmarkt, die internationalen Wirtschaftsbeziehungen. Das kann er nicht, und das braucht er auch nicht. Aber er muß sich – verdammt noch mal! – fügen, der Kaufmannschaft und ihrem Weitblick vertrauen! Nur so bleibt Hamburg die bedeutende Hafen- und Handelsstadt, die fleißige Kaufleute in Jahrhunderten aufgebaut haben. Sollen wir uns von ein paar hergelaufenen Rotzlümmels, die sich Sozialdemokraten nennen, alles kaputtmachen lassen?«

Er ließ sich schwer atmend im Sessel zurückfallen. Mama strich besänftigend über seine Hand. Jan – er ist ja so nervös – stand auf und stocherte in der Glut des Kaminfeuers. Ich war so unglücklich, wollte so gern, daß endlich einmal nicht über den Streik gesprochen würde. Aber es gelang nicht. Das Unglück lastet auf uns wie ein zu schweres Deckbett. Alle sind wir so zerstritten. Warum können wir als Familie nicht friedlich miteinander umgehen? Warum müssen wir uns auch noch gegenseitig reizen und aufreiben? Halten die Arbeiter etwa besser zusammen als wir? Das kann ja wohl nicht sein.

*11. Dezember 1896*

Tante Amanda ist ganz plötzlich gestorben. Ich wollte ihr das Material für eine große Stickereidecke bringen. Das Mädchen öffnete und sagte, sie sitze im Salon. Als ich eintrat, bemerkte ich nichts. Aber dann, im Näherkommen, fiel mir ihr verändertes Gesicht auf. Mit weitklaffendem Mund und aufgerissenen Augen starrte sie geradeaus, schien zu schreien und war doch stumm. Niemals hörte ich Tante Amanda schreien. Nie sah ich ihre Miene unkontrolliert. Mir war, als schreie sie jetzt, da niemand es hören konnte, um so lauter. Ich wartete, bis der Arzt kam und den Totenschein ausstellte. Es war ein Herzschlag. Nachdem ich alles Nötige veranlaßt hatte, machte ich mich auf den Nachhauseweg. Ich dachte über Tante Amanda nach. Wo lag der Sinn ihres Lebens, wo seine Frucht? Sie lebte immer so vor sich hin, war nie sonderlich beliebt. Ich glaube, das war ihr auch nicht wichtig. An ihr Innerstes ließ sie nie jeman-

den heran. Nachträglich wundert es mich, daß sie mir damals, als sie mir die Decke schenkte, etwas von sich erzählte.
Ihr Tod scheint mir genauso zufällig und belanglos, wie ihr Leben es war. Kann es sein, daß ein Mensch alt und grau wird und sein Leben überflüssig, unsinnig ist? Arme Tante Amanda! Was wohl aus Friedgard wird?

*12. Dezember 1896*

Der Streik wird immer bedrohlicher. Sechzehntausend, sagt Papa, sind im Ausstand, nun auch die Werft- und Fabrikarbeiter. Jan hat in den letzten Wochen so abgenommen, daß ich den schwarzen Anzug fürs Begräbnis enger machen lassen muß.
Was soll nur werden?
Können diese Leute nicht endlich wieder an die Arbeit gehen wie anständige, gottesfürchtige Menschen? Aber sie denken nur an sich selbst. Das Wohl der Stadt ist ihnen gleichgültig. Sie sind alle Internationalisten und Sozialisten und Egoisten. Papa hat leider recht.
Aber wenigstens der Reichstag hat Verständnis. Ein Lichtblick in dieser trüben Zeit. Vater Clausen telegraphierte aus Berlin, daß sich die Abgeordneten auf die Seite der Kaufmannschaft stellen und ihnen gutwilliges Verhalten bescheinigen.
Ich fürchte, ich bin wieder in Hoffnung. Das fehlte noch!

*15. Dezember 1896*

Wir waren bis auf die Knochen durchgefroren, als wir vom Friedhof kamen. Ausgerechnet in diesem Jahr ist der Winter früh und streng eingebrochen. Nur wenige gaben Tante Amanda das letzte Geleit. Pastor Gravenhus schnarrte das Vaterunser herunter, als wolle er die Zeremonie möglichst schnell hinter sich bringen. Ob irgend jemand heute an Tante Amanda dachte? Ich glaube nicht. Der Streik füllt uns ganz und gar aus. Mich beschäftigt aber immer wieder die Frage, wo der Sinn dieses Lebens lag. »Sei getreu bis in den Tod, so will ich dir die Krone des Lebens geben.« Das war ihr Konfirmationsspruch. Gravenhus ging darauf ein. Aber er redete nur frommen Unsinn. Hat sie überhaupt gelebt? Keine Familie, keine Kinder. Was hat sie gemacht ihr Leben lang? Sie war doch nur ein An-

hängsel der Familie, eine, die man in Kauf nehmen mußte, weil sie nun mal, durch einen Zufall des Schicksals, auf der Welt war, obwohl keiner recht wußte, was sie da sollte. Wie hat sie selbst darüber gedacht? Tante Amanda hinterläßt nichts. Eine flüchtige Erinnerung: Ach ja, Amanda, die mit dem meckernden Lachen. Das ist alles, was bleibt. Warum hat sie nie versucht, sich einen Platz zu erobern? Oder besteht ihre Leistung darin, ihr Altjungfernleben ausgehalten zu haben? Was ist ihr Verdienst? Was hätten wir für sie tun können? Sie machte es uns schwer, war spröde wie altes Brot. Nun ist sie tot und ordnungsgemäß beerdigt. Wir haben unsere Pflicht getan, mehr nicht. Als ich Papa am offenen Grab stehen sah, schoß mir die Frage durch den Kopf, ob er sich wohl schuldig fühlt. Schließlich hatte er ihre Mitgift fürs Geschäft verbraucht. Ob er je darüber mit ihr gesprochen hat? Wahrscheinlich nicht. Wenn's um das Geschäft geht, zählt für Papa nichts anderes. Welchen Zweck hätte es auch gehabt? Selbst wenn er ihr das Geld später zurückgezahlt hätte, gutmachen konnte er nichts mehr. Da war sie schon zu alt, um geheiratet zu werden.
Ich bin froh, nicht so ein Leben zu führen wie Tante Amanda. Jeden Tag weiß ich doch, daß Jan und die Kinder mich lieben, daß sie mich brauchen, daß ich der gute Geist der Familie bin.

*16. Dezember 1896*

Gestern noch bewegte mich der Gedanke an Tante Amandas scheinbar unsinniges Leben, heute fühle ich mich fast wie sie. Seit einer Woche ging ich mit mir zu Rate, ob ich Jan mein Geld geben solle, um ihm zu helfen. Ich zögerte, weil das Geld ja meine Sicherheit ist. Aber, so entschied ich dann, in diesen Zeiten darf ich nicht an mich denken. Gestern abend sprach ich mit Jan. Ich fühlte mich ganz feierlich, stark und reich, hatte mir ausgemalt, wie sehr er sich freuen, mir danken werde. Aber als ich ihm sagte, er dürfe über meine Mitgift verfügen, da sah er mich ganz verwundert an. Plötzlich lachte er los, griff mich an den Schultern und lachte und lachte. Dann sagte er:
»Thrina, du bist süß. Du bist ein liebes, süßes Dummchen. Mach dir keine Gedanken über Geld, davon verstehst du nichts. Ich entscheide schon richtig. Sorg dich nicht! Und was deine Mitgift betrifft«, er drehte sich zum Fenster hin, »die steckt doch längst im Geschäft.«

Er sagte das so dahin, als sei es meine Dummheit, meine Ahnungslosigkeit in Geschäftsdingen, mein Fehler. Er hatte gar kein schlechtes Gewissen. Ich war im ersten Augenblick völlig verblüfft, weil das Gespräch so ganz anders verlief, als ich es erwartet hatte. Aber dann fragte ich doch, wann er das Geld genommen und warum er mir nichts gesagt hatte. Er wollte nicht, daß ich mir noch mehr Sorgen machte, sagte er und fragte: »Glaubst du, ich sei leichtsinnig? Ich kenne meine Verantwortung, und ich trage sie auch.« Ich umarmte und küßte ihn schnell. Er darf doch nicht denken, daß ich ihm mißtraue. Er muß doch wissen, daß ich ihn mit allen meinen Kräften unterstütze. »Jan, ich liebe dich, und ich vertraue dir. Wir wollen fest zusammenhalten, gerade jetzt.« Ich drückte ihn in den Sessel und brachte ihm ein Glas Rotwein. Aber er wollte nicht. Jetzt sitzt er wieder an seinem Schreibtisch, während ich meine dummerhaften Tagebucheintragungen mache.

*17. Dezember 1896*

Ich bin wieder in Hoffnung. Als ob wir nicht schon genug Sorgen hätten. Ich sag es Jan erst nach Neujahr. Wie soll ich ihm das bloß beibringen?

*20. Dezember 1896*

Anna steht in der Küche und hat einen Verband um den Kopf. Sie sieht aus wie ein Inder. Aber die Geschichte ist leider gar nicht lustig. Anna hat nämlich eine schlimme Platzwunde an der Stirn. Als sie gestern ihren Bruder und seine Familie besuchen wollte, schlug ihr ein Arbeiter eine Holzlatte über den Schädel.

»Karl arbeitet nämlich wieder, müssen Sie wissen, gnädige Frau. Sie verhauen ihn, sobald sie ihn zu sehen kriegen, und nennen ihn Streikbrecher. Vorige Woche haben sie ihm die Fensterscheiben eingeworfen. Bei der Kälte haust er jetzt mit Frau und sechs Kindern in der kalten Küche. Es ist ja so ein Elend! Dabei muß er doch arbeiten. Wovon soll er Kohlen kaufen und Brot? Und Weihnachten? Daran ist dies Jahr gar nicht zu denken.«

Ich habe zwei Pakete für Karls Familie gepackt, eines mit Lebensmitteln, das andere mit warmen Sachen für die Kinder. Wenn der

Mann so tapfer ist und so vernünftig, wieder zur Arbeit zu gehen, dann muß man ihm auch helfen. Jan meint das auch.

*2. Januar 1897*

Ich habe es ihm gesagt. Er ist böse.
»Nun auch das noch. Das kommt mir gar nicht zupaß. Konntest du nicht besser aufpassen?«
Wie stellt er sich das vor? Aber im Augenblick ist sowieso nicht mit ihm zu reden. Wenn nur endlich dieser fürchterliche Streik zu Ende wäre!

*4. Januar 1897*

Jan hatte ja so recht! Man soll doch immer den nötigen Abstand zum Personal halten. Was hab ich nicht alles für Else getan! Und zum Dank beklaut sie mich. Wäre ich nicht zufällig in den Salon gekommen, ich hätte es nicht einmal bemerkt.
»Sie ham's doch. Sie leben doch wie die Made im Speck«, sagte die dreiste Deern auch noch. Natürlich verbat ich mir diesen Ton. Aber sie wußte, daß sie die Stellung nun sowieso los war, und da war ihr offensichtlich alles gleichgültig. Ich erinnerte sie, wie ich mich für sie, ihren Vater und ihre Familie eingesetzt hatte. Aber sie blieb ganz ungerührt. Stemmte die Hände in die Hüften und sagte:
»Was Sie für mich getan haben? Das war gerade genug, um Ihr schlechtes Gewissen zu beruhigen. Aber was ist mit all den anderen Tausenden, denen Sie nicht geholfen haben. Haben Sie an die auch schon mal gedacht? Sie sitzen in Ihrer Villa und sehen die Welt durch Tüllgardinen. Aber so ist die Welt nicht.«
Soviel Haß sprang aus ihren Augen. Warum haßt sie mich so? Womit habe ich das verdient? Ich habe ihr geholfen, der Familie. War das denn verkehrt? Es ist doch besser, ich helfe einer Familie als gar keiner. Tausenden kann ich nicht helfen, das übersteigt meine Möglichkeiten. Ach, Jan hatte ja so recht. Diese Leute brauchen eine feste Hand, die sie führt und zu einem fleißigen, gottesfürchtigen Lebenswandel anhält. Gut, daß diese Else jetzt verschwindet. Sie hetzt mir womöglich noch das übrige Personal auf.

*Hamburg, am 7. Februar 1897*

*Liebe Friedgard!*

Gestern ist nun endlich dieser unselige Streik zu Ende gegangen. Der Himmel selbst kam uns zu Hilfe und schickte wochenlangen strengen Frost. Der Schiffsverkehr ging immer mehr zurück, und immer mehr Männer waren ohne Arbeit. Auch die Binnenschiffer wurden arbeitslos, und dann mußten die meisten Betriebe ihre Arbeiter entlassen. Endlich ging den Streikenden das Geld aus. So viele Leute konnten sie auf Dauer nicht unterstützen. Endlich gaben sie klein bei.

Als ich die Nachricht hörte, ging ich ins Schlafzimmer und weinte heftig und lange. Ach Friedgard, Du hast keine Vorstellung, welche Last ich zu tragen hatte. In den letzten Wochen bin ich um Jahre gealtert. Ich durfte doch keinerlei Schwäche zeigen. Jan, der sprach kaum noch, verkroch sich im Herrenzimmer und brütete über seinen Papieren. Die Kinder machten ihn nur noch nervös, so daß ich sie möglichst fernhielt. Wenn ich versuchte, ihn abzulenken, schalt er mich eine alberne Gans. Daß auch ich mir große Sorgen machte, durfte ich mir nicht anmerken lassen. Mich tröstete keiner. Dazu kommt, daß ich wieder in Hoffnung bin. Da kommen die Tränen so leicht. Auch deshalb war Jan böse. Als ob es meine Schuld sei. Aber ich ließ mir nichts anmerken, spielte mit den Kindern, führte den Haushalt, als sei alles ganz normal. Wenn Gäste kamen, behängte ich mich mit Schmuck, glitzerte und klimperte wie ein Kristallüster, nur um aller Welt unsere Kreditwürdigkeit vorzuführen.

Nun ist es ausgestanden, und ich bin froh.

Papa hat die Zeit der Prüfung erstaunlich gut überstanden. Er hatte von Anfang an gesagt, wir müßten hart bleiben um jeden Preis. Ach Friedgard, der Preis ist hoch! Nun fühlt sich aber Papa in allem bestätigt, trompetet, wir hätten dem Terrorismus der Sozialdemokratie getrotzt, und raucht mehr Havannas, als seiner Gesundheit guttut. Er sagt, die Anführer müßten jetzt strengstens bestraft werden. Da müsse ein Exempel statuiert werden.

Sicherlich willst Du noch hören, wie es Deinem Patenkind geht. Mieke ist eine söte Deern, immer kregel. Sie will sich nicht wickeln lassen und macht Lilli das Leben schwer. Aber Lilli ist ihr dann doch über und wickelt sie schön fest.

Ich muß schließen. Gleich kommt Jan nach Hause. Freu Dich mit uns, und laß bald von Dir hören.
Es grüßt Dich herzlich

*Deine Anne-Kathrin*

# »DIE FRAU GEHT IMMER DEN UNTEREN WEG«

▲ ▼ ▲

ALLES STIMMTE UND NICHTS STIMMTE. Wir waren eine große, glückliche Familie, saßen um den Eßtisch, der ausgezogen und mit weißem Damast, weiß-blauem Porzellan, Silber und Kristall eingedeckt war. Plätzchen, Stollen, Kerzen, Tannengrün, nichts fehlte. Wir waren festlich gekleidet und festlich gestimmt. Ich verteilte Kuchen, goß Kaffee und Kaba in die hingehaltenen Tassen, lächelte und sprach leiser und freundlicher als an anderen Tagen. Wir feierten Weihnachten, eine richtige, schöne Familienweihnacht, wie ich sie immer schon erträumt hatte. Dann aber stieg ich aus meiner festlichen Hülle aus, trat einige Schritte zurück und betrachtete meine Idylle. Meine Sinne schärften sich. Ich sah das, was da war, nicht das, was ich zu sehen erträumte.

Wolfgangs Mutter spielt Omi. Mit ihrem hellblauen Blüschen und dem weißen Haar sieht sie der Oma, die im Werbefernsehen den milden Kaffee anpreist, ähnlich. Sie ist lieb, sie lächelt die Kinder an und spricht mit ihnen, als seien sie weltferne Geschöpfe, aufgeputzte Puppen, geradewegs aus der bibliophilen Ausgabe eines Märchenbuches des 19. Jahrhunderts geschlüpft. Sie genießt ihre Rolle, ich sehe es. Sie zelebriert ein Ritual, das sie für weihnachtsgemäß hält, weil schon ihre eigene Großmutter es so gehalten hat, die vermutlich, wiederum in Erinnerung an ihre Kindheit, dasselbe Spiel aufführte. Was sagt sie?

»Kinder, ich habe eben, als ich am Fenster stand, den Weihnachtsmann ums Haus gehen sehen. Und, Jochen, auf der Türklinke ist ein bißchen goldener Weihnachtsstaub.«

»Da ist bestimmt kein Staub«, stellt Annette trocken fest. »Heute morgen erst mußte ich die Messingklinken mit Sidol putzen.«

Omas bösen Blick, der sie jetzt trifft, erträgt sie mit der Gelassenheit der aufgeklärten Intellektuellen.

Bärbelchen ist ein bißchen blaß. Sie sagt gar nichts. Sie sitzt, sieht auf ihre ungewöhnlich sauberen Fingernägel und sinniert. Ob sie an die Bescherung denkt, bangt, ob der Webrahmen nun unterm Tannenbaum liegt oder nicht? Doro hat natürlich wieder nur Schabernack im Kopf. Jochen zieht schon den Kopf zwischen die Schultern. Was Oma ihm über Knecht Ruprecht, den Sack, die Rute und dicke, rasselnde Eisenketten erzählt, das wird ihn im Traum verfolgen. Vor zwei Jahren noch, da kroch Doro hinters Sofa aus Angst vor Knecht Ruprecht.

Wolfgang und Vater sind schon wieder bei der Politik. Keine Pause, keine Familie, kein Weihnachten.

Und ich selbst? Ich sitze da, lächle, plaudere und singe mit den anderen, bin hundemüde und überlege, wie schade es ist, daß Wolfgangs Eltern nun in unserem Ehebett schlafen werden und ich mich entweder mit Wolfi in das schmale Gästebett quetschen oder auf der Campingliege schlafen muß. Ich bin nicht die glückliche Frau und Mutter, die da am Tisch sitzt. Ich spiele ein Spiel. Ich feiere nicht Weihnachten, nein, ich spiele Weihnachtenfeiern. Ich esse Plätzchen und Stollen, zünde Kerzen an und singe Lieder, deren Texte ich bei der zweiten oder dritten Strophe nicht mehr genau kenne. Ich spiele, ernsthaft und eifrig, und warte darauf, hoffe, daß mir das Weihnachtsspiel die Weihnachtsstimmung bringt, die echte, die, die mich trifft, die den Accessoires ihren angemessenen Platz zuweist, die der ganzen geschmackvollen Zauberei einen Sinn gibt. Es gelingt nicht, und ich bin mir selbst böse. Mein Spiel war nicht intensiv genug. Ich bin selbst schuld. Aber nachher, in der Kirche, im Gottesdienst, da wird es gelingen.

Die Kirche war überfüllt. Weihnachten kamen sie alle, wir auch. Wolfgang wurde von überallher gegrüßt. Ich spielte wieder die Prinzgemahlin. Es war, als hätte ich eine Tarnkappe über dem Kopf. Alle sahen sie Wolfgang, schüttelten ihm die Hand und beugten sich hinab: »Ach, das sind wohl Ihre Kinder?« Wenn sie sich wieder aufrichteten, war ich auch noch da. Fast wollte ich mich dafür entschuldigen. Dann saß ich eingekeilt zwischen den Kindern in der Kirchenbank. Für Wolfgang hatte der Küster noch einen Stuhl aus der Sakristei geholt.

Ich warte auf mein Weihnachtsgefühl. Jetzt muß es doch kommen. Nichts. Ich konzentriere mich auf den Tannenbaum, der neben der Kanzel steht, zähle achtundzwanzig Kerzen. Aber das hilft meiner

Stimmung auch nicht auf die Sprünge. Sie bleibt aus. Jetzt tritt der Pfarrer an den Altar und spricht die Begrüßungsworte. Es geht los. Ich tauche ein in die bekannte Liturgie, singe alte, vertraute Lieder und empfinde wenigstens Zufriedenheit. Nun ist Weihnachten. So ist das: die bekannten Texte, der Tannenbaum und die überfüllte Kirche. Was erwarte ich denn nun? Warum ist noch soviel Platz in mir? Wo bleibt mein Weihnachtsgefühl? Vielleicht bin ich unbegabt. Ich schäme mich, weil ich versage. Ich freue mich nicht wirklich, nicht so, wie es sein muß, wie es in den Liedern besungen wird. CHRIST DER RETTER IST DA? Er ist doch nicht da. Ich weiß es, scheue mich aber, es zuzugeben. Meine Gedanken bleiben auf halber Strecke liegen, weil ich ihnen verbiete, weiterzugehen. Der Retter? Die Welt ist noch genau wie gestern, kein bißchen besser, frömmer, friedlicher. Kein Retter weit und breit. Die Kinder da vorn führen ein Krippenspiel auf. Maria und ein Engel. Der Engel verneigt sich und kündigt die Geburt Jesu an.

»Siehe, ich bin eine Magd des Herrn. Mir geschehe nach deinem Wort.«

Bist du verrückt, Maria? Naiv? Wie kannst du das sagen? Du sollst mit einem Gottessohn schwanger gehen, einem unehelichen! Dein Kind – ein Gott! Und keine Fragen? Keine Angst? Keine Ablehnung? Woher kommt dein Gehorsam? Du bist kein Mensch, Maria, keine Frau. Du bist ein Monstrum. »Siehe, ich bin eine Magd, mir geschehe...« Wenn du wenigstens eitel wärest in deiner Ergebenheit. Das machte dich menschlicher. Aber nichts. Nicht Eitelkeit, nicht Stolz, nicht Aufbegehren. An den Flügeln solltest du diesen Engel ziehen – wenn er denn welche hat – und ihm Bescheid sagen: Frag mich, ob ich will! Verfüge nicht über meinen Uterus wie über eine Garage! Ich entscheide selbst, ob ich ein Kind kriege oder nicht. Ein Kind, das will überlegt sein. Das hat Konsequenzen. Das macht mein Leben zu anderer Leute Leben. O Maria, du machst mich böse. Du bist nicht eitel, nicht stolz. Du bist nichts, eine Vase, hohl und charakterlos. Vielleicht, Maria, später, da kommst du dann ans Denken. Wenn dein Sohn loszieht und vom Reich Gottes predigt, da kommst du ans Nachdenken. Zu spät. Zu spät, Maria. Dann laufen sie, wohin sie wollen, unsere Kinder. Du weißt so gut wie ich, daß wir keine Macht über sie haben. Wer sagt uns, daß sie uns nicht eines Tages in die Suppe spucken, unsere Kinder. Kaum können sie laufen, da laufen sie in die Welt. Und das ist, immer noch, eine Männerwelt, eine Welt, in der der Küster dem Herrn Politiker einen Extrastuhl bringt und der sich in aller Unschuld draufsetzt, während Frau, Kinder und Eltern in die überfüllte Kirchenbank gescheucht werden. Unser Einfluß endet an der Kinderzimmertür. »Siehe, ich bin eine Magd.« Ich, ich will keine Magd sein. Ich will eine Frau sein, so, wie mein Mann ein Mann ist.

»Amen«, sagte der Pfarrer, und ich sang gemeinsam mit der ganzen Gemeinde: »Amen, Amen, Amen.«

»Setz dich, Irene! Setz dich auf die Eckbank, und ruh dich aus. Ich räume schnell das Geschirr in die Maschine. Keine Widerrede! Du bist müde. Ich hab das gestern schon gesehen, als Vater und ich ankamen. Kein Wunder! Jedesmal die Hetzerei vor Weihnachten. Aber jetzt kann ich dir mal was abnehmen, sitze sowieso viel zuviel herum.«

Ich setzte mich mit halber Pobacke auf die Ecke der Bank, unschlüssig, ob ich es wagen konnte, der Aufforderung nachzukommen. Ich fühlte, wie schwer meine Arme wurden, fühlte meine Müdigkeit, meine Unwilligkeit, weiterhin fröhlich, höflich und zuvorkommend zu sein. Ihre Geschäftigkeit nahm ich mit wachsender Wut wahr. Wie ein lebendiggewordener Vorwurf wieselte sie da herum, streifte Essensreste von den Tellern in den Mülleimer, ordnete das Geschirr ins Drahtgestell der Spülmaschine, wischte Herd und Kühlschrank ab und redete dabei immer weiter.

Was ist nur mit mir los?

Sie ist viel älter als ich und doch lebendiger.

Das Spülläppchen, immer das Spülläppchen in der Hand.

Warum komme ich mit diesem Leben nicht mehr klar?

Bin ich doch von Mutsch belastet, krank?

Großmutter – Selbstmord.

Mutter – Selbstmord.

»Hörst du mir überhaupt zu, Irene?«

»Natürlich, Mutter. Du hast recht: Erst mit Kindern macht Weihnachtenfeiern richtig Spaß.«

»Ach ja. Und Wolfgang tut das auch gut. Ich merke richtig, wie er

auflebt in so froher Runde. Ich sag's ja immer: Die Familie ist das Fettpolster der Karriere.«
»Wessen Karriere?«
»Na, Wolfgangs natürlich. Hast du keine Flaschenbürste? Diese Sektgläser sind eng wie Gänseschlünde. Ach, da hängt sie ja.«
»Und ich? Wenn ich nun auch Karriere machen wollte?«
»Willst du denn?«
»Nein.«
»Na siehst du! Ihr, Wolfgang, du und die Kinder, ihr seid doch noch eine normale Familie. Gott sei Dank! Und deshalb ist Wolfgang beruflich auch so weit gekommen und wird's wohl auch noch weiter bringen.«
»Ja, Mutter.«

Wolfgang ergriff das Tranchierbesteck und machte sich über den Rehrücken her.
»Hast du ihn nicht gespickt?« fragte Mutter, den Vorwurf nur notdürftig als Frage getarnt. »Du mußt Wild doch spicken, das Fleisch wird sonst trocken beim Braten. Wild hat doch gar kein Fett.«
Ich sah nicht zu ihr hin, belud Jochens Teller mit Rotkohl und Klößen und schluckte meinen Unmut. Wolfgang kam mir zu Hilfe. »Komm, Mutter, reich mal deinen Teller rüber«, sagte er. Vorsichtig balancierte er ein Stück Braten auf ihren Teller. »Wird dir schon schmecken, Mutter. Reni hatte ihn ganz in Speck eingewickelt. Probier mal!«
»Wir haben ihn früher immer gespickt«, verteidigte sie sich. Sie war beleidigt und eifersüchtig. Jetzt schwärmte Vater auch noch, wie butterweich das Fleisch sei. Sie saß und kaute und sah dabei auf ihren Teller. Wolfgang und Vater waren schon wieder bei der Politik. Wolfgang berichtete von der Wirtschaftskommission, von seinen Reisen nach Frankfurt und Brüssel. Ich flehte innerlich: Laß sie ja nicht über Politik reden. Das geht nicht gut. Das geht nie gut. Aber, es war schon soweit. Das Messer wie eine Waffe in Wolfgangs Richtung gestreckt, sagte Vater:
»Ich kann es immer noch nicht verwinden, daß mein eigener Sohn zu einer Partei gehört, die mit den Russen paktieren will. Glaubst du im Ernst, durch Ostblockhandel wirtschaftliche Probleme lösen zu

können oder sogar politisch weiterzukommen? Dummköpfe seid ihr! Alle! Phantasten! Der Russe ändert sich nicht. Und wenn ihr ihm den kleinen Finger reicht, dann frißt er euch die Hand ab. Da! Da siehst du's. DDR-Regierung. Wenn ich das schon höre! DDR – das gibt's nicht. Das ist Deutschland, hörst du, Wolfgang, das ist Deutschland, SBZ, Ostzone, was du willst, aber nicht DDR. Verräter seid ihr doch. Alles habt ihr euch gefallen lassen, alles hingenommen und nichts dafür rausgehandelt. Die Hälfte Deutschlands hergegeben – für nichts.«

»Aber Vater, die Teilung ist doch eine Folge des Krieges, und den hat Adolf Hitler angefangen, nicht wir.«

»Das ist kein Argument. Ihr dürft euch nicht abfinden.«

»Nach vierzig Jahren...«

»Auch dann nicht.«

»Nach vierzig Jahren muß man den Tatsachen ins Auge sehen. Du kannst bei der silbernen Hochzeit auch nicht so tun, als sei Mutter noch ein junges Mädchen.«

»Mach die Sache nicht lächerlich, Wolfgang!«

»Gar nichts mache ich lächerlich. Ich will nur, daß du erkennst, daß sich das Leben nicht aus Wunschträumen, sondern aus Tatsachen zusammensetzt, Tatsachen, die uns vielleicht nicht passen, uns schmerzen, die aber nun mal da sind.«

»Tatsachen? Daß ich nicht lache! Ihr habt doch überhaupt keinen Realismus in eurer Ostpolitik. Der Russe, der ist verschlagen, der nimmt immer nur.«

»Wir haben Rußland überfallen, nicht Rußland uns.«

»Ich war an der Ostfront, mein Sohn. Und dann die Gefangenschaft in Sibirien.«

»Hör auf, Vater!« Wolfgangs Stimme hob sich. Ich versuchte vergeblich, ihm Zeichen zu machen, ihn zu beruhigen. »Deine Schwarzweißmalerei ärgert mich. Wie sind denn die Nazis mit den Russen umgegangen?«

»Nazis?«

»Was haben die Nazis im Osten gemacht? Was, glaubst du, erzählt ein russischer Vater seinem Sohn, ein Russe, der bei uns gefangen war und der zu den wenigen gehört, die das überlebt haben?«

»Ich war nie ein Nazi. Und die Wehrmacht hat solche Schweine-

reien nicht mitgemacht. Die Wehrmacht war anständig.« Er stand auf, warf seine Serviette auf den Tisch und preßte heraus: »Dummkopf!«
Nach dem Essen, als ich mit Wolfgang einen Augenblick in der Küche allein war, bat ich: »Laß dich doch auf keine Diskussion ein! Er ist alt.«
»Alter ist keine Entschuldigung. Mit seinem Herumreiten auf alten Vorurteilen, dem ewigen Wiederholen seiner Phrasen macht er mich böse.«
»Er ist dein Vater.«
»Um so schlimmer.«
»Kannst du nicht um des Friedens willen wenigstens Weihnachten den Mund halten?«
»Um des lieben Friedens willen ist schon viel zu oft der Mund gehalten worden. Schluß jetzt.«
»Hast ja recht, Wolfi.« Ich legte meine Arme um seinen Hals und gab ihm einen Kuß. »Aber denk auch mal an die Kinder und an mich.«
Er ging zurück ins Wohnzimmer. Ich hörte, wie er die Kinder rief, ihnen einen Spaziergang vorschlug. Mir blieb die Küchenarbeit.
Das Leben setzt sich nicht aus Wunschträumen, sondern aus Tatsachen zusammen.
Meine Tatsachen: vier Kinder, ein überlasteter Mann, ein Mann, der keine Zeit, keine Geduld, keine Nerven hat.
Tatsache: Ich bin die Frau an seiner Seite.
Bin ich auch seine Frau, seine Liebste? Wo bin ich, wenn ich nicht an seiner Seite bin? Gibt es mich auch noch einzeln?
Verdammt! Hör auf zu denken! Wasch ab!

▲ ▼ ▲

*16. September 1899*

Welch ein Tag der Freude und des Triumphes!
Heute ist Jans neues Schiff vom Stapel gelaufen, die ANNA-KATHRINA. Ich war fast so aufgeregt wie bei meiner Hochzeit, hatte Angst, bei der Schiffstaufe irgend etwas falsch zu machen. Aber es ging gut ab. Als sie ins Wasser glitt, wuchs Jan um mindestens zehn

Zentimeter. Dann drehte er sich zu mir hin und sagte leise, damit keiner der Umstehenden es hören konnte: »Der Achtersteven, Thrina, will mir scheinen, ist noch eine Spur eleganter als deiner.«
Jetzt sind die letzten Gäste gegangen, ich sitze in meinem neuen Ballkleid hier und denke darüber nach, wie sich mein Leben in den letzten Jahren verändert hat. Jan schläft schon. Wir sind so glücklich, führen ein sorgenfreies Leben und haben drei gesunde Kinder. Wer hätte das gedacht, damals, bei dem furchtbaren Streik, daß es uns wieder so gut gehen würde. Neulich abend, als ich mich an die Frisierkommode setzte und meine Haare auskämmte, lag da ein großer Briefumschlag mit Jans Handschrift: Für Thrina. Er enthielt den Bankbeleg für eine Geldüberweisung auf mein Konto. Jan hat mir mein Geld, das er sich Anno '96 geliehen hatte, zurückgegeben, mit Zins und Zinseszins. Der Umschlag enthielt noch ein kleines Etui mit einem Brillantring. Ich war sehr angerührt. Jan war nicht zu Hause, er wollte mir den Umschlag wohl nicht so einfach in die Hand drücken, als sei ich Lohnempfänger. Heute morgen, als er den Ring an meinem Finger sah, lächelte er stolz. So ist er eben.

*Neujahr 1900*

Das war das größte und gediegenste Fest, das wir bisher in unserem Haus feierten. Ich bin ganz erschlagen von der Anstrengung: wochenlange Vorbereitungen, Gästelisten, Einkaufslisten, Bestellungen, Besprechungen, Angst, irgendeine Katastrophe könne passieren. Aber alles ging glatt. Das kalte Buffet war erstklassig, das Feuerwerk entsprach dem Anlaß, und die Gäste unterhielten sich gut. Senator Bardenham sagte beim Abschied: »In allem, mein lieber Clausen, zeigte sich die glückliche und geschickte Hand einer guten Hausfrau. Man muß Ihnen gratulieren.«
Und doch, und doch. Ich bin nicht so glücklich, wie es zu erwarten wäre. Diese Ulrika ist daran schuld. Dabei hatte ich es so gut gemeint. Max schrieb im Herbst aus London, er, als Witwer, fühle sich der Situation nicht mehr gewachsen. Er bat um Hilfe. Seine Tochter Ulrika wolle einen Kapellmeister, »einen Stockschwinger, dem ewig die Tolle in die Stirn fällt«, heiraten. Das hatte er mit dem Argument verboten, sie könne sich ebensogut gleich beim Zirkus anmelden.

Ich lud beide nach Hamburg ein, was Max dankbar annahm. Ein unglückliches, trostbedürftiges Mädchen hatte ich erwartet. Oh, wie ich mich irrte! Noch nie habe ich mich in einem Menschen so geirrt. Als sie heute abend an den Flügel trat, um zu singen, in diesem Kleid, da sah ich sie zum ersten Mal nicht als Maxens Tochter, sondern als Ulrika Piepenbrinck, als Frau. Ihr betont schlichtes Kleid, weißer Seidenchiffon auf seegrünem Atlas, enthüllte, obwohl hochgeschlossen, ihren Körper auf schamlose Weise. Wie sie durch den Saal ging, ein grünes Geschillere, kaum zu glauben. »Sie ist eine Nixe«, schoß es mir durch den Kopf. Alle schlug sie in ihren Bann. Die Männerblicke klebten an ihr. Sie hat so eine Art, den Kopf zurückzuwerfen, die Arme zu bewegen, ihre Körperlichkeit den Männern bewußtzumachen, die einer anständigen Frau, erst recht einem jungen Mädchen schlecht ansteht. Aber – lehr mich einer die Männer kennen! Das ist es, genau das ist es nämlich, was sie wollen: die kaum verhüllte Erotik, die schamlose Koketterie, die aufreizende Sinnlichkeit.
Jan, der neben mir saß, war ganz gespannte Aufmerksamkeit, ausgerechnet er, den ich bei Konzerten immer in die Rippen boxen muß, damit er nicht einschläft. Aber sie verstand es, die Nixe. Jan glühte. Immer wieder umklammerte er mit schwitziger Hand mein Handgelenk und merkte es nicht einmal. Er sah nur noch Ulrika da am Flügel stehen. Sie sang Mozarts »Veilchen«, dies alberne Lied, das ich noch nie mochte. Und an der Stelle »Ach, sprach das Veilchen«, da stöhnte Jan sogar leise mit und starrte auf Ulrikas grünschillernden Busen. Es ist ein Skandal! Daß er sich so vergessen konnte! Aber, er ist eben auch nur ein Mann. Sie sind sich alle gleich. Ulrika hatte ihn verzaubert heute abend. Jan, mein Jan, der bei Gesellschaften meist still ist, wenn es nicht um Geschäftliches geht, der sich so schwer tut mit leichter Plauderei, mein Jan war plötzlich ein anderer Mensch, als habe er in Champagner gebadet, witzig, spritzig, lachend. Ihr Zauber hatte ihn verwandelt, aus meinem wortkargen, steifen Jan hatte sie einen glänzenden Unterhalter gemacht, Eigenschaften aus ihm herausgelockt, die mir bisher völlig verborgen geblieben waren. Während Jan sich so belebte, stand ich im Schlagschatten dieses Zaubers. Seltsam, noch nie neigte ich zu Aberglauben, aber heute abend hatte ich ganz stark das Gefühl, Ul-

rika übe zweierlei Zauberkräfte aus, einen guten Zauber, der Jan traf, und einen bösen Zauber, der mich fast lähmte. Plötzlich fühlte ich mich plump und schwerfällig wie ein Nilpferd. Beim Dessert bekleckerte ich mich mit Obstsaft, beim Walzer verhedderte ich mich in der Schleppe meines Kleides, und als Björn eine Anekdote erzählte, lachte ich viel zu laut. All das sah ich, fühlte ich. Ich war zweigeteilt, stand neben mir, beobachtete, wie ungeschickt und albern ich mich anstellte, konnte aber nicht anders.

Und dann stellte Jan mich auch noch bloß, in Gegenwart dieser Ulrika. Adolf Jensen trat zu uns und fragte:

»Jan, hast du schon gehört? Carla Buddensiek ist nun auch noch unter die Wirtinnen gegangen.«

»Wieso das, Adolf?«

»Sie hat eine Garküche eröffnet, zwischen meinem Kontor und Krusebaums Geschäft.«

»Warum tut sie das?« fragte Ulrika.

Jan überschlug sich fast, es ihr zu erklären:

»Wir Hamburger nennen diese Carla Buddensieck nur das verrückte Frauenzimmer. Sie hat so eine sozialistische Ader. Vor einiger Zeit brachte sie es fertig, Hamburger Hafenkneipen in Männerkleidung zu besuchen. Hinterher legte sie dem Senat einen Bericht vor und forderte, die Minderjährigen da herauszuholen.«

»Ich finde das gut und richtig, Jan«, sagte ich. »Außerdem ist das mit der Garküche nicht so verkehrt, wie du denkst. Friedgard schrieb mir, die Verkäuferinnen und Wäscherinnen, die Näherinnen und Arbeiterinnen haben oft die ganze Woche über kein warmes Essen, weil sie viel zu weit außerhalb wohnen, um in der kurzen Mittagspause nach Hause zu gehen.«

Und da sagte Jan:

»Thrina, bist du auch verrückt geworden? So eine Armenküche mitten im Geschäftsviertel, das zieht doch das Pack erst an. Sie werden in Scharen kommen und uns die anständigen Kunden vergrätzen.«

»Dann müssen wir eben noch mehr Armenküchen einrichten, wenn es so viele Arme gibt«, sagte ich bockig.

»Tscha«, lachte Adolf und klopfte Jan auf die Schulter, »deine Thrina ist eine zweite Amalie Sieveking.«

»Sie ist fast so spinnert wie Carla und Friedgard«, maulte Jan. Dann forderte er Ulrika zum Tanzen auf, und fort waren sie beide. Ich stand wie dumm neben Adolf und wußte mir nicht zu helfen. Das war der böse Zauber, der mich gefangenhielt. Unheimlich! Oder kommt mir das nur so vor, weil ich müde und abgespannt bin? Ganz gleich, so oder so: Ich bin froh, daß Max und Ulrika morgen in die Schweiz abreisen. Sicher ist sicher.

▲ ▼ ▲

Er saß auf der Eckbank am Küchentisch, aß Schwarzbrot mit Gouda, trank ein Glas Bier und las im Lokalteil des Frauenrather Boten.
»Mußt du heute abend nicht mehr weg, Wolfi?«
»Nein.« Er biß von seinem Brot ab und las weiter.
»Dann können wir endlich mal miteinander reden?«
»Reden? Worüber denn?«
»Na, eben reden. Über vieles möcht ich mal reden.«
»Aber bitte nicht heute.«
Meine Hand, die das Schwammtuch hielt, wurde schneller in ihren Bewegungen, drückte fester, obwohl es nur galt, ein paar Wassertropfen von der Spüle wegzuwischen. Plötzlich hielt sie in der Bewegung inne. Ich hob den Kopf, drehte mich um, holte Luft und sagte:
»Ich möchte aber mit dir reden.«
»Versteh ich ja, Reni. Wirklich. Du hast ganz schön mitzutragen an der ganzen Wahlkampagne. Ich weiß. Glaub mir, in sechs Wochen, wenn alles vorbei ist, dann sind wir über'n Berg. Dann habe ich wieder mehr Zeit.«
Ich setzte mich Wolf gegenüber an den Tisch und faßte meinen kauenden, Zeitung lesenden Mann schärfer ins Auge.
»Ich kann keine sechs Wochen warten in der Hoffnung, daß du dann endlich mal Zeit hast. Was ist das denn hier? Was mach ich denn? Ich kann nicht mehr, Wolfgang. Ich kann nicht mehr sechs Wochen warten. Ich bin am Anschlag.«
»Reni, was ist denn mit dir los? So kenn ich dich ja gar nicht.«
»Ich kann nicht mehr.« Meine Tränen machten sich auf den Weg. Ich schluckte. »Verstehst du nichts? Es macht mich kaputt. Ich bin

nur noch der Familienmotor, ein Motor ohne Wartung, ohne Pflege.«

»Na, hör mal!«

»Nein! Nicht: Na, hör mal! Hör du mal! Sieh mich an. Wann hast du mich zuletzt gesehen, ich meine mich, Irene, nicht dein Hausmuttchen. Kannst du noch von dir absehen, deinen Verpflichtungen, deinen Bedürfnissen, deiner Karriere? Starr mich nur an! Bin richtig froh, daß ich's endlich sage. Du benutzt mich, Wolfgang. Du benutzt mich, um dir deine Lebensträume zu verwirklichen. Und meine Träume? Wann hast du zuletzt ernsthaft darüber nachgedacht, wie es mir geht? Blumen, Zärtlichkeit, liebe Worte, der Versuch, mich zu überraschen, mich zum Lachen zu bringen? Wann, Wolfgang? Wann? Sieh mich an! Ich bin eine Frau. Deine Frau. Was ist aus mir geworden? Und du hast deinen Anteil daran. Jahr um Jahr hab ich den Mund gehalten und hab Rücksicht auf dich genommen. Wann nimmst du Rücksicht auf mich? Hast du jemals, nur ein einziges Mal, einen Termin festgelegt, Entschlüsse gefaßt und das vorher mit mir abgesprochen? Ich kann nicht mal einen Friseurtermin festlegen, ohne Rücksicht auf dich und die Kinder zu nehmen. Unsere Kinder. Dir ist das nie ein Problem gewesen. Meine Meinung? Hat dich nicht interessiert, war dir nicht wichtig. Ich weiß, ich weiß, was du sagen willst: Das geht nicht. Das ist unmöglich. Das tun andere auch nicht. Wenn schon. Was hindert dich, es anders zu machen als die anderen?

Es gab mal Zeiten, da hast du gerne alles mit mir besprochen. Auf keinen Fall wolltest du werden wie dein Vater. Für deine Mutter hattest du bestenfalls ein bedauerndes Lächeln. Wo sind wir heute? Weißt du noch, wie viele Nächte wir mit Fred, Gisa, Babsi und Zoller zusammengesessen haben? Auf jeden Fall sollte unsere Zukunft besser aussehen als die der Eltern, menschlicher, fairer. Wir wollten gemeinsam ein großes Haus mit einem großen Garten mieten. Die nötigen Hausarbeiten, kochen, waschen, putzen, Kinderdienst, alles wollten wir abwechselnd übernehmen. Alle abwechselnd, nicht die Frauen unter sich. Und ihr Männer, ihr wolltet Zeit für die Kinder haben, für die Familie, die Frau. Bloß nicht so karrierekrank wie die Väter, denen entging ja das Beste am Leben. Sieh uns an! Mein Weihnachtsgeschenk, den silbernen Handspiegel mit Kamm und

Bürste, den hat Frau Braun gekauft, ausgesucht und gekauft. Ich weiß es. In den letzten Jahren hast du die Geschenke für deine Frau von deiner Sekretärin besorgen lassen. Wenn du dir nicht mal dafür Zeit nimmst, dann mach ich's auch so. Dieses ganze verlogene Familienschauspiel, das wir immer vorspielen! Es funktioniert nur, weil ich mitspiele.«

Ich zog die Bierflasche zu mir hin, goß mir ein Glas voll ein und trank. Ich fühlte mich herrlich leicht plötzlich. Wolfgang holte eine neue Flasche aus dem Kühlschrank. Er hatte noch kein Wort gesagt. Überrascht stellte ich fest, daß ich keine Angst vor der Antwort hatte, eher gespannt war, wie er reagieren würde.

»Ist es so schlimm, Reni?« fragte er und sah mich an.

»Nein. Nicht: Es ist schlimm, Wolfgang. Du bist schlimm. Schieb's nicht gleich wieder auf die objektive Gesprächsebene!«

»Tu ich doch gar nicht.«

»Klar tust du's. Und das Schlimme ist: Du merkst es nicht mal mehr. Es hat gedauert, bis ich diese sprachlichen Feinheiten bemerkt, den Dreh erkannt habe. Die objektive Feststellung – ein Wundermittel. Du bist nämlich gleich wieder fein raus. Und um noch eins drauf zu setzen, sagst du dann, Frauen seien nicht zu abstraktem Denken fähig, Frauen seien so emotional, so persönlich. So ist es. Stimmt. Und was bist du? Entpersönlicht. Berufsmensch! Das Sein bestimmt das Bewußtsein. Karl Marx läßt grüßen. Hatte gar nicht so unrecht, der Bursche.«

»Jetzt geht's aber los!«

»Du genießt es doch, wenn ich mich um dich kümmere, wenn ich persönlich bin. Du brauchst meine Streicheleinheiten, meine Bewunderung, meine Zärtlichkeit. Da hast du mir noch nie meine Emotionen vorgeworfen. Aber damit ist Schluß. Ich bin leer, ausgeschöpft.« Ich stand auf, wollte aus der Küche gehen. Aber Wolf kam hinter mir her, hielt mich zurück, drückte mich an sich. Ich spürte seinen Atem an meinem Hals, hörte seinen Herzschlag. Seine Hand strich mir übers Haar, wieder und wieder. Dann setzte er sich auf die Eckbank und zog mich auf seinen Schoß. Leise flüsterte er meinen Namen. Da heulte ich los, schluchzte, wurde vom Weinkrampf geschüttelt und schwemmte endlich aus, was sich so lange in mir abgelagert und angesammelt, was mich krank gemacht hatte.

Schließlich war Wolfis Schulter klatschnaß. Er hielt mir sein Taschentuch hin und sah zu, wie ich mich schneuzte.

»Ich seh bestimmt furchtbar aus.«

»Du siehst wunderbar aus.«

»Ist zwar gelogen, aber ich hör's trotzdem gern. Hast du noch mehr davon?«

Er hob mich hoch, trug mich nach oben ins Schlafzimmer und half mir beim Ausziehen. Als ich im Bett lag, deckte er mich sorgfältig zu und fragte leise:

»Kann ich dir noch was bringen?«

»Ja, bitte. Ich will ein Glas warme Milch mit Honig.«

Wohlig streckte ich mich unter der Decke aus und hörte, wie er in der Küche hantierte. Ich mag heiße Milch mit Honig nicht sonderlich gern. Aber welch ein Gefühl: Wolfgang stand für mich in der Küche, bediente den Herd, suchte den Honigtopf. Wußte er, wo bei uns der Honig stand?

Während ich trank, sah er mich an.

»Es muß anders werden«, sagte er.

»Nicht es, Wolfgang, du.«

»Wir. Und du hast heute den Anfang gemacht, du streitbare Achtundsechzigerin.«

▲ ▼ ▲

»Die Frau gehört ins Haus« war einer von Papas Lieblingssprüchen. Er genoß es, wenn Bauherren zu uns kamen und Mutsch dann als liebenswürdige, gebildete Frau des Hauses die Gastgeberin spielte. Sie war seine Frau, ihr diplomatisches Geschick, ihre Menschenkenntnis, ihre Kunst, Gespräche zu führen, kamen seinem Geschäft zugute. Mutsch gefiel sich in dieser Rolle und sagte zu mir häufig: »Eine Frau muß ein Haus führen können und Kultur um ihren Mann verbreiten.« Sie empfand diese Lebensaufgabe als naturgegeben und folglich richtig. »Daß in Amerika die Männer sich eine Schürze vorbinden und abtrocknen oder staubsaugen, ist ja wohl unmöglich! Gleichberechtigung? Mantel allein anziehen, den Koffer tragen? Nein. Lieber nicht. Da bin ich ganz konservativ.« Sicher, ihr Leben war nicht so geworden, wie sie sich das ursprünglich gedacht hatte, aber schließlich war Krieg gewesen, und alle mußten

neu anfangen. Wir wohnten nicht mehr in der Baracke, sondern in dem Rothschen Fachwerkhaus, das zwar nicht uns gehörte, das aber repräsentativ genug war und Besuchern vorgezeigt werden konnte. Und bald würden wir ein eigenes Haus haben. Hiervon sprachen Mutsch und Papa oft. Für Mutsch bedeutete das eigene Haus die Aussöhnung mit Oedekoven. Außerhalb des Dorfes ein repräsentatives Haus mit Garten, einem parkähnlichen Garten natürlich, zu besitzen, Freunde und Bekannte ›aufs Land‹ einzuladen und ab und zu in Köln shopping zu gehen – mit dieser Vorstellung konnte sich Mutsch anfreunden. Dazu kam noch, daß sie sich von Günther, ihrem Erstgeborenen, dem Sohn aus der Ehe mit Alex Kruse, einen Wiedereinstieg in ›unsere Kreise‹ erhoffte. Er würde Jura oder Medizin studieren, eine ›passende‹ Frau heiraten und damit Mutsch in ihren Lebensraum zurückbringen, den sie durch die Kriegsjahre verloren hatte. »Du bist meine Lebensversicherung«, sagte sie lachend zu Günther. Vermutlich hat sie es wirklich so gesehen.
Der Bau des eigenen Hauses war für Papa das Lebensthema. Ob er über seinen Plänen saß, mit uns Verwandte besuchte oder Urlaubsreisen machte, immer stand der Hausbau im Mittelpunkt. Sonntags machten wir lange Spaziergänge durch die Wiesen und den Wald rund um Oedekoven. Papa blieb dann an einer besonders schönen Stelle stehen, an der Linde neben dem Bach, auf der Höhe, von wo aus der Blick weit über die Hügel schweifen konnte, die wie eine Elefantenherde vor dem rosa-violetten Abendhimmel buckelten, oder auch am Waldweiher. »Hier wird unser Haus stehen«, sagte er dann, setzte seinen rechten Fuß vor, als wolle er mit dieser Geste das Land in Besitz nehmen. Klaus und ich sahen uns nach Spielgelegenheiten um. Wir bauten eine Staumauer in den Bach, versuchten die Linde zu erklimmen oder ließen Holzstöckchen über den Weiher treiben. Was Papa als Baustelle aussuchte, schien uns gut gewählt. Aber je mehr Jahre vergingen, je mehr Stellen er nach und nach durch Vorsetzen des rechten Fußes zu ›der‹ Stelle proklamierte, um so weniger waren wir bereit, Papas Träumereien in irgendeinen Bezug zu unserer Wirklichkeit zu setzen. Die Wirklichkeit, das war das Rothsche Fachwerkhaus, die Streitereien mit den Vermietern um die Pflege des Vorgartens und Mutschs Wut darüber, daß jeder Besucher hereinkommen konnte, wie es ihm beliebte. Wir lebten ja im

Dorf. Das Haus hatte natürlich, wie alle anderen Häuser auch, keine Türklingel.
In den Wintermonaten saß Papa im Wohnzimmer auf der Ofenbank, hatte sich den Tisch herangezogen und brütete über den Plänen für unser Haus. Einmal schnappte ich auf, wie Mutsch ihn ärgerlich anfuhr: »Die Diele ist zu klein, ist ja nicht mehr als ein Windfang.« Ihr Einwand machte ihn weder unsicher noch böse. Statt dessen zog er sie neben sich, erklärte ihr seine Vorstellungen und fragte, ob sie Parkett- oder Marmorboden, weiße oder farbige Kacheln haben wolle.
So lange träumte Papa von unserem Haus, daß ich, als er wirklich ein Grundstück kaufte, ganz verdattert war. Aber dann nahm der Traum Formen an: Kleine Holzlatten markierten zunächst die Hausecken. Dann kam der Bagger und hob die Grube aus. Die Lastwagen von Kalli Pütz brachten Hohlblocksteine, Sand, Zement, Armierungseisen und eine Mischmaschine. Papa und Kalli arbeiteten seit vielen Jahren schon zusammen. Sie hatten die Siedlungshäuser an der Kölner Straße, das neue Hotel in Falkenhof und die Jugendherberge von Lindenbach gebaut. Kalli der Bauunternehmer und Papa der Architekt, das war ein Team. Und sie waren Freunde geworden im Laufe der Jahre.
Abends, wenn die Maurer gegangen waren, spazierten wir mit Mutsch zur Baustelle und begutachteten den Fortgang der Arbeit. Wir waren glücklich. Wir freuten uns. Nur Omi Hofmeister mäkelte über den Luxus des offenen Kamins im Wohnzimmer, den Marmorfußboden der Diele und das »extravagante« Bad. »Diese Hamburgerin ist nicht die richtige Frau für unseren Berti«, hörte ich sie sagen. »Sibylle hat kein Augenmaß.« Mutsch ihrerseits ging der »kleinbürgerlichen Spießerin« möglichst aus dem Weg. Ein eigenes Haus, ein Gartenzaun, ein Tor, eine hohe Hecke, eine Haustür mit Klingel, das waren Aussichten, die Mutsch neue Kräfte wachsen ließen. Wenn die Witterung es irgend zuließ, arbeitete sie im Garten, legte Gemüsebeete und Rabatten an, pflanzte Rosen und Rhododendren, Beerensträucher und Obstbäume. Klaus und ich jäteten und hackten, wir mußten selbstverständlich helfen. Nur Günther half nicht mit. Er war in ein Internat gekommen, »weil mein Sohn«, so drückte Mutsch es aus, »nicht in diesem Kaff verbauern soll«. Günther kam

nur einmal im Monat zum Wochenende nach Hause und zeigte dann traurig wenig Interesse an Haus und Garten. Klaus und ich waren enttäuscht, machten aber auch keine Versuche, seine Einstellung zu ändern. Dieser Bruder, der soviel älter war als wir, der schon Schlipse trug und sich rasierte, war uns fremd und wurde uns immer fremder. War er da, dann hatte Mutsch für niemand anderen Zeit als für ihn. Sie wusch seine Wäsche, besserte aus, bügelte die Hemden und nähte, wenn ein neues Kleidungsstück, ein Handtuch oder Bettwäsche für Günther gekauft worden war, die Namensschildchen ein, Günther Kruse.

Im Januar bezogen wir das neue Haus, und Karneval wurde die Einweihung gefeiert. Papa bemalte im Souterrain die Wände. Später wird doch alles mit Tapete überklebt, hieß es, dann sieht man das nicht mehr. Dazu ist es nie gekommen. Solange wir in dem Haus wohnten, blieb das Souterrain die Karnevalsetage. Im Flur schwangen rothaarige Can-Can-Tänzerinnen die Beine. Ein Raum, ganz den antiken Bacchanalien geweiht, zeigte Leda und den Schwan, einen grinsenden, Trauben essenden Satyr und, an der Decke, Gott Amor selbst, der seine Pfeile in alle Zimmerecken schoß. Das zweite Zimmer glich einem orientalischen Harem. Eine Bauchtänzerin wand sich in Verzückung, ein fetter Scheich strich sich den langen, dünnen Schnurrbart, ein Springbrunnen plätscherte lautlos und wasserlos auf die mit Wolldecken verkleideten alten Seegrasmatratzen. Ich half in der Küche, pellte mit Lina einen Riesenberg Pellkartoffeln, spritzte Mayonnaisesternchen auf Wurst- und Käsehäppchen. Lina trug nicht wie an gewöhnlichen Tagen einen geblümten Kittel, sondern hatte eine gestärkte weiße Schürze vorgebunden. Den Kartoffelsalat, den wir in einem Wännchen anmachten und dann portionsweise in Schüsseln abfüllten, verzierte sie mit Petersiliensträußchen und sauren Gürkchen. Jedesmal, wenn sie eine Schüssel oder Platte zum kalten Buffet getragen hatte, kam sie strahlend in die Küche zurück und machte sich an die nächste Arbeit. Zum Schluß gingen wir gemeinsam in den Keller, bewunderten das Arrangement aus Kartoffel-, Nudel-, Reis-, Hühner- und Thunfischsalat, aus Platten mit Käsehäppchen, kaltem Braten und der großen Kristallschüssel mit der Diplomatencreme in der Mitte. Ich hatte nie zuvor ein so üppiges Buffet gesehen. Als Mutsch kam, sie

war noch beim Friseur gewesen, sagte Lina, rotgeschwitzt und beide Hände im Abwaschwasser: »Alles fertig, Frau Hofmeister. Renchen hat geholfen. Die Marjell arbeitet flink. Kann bald heiraten, die Marjell.«
An den Ablauf des Festes kann ich mich im einzelnen nicht mehr erinnern. Mir ist, als fielen die Bilder wie Konfetti über mich. Papa in roter Pumphose, schwarzem Samtwestchen und dunkelgrünem Fez. Papa legt Schallplatten auf, Papa schenkt ein, Papa umarmt, verteilt Küßchen, Papa tanzt mit Röschen. »Wir sind die Eingeborenen von Trizonesien«, singt Papa und schiebt die dicke Heidelore über die Tanzfläche. Papa trinkt, prostet, küßt, »denn nur einmal im Jahr ist Karneval«. Papa tanzt eng umschlungen mit Röschen. Papa geht, um neues Bier zu holen. Röschen ist nicht mehr zu sehen. Scheng und Heidelore zanken sich. Lilli tanzt mit Arnold, Kappes und Marianne knutschen unter dem schnurrbartstreichenden Sultan. Kalli prostet der Bauchtänzerin zu. Schüsseln, Platten und Schalen auf dem Buffet leeren sich. Mutsch füllt nach. Mutsch, groß und hager in rosa Pumphosen und bauchfreiem Oberteil, küßt nicht, knutscht nicht, singt nicht. Mutsch schickt Klaus und mich ins Bett. Auf der Treppe kommen mir Papa und Röschen entgegen.

▲▼▲

Astrid schickte mir diese Ansichtskarte aus Monte Carlo:

Liebe Anne-Kathrin!

Herzliche Geburtstagsgrüße! Ich werde am 15. ein Glas auf Dein Wohl trinken. Du bist hoffentlich nicht ganz allein an Deinem Ehrentag. Gestern traf ich Jan hier auf der Promenade mit Ulrika Piepenbrinck. War etwas erstaunt.

*Gruß Astrid*

*15. Mai 1900*

Das war nun mein Geburtstag heute. Die Besucher sind gegangen, die Kinder im Bett, und ich bin endlich allein.
Jan ist geschäftlich in Marseille, dachte ich, und Astrid schreibt, sie trifft ihn in Monte Carlo mit Ulrika.
Heute bin ich fünfundzwanzig geworden.

Ich ging in Jans Zimmer und wollte mir das Album mit unseren Hochzeitsbildern aus dem Schrank nehmen. Hinter der Reihe mit den Alben hatte er eine Marmorskulptur versteckt. Amor und Psyche. Sie sind fast nackt, beide. Amor beugt sich über sie, die ihm so im Arm liegt, daß sie ihm die nackten Brüste in schamlosester Weise entgegenstreckt. Und so was sieht sich Jan heimlich an! Er ist schlimm, sinnlich, tierisch. Habe ich überhaupt eine Ahnung, wer mein Mann ist? Bildet er sich ein, so ein Amor zu sein? Träumt er davon, Ulrika so im Arm zu halten, oder hat er es am Ende schon getan?

*23. Mai 1900*

Ich zog mich ganz aus und betrachtete mich lange im Spiegel. Zum ersten Mal sah ich mich nackt, ganz nackt. Mein Körper, vom Korsett befreit, sah aus wie gemartert. Die Nähte, Schnüre und Haken hatten tiefe Eindrücke im Fleisch hinterlassen. Mein Bauch ist vom Geäst unzähliger Schwangerschaftsstreifen durchzogen. Meine Brüste hängen traurig. Alles, alles ein trauriger Anblick! Mit der marmornen Psyche habe ich überhaupt keine Ähnlichkeit. Ich bin nicht schön. Nichts an mir kann einen Mann entzücken, seine Leidenschaft entfachen. Ich bin eine alte Kartoffel, habe meine Kinder geboren und bin verbraucht und häßlich geworden. Ich habe meine Rolle gespielt. Aber die neue Rolle, die Jan mir da zuschieben will, die spiele ich nicht!

▲ ▼ ▲

Hast du dich deshalb umgebracht, Großmutter? Ist das Grund genug? Dein Leben, das war doch Sitzen in Eiderdaunen und Klingeln nach dem Mädchen. Du hattest doch alles, was dich glücklich machte: Familie, Vermögen, Anerkennung, Liebe. Und du hast dich erschossen, weil dein Mann einmal die Ehe brach?

▲ ▼ ▲

*Baden-Baden, den 12. Juni 1900*

*Liebe Anne-Kathrin!*

Gestern erhielt ich Deinen Brief, der mich sehr traurig machte. Wie schade, daß ich jetzt nicht bei Dir sein kann, um in Ruhe alles mit Dir zu besprechen. So muß ich versuchen, Dir auf diesem Wege Rat und Trost zu geben.

Zunächst möchte ich Dich ermutigen, nicht alles gar zu schwarz zu sehen. Dein bisheriges Leben war ein breiter, sonniger Weg, auf dem kaum Stolpersteine lagen. Nun, da Schwierigkeiten auftreten, darfst Du nicht gleich den Mut sinken lassen. Das Glück, das du erleben durftest, wird Dir jetzt die Kraft geben, die Du brauchst.

Keine Ehe, Thrina, bleibt frei von Anfechtungen. Du bist jetzt sieben Jahre mit Jan verheiratet, und es ist fast eine Binsenweisheit, daß just zu dieser Zeit Wolken den Ehehimmel verdüstern. Also, es ist nichts Außergewöhnliches, Weltumstürzendes, was Dir widerfährt. Nur Mut! Die Schatten werden sich schon wieder verziehen. Denk darüber nach, was Du dazu beitragen kannst, anstatt zu weinen und mit dem Schicksal zu hadern. Wenn Du etwas ändern willst, dann fange bei Dir selbst an, da kannst Du es am leichtesten. Versuche, Deinen Mann zu verstehen, seine Wünsche zu erahnen, und richte Dich danach!

Männer haben, anders als wir Frauen, ein gewisses Bedürfnis nach Abwechslung. Sie suchen das Neue, das andere, das Abenteuer. Ein harmonisches, spannungsloses Familienleben kann ihnen da fade erscheinen. Es ist ihnen so selbstverständlich, daß sie sich seines Wertes nicht mehr bewußt sind. Wir Frauen bemühen uns, eben dieses Familienleben zu ermöglichen und zu gestalten. Daß das Ergebnis unserer Anstrengungen die Männer dann manchmal langweilt, ist ein Widerspruch, mit dem wir leben müssen. Es gibt aber für uns Frauen keine andere Möglichkeit, denn nur in der Geborgenheit eines Heimes, im geregelten Haushalt können sich Mann und Kinder entfalten. Und das ist es doch, was wir wollen, oder? Betrachte also den Ausbruch Jans aus Eurem Familienleben nicht als eine Flucht, sondern als eine Eskapade, die er meint, erleben zu müssen. Laß ihn seine Erfahrung machen! Warte ruhig ab! Im nachhinein werden ihm seine Familie, sein Heim als Kleinod aufleuchten,

und er kehrt zurück. Dann darfst Du nicht zänkisch, nachtragend oder mürrisch sein. Mach es ihm leicht, Thrina! Er wird es Dir tausendfach danken. Denn er kommt zurück, weil er erkannt hat, wo er hingehört, was ihm das Teuerste ist. Wie, wenn Du ihn dann unfreundlich empfingest? Müßte er nicht seinen Entschluß bereuen?
Da ist aber noch etwas, das Du bedenken solltest: Bei all der Liebe und Fürsorge, die Du den Deinen zukommen läßt, neigst Du dazu, Dich selbst zu vernachlässigen. Das ist gefährlich. Männer haben einen Abscheu vor ungepflegten Frauen. Umgekehrt sind sie gern bereit, über kleine Mängel in der Haushaltsführung hinwegzusehen, wenn ihre Frau heiter und gepflegt ist. Das solltest Du beherzigen. Verbring Deine Zeit nicht mit Grübeln und Weinen! Geh zur Schneiderin, kauf Dir neue Hüte! Probiere eine neue Frisur aus und bemühe Dich, so fröhlich und ungezwungen wie nur irgend möglich zu sein. Damit nimmst Du, nebenbei bemerkt, auch aller Gerüchtemacherei den Wind aus den Segeln. Du hast allen Grund, ruhig und gelassen zu bleiben. Du hast drei Kinder, einen Sohn, bist eine vernünftige Frau und hast Deinem Mann immer treu zur Seite gestanden, wie es Deine Pflicht ist. Auch Jan wird sich auf seine Pflichten besinnen. Er wird dieser Ulrika – ein junges, unerfahrenes Ding – bald überdrüssig sein. Wenn erst einmal der Reiz des Neuen verflogen ist, fängt er an zu vergleichen. Er wird sich erinnern. Er wird Sehnsucht nach seinen Kindern, nach Johnny haben, und er wird zurückkommen.
Laß den Kopf nicht hängen! Das ist unter Deiner Würde!
Ich umarme Dich und küsse Dich herzlich

*Mama*

PS: Ich habe Papa gegenüber das Problem nur vorsichtig angedeutet. Er darf sich nicht aufregen, das wäre Gift für seine Gesundheit.

*18. Juni 1900*

Ich zittre immer noch, obwohl Jan längst das Haus verlassen hat. Noch einmal versuchte ich mit ihm zu sprechen. Umsonst!
»Alles bleibt, wie es ist, Thrina. Daran wirst du nichts ändern. Du bist meine Frau, hast Haus und Kinder. Alles andere ist meine Sa-

che, nur meine Sache. Also, nimm dich zusammen und sei nicht albern! Du bist kein Backfisch mehr!«
So schnell geht das. So schnell ist mein Leben kaputt. Er hat es zerstört. Nur an sein Vergnügen denkt er, wie ein Vieh!
Ich bin kein Backfisch mehr. Wie recht er hat. Aber eine Matrone bin ich auch noch nicht. Albern? Dumm? Wie verhält sich eine kluge betrogene Ehefrau? Soll ich so tun, als sähe ich nichts? Soll ich aller Welt Theater vorspielen? Das Publikum weiß doch Bescheid. Das kann ich nicht. Das ist zuviel verlangt.
Nein, die Lösung liegt woanders. Die Familie muß her. Alle, Papa, Mama, Jans Eltern, wenn's sein muß, auch Gravenhus, alle müssen sie jetzt helfen, Jan zur Vernunft zu bringen. Wir müssen ihn gemeinsam aus den Netzen dieser grünschillernden Nixe befreien.

*19. Juni 1900*

Es gibt Augenblicke, da sehe ich mit quälender Klarheit voraus, wie alles ablaufen wird. Dann drücke ich die Kinder an mich und tröste mich an ihnen. Was wird aus Johnny ohne Vater? Oder wird Jan seine Pflicht erfüllen? Ich weiß nicht. Ich weiß gar nichts. Mir sagt er ja nichts.
Was habe ich verkehrt gemacht?
Wo liegt mein Fehler?
Womit habe ich das verdient? Diese Demütigung! Habe ich mich nicht immer nach seinen Wünschen gerichtet? Seit sieben Jahren kein Schweinefleisch, kein Gelb. Sogar meine Mitgift hat er gehabt. Wußte ich denn oder er, ob er sie mir zurückgeben könne? Wie viele Einladungen, Feste, Herrenabende habe ich ihm ausgerichtet. Drei gesunde Kinder zur Welt gebracht. Einen Sohn geschenkt. Und das ist nun der Dank. Alles habe ich für ihn getan. Was tat er für mich? Ahnte er, was es für mich bedeutete, damals, in der ersten Nacht? Daß auch ich mich sorgte beim Streik, ihn kümmerte das nicht. Jetzt, wo ich alles für ihn hergegeben habe, jetzt will er mich nicht mehr. Jetzt muß ein neuer Kitzel her, ein jüngeres Blut. Warum dachte ich, Männerliebe sei verläßlich, zumindest bei Jan? Wie dumm und naiv ich war. Und das Ehegelöbnis? Wenn er sein Versprechen hinwirft wie ein abgetragenes Hemd, soll ich es aufheben

und ihn freundlich bitten, es wieder zu nehmen? Gravenhus soll mit ihm sprechen. Er hat uns getraut. Soll er ihm ins Gewissen reden.

*21. Juni 1900*

Von seinen Eltern ist keine Hilfe zu erwarten. Aber das dachte ich mir ja schon. Wie dumm ich immer noch bin. Vater Clausen sah nur den Rauchkringeln seiner Zigarre nach und sagte gar nichts. Und sie, sie lotste mich in ihren kleinen Salon und zeigte mir die Kleider und Hüte, die sie sich aus Paris hatte kommen lassen. Auf dem Tischchen stand eine Bonbonniere, aus der sie alle Minute Pralinés herausfingerte und in ihren großen Mund schob. Widerlich! Sie sabbelte und sabbelte, erklärte mir, was der dernier cri in Paris sei, wie teuer die neue Garderobe war.
»Kauf dir, was dir Freude macht, Thrina. Gönn dir Luxus. Das tut gut. Wirklich.«
Aber ich wolle meine Ehe in Ordnung bringen, erwiderte ich. Ich könne so nicht leben, unter diesen Verhältnissen. Da setzte sie sich zwischen all die Kartons, das Seidenpapier und die Kleider, nahm sich Zeit, mich anzusehen, und sagte:
»Man kann damit leben, Thrina, glaub mir. Man kann damit leben und alt und fett damit werden.« Dann stopfte sie sich noch ein Praliné in den Mund und klingelte dem Mädchen.
Wenn Mama und Papa doch endlich wieder da wären. Papa, wenn der mit Jan ein ernstes Wort redet, das wirkt.

*26. Juni 1900*

Gravenhus war da. Ich hatte mir ein Herz genommen und mich ihm anvertraut. Schließlich hat er uns getraut und die Kinder getauft. Er hat so eine soignierte Art, daneben fühle ich mich immer noch als Schulmädchen. Aber jetzt weiß ich, was ich von ihm zu halten habe. Er ist auch ein Mann. Alle gleich! Er ist auch keinen Deut besser, dieser Pastor. Ich hörte die beiden im Herrenzimmer lachen. Sie haben sich wohl gut unterhalten. Nach einer halben Stunde ging er schon. Jan erzählte mir nichts, so weiß ich nicht einmal, ob er überhaupt das Thema angeschnitten hat.
Wenn doch Mama und Papa schon da wären!

*5. Juli 1900*

Es ist so heiß, daß mir der Federhalter aus der schwitzenden Hand rutscht. Wie gern wäre ich nach Travemünde abgereist, aber ich mußte auf Mama und Papa warten. Außerdem, auf der Strandpromenade halb Hamburg zu begegnen, jedermann erklären zu müssen, warum Jan nicht bei mir ist! Jeder weiß doch, daß die beiden auf Madeira sind. Nein, die Qual muß ja nicht auch noch sein.

Mama und Papa haben mich aufs tiefste enttäuscht. Welch große Hoffnungen hatte ich an ihr Erscheinen geknüpft.

»Dat pet sik allens wech, Thrina«, sagt Papa. Er nimmt das alles viel zu leicht, meint, Jans Affäre sei bald ausgestanden. Als ob ich nur abzuwarten brauchte, bis Jan Ulrika überhat. Das kann er doch nicht im Ernst glauben. Doch, er glaubt es wirklich. Er ist auch ein Mann. Wie sehr mich Jan verletzt, mein Vertrauen zerstört hat, weiß er das wirklich nicht? Weiß ich denn, ob nicht noch andere Ulrikas auftauchen? Papa wollte nicht über Jans Ehebruch reden, ich merkte es sehr deutlich. Statt dessen führte er mir die Verflechtung seines Geschäftes mit Jans Reederei vor Augen. Das beschäftigt ihn. O ja! Wenn auf der Ehre seiner Tochter herumgetrampelt wird, dann fällt ihm nur sein dummerhafter Spruch ein. Aber diesmal pet sik nich allens wech.

Und Mama? Mit ihr kam gar kein richtiges Gespräch in Gang. Sie meinte, alles Wesentliche habe sie mir schon geschrieben, das solle ich beherzigen. Alle meine Versuche, sie aus der Reserve zu locken, scheiterten. Mama war wie eine Nebelwand.

Nun bin ich also ganz allein. Friedgard, die Suffragette? Die versteht nun wirklich nichts von diesen Dingen und ist auch viel zu sehr mit ihrer Schule beschäftigt. Alte Juffer! Mir bleiben nur die Kinder. Ihnen soll es an nichts fehlen. Sie dürfen nicht an der Welt, und das sind ja wir, zweifeln. Ob ich das kann? Muß ich der Kinder wegen jede Demütigung auf mich nehmen? Welch eine mangelhafte Mutter ich bin: verkrüppelt, verbittert, verhärmt. Ich bin nur noch Haß und Selbstmitleid. Gott, warum muß zur Katastrophe meiner gescheiterten Ehe auch noch die Katastrophe meiner eigenen menschlichen Verstümmelung treten? Ist das eine brauchbare Mutter, dies Reststück?

*Berlin, den 9. Januar 1901*

*Liebe Thrina!*

Das neue Jahr fängt an, und da drängt es mich, Dir alle guten Wünsche für Deine Zukunft zu schicken. Vielleicht wird sich diese Zukunft anders gestalten, als Du ursprünglich hofftest und plantest, aber es ist Dein Leben, über das Du verfügen, mit dem Du etwas anfangen kannst.
Wie mir Mama schrieb, war Jan über die Feiertage nicht in Hamburg und ist wohl auch jetzt noch in Chamonix. Wie gut, daß Du mit den Kindern bei Mama und Papa Weihnachten feiern konntest. Wie schwierig, den Kindern gegenüber immer neue Ausreden zu erfinden.
Liebe Thrina, ich habe mich bisher zu Deinen Eheproblemen nicht geäußert, weil ich mich nicht einmischen wollte. Ich hoffte auch, es werde sich alles wieder richten. Inzwischen scheint diese Lösung immer unwahrscheinlicher. Selbst wenn Jan doch noch zu Dir zurückkehrte, wäre doch der Abstand zwischen Euch so weit, daß Ihr nicht einfach da anfangen könntet, wo Euer Weg sich trennte. Auch Du hast Dich verändert, Thrina, ich spüre es Deinen Briefen an. Du bist nicht mehr die brave Hausfrau, die ihr Leben an den Bedürfnissen ihres Ehemannes ausrichtet. Du bist reifer, bewußter geworden, hast die Unschuld in viel tieferem Sinne verloren, als man gemeinhin diesem Wort unterstellt. Eines macht mir Sorge: Aus Deinen Briefen spricht so viel Selbstverachtung. Du mißt Dir keinen Wert, keine Liebenswürdigkeit zu. Du suchst immer wieder bei Dir, in Deinen Mängeln die Ursache der Katastrophe. Das ist falsch.
Sei Dir Deiner Würde und Deines Wertes bewußt! Du hast keinen Grund, Dich vergrämt in die Ecke zu setzen, Dich mit Selbstvorwürfen zu peinigen oder Dir das dumme Gerede anderer anzuhören. Die andern wissen immer alles besser, bis sie selbst dran sind. Spring ihnen ins Gesicht! Hau zurück, wenn Du gehauen wirst! Laß Dir nicht einreden, rede Dir selbst nicht ein, alles wäre anders gekommen, wenn Du nur anders gewesen wärest. Frag mal zurück! Wie denn, wie hättest Du sein sollen? Oh, diese ewigen Klugschnacker! Und wenn Deinem Mann nach einigen Jahren wieder der Sinn nach Abwechslung stände? Bist Du ein Chamäleon? Du bist eine Frau mit

Verstand, mit Gefühl, mit einer Seele. Wer darf von Dir verlangen, daß Du Dich selbst vergewaltigst? Wo liegt die Begründung für diesen Anspruch? Einzig und allein doch im Egoismus des Ehemanns, in seiner Launenhaftigkeit. Dem mußt, dem darfst Du Dich nicht beugen. Wenn er im Sinnenrausch, in Treulosigkeit seine Familie verläßt, Dich dem Gespött und Getratsch ganz Hamburgs aussetzt, es zuläßt, daß Krethi und Plethi über Eure Ehe spekulieren dürfen, weil es ihn juckte, die Tochter seines Freundes zu seiner Mätresse zu machen, dann darfst Du Dich deshalb nicht mit Selbstvorwürfen quälen. Nicht Deine Fehler müssen hier verhandelt werden, sondern die Fehler Jans und die der Gesellschaft, in der wir leben.
Warum sind denn viele Männer so wie Dein Jan? Weil es bei uns zweierlei Moral gibt. Immer wieder wird behauptet, junge Männer hätten einen starken, triebhaften Drang. Den müssen (!) sie ausleben, weil sie sonst – so sagt man – gesundheitlichen Schaden nehmen. Also verkehren unsere Jünglinge mit Dienstmädchen und Prostituierten. Frag einmal Carla Buddensieck. Sie ging, zusammen mit ihrem Cousin, den sie erst überreden mußte, als Mann verkleidet nachts in die Häuser, entdeckte junge Mädchen, Kinder. Und niemand nahm Anstoß. Sie traf auf keinen Mann dort, der es unmoralisch fand, daß man kleine Mädchen zum Kauf anbot. Im Gegenteil! Erspar mir die Einzelheiten, Anne-Kathrin! Als sie aber eine Eingabe beim Senat machte, da gab es einen Skandal, einen Aufstand. Nicht, wie Du denkst, wegen der Kinderprostitution, sondern weil sie es gewagt hatte, als Mann verkleidet diese Örtlichkeiten zu besuchen. Auch Jan hat in solchen Häusern verkehrt, da kannst Du sicher sein. Welche Erfahrungen für ihn! Mußten ihm die Frauen nicht unterlegen, niedrig, minderwertig erscheinen? Natürlich wußte er, als er Dich heiratete, daß Du nicht ›so eine‹ warst. Aber dachte er nicht, über ›die Frau‹ Bescheid zu wissen, als er Dich heiratete? Für ihn stand fest, daß es legitim, ja notwendig sei, seine Triebe ausleben zu müssen. Dazu kommt, daß ihm, als dem Ernährer der Familie, unumstritten und immer alle Entscheidungen zustehen. Deine Rechte sind nur abgeleitete, zugestandene. Beim Mann werden die Rechte betont, bei der Frau die Pflichten.
Das alles führe ich nicht aus, um Dich zu langweilen, sondern um Dir vor Augen zu führen, daß es nicht Dein persönliches Problem ist,

das Du verschuldet hast, sondern daß unsere Gesellschaftsordnung insgesamt morsch und faulig ist. Dein Jan ist – leider – ein ›normales‹ Glied unserer Gesellschaft. Er ist ein feiger Egoist! Dich hat er in eine tiefe Lebenskrise gestoßen, den Kindern hat er die Grundpfosten ihrer Welt erschüttert und, auch das muß gesagt werden, ein junges Mädchen hat er in seine Abhängigkeit gebracht. Denn, Kathrina, auch Ulrika gegenüber versündigt er sich. Daran willst Du verständlicherweise nicht denken, aber hör mich bitte an, damit Du das ganze Maß von Jans Verantwortungslosigkeit erkennst. Er genießt alle Vorzüge eines Ehemanns in diesem Verhältnis, verweigert aber den Schutz der Ehe.

Was kannst Du tun?

Zunächst: Du kannst etwas tun. Du bist nicht zur Tatenlosigkeit verdammt. Du mußt nicht auf Jans Entscheidungen warten. Er hat Eure Ehe verraten, sich feige aus dem Staub gemacht. Damit bist Du frei, Thrina. Im Augenblick hat das nichts Verlockendes für Dich, aber meine Erfahrung ist, daß jede Gefahr, einmal erkannt, ihren Schrecken teilweise einbüßt. Das Schlimmste für Dich ist ein völliges Scheitern der Ehe, die Scheidung. Aber dann, vielleicht gerade dann, kannst Du doch noch ein erfülltes, ein sinnvolles Leben führen. Du bist vermögend, kannst etwas lernen, wohltätigen Gemeinschaften beitreten, kannst mit Carla Buddensieck zusammenarbeiten, für die Rechte der Frauen kämpfen, kannst die Erziehung Deiner Kinder bewußter in die Hand nehmen. Du kannst vielleicht auch einen anderen Mann kennen- und lieben lernen. Die Welt geht nicht unter, wenn Jan Dich verläßt, sie öffnet sich, erweitert Deinen Blick und Dein Denken. Sieh Dein Unglück doch einmal von dieser Seite!

Du wirst sagen, ich hätte leicht reden, ich, die sich weigerte zu heiraten. Ich wagte nicht, was Du wagtest. Das stimmt. Ich hatte immer Angst davor, mich einem Mann auszuliefern.

»Von sich selbst weiß der Mensch bloß, wenn er genießt oder leidet, und so wird er auch bloß durch Leiden und Freuden über sich belehrt, was er zu suchen oder zu meiden hat.« (Goethe)

Ich umarme und küsse Dich und denke täglich an Dich.

*Deine Schwester Friedgard*

*Hamburg, den 6. März 1901*

*Sehr geehrte Frau Clausen,*

Da mir leider bei Ihrem gestrigen Besuch die Zeit fehlte, ein längeres Gespräch mit Ihnen zu führen, ich aber den Gegenstand unserer Unterredung für äußerst wichtig halte, Sie auch nicht allzu lange in banger Ungewißheit lassen will, wähle ich diese Form, um Ihnen einige wegweisende Gedanken zu übermitteln. Ich werde Ende des Monats von meiner Reise, die ich übermorgen antrete, zurückkehren und bin dann gerne bereit, noch ein persönliches Gespräch mit Ihnen zu führen. Selbstverständlich werde ich über den Inhalt unserer Unterredung strengstes Stillschweigen wahren.
Wenn ich richtig sehe, beschäftigt Sie die Frage nach der Heiligkeit und Unauflöslichkeit der Ehe. Ich selbst habe Sie getraut und Ihr Leben als Ehefrau und Mutter seelsorgerisch begleitet. Um so betrübter bin ich über die gegenwärtige Entwicklung. Daß Ihnen in der augenblicklichen Situation die Institution der Ehe fragwürdig erscheint, ist zwar verständlich, darf Sie aber nicht dahin treiben, an der heiligen Verpflichtung zu rütteln, die Sie durch Ihr Ehegelöbnis eingegangen sind. Ihr Ja zur Trauung bezog sich auf den ganzen Menschen Jan Clausen. Sie haben sich freiwillig an ihn gebunden, für gute und böse Tage, »bis daß der Tod Euch scheidet«. Das, liebe Frau Clausen, dürfen Sie nicht vergessen! Wenn Ihr Mann vom Weg abirrt, ist es Ihre Aufgabe, alles zu versuchen, um ihn zurückzuholen. Aber auch wenn es den Anschein hat, als könne das nicht gelingen, auch dann dürfen Sie sich nicht von Ihrem Gemahl abwenden.
»Die Liebe ist langmütig und freundlich.« (1. Kor. 13)
Darauf haben Sie sich am Tage Ihrer Eheschließung eingelassen. Davon dürfen Sie jetzt nicht abrücken, keinen Fußbreit! Wenn Ihr Mann auch seine Pflichten verletzt, Sie dürfen nicht dasselbe tun, indem sie die Verbindlichkeit Ihrer Ehe anzweifeln. Nur treues Ausharren kann auf Dauer das Richtige sein. Denken Sie bitte auch an Ihre Kinder, an die Dienstboten und an unser Volk. Sie haben die Pflicht, Vorbild zu sein, weil sonst andere an der Heiligkeit der Ehe zweifeln.
Ein sehr persönliches Wort, Frau Clausen: Ich habe Sie schon kon-

firmiert und kann von mir behaupten, Sie ein wenig zu kennen. Und ich weiß, daß Sie eine starke, standfeste Frau sind, eine Frau, die ihr Leben meistert. Das Erlebnis, das Sie zur Zeit so niederdrückt und entmutigt, es wird Sie letztlich reifer machen, Ihnen helfen, die wesentlichen Dinge des Lebens zu erkennen.
Ich wünsche Ihnen, daß sich bald alles zum Guten wende.

*Ihr A. Gravenhus, Pfr.*

*Hamburg, den 22. April 1901*

*Liebe Friedgard!*

Ich sitze am Fenster und schaue in den Garten. Alles ist unerträglich normal: Die Drossel singt, die Tulpen blühen, das Gras wächst. Es wächst wie immer. In jedem Jahr wächst es so, wellenartig, von Gänseblümchen durchwoben, ein grünes Meer gleichförmiger Bewegung. Wenn ich doch wie dieses Gras sein könnte! Ich wünsche mir die Stetigkeit der Grashalme, ihre Biegsamkeit, ihre Geschmeidigkeit, ihre Kraft, auch nach dem stärksten Unwetter den Kopf zu heben und weiter zu wachsen. Mir scheint, das Gras hat uns vieles voraus. Wir Menschen zerbrechen zu leicht. Wären wir, wäre ich doch dem Gras ähnlicher! Manchmal kommt mir der Gedanke, nur der Mensch könne sein Leben durchhalten, der bereit ist, sich zu biegen, zu beugen, wenn nötig, bis er platt auf dem Boden liegt. Aber ist ein Mensch mit Charakter dazu fähig? Darf er? Du siehst, meine Stimmung ist keineswegs so ›Kopf hoch – Knie durchgedrückt‹, wie Du es gern hättest. Die letzten Wochen waren auch wieder niederdrückend. Jan spricht kaum noch mit mir. Die Kinder hatten nacheinander alle eine schlimme Mandelentzündung, und ich selbst lag mit Fieber im Bett. Das ist auch der Grund, weshalb ich erst jetzt Deinen Brief beantworten kann.
Ich spüre aus jedem Deiner Sätze, wie sehr Du mit Dir gerungen hast, wie bemüht Du warst, mir zu helfen. Aber, Friedgard, es nützt nichts. Es nützt deshalb nichts, weil ich zwar alles, was Du schreibst, mit meinem Verstand aufnehmen und bejahen kann, mein Herz aber ganz anders, ganz unvernünftig redet. Ich kann es nicht ändern. Sieben Jahre Ehe lassen sich nicht durch die heroische Feststellung, es ist zu Ende, jetzt kommt etwas Neues, wegwischen. Wenn es doch so einfach wäre! Glaub nicht, ich hätte das unversucht

gelassen. Aber mein enges Zusammenleben mit Jan, der ja auch jetzt hier im Haus lebt, wenn er nicht auf Reisen ist, besteht nicht in großen, entscheidenden Ereignissen und Entschlüssen, sondern in tausend Kleinigkeiten. Diese Kleinigkeiten sind es aber, die mir das Leben schwermachen, die meine Kraft wegsaugen. Die Abhängigkeit, von der Du schreibst, geht viel tiefer, als Du denkst. Sie besteht nicht nur aus den – aus meiner Sicht – vordergründigen Abhängigkeiten der Frau vom Manne. Da ist noch viel mehr: Sehnsucht nach einem Blick, einem Wort, nach Wärme, Atmen, Berühren. Ich kann nachts nicht schlafen, weil ich mir in dem großen Bett verloren vorkomme, weil mir Jans Schnarchen fehlt. Ich erzähle bei Tisch eine harmlose Begebenheit und verstumme plötzlich aus Angst, er könne sich langweilen. Ich zucke an der Tür zum Herrenzimmer zurück, weil ich nicht weiß, ob er da drinnen ist. Verstehst Du das, Friedgard? Alles, was im ›normalen‹ Lebenslauf fast unbewußt geschieht, hat für mich seine Normalität verloren. Ich liege nachts wach, starre in die Dunkelheit und warte, daß auch Jan schlafen geht. Ich überlege, ob er vielleicht gerade an sie schreibt. Ich spekuliere, ob er sich bald wieder mit ihr trifft. Wenn ich dann seinen Tritt auf der Treppe höre, die Tür seines Zimmers zuklappt, dann heule ich hemmungslos ins Kopfkissen. Wenn er im Haus ist, setzt sich mein Leben aus einer Kette von Demütigungen und Peinlichkeiten zusammen. Ich fühle, wie unwichtig, wie gleichgültig ich ihm bin. Aber, und das wirst Du nicht verstehen, lieber ertrage ich diese Qualen als die viel schlimmeren, wenn er verreist ist, wenn ich weiß, er ist irgendwo mit ihr zusammen, während ich mit den Kindern hier zu Hause sitze.

Ach Friedgard, ich erschrecke manchmal über mich selbst. Was ist nur mit mir? Das Haus wächst auf mich zu, wird mir zum Gefängnis. Jeden Gang in die Stadt empfinde ich als Spießrutenlauf. Besucher kommen nur noch selten. Die meiste Zeit sitze ich an meinem Sekretär, schreibe, lese alte Briefe und Aufzeichnungen, sortiere Photos und alte Zeitungsartikel. Neulich las ich in meinen Aufzeichnungen von einem Traum, den ich kurz vor der Hochzeit hatte. Ich saß wie festgeklebt auf einem Stuhl, eingeschlossen, unfähig, mich zu bewegen. Wie wahr das inzwischen geworden ist.

Ich will noch auf einen Punkt Deines Briefes eingehen, die Scheidung. Du schätzt meine Situation völlig falsch ein. Auf keinen Fall werde ich jemals in eine Scheidung einwilligen. Der Kinder wegen kann ich das nicht. Friedgard, ganz Hamburg weiß, daß Jan mich betrügt, es wird bestimmt viel geklatscht darüber, aber dennoch bin ich Frau Clausen, und die Kinder sind die Kinder von Jan Clausen. Das änderte sich aber im Augenblick der Scheidung. Falls ich das ganz außerordentliche Glück hätte, daß mir die Kinder zugesprochen würden, wären sie aber nur noch die Kinder der geschiedenen Frau Clausen. Wer würde meine Töchter heiraten? Jeder anständige Mann lehnt es doch ab, in so dubiose Familienverhältnisse einzuheiraten. Und Johnny? Was würde aus ihm? Nein, nein, Friedgard, lieber quäle ich mich hundert Jahre mit diesem Leben ab, als daß ich meinen Kindern das antue. Ich bin die rechtmäßige Frau Clausen und bleibe es auch, komme, was da wolle. Ich kann ja auch nicht anders. Hast Du einmal darüber nachgedacht, welche Konsequenzen meine Scheidung für die Familie, für Papa, fürs Geschäft hätte? Wer soll denn ein Weiterleben der Firma Petersen garantieren, wenn nicht ich, nachdem Lenchen nun gestorben ist und da Du unverheiratet bist? Papas Geschäftsinteressen sind in den Jahren meiner Ehe eng mit Jans Geschäft verwachsen. Meine Scheidung würde schwere finanzielle Einbußen bewirken. Das gleiche gilt für Jan. Vielleicht will er deshalb keine Scheidung. Ein weiterer, schwerwiegender Grund für mich ist mein Ehegelöbnis. Ich habe doch vor Gott versprochen, Jan nie im Stich zu lassen. Das gilt auch heute noch, unter diesen veränderten Verhältnissen. Daran ist nicht zu rütteln. Das sagt auch Gravenhus.

Deine Vorschläge, wie ich mein Leben ändern könne, haben einen Haken. Sie setzen eine selbstbewußte, mutige Frau voraus. Aber das bin ich nicht. Ich bin's heute weniger als je zuvor. Das, was mich selbstbewußt machte, meine Stellung, meine Fähigkeiten, ein Haus zu führen, meine Kinder, alles das hat Jan mir wie Plunder vor die Füße geworfen. Er will es nicht mehr, er will mich nicht mehr. Ausgerechnet jetzt, da jeder hinter vorgehaltener Hand über mich tratscht, soll ich unter Menschen gehen? Ach Friedgard! Du bist weit weg von Hamburg. Weißt Du, daß ich seit Monaten keine Einladung erhalten habe? Weißt Du, daß ich völlig alleingelassen bin, mich hier im Haus verkrochen habe und nur ausgehe, wenn es unbedingt sein muß? Du stellst Dir das alles zu einfach vor. Ich kann

nicht auf einen Zug springen und weiterfahren. Mein Zug ist abgefahren, und es kommt kein anderer mehr. So ist das.
Bitte, sei mir nicht böse über das, was ich schreibe. Ich kann nicht anders. Wenn Du Zeit hast, antworte mir oder, noch besser, komm mich besuchen. Ich bin so allein.
Deine traurige

*Anne-Kathrin*

▲ ▼ ▲

Ich hatte mich für halb elf mit Rainer an der Grabungsstelle verabredet. Wir wollten das Problem meiner Promotion oder einer Magisterarbeit in Ruhe durchsprechen. »Vor Ort«, meinte er, »macht sich das am besten. Da kriegst du auch wieder Lust an der Arbeit, Reni.« Ich freute mich und war neugierig. Aber dann kam Bärbel schon um zehn aus der Schule. Sie hatte gebrochen und klagte über Bauchschmerzen. Ich konnte nicht weg, saß auf der Bettkante und wartete auf die Ärztin. In der Mittagspause kam sie, stellte eine Blinddarmentzündung fest und überwies Bärbel ins Krankenhaus. Ich rief bei Wolfgang an. Frau Braun meldete sich.
»Ihr Mann? Oh, das tut mir leid, Frau Ortweg, er ist nicht da, er hat einen Termin mit der Presse. Soll ich ihm etwas ausrichten?«
Es klingelte an der Haustür. Der Krankenwagen war da. Ich war so wütend, daß ich den Telefonhörer aufknallte, ohne noch ein Wort zu sagen. Inzwischen war Birgit, das Kindermädchen, gekommen. Sie deckte den Tisch, verbreitete Ruhe und Normalität und drängte mich, mit Bärbel mitzufahren.
»Ich bleibe hier, bis Ihr Mann kommt, Frau Ortweg. Machen Sie sich um uns hier keine Gedanken. Und du, Liebchen, werd schnell wieder gesund!«
Sie untersuchten Bärbel in der Ambulanz noch einmal gründlich. Ich saß im Gang auf einer Holzbank und wartete. Die Wut auf Wolfgang und auf Frau Braun kochte in mir. Unverschämtheit! Die weiß doch genau, daß ich nur anrufe, wenn es gar nicht anders geht. Muß ich mich vor der etwa rechtfertigen? Diese Tucke! Als ob ich irgendwer bin! Schließlich will ich keine Zahnbürsten verkaufen. Pressetermin. Bärbel ist krank, muß vermutlich operiert werden, und er hat einen Pressetermin. Dieser Wahlkampf. Ich nehme ihm doch

wirklich alles ab zu Hause, halte ihm den Rücken völlig frei. Die große Party zu Silvester. Ich will ja nicht klagen, mach's gern für ihn, aber kann er nicht auch mal für mich, für die Kinder da sein? Sind doch auch seine Kinder. Hoffentlich kommt er bald nach Hause. Birgit kann auch nicht ewig bleiben. Warum dauert das hier so lange? Wenn sie Bärbelchen hierbehalten, gehe ich schnell nach Hause, kümmere mich um die andern und kann dann heute abend, wenn sie aus der Narkose aufwacht, wieder hier sein.
Rainer wird sich fragen, warum ich nicht komme. Wird nichts draus werden aus der Promotion. Alle Zeiteinteilerei, was nützt sie? Wenn ich meinen schönen Plan fertig habe, wird garantiert eines der Kinder krank, oder der Schulunterricht fällt mal wieder aus. Einer muß eben doch immer zu Hause sein. Das geht wohl nicht anders bei so kleinen Kindern. Wenn Jochen zehn ist, dann wird's leichter. Aber ob ich dann noch mal den Mut finde? Ohne Rainer hätte ich mir den Gedanken an meine Promotion sowieso nicht erlaubt. Eine Haushaltshilfe ginge natürlich auch. Wovon soll ich das bezahlen? Möchte nicht wissen, was Wolfgang meinte, wenn ich jetzt käme und sagte: Ich will meine Promotion schreiben. Warum? würde er fragen. Oder: Wenn du das gerne möchtest, dann tu's. Aber die praktische Seite der Angelegenheit, das Geld, die kranken Kinder und schulfreien Vormittage, die würde er nicht bedenken. Diese kleinen Problemchen kennt er nicht. Er kommt gar nicht drauf. Der Hauptstreitpunkt wäre natürlich das Geld. Schon jetzt regt er sich auf, ich könne nicht wirtschaften. Bringt's aber fertig, mir von Frau Brauns neuem Kostüm vorzuschwärmen: immer dezent, immer geschmackvoll. Er sollte sie mal fragen, was die Kleidchen und Röckchen, die Tüchlein und Schuhe kosten.
Ach Männer, auf beiden Augen blind! Ich kann mir das nicht leisten. Wir haben vier Kinder, die uns Jahr um Jahr noch viel kosten werden. Wolf sollte sich mal mit Familienpolitik beschäftigen! Die Braun ist kinderlos. Den letzten Urlaub hat sie mit ihrem Mann auf den Seychellen verbracht. Wenn die krank wird, wird ihr Gehalt selbstverständlich weitergezahlt. Und ich? Wenn ich ernsthaft krank würde, müßten wir draufzahlen, damit sich einer um den Haushalt kümmert. Wenn die liebe, dezente Frau Braun alt ist, bezieht sie eine schöne, fette Rente. Ich? Ich kriege keinen Pfennig.

Nichts. Die Kinder werden mich noch lange brauchen. Sie werden auch noch lange kosten. Und wenn sie dann verdienen, dann wird ihnen der Staat einen Teil ihres Verdienstes wieder abnehmen und damit Frau Brauns Rente bezahlen. Meine nicht. Für mich wird es keine Rente geben. Sozialstaat – daß ich nicht lache! Warum kriege ich nicht die gleiche Rente wie die Braun? Das soll Wolfgang mir mal erklären. Als sie mir von ihren Urlaubsplänen erzählte, fragte sie gar nicht erst, was wir vorhaben. Steht da und erzählt mir was von Tauchkursen und erstklassigem Hotelservice. »Wir, Frau Braun,« hätte ich ihr sagen müssen, »wir fahren mit unseren Kindern in die Eifel zum Zelten. Wissen Sie, eine Flugreise für uns alle, das können wir uns nicht leisten. Wir haben vier Kinder. Sie haben ja gar keins.« Das Gesicht möcht ich sehen. Wie peinlich! Wem muß das peinlich sein? Ihr doch, oder? Muß ich mich etwa meiner Kinder schämen? Muß ich den Mund halten? Quatsch! Laut möchte ich der das mal sagen: »Ich habe vier Kinder, kann deshalb keinen Beruf ausüben, kein Geld verdienen und mich nicht vom erstklassigen Service erstklassiger Hotels verwöhnen lassen. Ich erziehe Kinder, setze alles dran, sie zu tüchtigen, fröhlichen Menschen werden zu lassen und – werde dafür bestraft.«
Sie arbeiten nicht? heißt es, wenn ich beim Arzt meine Angaben machen muß. Ich arbeite nicht für Geld, sollte ich denen sagen. Das muß doch mal laut gesagt werden. Aber es gibt da Ordnungen, Regeln mit Feinstmechanik. Die, die viel haben, bestimmen die Spielregeln. Über Geld spricht man nicht, heißt es da. Und alle halten sich dran. Komisch. Es ist wirklich komisch. Sähe uns einer, wie wir auf der Bühne stehen, die eine im Modellkleid, die andere in Rock und Pullover von C & A, er müßte lachen oder unruhig werden, mir zurufen: Hau ihr eine rein! Reiß ihr den Fetzen runter! Zeig ihr wenigstens deine Verachtung! Warum schweigst du schamhaft? Ja, warum? Lieber Zuschauer, du verkennst die Situation, weißt nichts von der Raffinesse gesellschaftlicher Umgangsformen. Denn die Reichen, mußt du wissen, bestimmen bei uns das Leben, die Mode, die Freizeitgestaltung, eben alles, was sie Lebensstil nennen. Und wer möchte schon gern ein Außenseiter sein? Den herrschenden Spielregeln angepaßt müßte ich sagen: Wer Kinder hat, ist selber schuld. Wer Kinder hat, ist dumm. Aber das geht nicht. Denn ich

höre immer wieder: Sie glückliche Frau, Mutter von vier gesunden, wohlgestalteten Kindern! Welch ein Lebensreichtum! Siehst du, du verwunderter Zuschauer, da springt dann die Falle zu. Sagte ich jetzt, ich will auch elegante Kleider, ich will auch auf die Seychellen – du ahnst, was kommt? Wie? hieße es dann. Wie bitte? Sie wollen allen Ernstes ihre Kinder mit diesen Äußerlichkeiten aufwiegen? Rabenmutter! Erbarmungslose Materialistin! Das will ich natürlich nicht. Ich liebe meine Kinder, keines will ich missen. Das Spiel läuft reibungslos ab und ist komisch. Ach, ich bin so müde. Womöglich fällt Wolf auch noch auf so eine dezente, elegante Frau herein, betrügt mich, läßt sich scheiden, so wie dieser Jan. Furchtbar, ich darf gar nicht drüber nachdenken. Sie ist nicht mitgewachsen, würde es dann heißen. Ich wäre schuld.
Bärbel mußte sofort operiert werden. Sie hatte schon eine Beruhigungsspritze bekommen, als ich sie noch einmal sah. Ich streichelte ihre schmale Hand, nickte aufmunternd und winkte ihr nach, bis sie hinter der weißen Schwingtür verschwand. Armes Mäuschen! Arme Kleine, jetzt bist du ganz allein und hast bestimmt Angst. Und ich kann nicht helfen.

▲ ▼ ▲

*Hamburg, am 23. Mai 1912*

*Mein lieber Sohn!*

Wenn Du diesen Brief in Händen hältst, bist Du als frischgebackener Student in Leipzig angekommen, hast Dein Zimmer bei Frau Kretzschmann bezogen, den Koffer aufs Bett gelegt und aufgemacht. Obenauf lag mein Brief. Sitzt Du jetzt auf der Bettkante und liest ihn? Ich kenne Dich besser. Zuerst hast Du ihn beiseite gelegt, Deine Sachen in Schrank und Schubfächer geordnet, vielleicht bist Du sogar noch zum Essen gegangen. Nun aber hast Du Dich häuslich gemacht und willst nachlesen, was ich Dir zu schreiben habe.
Es fällt mir nicht leicht, Johnny, Dir zu sagen, was gesagt werden muß. Ich bin eine Frau, unerfahren, zum gut Teil auch ahnungslos in gewissen Dingen. Da sich jedoch Dein Vater seit vielen Jahren weigert, seine väterlichen Pflichten wahrzunehmen, dein Großvater aber zu alt ist, fällt mir jetzt die überaus schwierige Aufgabe zu, Dir

Dinge zu sagen, die besser ein Mann mit Dir unter vier Augen besprochen hätte.
Gib auf Dich acht, mein Sohn! Das ist meine Mahnung und Bitte an Dich. Verlier Dich nicht in Müßiggang, Bequemlichkeit und im Umgang mit gewissen ›Damen‹! Du hast ein Ziel, eine Aufgabe, die hier in Hamburg auf Dich wartet. Großvater hat, trotz seines Alters, das Geschäft weitergeführt, um es Dir eines Tages als gesundes Unternehmen übergeben zu können. Ich selbst führe seit zwölf Jahren ein unwürdiges, demütigendes Leben, um Dir und Deinen Schwestern den Makel unbürgerlicher Verhältnisse zu ersparen. Nun mußt Du Dich würdig erweisen, sonst war mein Opfer umsonst. Den Makel, den Dein Vater in schnöder Selbstsucht auf uns lud, kannst nur Du tilgen. Deine Leistung, Dein kaufmännisches Geschick, die Lauterkeit Deines Charakters, sie werden helfen, den gesellschaftlichen Rang für uns zurückzuerobern, den Dein Vater verspielte. Deshalb bitte ich Dich, Johnny: Verlier Dich nicht an Alkohol und Liebschaften. Sie vergehen, lassen häßliche Spuren im Gesicht und auf der Seele zurück und verstellen Dir den Blick für das Wesentliche. Bist Du erst mit Deinem Studium fertig, hast berufliche Erfahrung und hast gelernt, Verantwortung zu tragen, dann erst ist es Zeit, Ausschau nach einer Frau zu halten. Ich bin sicher, es wird sich dann auch die Richtige für Dich finden. Bis es soweit ist, laß Dich nicht von langbewimperten Mädchenaugen becircen. Viele werden versuchen, Dich zu erobern. Du bist reich und kommst aus gutem Hause. Einladungen werden ergehen, Versuche, Dich hineinzuziehen in eine Familie, einen Kreis. Unterschätze die Mütter nicht! Verhalte Dich immer so, daß Du Dich jederzeit mit einem artigen Handkuß verabschieden kannst. Andere Frauen, auf deren Ruf Du keine Rücksicht zu nehmen brauchst, weil sie keinen haben, meide ganz! Ich bitte Dich herzlich! Stähle Deine Kräfte im Sport, im Rudern oder Fechten, verliere sie nicht im Dämmer obskurer Etablissements!
Ach, Johnny! Ich hoffe, Du verstehst, worum es mir geht. Du selbst weißt ja, welch Unglück über eine Familie kommt, wenn der Mann ohne Verantwortung handelt. Mach nicht den gleichen Fehler!
Ich grüße Dich und bitte Dich:
Bleib mein guter Sohn!

*Deine Mutter*

*London, den 10. Februar 1913*

*Liebe Thrina,*

Seit zehn Tagen bin ich in London. Unser Berliner Verband hat mich als Delegierte zum Kongreß hier entsandt, um über die Besonderheiten der deutschen Frauenrechtsbewegung zu sprechen. Hier ist doch manches anders als bei uns zu Hause. Vielleicht hast auch Du gelesen, daß die Telephonleitung London – Glasgow von einigen Frauenrechtlerinnen zerstört wurde. Das ist sicherlich nicht die Methode, mit der wir in Deutschland kämpfen wollen. Jegliche Gewaltanwendung gegen Sachen oder Personen lehne ich jedenfalls rigoros ab. Eines ist mir jedoch hier deutlich geworden: Die Engländerinnen kämpfen nicht nur anders, sie fühlen sich auch anders als wir deutschen Frauen. Wir wollen zwar heraus aus der uns von den Männern zudiktierten Rolle, wollen kämpfen, aber viel zu häufig lediglich mit den Waffen, die man uns zugesteht. Können wir damit je ans Ziel gelangen? Ich zweifle. Wenn sich ein Graf Tisza, der Präsident des ungarischen Abgeordnetenhauses, mit dem Führer der Opposition duelliert, erregt das zwar die Gemüter, es schockiert aber nicht wirklich. Was bei Männern als Ehrenkodex überhaupt nicht in Frage gestellt wird, uns Frauen ist es unausdenkbar. Natürlich fordere ich nicht für Frauen das Recht, sich duellieren zu dürfen, aber ich denke, daß wir selbstbewußter, unbekümmerter um Konventionen für unsere Rechte kämpfen müssen. Siehst Du, hierin sind uns die Engländerinnen weit voraus. Wenn sie Telegraphenmasten zerstören und deshalb unweiblich gescholten werden, dann zucken sie nicht verschreckt zusammen, sondern werfen sich in die Brust, als wollten sie sagen: Gut so. Sie denken unbelasteter und handeln deshalb manchmal so überraschend.

Nun habe ich wieder viel zuviel von mir und meinen Gedanken geschrieben. Entschuldige! Der Anlaß meines Briefes ist ein anderer, der Dich sehr persönlich betrifft. Gestern besuchte ich Lady Jane Millford, die ein starkes Interesse an Frauenrechtsfragen hat. Es waren noch fünf andere Damen eingeladen. Eine, sie sah aus wie Tante Amanda, ich war ganz irritiert, sprach mich auf Ulrika Piepenbrinck an. Sie ahnte die Zusammenhänge nicht, fragte nur, da ich ja Hamburgerin sei, ob ich Ulrika kenne. Ich antwortete ihr, Ulrika nur flüchtig kennengelernt zu haben. Da hob sie ihre knochigen Schultern – wirklich, Tante Amanda, wie sie leibte und lebte! – und seufzte: »Hat sie sich denn gefangen? Ein Jammer! So eine hübsche junge Frau! So begabt! Diese Stimme! Wenn nur ihre Spielleidenschaft nicht wäre!«

Jetzt scheint mir zweifelsfrei festzustehen, daß Ulrika eine Spielerin ist. Wir ahnten es ja schon lange. Diese vielen Besuche in Baden Baden waren uns doch längst verdächtig. Wie mir glaubwürdig versichert wurde, hat sie schon vor Jahren bedeutende Geldbeträge ihres Vaters verspielt.

Thrina, hast Du einen genauen Überblick über Deine Vermögensverhältnisse? Weißt Du, wie Du, wie die Kinder abgesichert sind? Kann Jan an Dein Geld? Bitte sprich mit Papa darüber. Er muß Dir helfen, Dein Geld vor Jans Zugriff, der womöglich Ulrikas Griff in Dein Portemonnaie wäre, zu schützen. Dein Vermögen ist Deine einzige Sicherheit. Eine Scheidung willst Du ja nicht. Ich halte das nach wie vor für die einzig richtige Lösung.

Nun noch ein paar Sätze zu Mariechens Hochzeit: Wir könnten die Feier doch im kleinen Kreis in der Dahlemer Dorfkirche feiern. Was hältst Du davon? Das enthöbe uns aller Peinlichkeiten, die in Hamburg unausweichlich wären. Bitte überleg es Dir und besprich das Problem noch einmal mit Mama, die in solchen Fragen ein untrügliches Feingefühl hat. Auf der Heimreise werde ich bei Euch in Hamburg Station machen. Dann können wir gemeinsam noch einmal alles durchsprechen.

Sei bis dahin herzlich umarmt von

*Deiner Friedgard*

*13. November 1913*

Jetzt bin ich eine geschiedene Frau.
Nirgendwo passe ich hin.
Frauen?
Jungfrauen,
verheiratete Frauen,
Witwen,
alte Jungern,

sie alle haben ihre Rollen, ihre Spielregeln.
Und ich?
Ich bin eine gute Hausfrau und Mutter. Das habe ich gelernt. Aber alles ging schief. Die ganze schöne Hausfrauenkonstruktion ist zusammengekracht. Der, für den ich alles gelernt, für den ich Dutzende von Monogrammen in Servietten und Kopfkissen gestickt habe, will mich nicht mehr. Keiner half mir in all den Jahren der Demütigung. Und jetzt? Jetzt bin ich zur Unperson geworden. Jan seinerseits hat, soweit ich sehen kann, keine Schwierigkeiten. Er ist Geschäftsmann, man braucht ihn, will es nicht mit ihm verderben. Außerdem sind alle Männer eine verschworene Gemeinschaft. Das weiß ich nun seit Jahren. Sie sind alle wie Jan. Tiere sind sie!

*Hamburg, 27. November 1913*

*Sehr geehrte Frau Clausen!*

Im Namen und Auftrag des Komitees muß ich Sie bitten, an der Weihnachtsfeier des Kathrinen-Waisenhauses nicht mehr teilzunehmen. Sie sind sich sicherlich schon selbst klar darüber geworden, daß Sie, als geschiedene Frau, öffentliche Aufgaben, vor allem, wenn es darum geht, Vorbild für die Jugend zu sein, nicht mehr wahrnehmen können. Das Komitee bittet Sie deshalb, Ihren Austritt zu beantragen, dem wir dann selbstverständlich stattgeben werden. Bitte haben Sie Verständnis für unsere Zwangslage. Es bleibt uns keine andere Wahl.
Im Namen des Komitees,

*Elisabeth Gravenhus*

*15. Mai 1914*

Mein neununddreißigster Geburtstag. Letzten Sonntag sangen wir im Gottesdienst das schöne Lied: Jesu geh voran, auf der Lebensbahn. Wie sehr liebte ich dieses Lied! Und nun? Lebensbahn? Ich habe keine Bahn, ich gehe nicht, ich sitze, sitze fest auf einem Punkt seit vierzehn Jahren. Weit und breit sehe ich keinen Weg für mich. Daß da ein Jesus als Wegbereiter vor mir herginge, habe ich in all dieser Zeit nicht bemerkt. Und wenn es so wäre? Mit so einem Jesus

möchte ich dann nichts zu tun haben. All diese bigotten Christen, die sich in der Kirche ganz nach vorne setzen, die ihre verlogene Frömmigkeit und Demut Sonntag für Sonntag herumzeigen. Es ekelt mich! Als ich vor Jahren um Hilfe für meine Ehe, für meine Familie bat, da waren sie nicht zu sprechen, die Herrschaften. Da ging das Geschäft vor. Mehr als zehn Jahre haben sie ungerührt zugesehen, wie ich mit den Kindern im Gottesdienst saß – ohne meinen Ehemann. Und alle, alle wußten sie, daß Jan mit Ulrika auf Reisen war. Wo war Jesus denn da? Ging er vor mir her, schützte mich vor den Anwürfen seiner Gläubigen, verteidigte mich, kämpfte für mich? Nein, ich bin allein und bin es immer gewesen. Mit der Kirche bin ich fertig.
Mich quält immer nur die eine einzige Frage: Was habe ich falsch gemacht?
Meine ganze Hoffnung richtet sich auf Johnny. Er wird das schiefe Bild, in das wir alle geraten sind, wieder geraderücken.
Und die Mädchen werden hoffentlich nie erdulden müssen, was ich erduldete. Sie sind gewarnt, und das ist gut so.

*6. August 1914*

KRIEG! ES IST KRIEG!

Zum ersten Mal seit Jahren wollte ich wieder an die See fahren. Drei Kleider ließ ich mir machen, eines in Gelb mit weißen Biesen. Das erste gelbe Kleid seit meiner Verlobungszeit. Ich hatte mich sehr auf diese Reise gefreut. Jahrelang hatte ich mich nicht aus dem Haus getraut, mich immer versteckt und geschämt. Aber jetzt, hatte ich mir gedacht, jetzt ist es ganz gleich, jetzt ist es offiziell, jetzt kann ich machen, was ich will. Und nun ist Krieg und ich kann nicht fahren. Weil ein Gymnasiast in Bosnien das österreichische Thronfolgerpaar erschoß, hat Deutschland Rußland den Krieg erklärt, Luxemburg und Belgien besetzt, ja sogar Frankreich den Krieg erklärt. Wer soll diesen Unsinn begreifen? Was gehen uns die balkanesischen Probleme an? Und wieso Frankreich, Belgien? Sie sind verrückt geworden. Wenn ich die Zeitung aufschlage, dann lese ich Nachrichten wie aus dem Irrenhaus. Und eine Sprache! »Die Her-

zen schlagen empor zu Gott, die Fäuste auf den Feind.« Alles Unsinn: Seit wann sind die braven Belgier unsere Feinde? Was ist bloß los? Sie haben alle ihre humanistische Erziehung vergessen und ihren Katechismus. »Man drückt uns das Schwert in die Hand«, hat der Kaiser gesagt. Wer denn? Wer drückt ihm denn das Schwert in die Hand? Österreich? Davon lese ich nichts.
Ich will mit diesem Krieg nichts zu tun haben. Sollen sie schnell machen, ihn zum Ende bringen.
Johnny, was wird aus meinem Johnny?
Peter Petersen und Krischan Pade haben sich freiwillig gemeldet. Das wird Johnny nicht tun. So dumm wird er nicht sein. Er darf mich nicht im Stich lassen. Ich habe ja nur ihn. Morgen kommt er nach Hause, dann werden wir sehen.

*18. September 1914*

Johnny ist fort, zur Front, freiwillig. Alle Blumen schnitt ich im Garten ab, bevor wir ihn zur Bahn brachten. Gretchen und ich sahen fast wie Bräute aus, als wir so, Johnny zwischen uns, die Arme voller Levkojen und Astern, zum Altonaer Bahnhof gingen. Überall Lachen, Rufen und Grüßen. Gretchen verteilte ihre Blumen an andere Einrückende, während ich vor Johnny stand und in sein offenes Jungengesicht sah. Er ist doch kein Soldat. »Ich kann nicht anders, Mutter«, sagte er leise und faßte mich am Ellenbogen. »Ich kann nicht hierbleiben, wo alle sich freiwillig melden, um für Kaiser und Vaterland zu kämpfen. Verstehst du? Ich bin kein Feigling, kein vaterlandsloser Geselle.« Das sagte er mit seinem bißchen Flaum auf der Oberlippe. Und dann sangen wir, sangen ein Lied, dessen Text ich von einem Flugblatt ablesen mußte. Nie sangen wir doch solche Lieder. Johnny lehnte aus dem Abteilfenster, sah mich an, hin und her gerissen zwischen Sorge um mich und patriotischer Begeisterung, und gemeinsam sangen wir: Das ist rechtes Glühen / frisch und rosenrot! Heldenwangen blühen / schöner auf im Tod.
Welch furchtbares Lied!

*1. Januar 1915*

Heute muß ich wieder einmal mein Tagebuch hervorholen.
Beim Zurückblättern lese ich, was ich an meinem Geburtstag geschrieben habe. Wie zugefroren fühlte ich mich damals. Damals? Noch nicht ein Jahr ist seither vergangen. Welche Zeiten! Johnny schreibt, noch nie habe es solch vollkommene Kameradschaft gegeben. Das Wort des Kaisers: Ich kenne nur noch Deutsche! habe sich wunderbar bewahrheitet. So ergriffen ist der Junge von dieser selbstlosen, selbstverständlichen Kameradschaft.
Und wir, hier zu Hause, wir erleben es ähnlich. Plötzlich bin ich nicht mehr die geschiedene Frau Clausen, sondern eine Frau mit einem großen Haus, mit Geldmitteln, mit offenem Herzen und offener Hand. Die ganze Bitternis der letzten Jahre ist fort. Ich habe keine Zeit dafür. Wie schön, daß mir das große Haus geblieben ist. Ich kann soviel helfen. In den Mädchenzimmern wohnt nun ein altes Helgoländer Ehepaar, Evakuierte. Im Parterre, im Saal, haben wir eine Art Lazarett für genesende Offiziere eingerichtet, zwanzig Betten. Gretchen arbeitet mit ihrer Freundin Anita im ersten Stockwerk. Das Billardzimmer wurde zur Nähstube. Sie nähen Bettwäsche für das Pinneberger Lazarett. An drei Abenden in der Woche kommen noch andere Mädchen. Wir sitzen im Kreis, stricken Kopfschützer, Leibbinden, Puls- und Kniewärmer als ›Ofenersatz‹. Es ist gut, daß wir soviel zu tun haben und daß wir es gemeinsam tun können. Das vertreibt die düsteren Gedanken. So selbstverständlich bewegen sich die beiden jungen Mädchen zwischen den Männern im Parterre, schreiben Briefe, erneuern Verbandszeug oder bringen das Essen, daß ich immer wieder staune. Meine Töchter! Die Scheu, die ich als junges Mädchen in Gegenwart von Herren empfand, sie ist ihnen fremd geworden, will mir scheinen. Aber wie wird das nach dem Krieg werden? Ob sich die alten Sitten wieder herstellen lassen? Ach, was mach ich mir für dummerhafte Sorgen. Nach jedem Krieg kehrten Sitte und Anstand zurück. Was sonst? Wir Frauen, wir haben im Augenblick andere Sorgen und andere Aufgaben, als uns mit solchen Gedanken zu plagen.
Pastor Niehaus erwähnte heute in seiner Predigt den »Opfergeist und den tapferen Einsatz unserer Frauen«. Ida Mehlkopf grüßt

mich wieder auf der Straße, erkundigte sich neulich sogar nach Johnny. »Wir echten Hamburger rücken wieder zusammen«, meinte sie und tat so familiär. Das nun nicht. Nicht Ida mit mir. Ich kann nicht alles vergessen. Nun, da alle Jans Charakter erkennen, da sie sehen, daß er zu den Feiglingen gehört, die sich und ihr Geld in die Schweiz gerettet haben, nun soll ich Idas Verhalten und das der anderen vergessen? So nun doch nicht. Er hat sie übrigens geheiratet, diese Ulrika Piepenbrinck. In Zürich. Vater erzählte es mir ausgerechnet am Heilig Abend. Das hatte er sich nicht überlegt. Seit Mamas Tod ist er alt geworden und schon ein bißchen tüddelig. Er ist der einzige hier, der skeptisch bleibt. Laut sagt er zum Glück nichts. Sonst ginge es ihm wie Friedgard und Carla, die wegen ihres Pazifismus sogar für zwei Tage ins Gefängnis mußten. Papa hat wieder seine Sorgenfalten im Gesicht. Er wiederholt immer wieder: Unser Auslandsvermögen ist beschlagnahmt, unsere Schiffe liegen fest, und alles ist verloren. So ohne Hoffnung sah ich ihn nie. Ich ermahne ihn ab und zu und zitiere seinen Lieblingsspruch: Dat pet sik allens wech. Wenn ich ihm damit komme, lächelt er schief.

*3. Juni 1916*

Ich werde noch zur Bauersfrau. In den Blumenrabatten wächst Kohl, Bohnen überranken die Zäune, und der Rasen hat sich in eine blühende Wiese verwandelt. Morgen werden wir mähen und heuen. Wir brauchen das Heu dringend für unsere Kochkisten.
Gestern besuchte mich Malwine. Sie hatte beim Schlangestehen Else getroffen, unsere Else, die mich damals beklaute, beim großen Streik. Else hat Karriere gemacht, sie trägt jetzt teure Kleider und Schmuck und scheint in Parfum zu baden. Wenn die falschen Leute zu Geld kommen!

*10. August 1916*

Der Junge ist da. Ich erkannte ihn kaum, als er in der Tür stand. Mein Junge! Wir machten ihm sofort ein Bad. Hinterher gab's echten Kaffee für ihn und ein Stück Braten, Pferdefleisch zwar, aber was macht das schon. Ihm hat's geschmeckt. Wenn ich nur noch ein Stückchen Butter auftreiben könnte. Ein richtiges Frühstück soll er

doch morgen haben. Aber Butter, davon träumen wir ja nur noch. Unser Brotaufstrich heißt »Schwanen-Pain«, wird aus der Tube gedrückt wie Zahnpasta. Wo hat der Krieg uns hingebracht, daß wir unsere unschuldigen Alsterschwäne abschlachten und zu Buttterersatz machen. Aber: Not kennt kein Gebot. Nur Johnny, mein Johnny, der soll davon nichts merken. Er soll denken, wir hier in der Heimat, wir kämen gut zurecht. Soll er sich denn, wenn er wieder an die Front muß, auch noch um mich sorgen? Auf keinen Fall!
Ein Gutes hat der Krieg ja, mein Johnny ist zum Mann gereift. So ernst ist er geworden, seine Züge haben sich gestrafft, sein ganzer Körper ist männlich hart geworden. So ist es richtig. Er hat die Härte, die er als Mann in dieser Welt braucht. Wenn der Krieg erst zu Ende ist, kann er das Geschäft übernehmen. Wir werden es diesem Jan Clausen schon zeigen, der sich so feige aus dem Staub gemacht hat.

DEN TRAUERNDEN

O weine nicht,
Wenn blitzschnell, wie vom Wetterschlage
Die süße Hoffnung deines ganzen Lebens,
Die Stütze deiner alten Tage
Zusammenbrach, nun deine Hand,
Dein Mund den teuren Liebling sucht vergebens,
Den Sohn! Er starb fürs Vaterland.
O weine nicht!

WIR SOLLEN AUCH UNSER LEBEN FÜR DIE BRÜDER LASSEN (1. JOH. 3.15)

ZUM GEDÄCHTNIS DES Johannes Clausen

ER STARB FÜRS VATERLAND AM 2. September 1916

Wilhelmus r.

Das Tagebuch brach ab. Ich fand nur noch Zeitungsausschnitte, Photos, Liedblätter, eine Seite ganz mit Rosenblättern beklebt. Wolltest du ihn damit zudecken, deinen Johnny? Sie haben ihn im Krieg behalten. Alex haben sie auch im Krieg behalten. Das Liebste

ist im Krieg gefallen. Wie normal das klingt, gefallen. Wer fällt, kann auch wieder aufstehen. Lüge. Ich werde diesen Kaiser aufsuchen, der den Brief unterschrieben hat, der in deinem Tagebuch klebt. Er soll mir sagen... Ach was, die Art von Reden kenne ich schon. Nein, ansehen will ich ihn mir, nur ansehen. Neugierig bin ich, wie er aussieht, wenn er die Lebensentlaßscheine seiner vaterländischen Jugend unterschreibt. Ob er an dich gedacht hat, Anne-Kathrin? An Johnny, den er gar nicht kannte? Laß mich sehn!
Und ich sah ihn.

Der Kaiser saß hinter einem vergoldeten Rokokoschreibtisch, sehr hoch saß er, als sei er aus der Möblierung herausgewachsen. Er beachtete mich nicht. Vornübergebeugt saß er, schrieb und jammerte und stöhnte. Da trat ich näher, ging um den Tisch herum und sah, warum er so hoch saß. Man hatte ihm mehrere dicke Sofakissen untergelegt. Der kaiserliche Hintern, fest und prall in weißer Uniformhose, war in weiche Daunen eingesunken, die zu beiden Seiten herausquollen und dem adligen Popo in ihrer Üppigkeit Konkurrenz machten. Ein flüchtiger Blick konnte den Eindruck erwecken, als habe S.M., im Unterschied zu normalen Menschen, vier Pobakken. Ich dachte an die Prinzessin auf der Erbse, überlegte auch, ob der Kaiser sich vielleicht den Wolf geholt hatte, weil er so viel am Schreibtisch sitzen mußte, während seine Soldaten in den Schützengräben in Flandern stehen und über die Schlachtfelder laufen durften, bis sie fielen.
Hier war nichts zu machen. Ich ging, stieg eine schmale Wendeltreppe hinab, überquerte einen Hof, der in der Nachmittagssonne döste, und betrat die Kapelle. Durch die Glasfenster fiel kühles blaues Licht herein. Ich lehnte mich an die Steinwand, wartete, bis sich meine Augen an das Dämmerlicht gewöhnt hatten. Dann setzte ich mich in eine Bank, weit hinten, lehnte mich zurück, faltete die Hände und versuchte an Gott zu denken. Aber mich lenkte immer wieder die seltsame Verzierung der Kirchenwände ab, ein Relief, das sich hundertfach wiederholte und doch nie gleich war. Adalbert, Alex, Bruno, Christoph, Detlev, Dieter, Dirk, Eberhard, Fritz, Günther, Hans, Hugo, Ingmar, Joachim, Johnny, die Namensschnur zog sich über die Wände, ließ keine Stelle ungenutzt, kroch aus der

Mauerecke neben dem Portal, zog in Kreisen und Mäandern über Wände und Simse und mündete, ich mußte den Kopf ganz zurücklegen, hoch oben in der Kuppel. Lieber Gott, dir haben sie's hergetragen, die Namen, die Erinnerung an Ermordete, deren Leben du gewollt hast. Sie sind wie Hunde, die ihre abgenagten Knochen apportieren. Ein seltener Mut, der es ihnen möglich macht, Reststücke, die Namen all der Söhne, von ihren Müttern geboren, um zu leben, all diese Johnnys, hierher zu schleppen. Du wirst nicht heilen, was sie kaputtgemacht haben. Und du, du lieber Gott, du sollst die Wunden heilen und die Tränen trocknen. Aber so geht das nicht. Du wirst es auch nicht wollen, du bist kein dummer Gott. Wenn nun der Name Johnny Clausen hier steht, in die Mauer gemeißelt, wenn die Buchstaben ausharren, bis auch das letzte Vaterunser längst verklungen ist, es macht ihn doch nicht mehr lebendig. Und du, Gott, du bist nicht schuld. Diesmal nicht. Und deine Häuser, dazu mißbraucht, dem Schlachten einen frommen Abschluß zu geben, sie sind untauglich für dieses Mal. Laß dich nicht mißbrauchen, Gott! Laß dich nicht zur Kriegshure machen!
Ich hörte plötzlich Stimmen vor der Kirche. Der Pfarrer predigte die Pflicht, dem Feind das Bajonett zwischen die Rippen zu rennen. Frisch und rosig standen die Soldaten. Ich ging durch ihre Reihen. Ich hörte sagen: Der Feind ist schuld, der Feind ist an der Front. Da wurde ich zum Schwert, zu einem blitzenden, scharfschneidigen Schwert an der Seite des Offiziers, der als erster aufs Pferd stieg. Und los ging's, erst im Trab, bis wir die Stadt hinter uns gelassen hatten, dann auf freiem Feld im Galopp. Bald waren viele Reiter um uns herum. Galopp! Er lachte, mein Offizier, gab dem Pferd die Sporen, schwang sein Peitschchen und sang:

Du Schwert zu meiner Linken,
Was soll dein heitres Blinken?
Schaust mich so freundlich an,
Hab meine Freude dran.
Hurra!

Das war ein fröhlicher Ritt. Ich schmiegte mich an die Hüfte meines Reiters, fühlte seine Muskeln unter der Haut, wie sie spielten, wie sie

Freude an jeder Bewegung, jedem Anspannen und Loslassen hatten, fühlte die Kraft des Pferdes. Wir waren stark, entschlossen, wir hatten das Leben. In freier, frischer Luft flog ich dahin. Galopp! Galopp!

O seliges Umfangen!
Ich harre mit Verlangen.
Du Bräutgam, hole mich,
Mein Kränzchen bleibt für dich.
Hurra!

Laß mich nicht lange warten!
O schöner Liebesgarten,
voll Röslein blutigrot
und aufgeblühtem Tod!
Hurra!

In Flandern wurde es dunkel. Das Pferd ermüdete, ging im Schritt, hob mit Mühe die Hufe aus der fetten Erde, die sich in Klumpen an seine Fesseln hängte. Immer langsamer ging's voran, aber mein Reiter gab nicht auf. Schließlich, als am Horizont gelbgraues Licht dämmerte, hörten wir von ferne Kanonendonner. Und als sei alle Müdigkeit vergessen, ging's wieder im Galopp. Da waren Menschen, Männer.
Der Feind? Der Feind! Hurra!

Nun laßt das Liebchen singen,
Daß helle Funken springen!
Der Hochzeitsmorgen graut.
Hurra, du Eisenbraut!
Hurra!

Er griff nach mir, senkte sich zur Seite, rutschte, fiel vom Pferd. Die Kugel war schneller gewesen. Ich befreite mich, kroch aus dem Graben und strich mir das Haar aus der Stirn. Da liegst du im Dreck, du schöner, du dummer Offizier. Deine Uniform ist zerrissen, über der Brust hat sie ein fransiges Loch, und aus deinem Mund hängt ein rotes Fädchen, das steht dir gar nicht gut. Was reißt du die Augen so weit auf? Suchst du immer noch den Feind? Dummer Mensch! Begreife doch wenigstens jetzt: Es war kein Spiel, das Kriegsspiel, das Spiel, das du immer schon spieltest. Fällt er in den Graben, fressen ihn die Raben, Steckenpferd und Zinnsoldaten, macht der Reiter plumps. Ich schluckte, schüttelte den Kopf, hob meinen Rock, damit er nicht durch den Matsch schleifte, und tastete mich an einem Stacheldrahtverhau entlang. Um mich webte gelbgrauer Nebel, ganz still. Mir war, als ginge ich auf dem Grunde eines Suppentellers, randvoll mit Graupensuppe. Aber ich hatte keine Angst. Nur müde war ich, sehr müde. Endlich gelangte ich an ein Gehöft. Ich wollte ausruhen, ein wenig schlafen, bevor ich weitersuchen mußte. Vielleicht schlief ich auch ein wenig. Dann kam von Osten ein leichter Wind auf. Der Horizont erhellte sich, wurde gelb, strahlend gelb. Der gelbe Streifen wurde breiter, kam mir entgegen, leckte über die Wiesen, umschloß Weiden- und Erlengebüsche, bis er sie eindeckte, kam näher und machte alles um mich her hell. Da lachte ich vor Freude. Das muß der Friede sein, dachte ich. So leuchten, das kann nur der Friede. Ich stieg auf das Hausdach, nahm eine Dachpfanne und winkte damit. Kommt, rief ich, kommt her, hier ist der Friede. Und sie kamen wirklich, krochen aus Gräben und Erdlöchern, stolperten auf mein Haus zu. Das Eßgeschirr baumelte ihnen an der Seite, die Gewehre warfen sie weg, und die Helme fielen ihnen vom Kopf, denn sie liefen immer schneller, weil sie auch den Frieden sehen wollten. Vom Dach aus konnte ich alles genau beobachten. Ich sah die Soldaten am Haus vorbei auf das Feld laufen und sah den gelben Teppich, wie er auf die Soldaten zurollte. Da wurden ihre Gesichter plötzlich schwarz. Sie würgten Blut und fielen um. Der strahlend gelbe Teppich breitete sich über ihnen aus. Es flüsterte mir ins Ohr: Gas! Gib acht! Gas! Gas! Da lief ich, lief, so schnell ich konnte, hastete über Ackerfurchen, durch Gräben, Gruben, Hügel, stolperte über Arme und Beine, Leiber, ausgesät auf der fetten, flandrischen Erde. Totensamen. Mein Rock zerriß an einem aus dem Boden ragenden Bajonett. Ich ließ ihn zurück, lief weiter, lief, lief und fiel.

Johnny fand ich nicht. Mir fehlte der Mut auch, weiter nach ihm zu suchen. War er so geworden wie die anderen? Machte der Krieg das? Einen toten Johnny, den konnte ich erst recht nicht zurücktragen, einen Johnny mit schwarzem Gesicht, einen, dem Arme oder Beine fehlten, in dessen Gesicht ein Loch klaffte. Sollte Anne-Kathrin ihn lieber so in Erinnerung behalten, wie das Gedenkblatt des Kaisers es ausmalte. Da lag er bequem auf die Wiese gelagert, und ein Engel, der aussah wie ein übergroßes, himmlisches Kindergartenfräulein, reichte ihm einen Eichenzweig.

»DIE FRAU AN SEINER SEITE«

▲ ▼ ▲

WEIHNACHTEN WAR VORBEI, das neue Jahr schon zwei Wochen alt, und immer noch war kein Schnee gefallen. Ein scharfer Frost hatte allem Lebendigen die Farben ausgesaugt. Ich bückte mich nach den Chrysanthemen im Vorgarten. Sie ließen sich brechen wie dürres Holz. Die letzten Blätter zerbröckelten bei der Berührung meiner Hände wie Mumien, die nach langer Ruhezeit beim Antasten zerstauben. Wenn wenigstens die Sonne geschienen hätte, dann wären die toten Blätter zu funkelnden Schmuckstücken geworden. So aber lag alles fahl und starr. Nachdem ich Birgit ermahnt hatte, Jochen pünktlich vom Kindergarten abzuholen, um halb eins das Mittagessen aufzusetzen und Annette um zehn vor drei zur Klavierstunde zu schicken, holte ich den Wagen aus der Garage und machte mich auf den Weg zu meinem Bruder Klaus.

Unterwegs verließ ich, einer plötzlichen Eingebung folgend, die Autobahn, nahm den Weg über Starenmühle, bog vor Schaubergerhütte rechts ab und fuhr die Nebenstraße, die sich durch den Fichtenwald den Berg hinaufwindet. Oben auf der Höhe, hinter dem Gasthof zur Jägerfreude, parkte ich den Wagen am Straßenrand und stieg aus. Die kalte Januarluft biß mir ins Gesicht. Ich schlug den Mantelkragen hoch und schob die Hände tief in die Taschen. Von hier oben hatte ich einen weiten Blick ins Tal, auf den Bach, der wie eine Bleischnur durch die graugefrorenen Wiesen lief, und auf Oedekoven. Hier, in diesem Dorf, einer mehr zufälligen Häufung einfacher Fachwerkhäuser, Ställe und Scheunen, hatte ich gelebt. An der Teerstraße, die inzwischen einen richtigen Namen hatte und Talstraße hieß, lag, neben der Feilenhauerei, Linas neugebautes Haus. Lothar wohnte jetzt hier mit seiner Familie. Linas Jüngster hatte ein katholisches Mädchen geheiratet, eine Revolution in Linas Familie. Die Töchter, viel älter als Lothar, waren mit evangelischen Männern verheiratet worden, weil »unsereiner keinen Katholischen heiraten tut«. Aber Lothar, der Jüngste, der Sohn, der das Pommersche nicht mehr beherrschte, sondern genauso im rheinischen Singsang sprach wie die anderen Leute in Oedekoven, der schlug aus der Art und schlug gleichzeitig die Brücke zwischen Linas Herkunft und ihrer neuen Heimat.

Ich wanderte mit den Augen am Bach entlang, suchte den Brandweiher, wo Klaus und ich die ersten Schlittschuhe ausprobiert hatten, wo wir im Frühjahr Kaulquappen aufgefischt und im Einmachglas nach Hause getragen hatten. Müllers Kuhweide gab es nicht mehr. Den ganzen Hang hinauf zogen sich wie Zelte Ferienhäuser. Oedekoven war, wie Papa immer schon vermutet hatte, zum Naherhohlungsgebiet von Köln geworden. Unsere Wiese, die im Frühling Wiesenschaumkraut und im August Champignons getragen hatte, die bei Schnee eine erstklassige Schlittenbahn war, auf der wir bis an den Bach hinuntersausten, war parzelliert, bebaut, mit Zäunchen und Hecken abgeteilt. Auf der anderen Talseite auf halber Höhe lag unser Haus. Die Buchenhecke war so hoch gewachsen, daß sie es auch im Winter, wenn nur die toten braunen Blätter im Geäst hingen, fast gänzlich versteckte. Jetzt ist sie so hoch, wie du, Mutsch, sie haben wolltest. Aber du lebst nicht mehr, und ich habe kein Recht, das Haus zu betreten, weil es längst nicht mehr unser Haus ist. Zweimal hat es inzwischen schon den Besitzer gewechselt. Wer jetzt dort wohnt, weiß ich nicht.

Bis heute will mir nicht in den Kopf, daß ich unser Haus nicht mehr betreten darf. Mein Zimmer ist doch dort. Wer verwehrt mir, in mein Zimmer zu gehen? Aus. Vorbei. Heute will ich nicht einmal mehr durchs Dorf gehen. Eine mir selbst unverständliche Scheu hindert mich, vielleicht die Angst, angesprochen zu werden. Vielleicht das Gefühl, nicht mehr hierher zu gehören. Hier oben, weit außerhalb stehe ich und sehe mir meine Kinderwelt an. Eine schöne Kinderwelt war das für Klaus und mich, voller Heuduft, gebratenem Hallimasch und frisch gebackenen Weckmännern. Wie war es für dich, Mutsch? Ich erinnere mich, wie wir beide – das war auch im Januar – den Bollerwagen den Hang hinaufzogen. Alle Bücher, das Geschirr, das Bettzeug, alles, was wir tragen konnten, schafften wir mit Linas Bollerwagen vom Rothschen Haus zu unserem Neubau. In der Einfahrt machtest du halt, recktest dich und sagtest, das Haus im Blick: »Endlich eine richtige Haustür mit einer Klingel.«

Ich ging den Trampelpfad entlang bis zu den drei Fichten. Die Holzbank war noch da. Trotz der Kälte setzte ich mich und zog mich, so gut es ging, in die Wärme meines Mantels ein. Damals, als wir das Haus bezogen, schien die Zukunft so hell und licht. Wir hatten es geschafft: ein eigenes Haus, ein chamonixweißes Auto; sogar ein Farbfernsehgerät hatten wir schon und fuhren in den Sommerferien an die Côte d'Azur. Aber die Ungleiche zwischen Tag- und Nachtleben bestand weiter, neigte sich mehr und mehr dem Dunkel zu, jetzt, da kein Fremder mehr mit uns im Haus wohnte, der euch hätte hören können. Weiterhin schickte Papa mich zu Hubertine, um »eine Buddel« zu holen. Weiterhin hatte ich Angst. Nein, nicht der schwarze Schatten der Scheune ängstigte mich, sondern das geheime Leben, das sich in unserem neuen Haus zum Alptraum auswuchs. Nächtelang stand ich barfuß auf dem Flur, zitterte, lauschte, ob ihr euch wieder zanktet, ob Mutsch geschlagen wurde, ob ihr, torkelnd, endlich den Weg in eure Betten fandet. Wenn du, Papa, Mutsch ins Bett ziehen wolltest, nicht um zu schlafen, wie ich damals sehr wohl begriff, dann überredete sie dich jedesmal zu noch einem »kleinen Köhm«. Welchen Weg seid ihr beide gegangen, welche Qualen habt ihr ausgehalten, welche Wunden euch geschlagen und immer wieder aufgerissen, daß sie bluteten und nicht vernarben durften? Ließ sich euer Leben nüchtern nicht ertragen?

Allmählich, zunächst kaum merklich, neigte sich unser Leben zur Seite, verlor das Gleichgewicht, kippte. Papa arbeitete nicht mehr regelmäßig, kam zwischendurch nach Hause, weil er »dringend was trinken« mußte, um die auf der Baustelle kaltgewordenen Glieder zu wärmen. Mutsch sank immer öfter in ihren Sorgenstuhl und brauchte einen Cognac und eine Zigarette, weil sie sich »wahnsinnig« über Omi Hofmeister aufregte, dann, nach Omis Tod, über den Ärger mit der Erbschaft, über Kalli Pütz, über »dieses Kaff« und über die Bank, die den notwendig gewordenen Überbrückungskredit nicht bewilligen wollte, »dabei ist der Schlüter bei uns aus- und eingegangen«. Wenn Klaus und ich aus der Schule kamen, wußten wir nie sicher, ob ihr nüchtern wart, ob es ein Mittagessen geben würde.

Erstaunlicherweise glaubte ich damals immer noch, du, Mutsch, könntest, wenn du nur wolltest, mit dem Trinken aufhören. »Er zwingt mich ja zum Mittrinken«, hattest du manchmal zu mir gesagt, und so sah ich dich als Papas Opfer, einem brutalen Monstrum ausgeliefert, dessen du dich nicht erwehren konntest. Wenn du nur weniger Sorgen und mehr Mut hättest, hoffte ich, wäre es dir leicht, die Cognacflasche im Schrank stehenzulassen und wieder ein normales Leben zu führen. Es kam anders. Eine Katastrophe brach herein, so heftig, daß ich dein Bedürfnis nach Cognac, nach Ablenkung und Vergessen verstehen konnte. Da saß Lina mit zerknülltem Taschentuch und rotgeweinten Augen auf dem Küchenstuhl, als Klaus und ich aus der Schule kamen. »Das Internat hat angerufen«, schluchzte sie. »Günther, euer Bruder Günther ist tot. Ach Gott! Ach Gott! Günther ist tot.« Sie konnte gar nicht weitersprechen. Wir schüttelten sie, fragten, mußten aber abwarten, bis sie wieder zu Luft kam. »So ein Unjlick aber auch. Geht zur Schule und denkt nuscht Schlächtes, und das Lastauto rutscht auf der glatten Straße und rutscht und rutscht zur Seite, und Günther will weg und rutscht auch und... So ein Unjlick! So ein Unglick!« Wir standen vor unserer weinenden Lina, starrten sie an und begriffen gar nicht, was passiert war.

Nach Günthers Tod ließ Mutsch alles liegen, kümmerte sich nicht mehr um den Haushalt, den Garten, die Familie oder sich selbst. Sie trank schon morgens, hatte einen Kreislaufkollaps, der Magen streikte. Mutsch saß in ihrem Sorgenstuhl, goß Cognac nach, zündete sich eine weitere Zigarette an und beobachtete, wie die Glut sich durch den Tabak auf ihre Finger zufraß. Sie zog tief und lange, wischte sich mit der Kuppe des kleinen Fingers einen Tabakrest von der Unterlippe, hob ihren Schwenker und trank ihn in einem Zug leer. Meine Bewegungen, wenn ich im Wohnzimmer für Ordnung sorgte, die Sofakissen aufschüttelte, das Tischtuch glattstrich, die Blumen goß, beobachtete sie mißtrauisch aus trüben grünen Augen. Einmal stand sie auf, trat auf mich zu und schlug mir, ohne ein Wort zu sagen, ins Gesicht. Ich starrte sie an und verstand nicht. Klaus, der die Szene beobachtet hatte, stieß ihr beide Hände vor die Brust, daß sie in ihren Sessel zurücksackte. Dann zog er mich weg in die Küche, holte aus dem Tiefkühlfach des Kühlschranks die große Eisbombe und verteilte das Eis auf zwei Suppenteller. Ohne ein Wort zu sagen, saßen wir am Küchentisch und aßen das Eis auf. Es war

Mutschs Eis. Sie aß fast nur noch Eis, denn ihr Magen war schon lange krank. Selbst nach diesem Ereignis glaubte ich immer noch, Mutsch sei zu retten. Aber dann sah ich, wie sie die halbvolle Cognacflasche an den Mund setzte und trank, trank wie ein Bauarbeiter aus der Bierflasche.

Meine Zähne klapperten. Die Erinnerung war so lebendig geworden und hatte mich so plötzlich überfallen, daß mir Tränen in die Augen schossen, die Tränen, die ich damals nicht geweint hatte. Ich stand von der kalten Bank auf und putzte mir auf dem Weg zurück die Nase. Vergangenheit. Vorbei. Es gibt doch Neues für mich, ein neues Zuhause, Wolf und die Kinder. Ich will nicht, daß das Alte mich einholt oder überrollt. Das ist lange her, und letzte Gewißheit, völliges Aufklären der Hintergründe ist nicht möglich. Ich hänge nicht mehr an der Nabelschnur. Ich bin erwachsen, habe Verantwortung für meine Kinder, die Familie, für mich. Ich werde nicht zulassen, daß du, Mutsch, mit deinem verkorksten Leben ewig bei mir in der Ecke stehst, mich mit grünen Augen verfolgst und mit schadenfrohem schrillen Lachen schreckst. Du hattest deine Chance, ich hab meine.

Klaus war allein zu Hause. Er nahm meinen Blumenstrauß, den ich für Ulla gekauft hatte, und rief, schon halb in der Küche:

»Ulla ist zu ihrer Mutter gefahren, kommt erst heute abend zurück. Häng deinen Mantel auf. Essen ist schon fertig. Komm in die Küche, es gibt Labskaus.«

Ich blieb im Türrahmen stehen und beobachtete ihn, wie er die Teller, die schon auf dem Tisch standen, zum Herd stellte, die Kelle vom Haken nahm und zwei dicke Portionen Labskaus aufklatschte.

»Setz dich, setz dich! Was ist denn?« Er sah sich nach mir um. »Komm schon, es wird kalt.«

»Mir ist ganz komisch, Klaus. Zum ersten Mal seit Jahren sitzen wir beide wieder allein an einem Küchentisch. Weißt du noch, das Eis damals?«

»Klar weiß ich das noch. Sie hatte dir eine gescheuert. Ohne jeden Grund. Wie kommst du jetzt darauf?«

»Ich bin heute über Oedekoven gefahren.«

»Ach so.« Er fischte ein Lorbeerblatt aus seinem Eintopf und legte es an den Tellerrand. »Mir ist auch manches wieder hochgekommen, seit das Bild hier ist. Hab schon überlegt, ob ich's in den Flur hängen soll. Im Wohnzimmer, das ist, als säße Mutsch noch immer in ihrem Sorgenstuhl. Der Geruch von damals steigt mir in die Nase. Aber dann sag ich mir: vorbei, verjährt.«

»Was denkst du, Klaus, warum hat Mutsch sich umgebracht?«

»Sag bloß, das geht immer noch in deinem Hirn um? Ach – ich versteh, der Koffer.«

»Nicht nur. Weißt du, ich bin jetzt fast so alt wie Mutsch damals. Ob sie manches so ähnlich erlebt hat wie ich? Vielleicht läßt sich manches erst begreifen, wenn man ungefähr gleichaltrig ist. Ich versuche mich in ihre Lage zu versetzen.«

»Diese Selbstmorde haben immer schon eine erstaunliche Anziehungskraft auf dich ausgeübt. Solltest dich nicht so viel damit beschäftigen. Wer zu lange ins dunkle Wasser stiert, springt am Ende rein.«

»Du spinnst.«

»Ich weiß noch, wie aufgeregt du aus Berlin zurückkamst und mir von Großmutters Selbstmord erzähltest. Tante Grit hat dir das wohl auch ziemlich ausführlich geschildert. Was soll's? Wir beide sind ja wohl 'ne ganze Portion anders, oder? Übrigens, hast du mir das Tagebuch mitgebracht?«

»Ja, hatte ich doch versprochen. Da sind einige Sachen, die ich nicht verstehe. Der Text bricht 1916 ab, der erste Brief ist aber von 1928. Wieso?«

»Weiß ich? Vielleicht hat sie nicht weitergemacht, ist krank geworden oder so. Was ist? Willst du noch einen Nachschlag?«

Er deutete auf meinen leeren Teller. Ich hatte gar nicht gemerkt, daß ich aufgegessen hatte. Als ich den Kopf schüttelte, stand er auf, deckte den Tisch ab, räumte Geschirr und Besteck in die Spülmaschine, setzte die Kaffeemaschine an. Mein Bruder Klaus. Wolfgang, der wäre aufgestanden und hinausgegangen, dem wäre gar nicht der Gedanke gekommen.

»Komm, wir trinken den Kaffee im Wohnzimmer, Auge in Auge mit unserer in Öl gemalten Großmutter.« Er lachte, nahm das Tablett mit den Kaffeetassen und ging voran.

Da hing das Bild. Ich erkannte es sofort wieder, betrachtete es aber nicht genauer, so wie man Dinge, die sehr vertraut sind, auch nicht sonderlich stark beachtet. Erst als Klaus neben mir erwartungsvoll »Und?« fragte, besann ich mich. Ich trat zwei Schritte zurück, sah genauer hin, versuchte die Spuren des Risses zu finden, der entstanden war, als wir das Bild damals von der Wand genommen hatten.

»Was sagst du, Reni? Sieht man den Riß noch?«

Wo war er gewesen? Ich versuchte mich zu erinnern, suchte, glitt mit den Augen über den grünen Chiffon, der die Figur umschmeichelte, an ihr herabfloß, sie ganz umhüllend doch nicht verbarg.

»Ulrika«, flüsterte ich unwillkürlich.

Klaus legte seinen Arm um meine Schulter.

»Na, was meinst du?«

»Das ist Ulrika Piepenbrinck.«

»Das ist unsere Großmutter.«

»Nein.«

»Natürlich ist sie's. Wer sonst?«

»Ulrika? Aber...«

»Aber was?«

»Clausen. Mutsch war doch eine geborene Clausen.«

»Sicher war sie das. Und?«

»Ulrika Piepenbrinck.«

»Unsere Großmutter. Reni, nun komm mal wieder zu dir! Was hast du denn?«

»Das Tagebuch ist nicht von Ulrika. Das Tagebuch hat eine Anne-Kathrin Clausen geschrieben. Lieber Himmel! Klaus.«

Ich erkannte plötzlich den ganzen Zusammenhang, begriff, daß die zweite Frau Clausen meine Großmutter war, Ulrika, die, die ich nicht wollte, die, die ich fast mit dem gleichen Haß haßte, mit dem Anne-Kathrin sie gehaßt hatte. Aus ihrem vergoldeten Bilderrahmen sah sie mit ihren Nixenaugen auf mich herab, schwieg, lächelte verhalten und kühl. Klaus zog mich zum Sofa, ging noch einmal in die Küche zurück und holte den Kaffee.»Ich kann's nicht glauben, Klaus.«

»Was?«

»Ich kenne ja inzwischen die ganze Geschichte, hab das Tagebuch gelesen. Und jetzt...«

»Hast du die verkehrte Großmutter. Ist doch völlig egal, Reni. Die oder die andere, tot sind sie beide. Reg dich wieder ab. Laß die Omas endlich in Frieden. Die haben ihr Leben gelebt. Kann uns doch egal sein.«
»Das kann es nicht. O nein, Klaus. So einfach ist das nicht. Du mußt erst mal das Tagebuch lesen. So viel Gemeinheit! Anne-Kathrin saß mit ihren Kindern da und konnte sehen, wie sie klarkam. Und die da, die ist mit Jan Clausen verreist.«
»Oder er mit ihr.«
»Sie hätte sich doch weigern können. Wer zwang sie denn, sich an einen verheirateten Mann ranzumachen?«
»Also. Hol mal Luft! Vielleicht haben die sich doch wirklich sehr geliebt. Kann doch sein, oder? Vielleicht hat unser Opa erst, als er sie kennenlernte, entdeckt, wie Liebe sein kann. Hat das bei deiner Anne-Kathrin vielleicht nicht erfahren, der Bursche.«
»Das ist keine Entschuldigung, Klaus. Für Ehebruch gibt's keine Entschuldigung.«
Er lehnte sich in seinem Sessel zurück und lachte mich aus.
»Wo lebst du denn? Meine Güte, Reni!«
»Würdest du denn Ulla und die Kinder im Stich lassen?«
»Steht doch gar nicht zur Debatte.«
»Sag mal, würdest du?«
»Weiß ich nicht. Kann ich nicht sagen. Also wirklich, Reni.«
»Was, denkst du, sollte ich machen, wenn Wolf mich wegen einer anderen sitzenließe?«
»Wie kommst du denn darauf?«
»Ich frag nur.«
»Ist was? Ich meine – Mensch, Reni.«
»Nein. Nichts. Glaub ich jedenfalls nicht. Aber wenn, Klaus, wenn?«
»Blödsinn. Ich kenn doch Wolfgang. Der ist nicht so'n Typ. Komm, komm, Schwesterchen. Dramatisier mal nicht. Dieser Koffer von Heidi hat dich ganz schön beduselt. Nun komm bloß nicht auf den blödsinnigen Gedanken, dir könnte all das, was die damals durchmachten, noch mal passieren. Ist doch Quatsch! Totaler Quatsch!«
»Du hast gut reden.«

»Die Frau da oben«, er zeigte mit dem Daumen auf Ulrika, »hat mit dir und mir nichts zu tun.«
»Wir stammen von ihr ab.«
»Schön und gut. Aber sie hat damals auf ihren Reisen das ganze Geld verspielt. Du selbst hast mir doch erzählt, sie hätte als Witwe alles in Monte Carlo verspielt und sich dann erschossen.«
»Das stimmt.«
»Na also. Was hast du damit zu tun? Du bist so grundsolide, Reni, wie es schlimmer gar nicht sein könnte. Schmeiß doch nicht immer alles durcheinander. Dein Leben ist dein Leben, und du machst damit, was du willst. Wer da bei dir im Stammbaum sitzt, ist tot und kann nichts mehr anrichten.«

Ach Klaus! Gut, daß er mir den Kopf zurechtgerückt hat. Was will ich denn? Allen Grund hab ich, dankbar und zufrieden zu sein. Morgen ist die Wahl. Die Kinder verbringen das Wochenende bei der Oma. Jede Menge Chips und Cola werden sie haben, Fernsehen, Menschärgerdichnicht und langes Aufbleiben. Jetzt hab ich Zeit, mich um Wolfi zu kümmern. Die Küche muß aufgeräumt werden. Frische Tischdecken auf die Tische, die Teppichfransen glattstreichen und die Chrysanthemen in der Bodenvase arrangieren. Schön ist's bei uns, richtig schön! Morgen kommen bestimmt Leute. Die Sektgläser hab ich vorsichtshalber noch einmal nachgerieben. Ob die Presse kommt? Wenn Wolf gewinnt – lieber Himmel, er muß gewinnen! –, wollen die bestimmt ein Photo von ihm machen. Schade, daß die Kinder aus dem Haus sind. Ein Bild mit der ganzen Familie macht sich immer gut in der Zeitung. Wir alle hier im Wohnzimmer vor der Bücherwand. Aber wenn sie uns hier photographieren, dann müssen die Aktenordner weg. Meine alten Vorlesungsnachschriften, die gehören sowieso längst weggeräumt. Die bring ich jetzt endgültig auf den Speicher. Wenn ich den Brockhaus eine Reihe tiefer und die Realenzyklopädie mehr nach rechts setze, da bleibt noch Platz für die blaue Vase.
Ich prüfte die Wirkung und war zufrieden. Dann trug ich die Aktenordner nach oben, balancierte sie über die Auszugsleiter und legte sie gleich vornean auf den Dachboden. Geschafft! Jetzt noch Haare und Fingernägel fertigmachen, dann kann Wolf kommen.

Da liegst du und schläfst und schnarchst und fuchtelst mit deinen Armen durch die Luft. Trotz all der Spannung kannst du schlafen, schlecht zwar, aber immerhin. Ich werde dich ein bißchen am Kopf kraulen, das beruhigt dich. O ja, davon wirst du ruhiger, ich weiß. Ich kenne dich. Schon damals, vor deinem Examen, vor dem Rigorosum, vor deiner ersten Wahl war das so. Du bist ja ganz naßgeschwitzt. Ach Wolfi, wenn ich dir helfen könnte! Wenn ich dich jetzt wecken dürfte und dir sagen: Schlaf ganz ruhig weiter, Liebster, alles ist gut, die Wahl ist gewonnen. Du bist Sieger. Freu dich! Aber ich kann's nicht sagen. Da mußt du jetzt ganz allein durch. Wenn's drauf ankommt, ist jeder allein, immer. So banal das klingt, wir vergessen's doch immer wieder. Wie heiß deine Stirn ist. Hast du Angst, Wolfi? Wir hätten darüber sprechen sollen, spätestens heute abend. Wenn nun der dicke Merker gewinnt? Dann mußt du hingehen, als erster, und ihm die Hand geben und gratulieren. Er wird sie schütteln, jovial lächeln und gönnerhaft »Danke, danke, mein lieber Ortweg« sagen. In dem Augenblick bist du ganz allein und er auch. Er ist genauso allein, wenn du gewinnst. Ob Sieger oder Verlierer, jeder muß mit seinem zurechtkommmen.
Ich verliere in jedem Fall. Ich hab das auch nie ausgesprochen, Wolf. Es ist aber so: Wenn du die Wahl gewinnst, wirst du dir ein Appartement in Düsseldorf nehmen müssen. Du kannst ja nicht täglich hin- und herfahren. Ich seh dich dann kaum noch. Meine Angst? Du könntest mich vergessen, andere, attraktivere Frauen kennenlernen. Und dann? Vier Kinder und eine gestreßte Ehefrau – ist vielleicht wirklich nicht so verlockend. Ich hab das nicht ausgesprochen, weil du das nicht verstehen würdest. Es geht nicht darum, daß ich dir den Erfolg mißgönne. Nein. Aber je mehr Erfolg du hast, desto weiter bist du weg von mir. Wenn es dir aber nicht gelingt, wenn Merker doch gewinnt, was dann? Verkraftest du das? Ach Wolfi! Wie gut, daß du nicht weißt, was in mir vorgeht. Du schläfst, unruhig zwar, aber du kannst wenigstens schlafen. Früher dachte ich, Ehepaare würden ihr Leben ganz teilen. Wie dumm von mir! Du bist mit deiner Angst allein, und ich bin's auch.

Die Partei hatte die Stadthalle angemietet. Wolfgang, der Wahlsieger, stand auf der Bühne und bedankte sich bei Wählern und Wahlhelfern. Klatschen, Rufen, Tusch. Jetzt hast du's geschafft, Wolfi. Und Merker muß zu dir hin und dir die Hand geben und lächeln. Du bleibst ernst in diesem Augenblick. Das ist gut. Du weißt, was in ihm vorgeht, hast Respekt. Das ist gut. Ach, ich bin so froh, dich zu sehen. Wie du das Mikro hältst, sprichst, winkst. Der Ballast ist weg, und du fühlst dich ganz leicht. Jetzt, wie du die Haare aus der Stirn streichst, jetzt bist du wie damals, als wir uns kennenlernten. Wolfi, du hast gesiegt.

Ich stand die ganze Zeit neben ihm, lächelte und beobachtete ihn, freute mich mit und wartete. Worauf? Ich wußte es nicht genau. Irgendeine Lücke war da, so empfand ich. Als van Haaren Wolfgang jetzt beiseite zog, ging ich zur Treppe, stieg die wenigen Stufen in den Saal hinunter und sah mich suchend um. Wo sollte ich hin? Wolfgang hatte seinen Platz an der langen Tafel gleich unterhalb der Bühne. Und ich? Sollte ich da auch sitzen? Wen sollte ich fragen? Was soll ich machen? Was nur? Wohin? Ich kann doch nicht hier so herumstehen. Energisch klemmte ich meine Handtasche unter den Arm und ging hinaus zur Damentoilette. Erleichtert verriegelte ich die Tür, hängte das Täschchen an den Haken und setzte mich. So, jetzt sieht mich keiner, jetzt kann ich erst mal in Ruhe nachdenken. Ich bin so müde. Erst elf, der Abend wird noch lang.

Ich hörte zwei Frauen hereinkommen. Sie lachten, unterhielten sich laut und ungeniert weiter, während sie die Kabinen neben meiner belegten.

»Mir ist ganz heiß. Zuviel Sekt. Ich vertrage den nicht.«

»Das ist nicht nur der Sekt. Die Luft da drinnen ist schrecklich. Wie findest du den Ortweg? Toller Mann, was?«

»Sieht gut aus. Der könnte mir gefährlich werden. Aber die Frau von dem!«

»Die kenn ich gar nicht.«

»Wieso? Die stand doch die ganze Zeit neben ihm. Die Dünne.«

»Welche Dünne?«

»Mensch, die Dünne in dem blauen Tupfenkleid.«

»Die? Das ist seine Frau? Du liebe Güte.«

»Das kannst du aber laut sagen.«

Ich hörte Wasser rauschen, das Aufsperren der Türen, gleich darauf den Wasserhahn und immer weiter das Reden der Frauen.

»Was findet der Ortweg denn an der?«
»Mich darfst du das nicht fragen. So'n Muttchen.«
»Tuttchen.«
Sie kicherten und gingen hinaus.
Ich hörte ihre dünnen Absätze auf den Fliesen davonklappern. Ich saß in der Zelle, stierte auf die Tür, an deren Haken meine dunkelblaue Handtasche baumelte.
Ich kann meinen Blick nicht vom Grau der Fläche losreißen, kann mich nicht lösen, nicht bewegen, nicht denken. Dann kommt jemand, geht in die Nebenkabine, läßt den Deckel gegen die Wand knallen. Ich zucke zusammen, stehe auf, drücke den Wasserknopf, zupfe mein Kleid zurecht, nehme die Handtasche vom Haken und gehe hinaus. Ich muß in den Saal zurück. Schließlich werden sie auf mich warten. Oder? Nicht? In der Tür bleibe ich stehen und suche Wolf mit den Augen. Am Mikrophon steht niemand mehr. Die Kapelle hat die Bühne besetzt, spielt When the saints go march'n in. Es sind so viele Menschen hier. Alle sind sie fröhlich. Alle lachen sie. Alle freuen sich über den Wahlsieg. Alle sind sie ausgelassen. Da ist Wolfgang, hat die Haare voller Konfetti und tanzt mit der Braun. Er sieht sich gar nicht nach mir um. Vermißt er mich nicht? Plötzlich weiß ich, worauf ich vorhin, als ich neben ihm auf der Bühne stand, gewartet habe. Wie naiv von mir. Ich spiele hier keine Rolle, nicht mal Statistin bin ich. Selbst die Girlanden und Fähnchen, die den Saal schmücken, sind wichtiger als ich. Was soll ich hier noch?
Die Garderobiere schwätzte mit einem Kellner und bemerkte mich nicht. Ungesehen konnte ich meinen Mantel vom Haken nehmen und schnell durch die Tür ins Freie gelangen. Die Luft war frisch und kühl. Es hatte aufgehört zu regnen.
Das Muttchen ist gegangen, stört euch nicht länger bei der Siegesfeier. Die mit dem Tupfenkleid? Liebe Güte! Ja, ja, ihr Superfrauen, gediegen und dezent und immer chic. Ich passe nicht. Stimmt's? Natürlich nicht. Ich bin diejenige, die dem gutaussehenden Ortweg, der euch gefährlich werden könnte, die Hemden bügelt, die Schuhe putzt, die Schnittchen schmiert und den Koffer packt. Ich ertrage geduldig seine Launen, seine Müdigkeiten, seine Abwesenheiten. Ich betütere ihn, damit ihr ihn frisch, ausgeruht, informiert und charismatisch vorfindet. Muttchen. Tuttchen. Und du, Wolfgang? Als

du da auf der Bühne standest, ein strahlender Sieger, da hast du mich vergessen. Du hast in den Saal gesehen, dich bei allen herzlich mit warmen Worten bedankt, nur bei mir nicht. Mich hast du vergessen. Ich stand neben dir. Keine großartige Dankeshymne, nein, hab ich nicht erwartet. Das wär mir peinlich gewesen. Aber ein Händedruck – ganz leicht, hätt keiner zu sehen brauchen – oder ein Blick. Ich hätte das schon verstanden. Aber du hast mich einfach vergessen, einfach so.
Ich war schnell gegangen, war in Straßen gebogen, hatte Kreuzungen überquert. Plötzlich stand ich am Schloßweiher. Ich hielt an, lehnte mich über das Steinmäuerchen und blickte auf das sich kräuselnde Wasser. Da riß die Wolkendecke auf. Im Weiher lag ein zerfranster Mond. Totes Licht. Ich zog die Schultern zusammen. Ob Wolfgang mich inzwischen vermißte? Bestimmt nicht. So wie die da feierten. Ich bin belanglos, völlig belanglos. Ein Dreck bin ich, ein Fliegendreck, mehr nicht. Mich vermißt keiner, mich braucht keiner. Bloß weg hier. Der Mond hat sich auch wieder verzogen. Eine richtig schöne Siegesfeiernacht ist das heute.
Immer weiter ging ich, im Rhythmus meiner Schritte knallte es mir in die Ohren: Mutt-chen, Tutt-chen, Mutt-chen, Tutt-chen. Schneller, schneller, noch schneller. Schließlich mußte ich stehenbleiben. Ich lehnte mich an eine feuchte Hauswand und versuchte gleichmäßig zu atmen. Ich hatte Seitenstiche. Vor mir in der Pfütze spiegelte sich die Straßenlaterne. Wenn ich mich jetzt vorbeuge, dann kann ich ein Stückchen von mir sehen. Nicht alles, nur Teile, abgebrochener Splitter der Irene Ortweg, geborene Hofmeister. So wie diese Pfütze hier ist mein ganzes Leben, zusammengelaufen aus Zufall, eine Spiegelfläche, zu klein, um ein Ganzes zu zeigen. Eine Pfütze, ein ausgetretenes Loch im Weg, ein Zufall, morgen schon verdunstet. Wer erinnert sich?

# Die Frau in der Gesellschaft

Maya Angelou
**Ich weiß, daß der gefangene Vogel singt.** Band 4742

Mariama Bâ
**Der scharlachrote Gesang**
Roman. Band 3746

Anna Banti
**Artemisia**
Roman. Band 12048

Janina David
**Leben aus zweiter Hand**
Roman. Band 4744

M. Rosine De Dijn
**Die Unfähigkeit**
Band 3797

Ursula Eisenberg
**Tochter eines Richters**
Roman. Band 10622

Oriana Fallaci
**Brief an ein nie geborenes Kind**
Band 3706

Maria Frisé
**Wie du und ganz anders**
Mutter-Tochter-Geschichten
Band 11826

M. Gabriele Göbel
**Amanda oder Der Hunger nach Verwandlung**
Erzählungen
Band 3760

A.-M. Grisebach
**Eine Frau Jahrgang 13**
Roman einer unfreiwilligen Emanzipation
Band 4750

A.-M. Grisebach
**Eine Frau im Westen**
Roman eines Neuanfangs
Band 10467

Helga Häsing/
Ingeborg Mues (Hg.)
**Du gehst fort, und ich bleib da**
Gedichte und Geschichten von Abschied und Trennung
Band 4722

**Vater und ich**
Eine Anthologie
Band 11080

**Und wenn ich dich liebe, was geht's dich an?**
Gedichte und Geschichten
Band 11612

## Fischer Taschenbuch Verlag

fi 20 / 26 a

# Die Frau in der Gesellschaft

Bessie Head
**Die Farbe der Macht**
Roman. Band 11679

Jutta Heinrich
**Alles ist Körper**
Extreme Texte
Band 10505
**Das Geschlecht der Gedanken**
Roman. Band 4711
**Im Revier der Worte**
Provokationen, Gegenreden, Zwischenrufe
Band 12308

Maria Regina Kaiser
**Xanthippe Schöne Braut des Sokrates**
Roman. Band 11737

Martina Kreßner
**Lebenssplitter**
Roman. Band 11881

Rosamond Lehmann
**Aufforderung zum Tanz**
Roman. Band 3773
**Der begrabene Tag**
Roman. Band 3767
**Dunkle Antwort**
Roman. Band 3771
**Der Schwan am Abend**
Fragmente eines Lebens
Band 3772
**Wie Wind in den Straßen**
Roman
Band 10042

M. Lohner (Hg.)
**Was willst du, du lebst**
Trauer und Selbstfindung in Texten von Marie Luise Kaschnitz
Band 10728

Audre Lorde
**Zami**
Ein Leben unter Frauen. Band 11022

Monika Maron
**Flugasche**
Roman. Band 3784

Johanna Moosdorf
**Die Andermanns**
Roman. Band 11191
**Die Freundinnen**
Roman. Band 4712
**Jahrhundertträume**
Roman. Band 4739
**Fahr hinaus in das Nachtmeer**
Gedichte. Bd. 10217
**Die Tochter**
Geschichten aus vier Jahrzehnten
Band 10506
**Franziska an Sophie**
Erzählung
Band 11861

# Fischer Taschenbuch Verlag

fi 20 / 28 b

# Die Frau in der Gesellschaft

Karin Nedela
**Herzkönigin im Wunderland**
Erzählung
Band 11991

Ronnith Neumann
**Nirs Stadt**
Erzählung
Band 10574
**Die Tür**
Erzählungen
Band 11055

Maria Nurowska
**Briefe der Liebe**
Roman
Band 12500
**Postscriptum für Anna und Miriam**
Roman
Band 10309

Carme Riera
**Im Spiel der Spiegel**
Roman
Band 12008

Carme Riera
**Selbstsüchtige Liebe.** Novelle
Band 11096

Karin Rüttimann
**Schwalbensommer**
Roman. Band 4749
**Warten auf L.**
Sylter Winterballade
Band 10885

Verena Stefan
**Es ist reich gewesen**
Bericht vom Sterben meiner Mutter
Band 11678
**Häutungen**
Band 11837

Marlene Stenten
**Albina**
Monotonie um eine Weggegangene
Band 10994
**Puppe Else**
Band 3752

Jutta Szostak/ Suleman Taufiq
**Der wahre Schleier ist das Schweigen**
Arabische Autorinnen melden sich zu Wort
Band 12422

M. Tantzscher (Hg.)
**Die süße Frau**
Erzählungen aus der Sowjetunion
Band 3779

Miriam Tlali
**Soweto Stories**
Band 10558

Johanna Walser
**Die Unterwerfung**
Erzählung
Band 11448

Charlotte Wolff
**Flickwerk**
Roman
Band 4705

# Fischer Taschenbuch Verlag

fi 20 / 16 c

# Die Frau in der Gesellschaft

Andrea Dworkin
**Pornographie**
Männer beherrschen Frauen
Band 4730

Sylvia Fraser
**Meines Vaters Haus**
Geschichte eines Inzests
Band 4751

Nancy Friday
**Wie meine Mutter**
**My Mother my self**
Band 3726

Chaika Grossman
**Die Untergrundarmee**
Der jüdische Widerstand in Bialystok
Ein autobiographischer Bericht
Band 11598

Signe Hammer
**Töchter und Mütter**
Über die Schwierigkeiten einer Beziehung
Band 3705

Gertrud Heise
**Reise in die schwarze Haut**
Ein Tagebuch
Band 3762

I. Hülsemann
**Ihm zuliebe?**
Abschied vom weiblichen Gehorsam
Band 10407
**Mit Lust und Eigensinn**
Die weibliche Eroberung des Glücks
Band 11857

Monika Jonas
**Behinderte Kinder-behinderte Mütter?**
Die Unzumutbarkeit einer sozial arrangierten Abhängigkeit
Band 4756

Fischer Taschenbuch Verlag

# Die Frau in der Gesellschaft

Gisela Kramer
**Wer ist die Beste im ganzen Land?**
Konkurrenz unter Frauen
Band 11292

Linda Leonard
**Töchter und Väter**
Heilung einer verletzten Beziehung
Band 4745

Harriet G. Lerner
**Das mißdeutete Geschlecht**
Falsche Bilder der Weiblichkeit in Psychoanalyse und Therapie
Band 11842

Harriet G. Lerner
**Wohin mit meiner Wut?**
Neue Beziehungsmuster für Frauen
Band 4735
**Zärtliches Tempo**
Band 10115

H. Lightfoot-Klein
**Das grausame Ritual**
Sexuelle Verstümmelung afrikanischer Frauen
Band 10993

Karen Lison/ Carol Poston
**Weiterleben nach dem Inzest**
Traumabewältigung und Selbstheilung
Band 10422

C. Meier-Seethaler
**Ursprünge und Befreiung**
Die sexistischen Wurzeln der Kultur
Band 11038

M. Mitscherlich
**Die friedfertige Frau**
Eine psychoanalytische Untersuchung zur Aggression der Geschlechter
Band 4702

## Fischer Taschenbuch Verlag

fi 14 / 5 c

# Die Frau in der Gesellschaft

Sigrid Arnade
**Weder Küsse noch Karriere**
Erfahrungen behinderter Frauen
Band 10624

K. Bareiter
**Depression – Rückzug aus dem Leben**
Band 10571

Marion Beckerle
**Depression: Leben mit dem Gesicht zur Wand**
Band 4726

Dagmar Bielstein
**Von verückten Frauen**
Notizen aus der Psychiatrie
Band 10261

Ingeborg Bruns
**Als der Vater aus dem Krieg heimkehrte**
Töchter erinnern sich
Band 10300

D. Cameron/ Elizabeth Frazer
**Lust am Töten**
Eine feministische Analyse von Sexualmorden
Band 11136

Anne Finger
**Lebenswert**
Eine behinderte Frau bekommt ein Kind
Band 10828

Gisela Friedrichsen
**Abtreibung**
Der Kreuzzug von Memmingen
Band 10625

Dietrich Gronau/ Anita Jagota
**Ich bin Stadtstreicherin**
Über das Leben obdachloser Frauen
Band 11277
**Über alle Grenzen verliebt**
Beziehungen zwischen deutschen Frauen und Ausländern. Band 10148

Imme de Haen
**»Aber die Jüngste war die Allerschönste«**
Band 3744

# Fischer Taschenbuch Verlag

fi 404 / 16 a

# Die Frau in der Gesellschaft

Judith Jannberg
**Ich bin ich**
Band 3735
**Leben lieben - Liebe leben**
Band 11386

H. Jansen (Hg.)
**Freundschaft über sieben Jahrzehnte**
Band 10635

H. Klostermann
**Alter als Herausforderung**
Band 3751

E. Moltmann-Wendel (Hg.)
**Frau und Religion: Gotteserfahrungen im Patriarchat**
Band 3738

Kristel Neidhart
**Er ist jünger – na und?** Protokolle
Band 4741

K. Oguntoye/ M. Opitz/ D. Schultz (Hg.)
**Farbe bekennen**
Band 11023

Susi Piroué
**Vom Vergnügen, mit sich selbst zu reisen**
Band 10632

Lydia Potts (Hg.)
**Aufbruch und Abenteuer**
Frauen – Reisen um die Welt ab 1785
Band 12317

I. Rieder/ P. Ruppelt (Hg.)
**Frauen sprechen über Aids**
Band 10033

Sabine Rohlfs
**Frauen und Krebs**
Band 11792

K. Rohnstock (Hg.)
**Stiefschwestern**
Was Ost-Frauen und West-Frauen voneinander denken
Band 12221

Erika Schilling
**Manchmal hasse ich meine Mutter**
Band 3749

Celeste West
**Lesben-Knigge**
Band 10614

Lindy Ziebell/ Chr. Schmerl/ H. Queisser
**Lebensplanung ohne Kinder**
Band 10859

Dorit Zinn
**Mein Sohn liebt Männer**
Band 11260

# Fischer Taschenbuch Verlag

fi 404 / 11 b